芷蘭齋作品系列

韦力 著

会海鸿泥录

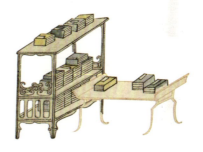

中华书局

图书在版编目(CIP)数据

会海鸿泥录/韦力著. —北京:中华书局,2020.12
(芝兰斋作品系列)
ISBN 978-7-101-14797-1

Ⅰ.会… Ⅱ.韦… Ⅲ.随笔-作品集-中国-当代 Ⅳ.I267.1

中国版本图书馆 CIP 数据核字(2020)第 188345 号

书　　名	会海鸿泥录
著　　者	韦　力
丛 书 名	芝兰斋作品系列
责任编辑	李碧玉　张　伟
装帧设计	刘　丽
出版发行	中华书局
	(北京市丰台区太平桥西里 38 号　100073)
	http://www.zhbc.com.cn
	E-mail:zhbc@zhbc.com.cn
印　　刷	天津图文方嘉印刷有限公司
版　　次	2020 年 12 月北京第 1 版
	2020 年 12 月北京第 1 次印刷
规　　格	开本/920×1250 毫米　1/32
	印张 13　字数 280 千字
印　　数	1-4000 册
国际书号	ISBN 978-7-101-14797-1
定　　价	98.00 元

目 录

序　言

　　也许因为爱书的原因，近些年来我参加过一些跟书有关的会议，虽然有些会议属于应酬的形式，但也有一些开完后觉得收获颇丰，在这样的会上能够听到与会专家们各抒己见，由此而学得不少的新知识和新观念。有时我会在现场用笔记录下一些知识点，会后整理成一篇小文，发在公微号里。意外的是这个小栏目也受到了读者们的青睐，这样的正向回馈给我以惊喜，让我觉得爱书者对凡是与书有关的信息大多感兴趣。

　　正是这样的反馈，鼓励我把一些与书有关的会议一路记录下来，经过几年的积累，凑出了这些文字，蒙中华书局俞国林先生不弃，鼓励我结集出版，于是"整顿衣裳起敛容"，将旧稿汇在一起，修改错字，不改内容，以时间为序，汇成了这本小书。

　　其实，这些年来参加过的会议不仅仅是这些，与书无关的会当然没有纳入，而即使是纯粹的书会，也未能全部写下来，一是因为有些会议我没有做记录；第二个原因则是我现场忘记拍照或者是不能拍照，而事后补图更无可能；第三点则是因为有些会议主办方不愿意，或者不允许宣传，我当然尊重相关要求。余下来还有一些琐碎的原因，以至于一些有意思的会议不能向大家汇报。

　　总之，收入本书的文章有以下几个特点：一是记录本人参加过的会议；二是这些会议的主题与书有关；三是将该会议的过程敷演成文得到了主办方的允许；四是时间跨度为2015年到2019年，之前的已无法追忆，之后的有可能还会继续写下去，若干年后另汇成一本小册子，向读者汇报。

　　在我的感觉中，书会与一般人印象中的会议还是有着较大的不同，这种会议不但具有学术性，还能激发新思路，尤其是一些国际性的会议，的确能够让人开阔视野。京剧讲究移步换景，同一个问题，站在不同的角度就能看到不同的美，对于书史的研究也同样如此，虽然此前已经有了那么多的学术论文，但是在书会上所激发出的灵感，若得不到相应的披露，则很快就烟消云散。而我整理这些文档时，颇为后悔未能将参与过的相应会议全部记录下来，因为这样的会议记录不但保留了一段有价值的书史，同时也让自己对一些问题的认识更加客观。

　　关于本书的书名，我颇费思量，开会对于中国人而言已经司空见惯，故直接以"书会"来命名的话，岂止是俗不可耐，很有可能会令读者见之欲弃，连翻一翻的欲望都没有，因此如何给该书起个雅致的名字成了我头疼的问题。我原本给该书起名为《蠹鱼雅会》，然而近些年来，"蠹鱼"这个词似乎用得有些滥。我又想到大俗也是大雅，既然"文山会海"被人批了几十年，那么索性起名为《书山会海》可能也不错。这个问题最后还是俞国林兄替我解决了，他帮我想出了《会海鸿泥录》这个书名，果然比我拟的好多了，那么就这样定了。

期待这本小书能够寻觅到更多的爱书之人，这也会鼓励我继续将这个栏目写下去。

韦力序于芷兰斋

天一生水　地六成之
醉醒客系列新书发布会

时间：2015年9月6日

地点：北京单向空间

    绿茶兄告诉我，他们出的这六本书，是六位酒友八年来吃喝的结果，因为长期的沆瀣一气，自然也变得臭味相投，于是六人一起开启了微信公众号，每人一篇，轮流坐庄，在老大李辉的奇思妙想下，将这个公微号定名为"六根"。这个双关语用得好——"六根"既是六个人的谐音，也可以指这六位好汉六根清净。当然，是否真的能够百毒不侵，我没有研究过，但"六根"这个公微号却成了读书界的名品。就这一点而言，我不怀疑绿茶兄的撺掇能力，也相信这六位大侠准能谈出他们的高论。而今发在公微号上的文章变成了纸本书，我看着绿茶那个兴奋劲儿，更加怀疑他所秉持的"电媒必胜"理念。

    节前绿茶兄就来电话，说他们六个人出的这六本书终于印出来了，定在9月6日晚上6点举行新书发布会。因为我是他这部大著的序言作者，所以邀我前去与会。说实话，我对新书发布会有种没由头的偏见，总认为参加这种会，近似于站在路边发小广告，不过就是变相的一种宣传手段而已，因此，以往朋友们举办类似的活动，我一律找这样那样的借口推辞掉。因为推辞得太多，我也记不清楚自己的谎话是否说重了样儿，好在师友们都知道我这个怪癖，没人点破我的谎言，也就宽厚地一笑而过。但绿茶的这个邀请，我却没找到推辞的有力借口，因为我有自己的私心，那就是我的公微号"芷兰斋"也是绿茶兄一手策划而成者。在他的折腾下，"芷兰斋"公微号确实受到了不少朋友们的捧场，而今他的新书也是因公微号而起，我要不捧场，似乎于情于理都说不过去。想了想，一咬牙，决定从了，大不了就是失身于此。

这场新闻发布会定在了爱琴海的单向空间。

爱琴海是近几年城北建的 Shopping Mall，近两年这个地方是吃客们的最爱，由于电媒的发展，到大商场实体店购物这种传统消费方式，很快被冲击得一塌糊涂，这些体量巨大的购物中心人气最火的业态，就剩下吃了。单向空间是一家新书店，它的前身是众人熟悉的单向街。这家书店十几年前成立于圆明园的一个角落，我曾经去过那里，很喜欢那午后阳光使得院中树影歪歪斜斜，变换着地上石子的颜色，那种无处不在的颓废感，特别让人放松。后来，这家书店几次华丽转身，据说越搞越好。他们开进了爱琴海之后，这还是我第一次造访。

单向空间处在爱琴海的三楼，来到附近，我没有注意到它那不大的门脸儿，反而是被门口设置成圆柱形的发呆区吸引了注意，因为里面散坐着的爱书人的翻书姿态，让商场里的商业氛围得以中和。一家书店能开办这样的公益区域，顿时让我对其增加了三分敬意。因为是新书店，单向空间设计得颇具现代感，整个书店

新书发布会的广告

的营业区域成一瘦长的矩形，店内摆设一览无遗。在入口的位置，立着新书发布会的告示牌。我在门口和店内拍照，没有受到店员的劝阻。书店门口的最前方，和大多数书店一样，也安排着新书推荐专柜。我看了一眼摆在这里的推荐书，均是我所不熟悉的范畴，比如《星际穿越》《无聊的人生，我死也不要》《行云记》《万物身刻》等等，恍然觉得这是另一个世界。

　　走到店里的最深处，方注意到我所看到的店面仅是其中的一半，因为书店的右侧还有同样大小的一个区域。这个区域的布置有些像咖啡吧，而顶头位置挂着的投影屏幕让我明白：原来新书发布会在这里举行。如此看来，单向空间的整体平面应当呈"L"形。咖啡吧位置上已经坐了不少人，在此遇到了李辉先生、绿茶兄。我们坐下来聊天，有几位读者拿着我的书让我签字，这让我很不好意思，于是跟读者直言：我是来参加朋友的新书发布会，不能喧宾夺主。而李辉先生很是宽厚地一笑，说这没有关系。

新书发布会分三个场次，每两位作者由一位嘉宾主持。在此之前，绿茶兄请我也主持一场，我想了想，谢绝了他的美意，坐在前排听别人聊书，既可随意地拍照，又能听别人谈出自己的高见，这份惬意远比坐在台上当道具要舒服很多。整场发布会由单向书店的女老板主持，真抱歉，我竟然没有记住她的名字。她给在座的每位嘉宾和听众发了一杯香槟酒，这样的新书庆祝方式，应该不多见，所以这三场讲座在投影上打出的字幕，也变成了三杯酒。第一杯酒的主题是"故乡"，由杨葵先生主持，两位作者分别是写《错认他乡》的韩浩月先生和写《十字街骑士》的潘采夫先生。三位先生我都不认识，只是之前拜读过杨葵先生的一本散文集《坐久落花多》。晚上聚餐时，我跟杨先生聊到了读过他的这

第一杯酒

本书，然而我却把名字说错了，弄得我很不好意思。

从这第一杯我就感觉到了，这种新书发布会跟我想象的很不同，而这种差异来源于我的臆断，因为他们所谈并非是宣传自己的书多么好，也没有跟读者互动来讲解书中的问题，而是根据书里的主体观念，萃取出一个独立的话题，由嘉宾主持人跟两位作者进行提问式的互动。这样的谈话方式能够启发在座的每一个人，来重新思考已然熟烂的话题。听这些作者和嘉宾从这些熟烂的话题中谈出新的观点，至少我觉得颇为受用。当然，也有可能现在的新书发布会都是这个模样，只是我少见多怪罢了。

韩浩月和潘采夫分别谈了他们的家乡情结，真实讲出了自己对于故乡的爱和恨，也讲到了自己由此而产生的行文上的不客观，十分地坦诚。杨葵先生直率地讲出，他没有家乡情结，也含蓄地讲出了这其中的原因。他的这番论述引起了我的共鸣，我倒不是甚荒唐地反认他乡是故乡，只是自己的经历加上事业，导致我对乡邦文献这种热门的专题，保持着冷静的旁观。

第二杯酒是由嘉宾杨早先生主持，相应的两位作者分别是写《可以论》的叶匡政和写《在书中小站片刻》的绿茶兄。杨早先生的主持颇有气势，不知道是否以前做过主持人，他的谈话既锐利又有着高度的概括力。绿茶兄讲起了他的个人经历以及这本书的来由，他说自己把书名起成这样，也源于他的经历，因为他以往在《新京报》做新书点评，有很多出版社和读者寄给他大量的新书，这个经历使得他对读书保持了一种客观，没有藏书人对书的那种难以割舍的情感，所以他说自己只是在书中小站片刻，而非耳鬓厮磨。叶匡政先生的谈话则更为直率，直接讲出了他对"阅读"这个词进行了怎样的分类，因为这第二杯酒的主题就是"阅读"。杨早先生在主持的时候，也讲到了这个概念，那就是，在手机上和电视上看到的东西算不算阅读，什么叫经典阅读，什么叫深度阅读。我觉得这个话题足够深刻，但在这样一个新书的发布会上，却难以尽兴地各抒己见。

　　第三杯酒的主题是"人物"，由老六先生主持，两位作者分别是李辉和武云溥，他们俩的新作分别是《雨滴在卡夫卡墓碑上》和《生如逆旅》。因为到了发布会的现场，我才第一次看到这六本书，无法知道每本书所写的主旨。以我的理解，李先生、武先生这两本书内所谈可能都是关于某个人物。老六先生的主持气场也很大，他一上来就谈到敏感问题，比如说人们对于希特勒的真实看法，然后他向李辉连续发问，语中暗含机锋，用直指人心、见性成佛的问话方式，想逼出李辉先生的实话。但李先生在《人民日报》工作多年，早已历练出应对公共场合咄咄逼人问话的本领，他的回答展现出四两拨千斤的技巧，在关键敏感的问题上，完美做到了滴水不漏。这套控制情感的应对方式，绝非常人所能做到。而武云溥先生颇有学究式的内敛，他谈到自己为了做一个专题式的采访，竟然在广州的黑人居住区住了半个月。这样的认真给我以提示，我觉得自己写的这些小文章，太过相信自己的记忆，没能像他这样在一个点上下如此大的功夫。而李辉先生也提到了自己早年所写的传记，他说自己当年也难以压抑自己的好恶观，对自己所厌恶者，哪怕是认识，也绝不去做相应的访谈，而今这些人已经去了另一个世界，再想听到他们的谈话，已经没有了可能。他的这种讲法，也给我以很大的提示，因为我也有同样的毛病，

参会所获

对某些人品很烂的人在交往中避之唯恐不及，我不知道几十年后，自己是否会后悔当年的意气用事。

　　这三杯酒不知不觉地进行了两个小时，这种介于趣味和深刻之间的访谈，使得人们忽略了时间。我有些后悔以往没有多参加几次这样的新书发布会，至少能够听听别人的高见，也可以纠正自己的一些固有观念。三杯酒后，绿茶兄做总结发言，他竟然不顾我事先的反对，宣布由我来讲话。于是我站在原地，看着前方的投影，背对着听众们，说了几句不着边际的废话。下一个节目则是新书签售活动，众人抱着一摞摞的书，请六位作者一一签名，我也混迹其中，手持这六本书，请他们在书中写下自己的墨迹。那种感觉很是有趣。我突然意识到：自己的心还没有老。

唯杂以胜　唯量是求
孔夫子杂书馆开馆仪式

时间：2015 年 11 月 27 日

地点：北京孔夫子杂书馆

无论是从成交量还是社会名气，孔夫子旧书网都称得上是中国乃至全球最大的旧书线上交易平台。近两年交易电子化发展势头迅猛，在短短时间内，就改变了许多人对电子交易观望的态度，按说这将是社会流通领域的主要发展方向，然而在这种巨变之中，却有着别样的声音。比如亚马逊，该公司是最早的大规模在网上出售图书的公司，然而它在今年却开起了一家很大的实体书店。前几天我在报纸上还看到一则消息，说中国某著名的网站列出了计划，将于未来三年内，在中国境内开起 100 家实体书店，这种变化我不知道算不算"倒行逆施"，但既然是先锋人物想出来的招数，必定有其道理在。

孔夫子网虽然是专业的古旧书交流平台，然而该公司从去年就开起了图书馆，其图书馆规模之大，我觉得能超过许多人的想象，我参观这个图书馆时，就在思索这种变化代表着怎样的方向，然而到了今天，也就是 2015 年 11 月 27 日，孔夫子网又放出一个大消息，那就是开办了一个更新更大的图书馆，馆名叫作杂书馆。在开馆的当日，我受邀前往与会。参观的过程中，我的部分好奇心多少得到了满足，但此馆的开馆宗旨及其营运机制如何，我还是没能得到答案。

开馆时间在当天下午，意外的堵车让我晚到了三分钟，赶到现场时，看到揭牌仪式正在进行。孔夫子网在此之前已开办了好几个馆，我曾看过古籍馆、手稿馆及旧平装书馆，然而那几个馆都是位于一座三层楼之内，而今开办者，却是独立的一栋楼房，处在原馆后面。此馆之前有很大的停车场，这对开车族而言，是极重要的一个硬件。从外观看，杂书馆并不扎眼，大门看上去也没什么特别，走进里面，却有着《桃花源记》里所形容的豁然开朗。这种设计，一是因地制宜，二者则可能是有意制造这种视觉反差，给人以心灵震撼。

揭匾仪式在这里举行

揭牌仪式举行完毕，随众人入内参观，一进门就看到了与以往的不同之处。这里有着图书馆的正规，各种规章制度整齐上墙，尤其一层的西文汉学馆，里面所陈列的西文精装书有着别样的参差之美。然而它们虽然漂亮，我却仍然倾心于古书，于是又来到了二楼。果真，参观的人群基本上都集中在了古书区内，看来人们还是对古书更有崇敬感，这种偏好瞬间满足了我内心的虚荣。众人聊天时，我突然听到了熟悉的声音，转过书架，看到了多位朋友，再寻声望去，原来是于丹老师在那里品评古书。我多次在电视中看到她讲书的情影，而本尊却是第一次得见。虽是初见，但见面后，我们却聊得很热闹。我告诉她，前一度自己去寻访杭州的万松书院，在那里看到了她很多张放大的照片挂在墙上，万松书院以于丹前去讲座为荣。于丹老师说，她大约十年前在《三联生活周刊》上看到了对我的专访，当时就很好奇：这个人为什么藏这么多古书？没想到这么多年后才初次见面。

　　高晓松先生我也是第一次得见，他当然是绝对的潮人，各种媒体上不断有他的消息，我对他的执着于读书，特别敬佩。我所说的敬佩，是因为他处在最热闹的红尘中，面对各式各样的新鲜事物，仍然能静心读书，这样的定力，非常人能够拥有。他对我讲，近几年来自己对古书的兴趣越来越浓，希望哪天能够看我的藏书。我告诉他，自己的藏书量要比孔夫子网的这个杂书馆差很多。

　　在这里又见到了陈平原和夏晓虹两位老师，他们一直在国外及香港游学，我至少有两年未曾跟他们见面，今日得见，有着分外的亲切。两位老师都说他们喜欢孔夫子网藏书之杂，尤其这里收藏着许多公共图书馆所不藏之书，比如民间的一些小唱本等等，

$\dfrac{1}{2}$

1. 都套上了塑料袋　2. 我对这些未整之书兴趣最浓

这对研究清代民俗极有价值。两位老师对杂书馆的藏书特色夸赞有加。我也注意到，这里的书比上次前来参观时整齐了许多，但也有些线装书还未整理完毕，只是做了简单的插架。然而对爱书人来说，或者更具体点儿，对于像我这样的人来说，看到这样的书，最是兴奋，因为这有着未曾发掘的新鲜感。我忘记了拍摄，从中间抱下几摞书放在地上翻看，果真，发现了不少我未曾见到过的书坊刊物。按说古籍拍卖已经进行了二十余年，几乎各种各样的书都会先后出现在拍场中，然而孔网所得之本，绝大多数不是来自拍场，看来孔网有着自己独特的得书渠道，但究竟从何而来，我却未能了解到。

众人参观完旧馆，又集体前去看新馆，新馆的外立面显然进行了特殊的设计，颇具后现代风格。在门口，意外地遇到了台湾著名作家张大春先生。孔网开馆，竟然从那么远请来了张先生。两年前，我在台北跟张先生同桌吃饭，他说话之幽默，谈吐之真率，给我留下了很深的印象。我问他，何以前来北京？他说，此程就是为了参加杂书馆的开幕式，参观完毕之后，当晚就返回台北。我惊异于他的来去匆匆，他指着杂书馆的馆名跟我说："我当然要来了，因为这就是我写的。"这几个字的确写得很有功底，让我深为叹羡。张先生继续跟我说："你的台湾版《书之美》卖得很好，那么偏的书，还能卖这么好，出我所料，但你可能不知道，《书之美》封面的题字也是我写的。"竟然是这样，我忙不迭地向他表示自己的谢意。

杂书新馆的大堂设计很有特色，这里的面积感觉有上千平方米，有一半做成了挑空设计，从空间的布置，到细部的装饰，都能看出比前面的旧馆用心了许多。登上二楼，这里是今天的开会区域，原本设计为读者的阅览区，我在这里第一眼就看到了辛德勇先生。辛老师不喜欢应酬，他来这里的第一件事，就是专心致志地在架子上翻书，学者之风坦露无疑。

会议由高晓松先生主持。先由孔夫子网的 CEO 孙雨田先生做嘉宾介绍，至此，我方得知，原来高晓松现任杂书馆的馆长。高馆长以自己惯有的高调，介绍着杂书馆的来由，以及该馆的设计方式和服务对象。他说自己现任阿里巴巴的音乐总监，但他也喜欢孔夫子杂书馆的公益性，当杂书馆请到他时，他对此馆做了详细地了解，在观念方面达成了共识。他认为，在这商品社会中，仍有人为了普及书香，做这样的功德事，正是他所看重者，为此，他才答应担任馆长一职，共同来传播书香文化。

而后讲话者是方克立先生。方先生是社科院学部委员，为著名的哲学家，他从社会价值角度论述了此馆的成立对社会所起到的示范作用。接下来讲话的刘东先生则是清华大学国学研究院副院长，他带来了自己的两位博士后学生共同参加此会。刘先生更为关心者，是该馆何时能够编出完整的目录，以便相应学者能够按图索骥地找到自己所需之书。他还讲述了自己在国外看见一批被扔进废纸堆的中国特殊时期文献的经历，他认为拾遗补缺，正是杂书馆的重要特色。

虽然之前在电视上看过于丹老师的讲座，但毕竟，电视得来终觉浅，今日听她现场讲话，果真有着大珠小珠落玉盘的铿锵，尤其她讲话时旁征博引，几乎句句用典，有着信手拈来的娴熟，却又丝毫未见斧凿之痕，这样的功底确非常人可及。于丹称，她特别喜欢该馆的名字中有一个"杂"字，这一点极其重要，在当今的商品社会中，唯其杂，才给人以不功利，而这种不功利，正是浸润人们心田的能量剂，如果人们不再讲求时间就是金钱，能够在某个时刻坐在这杂书馆内信手闲翻，以这样的姿态读书，才是人生的一种境界。我的理解，于丹老师更多的是希望人们放下一些功利，多受一些书籍的滋润，以期达到古人"偷得浮生半日闲"的玄玄之境。

于老师在讲话中还表扬了我，她说，众人入此馆都有着惊喜之色，每个人都忙着用手机拍照，唯有韦力一人手拿专业相机，她认为这种做事认真的精神值得大家学习。其实她讲这句话的时候，我颇觉惭愧，因为我拍照也同样出于功利的目的，我是给自己将要发出的微信公众号文章配图。我觉得孔网为了普及书香，做出了这么大的努力，而我能做的，只是通过微博和微信的宣传，为他们这种义举摇旗呐喊。

陈平原老师认为这个馆开得很好，但他担心此馆的长久性，因为民营资本所建的公益事业，最关键的问题是需要有长期的资金保障，最好能够自身拥有造血功能。同时，陈老师认为，不要重点宣传该馆藏书之广之多，因为站在公共图书馆的角度，这里哪个方面都难以与公共大馆相匹敌，民营图书馆的着眼点，更多的是对公共图书馆的拾遗补缺，所以不要在数量上跟公馆一较高下，而应当把自己的长处发挥到极致，努力去收藏公馆所不注意的文献。

孙家洲先生是中国人民大学历史学院教授，为著名的历史学家。孙先生认为，杂书馆的成立本身就是一个奇迹，在这样的社会中，大家应该共同地支持和扶持这样的图书馆，使之能够长久地发展下去，以培养更多的爱书之人。孙先生还举了历史上一些相关的例子，以此说明私人所办公益图书馆对社会所起的作用。

辛德勇先生则认为，此馆所藏之书极有价值，他也认为此馆对相关学者的研究，会带来许多的便利，但为了相关的学者能够便利使用，必须要先编出目录。辛老师也知道编目之难，因此，他主动提出可以带领十位学生来此做义工，帮助该馆编目。辛老师的提议受到了大家的呼应，而高晓松先生则称，因为他在网上有巨大的粉丝量，有很多人都主动说要来此馆做义工，但考虑到方方面面的问题，他一时还未对此作出回应。

刘东先生在讲话之时，提到了前来此地在交通上的不便，而高晓松告诉他，离此不远就有地铁站。本次的参会者还有北京红厂设计创意产业园总经理邹玉凤女史，和老师介绍说，本馆的装修全部都是邹总出资，并且这个新馆也是免费给孔网使用。邹总的义举得到了大家的掌声。邹总解释说，在园区之内，她正在建设小型的酒店，这些酒店可以给各地的学者提供极其低廉的价格，以便让外地学者住在这里，就近使用这里所藏的文献。

张大春先生则从另外一个角度肯定了该馆创建的必要性，并且在具体营运方式上提出了自己的一些建议，他高度地肯定了该馆在设计、分类等方面的特色。我自己则讲述了编目远非大家所想的那么容易，我讲出了其中的问题，以及该馆能够长期得以维持的关键点。而夏晓虹老师对大家所言作了必要的补充，并赞誉该馆所藏之书会对她的学术关注点带来怎样的帮助。参加座谈会者，还有国门企业联合会秘书长吴海龙先生，吴先生很谦虚，在会上没有过多地发言，只是说将尽力为该馆的发展提供更多的方便。

孔夫子旧书网本是一家旧书网站，经过这些年的发展，渐渐朝着公益性的方向拓展，这种做法就如世界上那些著名的网站，开始由虚拟经济走入实体店一样。杂书馆的建立，必有其道理所在，我作为一个爱书人，当然盼望着这个馆能够渐渐地扩大影响，能像磁铁一样把更多的爱书人吸引到此，同时将书香传播到社会的各个角落，让更多的人藏书、爱书。

得捐大典　众人拾柴

复旦大学中华古籍保护研究院周年庆典

时间：2015 年 11 月 29 日

地点：上海复旦大学

2015 年 11 月 29 日，复旦大学召开了中华古籍保护研究院周年庆典，同时还有《广州大典》的捐赠仪式，这场大会开得足够隆重。我是在会议的前一天到达上海，在所住宾馆见到了很多熟识的朋友。广州中山大学校长助理兼图书馆馆长陈焕文先生跟我聊起了清代武汉的文华公书林，他说自己研究韦棣华多年，搜集了大量的资料，并且还拍了一个短片。我对此很感兴趣，陈馆长说回去帮我拷贝一份，而我好奇者，则是韦棣华为何一生未婚。我的这个问话倒不全是出于八卦，更多的是想搞清楚，当年韦棣华耗尽自己一生，就是为了中国图书馆事业，究竟她的精神支柱在哪里。陈馆长很认真，他说抽空专门给我解答这个问题。

在所住酒店的大堂里，我遇到了国家图书馆的张志清馆长，以及国家古籍保护中心办公室王雁行主任。王主任跟我提到了《古书之美》的事情，说想了解一下该书畅销的原因，我告诉他自己手头没有样书，但答应回来寻找一本奉上。还遇到了浙江省图书馆的徐晓军馆长，我向他请教浙江省其他市县图书馆中，有哪些馆藏古籍有特色者，他向我推荐了几家。

当天晚上，复旦古籍研究院副院长杨光辉先生带着几人到我房间座谈，所见者乃是浙江开化市的几位领导，有人大副主任、文联主席黄高松，宣传部部长李华蓉，副市长邹志岗，文化旅游局局长齐忠伟，以及开化纸传统技艺研究中心主任黄宏健，一同前来者还有复旦大学图书馆古籍部主任眭骏。所谈话题是关于开化纸的复制与研究。黄宏健先生为了研究开化纸已经耗时十年，他带来了他所做出的样品，我对样品提出了自己的意见。杨光辉院长说，最晚到后年，研究院将跟开化市共同举办国际开化纸研讨会，会议可在开化市和复旦大学分别举行。开化市的几位领导也征求我的意见，我提出了三点建议：第一是联合公藏与私藏，共同出一本开化纸本图录，因为至今还没有过这方面的专著；第二，同时从公馆和私人手中拿到一些典型的开化纸本，可在复旦或其他地方举办开化纸本古籍专题展；第三，征集开化纸纸样，进行化学分析，最终确认出开化纸的真实产地，并定其确切的名称。

第二天上午十点，会议正式举行。会上有一系列领导讲话，上海图书馆馆长、上海古籍保护中心主任吴建中先生总结了本次会议的"三好"。张志清馆长则讲到了对古籍保护的支持，他说国家古籍保护中心每年给研究院十个名额的培训补贴费，每人补助三万元，从明年开始，将此额翻番，变成全年六十万元，同时继续支持在复旦大学和广州中山大学建成两个古籍保护基地。

杨玉良院长做了主题发言，他向大家汇报了古籍保护研究院一年来的工作，他说以前的古籍保护重点是从修复和人文研究着手，而今古籍保护研究院做了跨行业、跨学科的综合性研究，有化学家、物理学家和微生物学家参与其中。

广州中山大学校长罗俊先生则认为复旦中华古籍保护研究院在古籍研究修复行业有许多开创式的发现，做出了许多开先河之举，同时他提到了广州一地综合各种力量，编出了《广州大典》，并且中山大学也要建古籍保护研究院。

广州市委副书记、市长陈建华先生则讲述了《广州大典》的编纂历程，他回顾了历年工作中所遇到的各种问题，同时建议希望能将纳米技术用于古籍保护的研究。陈市长说，要把广州建成中国的图书馆之城和博物馆之城，同时夸赞了广州市图书馆建造得何等有气势，其中一天最高的阅读人数达到了4.3万人，成为中国图书馆最高纪录。陈市长又说，现在准备编写《广州大典》的提要，将于不久后出版，由此又谈到了大典的印刷选纸，他讲述了中国纸寿千年，但今天的现代化纸张纸寿不过百年的事实，为

陈建华市长向复旦大学捐赠《广州大典》

了能够让《广州大典》长久地存于世间，他们在用纸选择方面作了很多考量，最终确定选用保定印钞厂印制钱币的长纤维棉纸。陈市长的这番讲话让在座者顿时发出一片议论之声。针对这个话题，陈市长建议复旦研究院和中山大学继续深入地研究纸张脱酸技术，他当即宣布，广州市出资一千万元，来支持两院做相应的纸张研究，同时另外再捐给复旦古籍研究院一百万元用以研究开化纸。

而后复旦大学图书馆馆长陈思和先生讲话，他说自己祖籍番禺，所以广州来的这么多领导都是自己父母官，感谢广州市捐赠这部大典给复旦大学。陈馆长代表复旦接收此书，并且举行了仪式，陈馆长解释说，本来要将这套大典摆在会场，请与会者欣赏，但因为部头太大，一时不好搬运，故只拿来了几册。同时陈馆长说，复旦要建新的图书馆，以此接纳更多的库存，他还当场作了一首七绝，来唱颂这场盛事。

仪式举行完之后集体合影，而后继续举办该院的学术研讨会。在研讨会开始之前，西藏大学古籍研究所所长西热桑布先生捐赠了一套木版刷印的藏文经典，我拿起来细看，用的是一种特殊的皮纸，跟安徽的云龙皮纸纸性相同。扬州古籍线装文化有限公司经理常庆海先生，代表公司捐赠了一块陈义时所雕刻的复旦大学校训"博学而笃志，切问而近思"牌匾。而后每人讲述了对该院未来发展的建议。我的邻座有复旦的校友、古籍收藏家宗旨先生，这是我跟宗先生第二次见面，他对古籍的见解很让我佩服。另一侧则是中国版画家倪建明先生，倪先生我早闻其名，因为他给很多藏书家制作过藏书票，却不意在这种场合相见。就餐时，倪先生还向我讲述了国内藏书票制作的现状和问题。

华宝主办　藏会筹成

第二届中华藏书文化论坛录要暨八道湾十一号参观记

时间：2015年12月26日

地点：北京市第三十五中学

　　这个论坛从名义上说，是由很多家联办，实际操办者则是华宝斋。华宝斋的北京负责人蒋凤君女史给我打过几次电话，她说我第一届论坛时因事未来，这第二届一定要参加，因为还要给我发聘书。这两年由于到处寻访，此类的聚会我大多数未曾参加，少了很多聆听他人高见的机会，其实多少也是一种遗憾。

　　在开会的当天，幸亏我先给蒋总打了个电话，方才得知这个论坛没有在她的公司内举办，而是安排在了北京市第三十五中学。为何在这里召开这样的论坛？我也来不及细问，待来到了这所位于老城区里的校园，才明白在这里开会的意义所在。会场在三十五中的高中部，这里的面积之大远超我的想象，所有建筑全是新近修盖起来者，从外观看上去，更像一处政府大院。然而在这老城区之内，停车却是个问题，我围着这里兜了一大圈儿，方才把车停入三十五中的地下停车场。但这个停车场的怪异之处是无法通入校内，几番打电话，才得知学校还有另外一个停车场，于是重新开出，回到了三十五中西正门，华宝斋的几个工作人员正在这里接待来宾，拿到停车证之后，又把车开入另一个地下停车场。

在院中正巧遇到华宝斋工厂的负责人张金鸿先生，他刚刚将当今的目录版本学权威李致忠先生接入院内。张先生带领众人来到了学校的贵宾室，贵宾室内面积不大，约能坐三四十人，因为并未摆上桌牌，所以大家跟着李先生随意落座。无意间，我望到后院有一排青砖仿古建筑，正堂上挂着"鲁迅书院"的匾额，猛然想起鲁迅和周作人当年的居住地——八道湾似乎就在这一带，于是向工作人员求证，果真如此。这是个意外的收获，毕竟二周都是藏书丰富的人，于是我立即走出贵宾室，穿入后院。

鲁迅书院的大门敞开着，我走上前，在石板地上看到了"八道湾胡同"的刻字。把胡同名刻在地上，这倒是一种有趣的标志方式。进入书院的大堂，没有见到工作人员，在左侧的入口处遇到刷卡的门闸，我喊了两声，没人应答，然注意到右侧的出口却是敞开的，于是逆行入内。我在里面胡乱穿行，但还是未能找到那处复建的旧居，于是又从侧门穿出，在四合院的西墙上看到了"李大钊纪念馆"的匾额。进入这个院落，正前方是"志成中学"的招牌，招牌之前摆放着李大钊的胸像。沿此院落一直穿行，看到了立人讲堂。穿过讲堂，来到前院，院中修建了不规则的水池，而水池前方的角落里有一棵老槐树。我一眼就认出，这棵树是当年周氏院落中的故物。果真，回身再看，门楣上写着"周氏兄弟旧居"。

看到此匾，我心下一乐。正巧几天前收到了江西进贤县邹农

周氏兄弟故居正门

耕主编的《文笔》2015夏之卷，此刊中有鲁迅博物馆黄乔生馆长《肇赐嘉名》一文。黄馆长在文中谈到了他新近的大作《八道湾十一号》出版的过程。文中提到，这处二周故居对中国近代史和现代文学史意义重大，不仅是因为两位大文豪曾居住于此，还因为著名的《阿 Q 正传》等不少名篇也诞生于此，这里还是周氏兄弟反目成仇之地。后来这里的居民搬迁，此处就归了三十五中。修复之后，需要挂上匾额，黄馆长提议"周氏兄弟旧居"，受到了与会者的赞同。而后请书法家题写时，又有人提出了疑问，经过黄馆长的解释，终于按此书写，于是乔生先生感慨道："名，可名，难得嘉名。"当时读到黄馆长的这篇文章之后，我就有了前往此地一观的想法，今日无意间得之，这也应当是冥冥中的安排。不过我来到此院却是从后门进入，一直退到了正门才看清楚院落的完整结构。

重新回到贵宾室时，众人却一并走了出来，原来开会的场地并不在这里。在门口遇到多位熟人，肖东发老师告诉我他在北大举办的国际雕版研讨会的一些情形，他说来人之多超其想象。在这里竟然还遇到了黄乔生馆长，我马上兴奋地向他讲述刚才自己发现周氏兄弟故居的经历。

　　本场会议的主持人是央视的张越女士。张女士的主持颇为灵活，尤其是她跟嘉宾之间的互动，可知她也是一位喜欢读书之人。介绍来宾之后，由华宝斋书院院长蒋凤君女士致辞，之后是三十五中校长朱建民先生讲话。朱校长讲述了三十五中的来由，并介绍了该校的众多名人校友，他还提及要把建设好的书院真正地活跃起来，因此跟华宝斋合作，共同打造书香文化。到此时，我方知道华宝斋在这里举办会议的原因。

　　又有几位领导讲话之后，蒋凤君宣布中华藏书会筹委会成立。

张越主持会议

建立这个藏书会是蒋总的一贯构想，近几年她与我已经探讨过多次，我觉得成立全国级的民间组织在申报手续时很难批下来，但她不畏阻碍，不断地努力以期实现预期目标。她的这种执着让我特别佩服。而今成立了筹委会，离她的预期目标又近了一大步。接下来，由张越女士宣布中华藏书会筹委会的名誉会长，分别是张梅颖女士和楼宇烈先生。楼先生是儒学研究大家，张女士以往却未曾了解，从介绍资料上得知，她本是第十届、第十一届全国政协副主席，民盟中央原第一副主席，而听完她的讲话，又发现她不仅是一位官员，还对读书有着自己的独特见解，尤其是她站在另一个高度来看待今天社会的方方面面现象，以及读书的价值所在，令人佩服。主持人接着宣布筹委会的首席藏书顾问是李致忠先生，另外四位顾问是拓晓堂先生、钱念孙先生、宋平生先生及鄙人，并请吾四人上前领聘书，此外，该会还有十二位阅读顾问。

发放聘书之后，由张庆善、朱永新、聂震宁和熊培云四位先生讲解"互联网＋"时代跟读书之间的关系。其中张庆善先生乃是中国红学会会长。几个月前，《中华读书报》对我有一个长篇访谈，内容是我对一红学观点的质疑。显然我的观点跟红学主流相悖，巧合的是，今天竟见到了该会的会长，冥冥中固有的安排究竟是怎样的？其实自己并不了解。四位学人从不同的角度解读了在当今社会仍然需要读书的价值。

张本义先生开讲的内容是"经典的阅读"。他是大连图书馆原馆长，现任大连市文联副主席等多个官职。张先生朗读了一段《礼记正义》，投影上所放出的书影的版本是宋绍熙三年两浙东路茶盐司黄唐刻宋元递修本。在放出该书影的首页时，李致忠先生就告诉了我该书影的版本，果真在后面的投影里显现出了该书版本的注明，李先生鉴定版本的毒辣眼光特别让我佩服。

张本义先生称，今人读古书都是用的今音，但用今音阅读却完全无法读出古书的美感，于是他现场用富有音乐感的古调诵读了两页《礼记正义》。然而他在诵读之时，并未有如古人的摇头晃脑的肢体语言。他讲解着古音与今音的区别，以及古人的不同诵读方式等等，总之，他的这种诵读方式让与会者颇感耳目一新。

近两年，华宝斋正在制作一个出版大项目——《百部经典》。这个工程的选题我也曾参与，只是近期忙于自己的写作，没有关注进一步的情况，而今在这个会上听闻已经制作出了一些成果，并且是用四色影印来呈现古书的真实面目。能够将事情坚持地推进下去，以这种姿态来从事书籍的制作以及藏书文化的普及，我料定在不远的将来一定能看到华宝斋做出更多的成果。

得失获誉　忝列师墙
第十一届文津图书奖颁奖侧记

时间：2016年4月23日

地点：北京国家图书馆

4月23日是世界读书日，当然这是中国式的说法，国际上这一天的正式名称是"世界图书与版权日"，又称为"世界图书日"。到了我国，将"图"字改为了"读"字，使得这个节日有了动感。

从2004年开始，由国家图书馆发起，全国近百家公共图书馆共同参与，设立了"文津图书奖"。自设立之日起，这个奖项就在业界引起了较大关注，而今举办到第十一届，我的那两本小书——《得书记》和《失书记》却获此殊荣，这真是件高兴的事。

在此之前，我接到了广西师大出版社曹凌志主任的电话，他兴奋地通知我，这部由他责编之书获得了"文津奖"。恕我孤陋，当时我并不知道这个奖项是何等的高大上，但曹主任是业界人士，他简略地向我讲述了这个奖项在图书界有着怎样的地位。经过他的一番描述，我才了解到自己真是中了大彩。

4月23日一早来到国图新馆，在大门口见到了曹主任，而后由工作人员带领，前往会场。我跟国图打了二十多年的交道，对这里的熟悉程度甚于左手摸右手，但今天看到的国图似乎与往日不同，也可能是因为北京有了难得的初春丽日，总之，眼前的花儿有着别样的红。在新馆的入口处已经摆起了此次活动的介绍牌，尤为难得者，国家邮政局恰好在这天发行了一套名为"全民阅读"的邮票，以配合"世界读书日"，据说这套邮票的首发式也在这里举行。

关于邮票的发行，我还略知一二，知道国家对于盛大节日发行纪念邮票有着极其严格的审核制度，为了读书专发此票，可见在国家层面对这个活动的重视程度又上了一个台阶，这让我的获奖也有了烘云托月的隆重感。

跟着工作人员来到了数字图书馆大厅，这里是第十一届文津图书奖的颁奖现场。首先是签到、领奖金、领资料，而后在会场等候。会场的每把椅子上都贴有名签，浏览过去，原来有这么多名家荟萃于此。在此也见到了一些熟人，纷纷打招呼的同时，也互相了解着彼此的近况。

九点半正式开会，会议由国家图书馆副馆长、副书记魏大威先生主持，而后是多位领导讲话。国家图书馆馆长、党委书记、国家典籍博物馆馆长韩永进先生，讲述了此奖的社会意义。国家图书馆常务副馆长陈力先生，代表评委简述了评审过程。

"文津图书奖"每年评选出十本书，分为少儿类、科普类和社科类三部分，另外还有一个"特别奖"。陈力副馆长宣布本届"特别奖"颁发给"文津图书奖"的发起人——国家图书馆前馆长任继愈先生，任先生获奖之书为《老子绎读》。任先生已经故去，这个奖项由韩永进馆长颁发给了任继愈先生之子任重。

今年获奖的两本少儿类图书分别是：《爸爸的画》，丰子恺绘，丰陈宝、丰一吟著，华东师范大学出版社2015年5月版；《这就是二十四节气》，高春香、邵敏著，许明振、李婧绘，海豚出版社2015年9月版。少儿类图书我当然不熟悉，好在高春香女士代表少儿类作者发表了获奖感言，多少让我明白了一些。

科普类获奖的四本书分别是：《征程：从鱼到人的生命之旅》，〔加〕舒柯文、王原、〔澳〕楚步澜著，科学普及出版社2015年7月版；《草木缘情：中国古典文学中的植物世界》，潘富俊著，商务印书馆2015年3月版，潘先生是台湾作家，他来到了现场代表科普类作者发表了获奖感言；《癌症·真相：医生也在读》，菠萝著，清华大学出版2015年9月版；《星际穿越》，〔美〕基普·索恩著，苟利军、王岚、李然等译，浙江人民出版社2015年6月版。好在《星际穿越》这个著名的科幻片广告曾经铺天盖地，所以我总算没有对科普类交上白卷。

并排在一起，还是觉得惭愧

社科类获奖的四本图书中，除了特别奖《老子绎读》外，另外三本分别是：《"523"任务与青蒿素研发访谈录》，屠呦呦、罗泽渊、李国桥、张剑方、吴滋霖、施凛荣等口述，黎润红访问整理，湖南教育出版社 2015 年 10 月版；《逝年如水：周有光百年口述》，周有光口述，浙江大学出版社 2015 年 1 月版；第三部则为拙作《得书记·失书记》，广西师范大学出版社 2015 年 9 月版。

我在参会之前完全不知道还有哪些获奖者，而今能够附在周有光、屠呦呦这两位德高望重的前辈后面，既惊喜又感到意外，我觉得这件事真值得嘚瑟，但内心却很是发虚。

周有光先生已是 110 岁的高龄，以如此的高龄，还能口述写作，古今中外我不知除他之外还有哪位。按照中国的古语来说，这等高寿的长者早已是人瑞，与这等吉祥的老先生站在一块，那是何等的欢愉。而屠呦呦去年获得了诺贝尔医学奖，真可谓一举成名天下知。我在电视里看到了她在颁奖现场的讲话，因为她身体的原因，在讲话时不能站起，而那位工作人员竟跪在旁边帮她举着话筒，直到讲演完毕。那个镜头感人至深，也真正让我明白了：这样的人对她怎样尊重都不为过。因此，她带领团队研发青蒿素的过程就成为世人皆想了解的背后故事，而今她的这部书获奖，当然是实至名归。

如此比较起来，我的《得书记·失书记》岂止是小巫见大巫。我心里当然十分感谢评委会对我的厚爱，但我毕竟还是一个懂得敬畏之人，我就把这个结果作为评委会对我的鼓励吧。

周有光和屠呦呦两位长者因为身体原因，不能前来现场领奖，分别派来了代领人，因此社科类获奖作者也只能由我作为代表，上台发表获奖感言了。不过在讲话时我还是心虚，绝口不敢说我代表周有光先生和屠呦呦先生发表获奖感言，只是笼统地说了句："代表社科类图书获奖者，对评审委员会以及工作人员的辛劳表达诚挚的谢意。"

龙鳞古装　现代白眉
张晓栋书籍艺术个展

时间：2016年4月24日

地点：北京天堂书屋

每年的世界读书日都是出版界的一场盛会，无论是收藏者、出版者还是从事印刷者，都会趁这个节日举行一些纪念活动，我因为藏书的原因，一年中最受人惦记的时段恐怕就是这几天。其实这种聚会也很有意思，不仅能够结交一些新的朋友，还能通过这个时段去了解一些新的资讯，给自己沉闷的书房吹进来一些新鲜空气。

但这件好事也成了我一个小小的烦恼：因为所有的聚会基本都安排在4月23和24号两天，时间太过集中，使得我不得不把这两天的时间按上午、下午和晚上分成六个时段。即使是这样，仍然无法做到一碗水端平，无奈，只好"挑肥拣瘦"，根据会议的重要程度以及与被邀请人私交的疏密，来做出相应的筛选。离世界读书日还有两天时，故宫的江英老师来电话说她主持的"海棠季"跟雅昌艺术中心共同举办了一场书会，她一再强调这个会很重要，命我一定要参加，但这一天恰好是我的《得书记·失书记》颁奖日。今年的运气不错，我的这本小书获得了"文津奖"，主办方安排我要在这个颁奖仪式上讲话，这件事显然不能、也不愿意推掉，只好请江英老师原谅。

江老师也为我的获奖感到高兴，但我不能参加她的这个书会，她也觉得遗憾，于是跟我说4月23日既然参加不了，那就参加4月24日的书会，这一天他们还有一个书会要举办。于是我斟酌了一下，决定推掉另外两个聚会。江老师闻言很是高兴，立即说安排人把请柬快递给我。

而今的快递业确实效率提高了很多，转天一早我就收到了请柬，请柬上标示着会议时间和地点是4月24日下午2点在雅昌艺术中心。我对雅昌的熟悉也是跟拍卖有关，二十多年来国内大的艺术品拍卖公司所印的精美图录，基本都是出自雅昌。我问过一些朋友，为何雅昌能在中国多如牛毛般的印刷厂中一枝独秀？很多人告诉我，能印刷拍卖图录者，也并非雅昌一家，但从质量而言，确实没人能超过他们。印刷行业设备的先进性固然重要，但人为的经验确能表现出拍品最细腻的部分，而这一部分也正是卖家和买家都关注的细节，为了能让买家更多地对拍品感兴趣，当然拍卖公司就要选最好的印刷企业，而雅昌正好承担了这个重任。

我跟雅昌还有一点渊源，那就是该集团的老板万捷先生是《紫禁城》杂志社的学术委员会委员之一，而我也忝列此职，故与万先生曾在一起开会。我在会上曾向他请教印刷行业为什么人的因素这么重要，他向我简明扼要地解释了其中的内在原因，同时也向我谈起雅昌未来的宏伟蓝图。我很佩服像他这样能把工作当事业来做的人。

雅昌本是深圳企业，可能是因为艺术品拍卖中心主要集中在北京的缘故，雅昌又开设了北京中心。这个地方我没有去过，而今此会在这里举办，让我有了去参观一下的意愿。这个中心位于北京的北部，应该是跟首都机场平行偏西的位置，于是沿着京顺路一路北行。我庆幸自己预留出了一个小时的车程，因为沿途堵车情况远比我想的严重得多。快到顺义城区时，已经超过了一个小时，我马上给江老师打电话，向她表示歉意，我告诉她可能会晚到十分八分的，江老师说没关系，而后告诉我如何如何进入停车场。但我越听越感觉到不对，于是马上告诉她，我所在的位置是顺义城中的某个路口。江老师闻言大感吃惊，说会议的举办地点是在东三环国贸对面的银泰中心，我为何跑到了顺义？

闻其所言，我比她还要吃惊，好在请柬就在手边，于是又瞥了一眼，上面明明确确写着就是在顺义，并且还画着简易的路线图。江老师很有耐性，她跟我讲那是昨天的会场地点，让我再注意请柬的后方。果真，按其所说，请柬的下半页写明24号的会议是在天堂书屋。见到此况，我大感沮丧，此时已经过了下午2点，而顺义到银泰至少有几十公里的路程，堵车严重到这种程度，我赶到银泰时会议早结束了。于是只好向江老师表示歉意，告诉她堵车现况，同时说自己实在赶不及，就不能参加这场聚会了。但江老师说会议的议程上还有我讲话的安排，故让我一定要赶到，她可以让主持人把我的讲话顺序调换到后面。

江老师的热情搞得我不好意思，于是调转车头，拐上绕远但相对不堵的路段，而后把车开得飞快，终于在40分钟之内赶到了银泰中心。

关于银泰的天堂书屋，我此前有过耳闻，听说有一批喜爱读书的高端人士定期在这里举办书会，而今我来到这里却是头一遭，一番打听，总算找到了地方。我赶到的时候，看情形会议已经过半，有些重要人士讲完话后，已然离去。我对自己的晚到，向江英老师以及在场认识的朋友一一表示了歉意。

因为时间仓促，我来之前，甚至都不知道这场雅集的主题，因此更不知道讲话该围绕什么。来到现场之后，江英老师方告诉我今天的主题是文物出版社近期推出的重头产品龙鳞装，她所主持的"海棠季"与其他几方通力合作，共同将故宫所藏孤本龙鳞装的形式再造了出来。

江老师的话让我大感兴趣，故宫的这部龙鳞装太有名了。当然，这里只是说的装帧。这部书名为《刊谬补缺切韵》，作者是唐朝的王仁煦，而这部孤本则是由他的夫人吴彩鸾手写而成者。该书在宋朝时就曾被宋徽宗珍藏，他给这部书御题了引首，故而这部书著录在宋朝的《宣和书谱》中。到了明初，此书被宋濂得到，他在书后写了跋语。进入清朝，这件宝物又成了乾隆皇帝的珍藏之物，因此著录于《石渠宝笈初编》。再后来，又流出宫外，直到1974年又被故宫博物院买了回来。

可见，这是一部千年以来流传有绪之物。而藏书界对此书感兴趣的原因，除了它是唐代的孤本，更为重要者则是该书的装帧形式。从唐代到清末，古籍装帧形式的主流大约经历了卷轴装、蝴蝶装、包背装、线装等等。虽然古籍装帧形式还有多种，但谈到龙鳞装，目前所能举出的例子也只有这一件。龙鳞装又叫"旋风装"，这两种称呼方式都是因装帧的外在形式而命

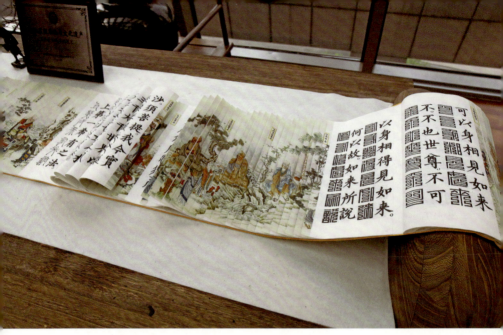

《三十二体金刚经》

名。这部《切韵》从外观看很像卷轴装，但将其打开，则可看到里面裱贴的书页是一张错一张地叠加在一起，而后粘贴起来，当这个卷轴完全平铺时，就能看到里面一张张的书页会像鱼鳞般曲卷起来。

关于该书为什么采用这样的装帧，业界有着不同的争论，有人说这是为了翻看方便，也有人说这不是一种装帧形式，只是将散页随意地这样粘贴在了一起。究竟孰是孰非，业界未有定论，但这部《切韵》的外在形式却的的确确是古籍装帧上的另类，它也因此享誉中外。这些年来我听说不少人都想将这件珍物复制出来，有可能是故宫的相关人员认为此物太重要了，也有可能是该物的复制难度太大，总之，我只闻其声，未见其成，从未看见什么人将龙鳞装复制成功。而今听到江英所言，竟然真的做了出来，这大大激起了我的好奇心，于是不顾礼貌，未再听主讲人的讲解，而立即跑到了旁边去观看这难得的复制品。

会议的现场摆放着多件复制出来的龙鳞装，我一一仔细观看，似乎那部《三十二体金刚经》更能引起我的兴趣。此书也算是古籍中的名品，是前人用三十二种不同的字体汇在一起而刊刻的《金刚经》，但我眼前所见者绝非是对这部书简单的复制，而是将原本的线装书进行拆分后，重新做成了龙鳞装的形式。这种制作方法并非只是简单的粘贴，而是创造性地在书口部分印制了彩色的罗汉图，而尤为难得者，是这部书从反正两面，都能看到书口上彩印的图案。

因为藏书的缘故，我对印刷出版还算略有所知，能将这么多散页准确地拼成一个图案，对于现代印刷来说，已经不容易做到，而此印刷品不但反正面两面印刷，反正两面的书口也同样印上彩绘图。这些彩绘图是将露出的小窄条一帧帧地拼合成完整的图案，这要求无论印刷还是裁纸、裱贴，都要做到不差分毫，这个难度太大了。应该说此书的完美呈现是多个工序通力合作的结果，这对现代印刷来说，应该算是挑战。

我当然很好奇是什么人能够制作出如此完美的书籍，江英告诉我现场正在讲话的那个人就是该书的设计者张晓栋先生。转眼看过去，这位张晓栋年纪并不大，我感觉他应该不会超过40岁，一身长衫，再加上黑框眼镜，体现出当代艺术家的气质。这样的一位年轻人竟然能够将这种已经失传了一千多年的装帧艺术复制出来，顿时让我肃然起敬。

在观看这些展品时，我注意到了旁边摆放的文物出版社所制作的编号发行证书，这让我猛然想到了江英老师的先生李缙云。我马上问江老师这些书的监制者是不是缙云兄，她笑着说确实是这样。近几年因为一个项目，我跟缙云接触的机会多了起来。我

书的天堂

在以前就很喜欢读《文物》杂志，而缙云先生长期任该杂志的主编，这个杂志办得实在是庄重严肃，成为收藏界几乎人人必看的指南性读物。过了些年头我方得知，缙云先生乃是中国著名学者李学勤先生的公子。李学勤先生是夏商周断代工程的带头人，他的大名世人皆知，缙云先生乃是名家之后，他能把杂志办得如此学术，这也就没什么可奇怪的了。然而，他在前几年毅然转行，开始主持文物社的古籍珍本影印与开发，这个项目仅仅做了两年，就能够制作出如此精美独特的龙鳞装，让我对他的佩服又上了一个层次。

但现场却未曾看到缙云先生的身影。江英老师说她先生本打算来参加这个盛会，但这个时段他也有太多的场合要出席，估计是赶不及。闻听此言，我跟江英调侃说："我把其他的场合推了，才跑到你这里来，而你先生却推掉他的主场，去给别人站台，这太不应该了吧。"江老师闻言笑了起来，她说正因为这是自己的事，所以她来张罗就可以了，而其先生则需要去应酬其余的场合。原来这是他们夫妇之间的分工合作，这真可谓珠联璧合。

在书会的现场，我见到了翁连溪先生，会议的其中一个环节就是由翁先生现场讲解宫廷书装艺术，他用图片的形式提到了宫里各式各样的书籍的外装，当然也讲到了那部独特的《切韵》。

茶歇时段，江老师介绍我认识了《北京书香》制片人吴玮老师。吴老师一身书女装扮，特别符合这场雅聚的气氛。在这里，我还认识了中贸圣佳艺术品拍卖公司董事长刘亭女史。刘女士问我是否了解他们公司，我说当然，在十几年前中贸圣佳是拍卖古代字画名气最响的一家，只是近些年该公司没有在这方面发力。刘女士说过一段他们也要搞古籍拍卖专场，而后让工作人员递给我一本图录，里面竟然有难得一见的天禄琳琅旧藏，我突然明白了为何刘亭来参加这场书会。

而后有朋友告诉我，刘亭是刘少奇和王光美的女儿，她获得了美国哈佛商学院工商管理硕士学位，曾经供职于美国洛克菲勒公司。名门之后，又有如此亮丽的经历，难怪中贸圣佳能有这么大的名气。来参与书会者，还有几位北京龙泉寺的师父，江英介绍我认识了其中的贤广法师。法师告诉我龙泉寺也建有图书馆，这是他们前来参加此会的原因。

江老师还介绍我认识了多位朋友，这让我一扫下午走错路又赶上堵车的沮丧。能够结识这么多的朋友，同时还能看到这样精美的书籍，我觉得自己的飞奔赶来很是值得。

茶歇之后，雅昌主持人命我讲话，我只能现场发挥，讲出了自己今日的感慨。我感叹于张晓栋先生在这样浮躁的社会中能够静下心来执着一事，这不仅仅是而今社会提倡的工匠精神，更多者是体现出了把事情做到极致的追求。但我对此也有所担忧：制作出如此精美的书籍，再加上这些书是由成本较高的雅昌公司所印制，将这些要素叠加在一起，这样的书售价一定很昂贵。

　　张晓栋先生同意我的说法，他说该书的制作成本确实很昂贵，但他没有说出具体的制作成本与售价。我想这一定是商业秘密，也就没有再追问，但我同时说，能够出版这样的书，确实很有价值，因为它成了新出版物中的白眉，而收藏就如同社会的结构体一样，也应当区分出高端与低端，这种书的销售对象除了相应的机构，更多者应当是对文化有追求的高端人士。翁连溪先生在接下来的讲话中赞同了我的观点，他讲解了西方社会中的藏书观念，而随着全球文化的交流与相融，这种西方的藏书理念必然能够传导到中国来，因此张晓栋制作出的这种珍本，也必然会成为这类人群所追捧之物。

三人同献　各出其特

复旦大学中华古籍保护研究院受捐仪式

时间：2016年5月24日

地点：上海复旦大学

在复旦大学中华古籍保护研究院成立一周年的那场纪念会上，有许多人现场给研究院捐赠了不少宝物，这让我顿感不好意思。毕竟我也算是研究院的成员之一，当时并不是没有想到捐赠，但是看到很多人的大手笔和那宏大的气势，不免有些气馁。然细看这些豪气冲天的捐赠者，基本上都是地方大员和相应的国家机构，我等草民当然不敢与其比肩。在接下来的研讨会时段，刘冰先生提出，他将整理出一批自己经手印刷过的特殊印刷史料捐赠给研究院，我也借这个机会表达了自己捐赠的意愿，刘冰先生和我的表态受到了该院院长杨玉良院士、常务副院长杨光辉老师及图书馆馆长陈思和先生的热烈欢迎。

两个月后，经过一番整理，我捐赠了一批自己用复制的手工古纸以及老的木版刷印的线装书。杨院长收到后，马上给我回信，他说拆箱时，本校的目录版本学专家吴格老师也在场，吴老师夸赞了我的捐赠物。能够得到专家的肯定，我感觉到自己的捐赠行动是个正确之举。

又过一段，杨光辉院长来京公干，与他见面时，他告诉我说杨玉良院长对我的捐赠很感兴趣，准备在学校内举办一个小型的捐赠仪式。而同时刘冰先生的捐赠之物，学校也一并收到。他还告诉我安徽的制墨专家冯良才先生，也捐赠了一套精美的复制宫廷墨，所以玉良院长决定将我们三人的捐赠放在一起，一并举办捐赠仪式。

这样的仪式我觉得很好，总比一个人傻傻地有些尴尬地站在那里舒服得多。而光辉院长又提出每个人都很忙，难得聚在一起，所以研究院想请我们三人在捐赠仪式过后，每人办一场讲座。我说既然如此，我会重新准备一场，以此来表示我对该院的支持。

来到复旦时，很容易地打听到了这个捐赠仪式的举办地，乃是复旦的一座老楼内。穿过老的图书馆，进入一个后花园，这可真谓闹中取静，花园的侧边有一间不大的房屋，里面摆着几十个座位，我在这里看到了三人捐赠仪式及讲座的告示牌。

这天的会议由校图书馆书记严峰老师主持，能够听得出，严峰老师对刘冰的事迹特别熟悉，他简明扼要地讲到了刘冰先生对现代印刷史的贡献。接下来就是刘冰先生的讲座。六十余年来，刘冰先生一直从事印刷业，他将自己的亲身经历讲述出来，果真是与搞文献研究者迥然不同。有时候客观与主观各有优劣，当事人的讲解则能放弃一些冷静与客观，将感情色彩融入进去，听起来更加鲜活。刘冰先生在台湾期间跟很多文化名人都有密切的接触，他讲到了一些轶闻，令听者时不时捧腹，而那些大名鼎鼎的人，经过他的讲解，也让我们感觉到了些许烟火气。

刘冰先生讲座之后是杨玉良院长的讲话，他的讲话当然是把我们三人夸赞了一番，同时说到他在任校长期间，举办过无数场捐赠仪式，以至于让他觉得一亿元以下的捐赠，听上去都没什么感觉。当然，杨院长的此番话只是铺垫，他话锋一转说，今日的这三份捐赠显然不能用钱来衡量，他很愿意来参加这个仪式，因为这些捐赠跟本院的科研活动密切相关，能够让本院的师生们得到珍贵的实证研究之物。

杨玉良院长的讲话既风趣又幽默，他提到研究院的建立与开拓，并且说到了该院在全国高校系统中有着多项独树一帜的创建，其中一些可谓具有里程碑式的意义。同时他又说，"里程碑"在西方的用语中，其实没有什么特殊意义，因为这个词的本义就是公路边标明里程的刻石，每过一公里都有一个，所以里程碑多到数不胜数，但不知中国人为何对这种路边的计里石看得这么重。他的讲话引发了在座者的笑声。

玉良院长讲话之后，接下来的一个就是我。我借着玉良院长制造出的欢快气氛，继续跟大家调侃说：我本以为自己的捐赠是何等的重要，至少对我而言，有着送闺女出嫁的复杂心境，但没想到玉良院长却把"一亿元"作为是否让他动心的一个尺度，这让我大感沮丧，原本我效仿奥斯卡获奖者的现场感言，也写了篇热情洋溢的答谢稿，但刚刚听到杨院长的这番讲话，让我不好意思再拿出这份讲稿，那我就随口说几句。于是我就脱稿讲述了何以对该院如此的认可，尤其该院的师生在多方面的创建让我看到了古籍保护行业未来的发展前程，这让我有了一种吾道不孤的归属感，也正因如此，我对该院的襄助是出于一种本心，希望自己能够为该院的建设尽到一份绵薄之力。

　　我的调侃引起了在座者的哄笑，搞得玉良院长马上解释说他刚才的话只是讲述以往的心态，并没有将此做比较的意思。看来他果真是科学家，对自己调侃的话也表示出了一份认真负责的态度。我只好马上跟他讲，自己刚才所言只是开玩笑，若有唐突冒昧之处，还望他海涵。

　　苟燕楠老师为复旦大学的校长助理，他的讲话听上去严肃认真，但仔细品之，严肃之下也包含着令人不易察觉的调侃，这应当就是西方所流行的黑色幽默。燕楠老师是当地有名的书法家，他从书法底本的角度讲解了刘冰先生捐赠物中同类品的重要性。我也有碑帖方面的收藏，而古人藏碑帖的目的，绝大多数还是站在探求书法源流角度，燕楠老师从这个角度来讲解碑帖的价值，可见他对这类源流是何等的稔熟。

冯良才先生所捐仿制御墨

接下来的讲话者乃是冯良才先生。前一天有辆外地大货车压断了上海的一段高架路，致使该路段封闭，因此冯先生从安徽赶到这里，原本不足三个小时的车程竟然走了八小时。当晚见面时，我告诉他，自己曾经跟他通过话。这让冯良才颇为吃惊，努力回想一番还是没有印象。这件事的起因是我有一度想制作一批芷兰斋特有的朱砂墨，有朋友介绍说，安徽制墨最有名气者之一就是有"墨痴"之号的冯良才先生，为此我给他打了这个电话，可惜那时他告诉我手头活太多，要一年后才能给我做。接下来杂事纷纷，这件事也就没再提起。

冯先生的讲话特别谦虚，他说自己身为一个制墨者，却走上了大学讲坛，这在以前是想都不敢想的事情，所以心情颇为激动，随即他讲述了自己复制这套墨的艰难。原来他是在台北故宫参观时，看到了这样一大套精美的御制古墨，当时他就下定决心，一定要将这套墨复制出来，而后经过多次试验，可谓屡败屡战，终于复制成功。而他之所以将其中的一套捐赠给研究院，是以此来表达他对杨玉良院长的敬意，因为前一段杨院士曾到其厂参观，冯先生向他请教了一个多年的困惑。冯良才说古人制墨讲求十万杵，也就是捣制的时间越长，墨应当越有价值，但他却发现墨的原料捣制得越久，其黑度反而下降。杨院士不愧为科学家，其从分子结构角度向冯先生讲解了这种情况过犹不及的原因。经过杨院士的启发，冯良才豁然开朗，而后他改变方式，果真制作出了品质上乘的靓墨。这个结果让冯良才大为感慨，觉得传统的手工工艺如果不跟现代科技结合，就不能得到彻底的改观。

接下来是颁发捐赠证书的仪式，证书的颁发者是复旦大学图书馆馆长陈思和先生。我对陈馆长一贯有好印象，虽然跟他接触不多，但他身上的那种学者风范，就如同他的名字一样，内敛而谦和。陈馆长首先一一表扬了三位捐赠者，而后给每个人颁发证书，以及研究院的硕士生送给我等三人的礼物。我发现这三份礼物各不相同，于是又调侃说："东西是人家的好，你们应当送我那一份。"没想到陈馆长特别认真地告诉我，会后他马上安排学生们再给我制作一份。他的这份认真搞得我不敢再调侃。

合影之后，我本已回到了座位上，而严峰书记宣布还有一项议程，接着请我走上了台前。前一天我来复旦报到时，就已经接到了一份文件袋，里面附有今天捐赠仪式的全过程安排，而那上面，我不记得还有这么一项仪式。我听到严峰书记宣布说：由著名版画家倪建明先生赠给韦力先生特制的藏书票。而后倪先生走上台，他手中拿着一个小型镜框，里面镶嵌着一幅他制作的藏书票。这个意外惊喜真是让我心花怒放。

倪建明先生的大名我早已知之，他一直致力于藏书票的制作，二十年来我看到他在许多地方办过藏书票展，我熟识的朋友中也有不少人提到他，而我与他的相识却很晚，直到本研究院成立一

倪建明先生制作的精美藏书票

周年的纪念会上方才见面，他能为我制作一款藏书票，这让我大感意外。回到座位上，我仔细端详这张精美的藏书票，方得知这款藏书票是专为我而制，并且只印刷了十枚。我的贪欲迅速膨胀，会后问倪先生余外的九枚票在哪里。他告诉我这九枚藏书票已经捐赠给了古籍保护研究院。

于是我马上找到杨光辉院长，杨院长聪明绝顶，我还未张口，他就知道我找其何事。他先发制人地跟我讲：倪建明先生已经将另外九枚藏书票捐给了本院，本院准备作永久收藏，为了增加收藏价值，等一下回到院里时，请我在那九张票上一一签名。话都说到了这个份儿上，我当然不好意思再张口索要，只好跟他说：为什么不提前告诉我还有这样的一个仪式？光辉院长笑着说：他们事先商量过，决定对此事保密，以便在现场给我一个惊喜。

我在现场讲话时，无意间看到陈麦青老师走了进来，他跟我摆了摆手，就坐在了后面。捐赠仪式结束后，我马上走过去，问陈老师何以来到了这里，他说刚刚听闻到有这样一个仪式，所以特地跑来看望我。陈老师如此重情义，这让我颇为感动，于是中午拉着他跟研究院的几位领导一同去吃饭。在吃饭的过程中，听陈老师给我讲了许多上海出版界和收藏界的故事。

我跟冯良才的讲座当天下午在古籍整理研究所举行。在大楼的电梯间，看到了用我所捐赠的书的书影制作的展板，那些捐赠物制成照片摆在这里，马上就显现出了高大上的姿态。走廊的另一侧则摆放着冯先生捐赠的御墨简介，以及刘冰先生所捐之书的书影，这些书影上有不少历代名家书法。听过燕楠老师的那一番讲解，我再看这些书法时，果真觉得眼前一新。

会议室内摆放着三个展台，上面分别陈列着三人的捐赠之物。东西是人家的好，我现场参观这三份捐赠物，总觉得他们俩的东西要比我所捐的有价值得多。在众人的起哄下，光辉院长让学生们准备好了笔墨，请燕楠老师当场挥毫。他的字写得十分有力度，写完之后，学生们马上就收了起来，这让我得其一张的愿望又落空了。

下午2点是我的讲座，之后为冯良才先生的讲座。不管怎么说，这场捐赠总算圆满，而自己的心血能够让研究院的师生借鉴和研究，已经令我感到了满足。

民族记忆　精神家园

国家珍贵古籍特展

时间：2016年6月21日

地点：北京国家图书馆典籍博物馆

这场国家珍贵古籍特展称得上是众宝荟萃，盛大非常，而第五批《国家珍贵古籍名录》颁证仪式暨全国重点古籍保护单位授牌仪式也在这里同期举行，到会者有二百多人，群贤毕至，我混迹其中不免与有荣焉。走入会场之时，我首先看到了江英女史及其先生李缙云老师。寒暄期间，又看到了湖南省图书馆的寻霖主任，与寻主任聊天，方得知各省市图书馆相关专家来了不少。我在现场还见到了多位熟人，比如拓晓堂、翁连溪、孟楠、陈智萌等，国图的各位专家也来了不少，比如李际宁先生、程有庆先生、赵前先生等。我的邻座则是艾俊川先生，我跟艾兄已经有大半年没见，这一见面，话题自然就多了起来。

仪式开始之前，来了好几位大佬，有傅熹年先生、李致忠先生、史金波先生等等。会议开始后，首先由国家图书馆馆长韩永进先生讲话。韩馆长在讲话中提到了国图花重金买到三件五代刻经之事，其中一件经有"天成二年"的年款儿，系迄今为止国内公共图书馆所藏有确切年款儿最早的一件印刷品。在李致忠先生讲述了本场展览的重要意义之后，会议方举行了发放证书以及授牌仪式，简短的仪式过后，众人走进展览大厅之内，这时我的情绪开始高涨了起来。

我的看书重点当然是要仔细盯着那件天成二年的刻经。这件经首先出现在保利拍卖公司，有多位书友都曾对其跃跃欲试，希望将其收入囊中。然而在开拍之际，国家图书馆提前将其买断，让不少书友空欢喜一场。不过转念思之，能将这件重要的早期印刷品庋藏于国图，也是适得其所，但这样的重要印刷品不可能长期放在这里展览，用业界通常的那句话来说叫作：看一回少一回。

显然，这件印刷品成了本场展览的点睛之笔，有不少的人都在这里围观，而傅熹年先生在众人的拥簇之下，来到了此经的面前。我很想听到老先生的见解，可惜傅先生不轻易下断语，我只听到了几个"好"字。程有庆先生则与众人分享着该件印刷品的价值所在，看得出，此物能归国图，程先生很是高兴。

在展览现场同时还有刷经和刻版的表演，虽然这种操作我在不同的地方已经看过无数回，但我依然对这些技艺充满了好奇。前些年中国书店的书板存放在任宝全的韩营古籍印刷厂，我曾试着刷印过几张。事非经过不知难，我在那里刷过多张都很难刷出满意的印张来，秘诀包含在日常的琐事中，这也正是我对这种技艺屡见屡爱的原因吧。

本次的展览不仅仅是展示那几件珍宝，国图也拿出来不少的好书，比如宋嘉泰元年至四年周必大刻的《文苑英华》，此书流传至今者只有零册。二十年前，嘉德从海外征集来一册，我也很想

《文苑英华》

得之，可惜力不如人，那册书最终被马来西亚的一位富商买走。直至今天，再也没了消息。国图展览的这一册，应该与那一册为同一部书，目睹此物，再次让我有了隐隐腹痛之感。

从喜爱程度来说，我最喜欢看元大德九年（1305）陈仁子东山书院刻的《梦溪笔谈》，这部书有多大的学术价值暂且不论，但这部书在印刷时肯定有一些是专门提供给藏书家赏玩的，因为这部蝴蝶装制作得天头地脚太过敞阔，不太可能是拿来给读书人做批校之用。这样的制作方式，我也曾试着如法炮制，但制作出来的书总是不如《梦溪笔谈》那样美，看来真如古人所言：美人的美，瘦一分胖一分，或者高一分矮一分，都不是最佳状态，所谓的美，就是恰到好处。

本次展览在策展上动了很多的心思，因此从整体布局上讲也与以往有一些差异。这里布置了一块面积很大的展板，题目叫"中国古代典籍长河"，展板上标示出在不同的时期出现了哪些重要的书，这种一目了然的表格方式确实能让人有直观的领悟。展览中还有许多的重要宋版书，比如《孝经》。这册书原本是乾隆皇帝架上之物，著录于《天禄琳琅书目》，民国初年被周叔弢先生买到了

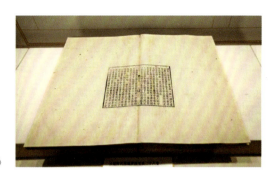

《梦溪笔谈》

手，他对该书特别喜爱，特意为此刻了方"孝经一卷人家"的印章。周先生还将该书进行了影刻，而影刻本确实能跟原物不分伯仲。我曾在天津图书馆看到了多册该书的影刻本，而周叔弢先生在影刻该书时，用了多种纸张和装帧形式，由此也可窥他对该书是何等的喜爱。然而到其晚年，他却毅然地将这部珍爱之物捐给了北京图书馆，他的这种大公无私让我每想到自己都觉得特别惭愧。

书史的展览当然是以甲骨文作为起点，这个展览中也有几件甲骨实物。一百多年前甲骨刚刚发现时，藏家并不知道真实的出土地，过了若干年，方得知一些信息，罗振玉就派他的季弟罗振常前往河南小屯收购，而后罗振玉得到了大量的甲骨片，他应该是私人藏甲骨最多者。余生也晚，没能赶上那个时代，直到今天，我手里一块甲骨也没有，故只能在展览中多看一看，以此来慰自己的饕餮之情。近两年的拍卖会上，出现了不少甲骨四堂之一董作宾先生旧藏之物，其中就有一些甲骨拓片，有的拓片上文字极多，可是我在多次的公共展览中却皆未曾看到有类似者。

毛晋汲古阁的影钞之本，其质量之高可谓天下一绝，后世的影钞本虽然也不在少数，但均达不到汲古阁的水准，其中内在的原因究竟为何，我始终得不到相应的答案。本场的展览中也有数件汲古阁影钞本，这当然是人见人爱之物。而这册影钞的《历代蒙求》，在卷首首行栏上钤有"甲""元本"。以往所见者，毛晋都会将这个"甲"钤盖到他所认定的好的宋本书上，一般的宋本书他则钤一个"乙"字，而本册却是在影元本上钤"甲"字，这是我以往未曾留意过的。

在近代佛经史上，《赵城金藏》属最具故事性者之一。这个故事讲来曲折跌宕，里面涉及的角色有八路军和日本人，当然还有一些做出牺牲的民众。最终这批宝藏收归在了当今的国家图书馆内，成为该馆的四大宝藏之一，也就成了国图所举办的通史展中的常客。好在国图的这些专家们在每次布展时，选择均非同一卷，这样大家就可以看到不同卷次的《赵城金藏》。按照历史记载，近百年来《赵城金藏》一直有所散失，我曾于十几年前在琉璃厂某店看到过一卷，可惜在讨价还价的过程中被他人拿到了手。自此之后，我跟《赵城金藏》的缘分再无，由此也深刻地体会到了什么叫"机不可失，失不再来"。

沿着展线走到了后端，看到一块展板上绘制着郑和下西洋的线路图，在旁边的展柜里还看到了郑和在明永乐元年（1403）刊刻的《佛说摩利支天菩萨经》一卷。从此经的用纸以及开本来看，都没什么特别之处，而下方的介绍牌上写着："郑和笃信佛教。为求佛祖庇佑，他刊印了大量佛经，捐给各地寺庙。南京大报恩寺和静安寺的兴建，都与郑和有关。"但我在市面上却从未见过郑和所刊刻的佛经，故隔着玻璃细看这件展品。展品的展开页是释道衍给郑和刊刻该经写的跋语，释道衍就是著名的姚广孝，永乐皇帝的登基跟他有很大关系，我对此人颇感兴趣，而今在这里看到了他的一段跋语，倒是一个意外收获。

展览的后端还有一些国外出版的跟中国有关的书籍，有一册拉丁文的《中国植物志》，版本标为"1656年维也纳初版印本"，被称为"来华传教士中第一本关于中国植物的专著"。我从翻开的插图上看到上面印着"荔枝果树"四个汉字，这真是中西结合的产物。

西洋书中还有一部有意思者，乃是1662年木刻本的《论语》。这部书是汉文和拉丁文双语刻制，翻译者乃是意大利传教士殷铎泽，这样的印本在市面上从未见过，真盼望着自己什么时候也能得这么一册。

常研常新　奉献书志
"鲁迅遗产与当代中国"国际学术研讨会

时间：2016年9月20日

地点：北京康铭大厦会议厅

2016年是鲁迅逝世80周年，鲁迅诞辰135周年，同时也是北京鲁迅博物馆成立60周年，为此鲁博召开了这次会议。因为与会人员较多，可能鲁博的会议室难以容下，故本次会议的举办地点移到了康铭大厦。

这个会期总计三天，从9月19日开始报到，当天与会者共同前往西城区文化中心观看了日本仙台小剧场所表演的话剧《远火——鲁迅在仙台》，因为我在当晚方赶回北京，故没有前往观剧。20日一大早刚过七点，就驱车前往康铭大厦，而这座大厦处在美术馆后街，其堵车严重情况可想而知，故而我预留了两个小时的车程，虽然拥堵不堪，但总算在开会前20分钟赶到了现场。

在报到处，我领到了会议的纪念品，这些纪念品中有鲁博监制的毛笔，还有一个茶杯，茶杯的图案是蓝色的荷花，按照上面的介绍，该荷花的设计者就是鲁迅，另外还有两个鲁迅设计的北

1 | 2

1.《鲁迅藏书志·古籍之部》一函三册　2. 书志的赠品——迷你型的《北平笺谱》

大校徽以及鲁迅藏浮世绘的影印出版物。按照鲁博黄乔生的说法，礼品中的重头乃是今日首发的《鲁迅藏书志·古籍之部》。

　　关于这部书，我陆陆续续地写了大半年，原本是想在以前所写的《鲁迅藏书漫谈》基础上进行修改，然在实际操作过程中，发现这种做法并不省事，故彻底推翻重来。关于《鲁迅藏书志》，按照黄乔生副馆长的设想，该书分为三部，即古籍之部、外文之部及平装之部，因为这三个版块加在一起，才能近似完整地展现鲁迅藏书的全貌。听说外文之部已经由国外几家学术机构共同撰写，可惜的是在这次会议召开之前，仅有我所写的古籍之部得以出版，因此只能以该书作为礼品，发放给与会者。其实另两部未能赶出，从另一个角度来讲也是好事，俗话说慢工出细活，料想那两部出版得更为谨严。

　　九点钟会议正式开始，由鲁博副馆长何洪先生主持，一一介绍嘉宾之后，由鲁博常务副馆长黄乔生先生致辞，国家文物局副局长关强先生讲话，然后集体在门口合影。

　　合影之后开始大会发言，主持人是鲁博的副馆长安来顺先生。

首先由中国人民大学文学院院长孙郁先生讲演,他的发言内容是《草根语境里的鲁迅》。把鲁迅先生视为草根,这倒是一种新颖的角度,而孙郁先生原本是鲁博的馆长,也是鲁迅研究专家,他的见解定然是深思熟虑后的结论。

第二位讲演人是澳大利亚新南威尔士大学教授寇志明,寇志明显然是他的中文名字,他的讲演内容是《论鲁迅流日时期文言文的影响》。国际友人果真是视野开阔,并且他的华语说得颇为流利,他的讲演中提及了国外学者对于鲁迅的研究成果,以及他们在翻译上面有意做出的词句解释。可惜发言时间限定在不超过20分钟,他说自己的话题还有75%未曾说完,引起了听众们善意的哄笑。

第三位讲演者是日本福山日中友好协会会长佐藤明久先生,他讲演的题目是《〈藤野先生〉篇名修改前后》,为其担任翻译者则是上海鲁迅纪念馆的瞿斌先生。佐藤先生在讲演之前,先由工作人员走上台用透明胶带将一张图粘贴在了讲座桌前,图上是三个放大的涂改后的篇名,而后他讲解说,自己无意间看到了鲁迅的这个涂改,他十分想弄清楚,鲁迅当年涂掉的是究竟是哪几个字,于是乎他到处查相关资料,不但找到了鲁迅之子周海婴先生,还通过周海婴的女婿等人,找到了中国国家图书馆,在那里调看了许多鲁迅手稿。通过一个不为人注意的细节,一路探寻下去,这样的研究精神真令人佩服。

第四位讲演者是复旦大学中文系教授郜元宝先生。恰好我在会议上与郜先生相邻而坐,我告诉他自己在十七八年前就开始拜读他的文艺评论类专著,没想到过了这么多年,能够见到真人。

郜先生的年纪远比我想象的年轻，他的讲演题目是《鲁迅与中国当代文学的语言问题》。郜先生称鉴于寇志明只能讲述他论文中的一小部分，所以他决定临时改换题目，只是聊一聊鲁迅对于现当代文学评论的重要意义。而他在发言中，直率地点出了当今现当代文学界在研究方面的弊端与误区。

第五位讲演者是尼泊尔德夫科塔—鲁迅学术会会长尼努·查帕干先生。查帕干先生的尼泊尔语当然没人听得懂，而他的翻译又临时未能赶到会场，好在之前他的论文已经有了中文翻译稿，于是黄乔生馆长临时客串他的翻译，替他讲解论文的内容。查帕干先生论文的中文题目为《尼泊尔语境下的鲁迅遗产》，他的所讲让在座者感到颇为新鲜。查帕干先生称，鲁迅在尼泊尔有着巨大的影响，从二十世纪六十年代，该国就开始纪念鲁迅，并且尼泊尔后来发生的革命也跟鲁迅思想的影响有关联。

按照会议日程安排，原本第六位和第七位讲演者分别是谭桂林先生和黄健先生，两位先生因故未能与会，而由北京大学教授高远东先生来做讲演，他的讲演题目是《鲁迅留日时期剪报文集发现的意义》。高教授称，这个剪报原藏于钱玄同家，1966年由其家人捐献，该剪报有鲁迅手书目录以及校改文字，故高教授认为这也属于鲁迅所编之书，应当收入《鲁迅全集》中。

接下来由我做讲演，我的题目是《鲁迅藏书研究一得》。该题目乃是黄乔生馆长替我所拟，于是我从年幼之时受鲁迅影响讲起，由于那些文章和当时的社会风潮影响，我把鲁迅视为革命家和文学家，而当我系统地了解鲁迅的藏书之后，又给鲁迅在许多"家"中戴上了一顶"藏书家"的桂冠。为什么要这样做，这就是我今日讲话的主旨，而后我从几个角度谈到了我对鲁迅藏书的看法。

最后压轴讲话者乃是鲁博原副馆长、著名的鲁迅研究专家陈漱渝先生，陈先生的讲演题目是《鲁迅研究的立场、观点和方法》。他从当今社会的现象来看待鲁迅思想存在的意义，他的旁征博引获得了与会者的掌声。

上午的讲话结束之后，与会者集体用午餐，下午继续开研讨会。然而我因为另有杂事在身，提前告退，错过了继续倾听与学习的机会。

专研开化　纸聚英豪
杨玉良院士工作站开站仪式

时间：2017 年 3 月 24 日

地点：浙江省开化县院士工作站及醉根山房

　　明清以来的古籍用纸，以开化纸最为特别，今日所见的开化纸印本，时限大都在明末到清嘉庆年间，以康熙朝到乾隆朝这个时段最为多见，且大多为宫中印刷物，虽然私人也偶有用开化纸印书者，但毕竟只是零星，以至于有些人把开化纸目为清三代内府宫廷用纸。

　　从外观看，开化纸洁白如玉，有一种若隐若现的丝光感，用手抚之，光滑细腻，有如温玉，从纸背观之，几乎不见帘纹。以开化纸所印之本，可能是时代的原因，也可能是因为其纸张中含有特殊之物，往往会在纸面上显现出一种特殊的斑点，文人把这种斑点比喻成朵朵盛开的桃花，故该纸又被称为"桃花纸"，这种特性是其他书画用纸中未曾出现过的。不知什么原因，这种奇妙之纸在嘉庆之后的印本，再也没有出现。它从哪里来？又到哪里去了？这个疑问至今让人琢磨不透，该纸的产地、制作工艺、生产规格等一系列问题，于今而言，依然是迷雾重重。

大概是两年前，我到复旦大学参加会议时，该校古籍保护研究院常务副院长杨光辉先生带着几位客人与我相见，这几位客人来自浙江开化县，其中有开化县政府的周玲娟和黄高松等领导，他们介绍我认识了黄宏健先生：黄先生经过个人的努力，终于研制出已经失传的开化纸。闻听此言，我大感兴奋：能够把开化纸研制出来，这可是拯危继绝的一件大功德。我对黄先生顿时产生了敬意。

　　而后他向我出示了自制的几张开化纸。在灯光下细看，我感觉与真正上等的开化纸还是有一定的差距，但即便如此，他能在这方面做出努力研究，已然是难能可贵。我向黄先生直白地说出了自己的看法，希望他在制作工艺和手法上能够有所提高，以便制作出更接近古代实物的开化纸。

　　在中国藏书史上，以藏开化纸名世者，乃是民国大藏书家陶湘先生，在他的收藏专题中，专有一个门类就是开化纸本所印之书。以纸张作为古籍的一个专题来进行系统的收藏，这种做法自陶湘始。从这个角度而言，他可谓是开先河的人物，以至于时人给他起了个"陶开化"的雅号。

　　近二十余年的古籍拍卖会中，也时常出现开化纸所印之书，就社会的收藏风气而言，凡是跟皇家沾边之物，大多能拍得高价，而开化纸所印之本，绝大多数出自宫内。因为开化纸的珍贵，宫内印书大多先以开化纸作最初的刷印，故后世所见开化纸本，均为该书的初印本，这样的书看上去清晰明丽，自有一副好卖相。几种原因叠加在一起，致使开化纸本往往能卖出很好的价钱。

　　我对开化纸本也有着一种特殊的偏好，陆续买得了几十种，虽然不是每见必收，但也是尽量地增加品种，以便从实物角度来进行比勘，以期能从直观角度看清楚：这些开化纸究竟是否出自同一种工艺，产自同一个地方。可惜，我的这种简单探讨没能得出什么经验性的结论。

而复旦大学原校长杨玉良院士自离任后，转而全身心地扑在了古籍保护研究方面，为此他出任复旦大学古籍保护研究院院长一职，率领该院的师生从各个方面来探求"如何能够更加有效地延长古籍的寿命"，而开化纸自然也就成了他研究的方向之一。杨玉良院士多次赴开化考察，同时杨光辉院长也曾带队来到我的书房，带着专用的检测设备，对我所藏的部分开化纸本进行了一系列的测试。以现代科学的态度来探究人文遗物，这种方式令我耳目一新。

为了进一步开发和研究开化纸，据说开化县政府在各个方面都给黄宏健先生提供了便利，对此十分重视。更为重要的是，该县终于请到了杨玉良院士在其县开办工作站，来对开化纸进行全面的探索研究。能够为了一种古纸，由地方政府出面来请院士进行全面深入的探究，这种事情我还是第一次听到。

2017年3月24日，开化县政府举办了隆重的杨玉良院士开站仪式，我也有幸参加这场盛会。开化县处在浙江、江西、安徽三省交界处，也正因如此，交通不是很便利，这里的高铁仍在建设之中，而乘飞机只能到达黄山或者衢州，而后再转到开化县。经过一番筹划，我决定乘高铁前往，因为可以在途中继续我的寻访之旅，故而在开会前的几天，我就先到达了南京，而后一路跑到了常州、江阴、无锡。在这些地方寻访完毕后，我由无锡乘高铁到达了衢州，而后开化县宣传部童起辉书记到车站接我，我随之一同来到了开化县。

虽然我对开化纸有着特殊的偏好，但开化县却是第一次来，眼前所见，果真是山清水秀。童书记告诉我，当地的生态环境保护得很好，为了打造全国著名的生态县，该县将一些工厂都外迁出去，其空气质量之高乃是别处少有，故而很多外地人也来此地买房。这样的秀美小城，跟大江南北越来越多的雾霾形成了极大的反差，不知道哪一天，清洁的空气都会成为一种奢侈品，开化县能够保留这样一方净土，瞬间让我也动了在此买房的念头。

我在开化印象深刻的另一件事情，则是当地安排的酒店，这家酒店名为"醉根山房"，名字起得倒很贴切。该酒店的面积十分庞大，几乎包下了一座山，其主楼大堂则让人惊艳，因为里面使用了大量的树根，这些树根体积硕大，真不知道他们是如何把这些庞然大物运进这山城的。

我在此处见到了开化县文联主席黄高松先生，因为有过一面之缘，也算是故友相逢，自然多了一份亲切感。我当然会向他提起对这醉根山房的好奇。黄先生告诉我说，该酒店的老板也是开化县的一位奇人，他原本是一位箍桶匠，却对树根有着奇特的偏好。事业发达之后，这位老板到全国各地去收购树根，某次他在深山内看到了一个特别大的树根，因为没有路，他租用了直升机，准备将此树根吊出来，然该树根太过沉重，直升机不能负此之重，但此老板没有轻易放弃，他竟然用了十几年时间，陆陆续续在当地开出一条路，终于把这个树根运了出来。

这简直是愚公移山的现代版。这样的人，这样的故事，都让

杨玉良院士工作站铭牌

我十分敬佩，而他能搞起这样一个酒店，我也就不再奇怪了。

第二天一早，政府派车把与会的客人们送到了院士工作站，而后在此举办了隆重的开站仪式。在这里，我又一次见到了广州市原市长、广州市人大常委会主任陈建华先生，他说特意来到开化，为杨玉良工作站的开站表示祝贺。在现场，我还见到了国家图书馆馆长韩永进先生、中国古籍保护协会会长刘惠平女士，同时还看到了不少的熟人，比如清华大学的刘蔷老师、国展宾馆的刘扬先生，这么多北京的朋友都几经周转来到山清水秀的开化县，足见这个工作站的开办受到了业界何等的关注。

然而今日却天公不作美，从一早就断断续续下起了雨，仪式举行期间，雨虽然一度暂停，可是没过多久，又下了起来。开站仪式是在工作站的院落中举行，这里没有任何的遮挡，而以上的这些领导专家，再加上开化县政府的县长和书记，这些人都坚持

开化纸的主要原料——荛花

站在雨中，拒绝了服务人员递过来的雨伞，这份敬业让在场的人都很感慨。

仪式举行完毕之后，所有到场人员参观了工作站现有的设施，能够看得出，工作站仍然在完善之中，虽然摆放着一些用具，但具体的工作还未展开。我在此第一次见到了开化纸的生产原料——荛花，此物经过处理后，看上去像黑乎乎的一团乱麻，拿出一根一点点搓开，可以看出这种植物的纤维非常细腻。工作站内有着专门的展室，可惜里面仅摆放着三册开化纸所印之书，隔着玻璃望过去，这三本书也非用上等开化纸所印者。由这些可见，这个工作站要做到完善还有不少的路要走，但万事开头难，而今工作站在这种隆重的气氛内开办了起来，料想今后会有更多的成果展现给参观者。

我在这里意外地遇到了杨子文先生，我问他何以来参加此会，正巧黄宏健走了下来，介绍我认识杨子文，并且告诉我说：开化纸项目的最终落实，全部是靠杨先生一手操办。我和杨子文笑了起来，杨先生告诉黄宏健，他跟我已经是老相识了。虽然如此，这个项目跟杨子文有关还是让我有些意外，于是我请他讲述了这个项目的来龙去脉。

　　其中太多的细节是我第一次听闻，尤其他讲到了自己的朋友为收集开化纸本所下的功夫，以及之后意外的结局，这一切都令我感慨不已。在聊天中，我方知道杨先生就是衢州人，而开化是衢州管辖的县，由此我知道了：他引进这个重要项目不为名不为利，只是为了给自己的家乡做贡献。

　　仪式举行之后，开化县安排诸位嘉宾参观当地极具名气的示范村，该村的确风景极佳。此村处在钱塘江上游的转弯处，烟雨蒙蒙中，显现出了别样之美。尤其村中的那棵银杏王，虽然看上去老态龙钟，树身上还挂着点滴，但其岁老根弥壮的风姿，仍令与会者赞叹不已。

　　下午，与会嘉宾又在醉根山房酒店内举行了学术研讨会，我在会场又见到了多位旧雨新朋。现场的讲演热烈而有序，尤其余

学术研讨会

晖博士用图片的形式展现了他的研究成果，而其在报告中也提及了他到我的书房测试开化纸的情形，并且详列了自己所检测的各种开化纸本。

以质量论，我所藏的七部开化纸本被其列在了最前端，这个结果也让我感到意外。看来，我个人对开化纸的认识仍然停留在感观的浅层面上，而经过这些专家用科学的手段得出的结论，能够丰富我对开化纸的理性认识，这也正是科学家介入古籍用纸研究的重要意义吧。

虽然如此，我在现场讲话中依然强调了纸张物理属性之外的人文价值：虽然说，古书大多是用古纸所刷印者，但纸与墨的结合就产生了人文附加成分，它在递传的过程中，包含了太多的人文信息，科学虽然能从物理角度来解读纸张成分的构成，然其并不能涵盖一切。

我的这种强调并不是认为人文因素在纸张中占有很大的比重，我讲这番话的缘由，只是想给在座的科学家们提出一点新的建议，以便他们能够综合考虑，最终彻底地研究清楚跟开化纸有关的方方面面。

三师同寿　先锋玉成

金陵雅集

时间：2017年9月16日

地点：南京先锋书店

　　时至今日，我总计参加过两次书圈内的寿诞会。第一次是在2012年6月9日，当时我正在江南寻访历史遗迹，爬山途中接到了来新夏先生的电话，他告诉我说，《天津日报》的王振良先生给他组织了一场庆寿会，希望我能够前往参加。而此会转天就要在天津召开，于是我立即改变行程，乘高铁直奔天津。在那次聚会的现场，我看到了不少的熟人，然而由于会场前没有凸起的讲台，再加上我坐到了最后一排，因此并未看清楚王振良先生的容貌，但通过话筒现场始终环绕着他的声音，正是这个声音给我留下了一个印象：王振良是位年轻人。

　　几年之后，我再往天津寻访，承李国庆先生之美意，晚上聚会时，他请来了天津的几位爱书人，其中之一就有王振良。此次相见，出现在我面前的，却是一位穿着灰白衬衣的中年人。我总觉得他十分儒雅，如果把这件灰白衬衫放大拉开，变成一件标准的长衫，会更加符合他举止间的书卷气。在聊天过程中，我了解到他所进行的对于天津文献的整理工作远比我想象的要丰富和宏大，而他为来新夏先生所提供的帮助也很多，却从未见他向人提及，尤其给来先生祝寿这件事，更是他一手策划而成。

2017年8月，因苏州古籍书店之约，我在那里举办了一场讲座。晚上聚会时，王稼句先生告诉我，今年恰逢陈子善先生和薛冰先生七十岁生日，他想给这两位先生搞一场集体庆寿会，当时在座者还有海豚出版社社长俞晓群先生。还是卜若愚先生记忆力好，他说，俞社长和稼句兄今年都是六十岁生日，不如将此四人合在一起祝寿，在座者对这个提议都颇为赞赏。

此后的几天，王振良发来会议通知：天津新闻出版局和《今晚报》将在9月9日共同举办第三届阅读推广天津论坛，开会时间为当天上午九点。我原本计划第二天早晨开车前往，但顾及往返两地的堵车状况，于是提前半天乘高铁前往。当天晚上王振良宴请外地来的与会代表，我在这里又见到了王稼句、范笑我、胡洪侠、胡文辉、刘运峰、徐峙立等多位朋友，另外还有第一次见面的侯军、黄沛、曾凡华、彭程、陈菁霞。酒酣之时，王稼句突然问我16号几点到南京，我称不知有这么一场约会，他诧异地说，不是已经谈妥了16号在南京给陈子善和薛冰开祝寿会吗？

这件事我当然记得，但16号这个日期却完全没人告诉过我。并且早在一个月前，北京孔夫子网杂书馆的韩悦思已经与我定好将在9月16号跟拓晓堂先生做一场对谈，对谈内容则是有关拓先生的一本新书。拓先生在电话中跟我谈到过，这本新书是他当年在嘉德任职期间，发表在《嘉德通讯》上的文章，而这些文章中我印象最深的一个系列，就是他对《红楼梦》版本的新见解。于是我在酒桌上向众人讲述了和拓晓堂的提前约定，但王稼句却说，他早已让俞晓群通知过我这个日期。

这真是冤乎哉！因为的确没人告诉我，要在16号举办这场祝寿会。为了"自证"，我当场拨通了俞社长的电话，俞社长说稼句的确告诉过他这个日期，但因近日工作太忙，他请朱立利先生安排此事。于是我再去电朱先生，他连声地称忘记通知我。两通电话，席间的众位听得一清二楚，虽然责不在我，但至少说明此事早已定下，这一瞬间把我扔在了两难之境。

正是这番对话，成了在座各位的话头。胡洪侠带头说，他一定前去参加，王振良则说，他也会带几个爱书人前往南京，范笑我也有着积极的表示。众人随声附和，其言下之意乃是告诉我：在座的各位大佬都会前往，你怎么好意思缺席？尤其王稼句的一句话触动了我："朋友的对谈会晚几天举办问题并不大，而那两位老寿星的七十诞辰，若错过了今年，就不是那么回事了。"

面对此况，我只能重寿轻友，于是立即打电话给韩悦思女士，问其是否已经对外发出预告，她说讲座预告已制作完毕，明天正式发布。我连声告诉她，暂时不要公布，因为我这里有了一件不可推掉之事，我会跟拓先生商量，将这个对谈会延期。接着我拨通拓先生的电话，问他新书出版的情况，他说过几日书将印出。这句话让我找到了借口，我向拓先生游说一番，告其书出来后再搞对谈会，有如乘胜追击，正巧我要为两位老先生祝寿，不如等祝寿会结束后，书店里见到了书，我们再开对谈会。拓先生宽容大度，答应了我的请求。

如此戏剧性的结果，令在座的各位都大感兴奋，于是众人纷纷干杯，庆祝这份因缘巧合，并且商定一星期之后在南京见。

虽然我得到这个消息时，距祝寿会仅有一周的时间，但已经比得到来先生祝寿会消息时提前了好多天。于是我赶写出三幅寿幛，请琉璃厂的陈真先生予以装裱，并强调要用传统的装裱方式。但陈真告诉我，以这种传统方式装裱字画，最快也要十天左右，显然这不符合我的要求，但是若以机器装裱，从长远角度来讲，会对字画有损伤。陈真说他有折中的办法：先将纸芯用传统的方式予以托裱，两天就可完成，而后用机器装裱纸芯，这样的话既可以用来展示，今后边纸失胶后，又可将纸芯揭下而不受损伤。这个办法当然很好，同时我请其选择与之颜色匹配的边纸，以及相应的画盒。陈真说这些都会单独制作，一切请我放心。

到了15号晚上，陈真仍然没有将装裱好的寿幛送来，这让我焦急起来。去电催之，他说午夜之前肯定能够送到，并且强调，只要没过午夜，就没有误我的事。我也没心情和他斗嘴，总算在11点，他把寿幛送到了我的楼下，在路灯下展开，果然颇为精彩，这一瞬间，我的焦急心情随风消散。

第二天一早，跟海豚社的朱立利和于立业两位先生乘高铁前往南京，到达之后，薛冰先生已经等在了酒店楼下，老先生的热诚让我三人颇为感动。我提出希望能够去看两家旧书店，薛冰却称南京的旧书店大多是下午四点关门，而当时距四点已经不足十分钟，于是他请来自己的朋友陈卫新。薛冰介绍称，陈先生是建筑设计师，先锋书店总店就是由他整体设计者，该书店被评为了世界最美的书店之一，由此可见，陈先生在书店设计方面颇为用心。薛冰称陈先生也是位爱书之人，几位爱书人共同寻访当然是一件快乐之事。

　　当天的寻访完毕之后，陈先生请我等四人吃饭，吃饭之地乃是中山陵附近由他设计的一家饭店。这家饭店似乎处在森林之中，四周的大树，再加上陈先生的设计，远远望去，有着不露痕迹的和谐。就餐之时，陈先生送了我一本他的著作，封面用的是陈先生绘的鲁班飞行器。鲁班还有过这样的本领？我问陈先生他从哪里找到的参考图样，陈先生一笑，说："这是我凭空想象出来的。"一瞬间，我理解了艺术家和文献家的本质区别：文献家写东西必要有所本，以字字有来历、句句有出处为标榜，而艺术家追求的极致则是完全的无所依傍。比如陈先生绘制的这幅鲁班飞行器，图上有不少的名称注释，我向他请教这些名词的来由，他仍然认真地说："都是我创造的呀。"天啊，I 服了 U。

　　第二天一早，薛冰又来到了楼下，带领我等三人前去参观一家旧书店。那家旧书店距我们所住酒店步行有二十分钟的路程，叫学人书店，店主是一位中年人，其名叫阚伟。阚先生谈话冷静而坦诚，我们的采访进行得颇为顺利。谈兴正浓之时，旧书店内进来了三位客人，我不回头就知道其中有王振良兄，因为我对他的声音记忆深刻。同时进来的还有《天津日报》的罗文华先生，另一位先生第一次见面，王振良介绍说，这位先生叫张元卿，原本在天津工作，现在调到了南京某出版社。众书友相见，均感叹世界之小。而王振良等人都收获颇丰：他们挑了一大摞的书。之后我等众人又跟随薛冰返回。

　　薛冰把我等一行带到了先锋书店主人钱小华的工作室，此间工作室并未在先锋书店内，而是在一座现代化的大厦内，距离先锋书店五台山总店约有三百米的距离。工作室布置得颇为典雅，尤其地面和长长的条桌，最受来宾瞩目。先锋书店品牌总监张兴先生介绍称，这间工作室的木地板和条案所用木材均是出自钱小华买到的一条破渔船，而那个条案则是在斑驳的木板之上铺了一层玻璃板。

在这间工作室内陆续见到了多位书友。上海的朋友有陈克希、韦泱和李福眠。陈克希先生虽然已退休，但仍然每天在博古斋收购部工作半天，故而这些年来与他时常碰面。我与韦泱先生是在十几年前陈子善的一场聚会中首次见面，而李福眠则是十五年前见于陈克希的办公室。这么多年过去，又相聚于南京的祝寿会，瞬间多了一份亲切感。而后又见到了扬州的韦明铧先生，我跟韦兄相识于二十年前，对他印象深刻之处，乃是他帮我翻墙越入未曾开放的测海楼。能够帮朋友做翻墙越户之事，这才是真正的赤诚。虽然在这么长的时间内，我们仅是第三次见面，却丝毫没有陌生之感。而后又见到了桐乡的夏春锦、诸暨的周音莹、嘉兴的范笑我、苏州的周晨，余外还有多位旧雨新朋。

陈子善的到来，引得众人一通起哄，正因为没大没小，才称得上真正的其乐融融。而此时深圳的姚铮华走了进来，她身边未曾看到其夫君胡洪侠，我觉得颇为奇怪，于是问她大侠去了哪里。姚老师面带歉意地说，大侠很想来，但因赶上有重要工作无法脱身，所以此次祝寿只能遗憾了。闻其所言，我马上脱口而出："这个大侠跟俞社长一样，都是大忽悠。"

前往南京的高铁上，朱立利已经向我解释过，俞社长很想与会，但因工作不能脱身，所以只能派社里两位干将代表他去祝寿，而今胡洪侠也不能前来，这两位鼓动我一定与会者，却都自己临阵逃脱。这让我想起刘半农的那首《教我如何不想她》，只是在这里要将"想"字换成"恨"。但我的怨妇情绪一点也不影响现场的热烈氛围，大家拿出一些书，纷纷题字，同时张兴准备了一本册页，让众位嘉宾每人题写一页。我拿起笔的一瞬间差点写出刘半农的这首诗，但还是忍住了心中的"怨恨"，努力作大度状，夸赞这场盛会可谓是"群贤毕至，少长咸集"，虽然缺乏"崇山峻岭，茂林修竹"，也无"清流激湍，映带左右"，但毕竟是近几十年来最为热闹的一场书圈雅集。

我的这番赞语引来了朱立利的提醒，他告诉我说，读库的老六正是因为所出之书中有了"最"字，被专业打假人告到了工商局。看来"最"字也成了禁词，那好吧，那就改一个字——该场聚会堪称近些年书圈中迷死人的艳遇。好像改的不是一个字，就它吧。

众人热闹之时，终于想起了主人钱小华未曾到场。张兴解释说，钱小华前往江西办事，正在赶回的途中，由他代表钱先生在这里照应大家。而后张兴带领众人前去吃午餐，吃饭地点竟然是我六七年前拍过照的随园大厦。当时我是前来此地寻找袁枚遗迹，也是薛冰带我一路探访，这随园大厦当年正是处在随园之内，并且袁枚的墓原本也处在大厦侧前方的山坡上。那座墓在薛冰小的时候还存在，他常跟小伙伴来此玩耍，而今展眼望去，周围全是鳞次栉比的高楼大厦。

我总感觉，跟书友间的聚餐与其他的场合不同，这种聚会不仅气氛热烈，而且因为都是臭味相投的朋友，当彼此谈到有兴趣的话题，如果用击节赞叹当然有些夸张，但若说这样的聚会往往有着沆瀣一气的堕落感，却绝对是事实。在我所坐这一桌，又一次见到了董宁文先生。董先生向我讲述着出书的不易，虽然如此，但是他所主持的《开卷》已经出到了二百期，这份坚持已足令人敬佩。

酒足饭饱之后，众人在张兴先生的带领之下，一同来到了先锋书店五台山店。接到会议通知时，我就对"五台山"这三个字感兴趣，我原本以为，南京城内还有一座不算巍峨、但也高大的同名山，没想到眼前所见的五台山高不过十米，恐怕连个小土包都算不上。然而先锋书店的大名，可谓是中国书店界的一面旗帜，其正应了那句话——"山不在高，有仙则名"。先锋书店正处在五台山下方的一个巨大地下室内，据同行的朋友告诉我，这个店是由人防工程改造而成，我未曾向书店的人求证这个传闻。里面的面积之大，远超我的想象。

步入向下的通道，入口的右方改造成了露天的茶座，进入店堂，前行不到三十米，紧接着左转，这个区域是缓缓上升的地势，在上升的台阶正中，有着一个巨大的十字架，以此显现着店主的信仰。再往前走，眼前则是巨大的书场，我感觉其面积至少在几千平方米以上。虽然我所参与的新书分享会等活动曾在多家书店举办过，有的书店也面积巨大，但第一次走进先锋书店之中，它的巨大仍然给我以震撼。

先锋书店的工作人员已经在店的正中位置搭起了祝寿台，我不清楚这是个固定设施还是临时布置，但无论怎样，都让我感到了一种温馨。经王稼句先生介绍，得以认识南京悦的读书会会长张静女史，而今天的活动正是由他两人来客串主持人。张静看上去年纪不大，举手投足间有着书卷气，且有着专业主持人所具备的落落大方。在这个现场，我还见到了几年未曾谋面的徐雁教授，

先锋书店五台山店入口

在他的介绍下，我又得以结识南京当地的多位朋友。

仪式开始后，先由王稼句一一介绍来宾，而后张静请几位嘉宾发言，同时献上贺礼，而我呈上三份寿幛，请海豚社的朱立利、于立业两位老师协同现场的工作人员，将其一一展开。寿幛的内容是我选择的三首宋词，都与祝寿有关，我以"杖国之年"和"随心所欲之年"来祝贺薛冰和陈子善七十大寿。其中写给陈子善的乃是陈亮《卜算子·悄静菊花天》，因为该首词中有"祝寿当头取"之句。写给薛冰的是姜夔《点绛唇·祝寿筵开》，这首词当然更应景。送给王稼句先生的则是晏殊《蝶恋花·紫菊初生朱槿坠》，此词中有"急管繁弦，共庆人间瑞"，其实更为应景者，是该词的最后一句"南春祝寿千千岁"。

在此前的联系过程中，王稼句一直坚持，只为陈子善和薛冰祝寿，而他自己虽已届耳顺之年，因为他是聚会的组织者，所以决定不与老寿星一同祝寿。但我觉得将他的年龄与另两位合并在一起恰好是二百岁，整数总是让人觉得特别，于是我还是决定给他书此寿幛，事先也并未向他透露消息，好让他有个意外的惊喜。果真寿幛打开之后，原本一脸严肃的稼句先生顿时笑逐颜开，而更让他高兴的，则是我接下来的祝词。我在现场给三位寿星呈上寿幛的同时，还呈上了三份小礼物，给两位七十寿星的寿礼是《鸿雪因缘图记》覆彩本的插图装裱图册，此册乃是我藏的覆彩孤本在影印出版之时，特意将插图部分少量加印，再以手工装裱的形式做成经折装。因为该插图达240幅之多，装裱起来也颇费气力，故仅制作了二十册，这当然是非卖品，仅用来赠送"闺密"。

影印《鸿雪因缘图记》覆彩本的印刷方式，乃是采取单色套色，这种印刷方式是靠人工一张一张地裱贴后送纸，因为用宣纸印刷，纸张无法过机，故需要将每张宣纸裱贴在卡纸之上，而后用手送放卷筒机中。而覆彩本需要在分色之后，一次一次来印刷，故每操作一回，都会产生破损或套色偏移，这样的印刷方式，成品率较低。在寿庆会现场展示之时，朱立利乃是印刷行家，他翻阅后赞叹该书色彩的饱和度和还原度都很好，能以这样的少量印刷之物作为贺礼送给爱书人，当然难得。

然而这册覆彩本，此前我已经送给过王稼句。再美好的事情重来一次似乎也缺乏新鲜感，于是我给王稼句准备了另外一种礼物。我在现场给其呈上我所影印的清版《红楼梦》，此书总计制作了三百部，编号钤印发行。其实选择此书之时，我想找到第六十号，以此来呼应他的六十大寿，可惜的是此号早已售出，于是我特地挑出第一百六十号，这个号比他的年龄大了一百岁，但我总要想出一个有意思的说辞。冯友兰赠金岳霖曰，何止于米，相期以茶。但茶寿也不过就是一百零八岁，所以我呼吁在座的各位，一百年后，再聚一次，共同来到先锋书店，给王稼句庆祝一百六十岁生日。我的这番说辞，引得哄堂大笑，而王稼句真的笑弯了腰。稼句兄果真是著名的酒中仙，他居然未曾忘记职责在身，提醒我更多的话放在之后的讲座中去侃。

接下来，多位朋友为寿星们献上贺词与贺礼，众人纷纷从各个角度奉上自己的赞美之辞，凤凰传媒综合办主任王振羽先生写了几页的讲话稿，他本想现场宣读，可他一站到台前，就如中央领导那样脱稿而讲，并且讲得慷慨激昂，赢得了阵阵掌声。王振良先生献上自己的法书，依然用他那内敛的语句，讲述着与两位

1 | 2

1. 薛冰先生　2. 陈子善先生

寿星之间的往事。译林出版社原社长蔡玉洗先生、东南大学出版社策划编辑许进女史、嘉兴作家王垚峰先生、《文学报》编辑李福眠先生则分别从不同的角度阐述着本场祝寿会的意义。给人印象深刻者，乃是深圳知名媒体人姚铮华老师，她用自己的手机放出胡洪侠先生的录音，众人通过话筒共同欣赏了胡洪侠为两位寿星所作的两首诗。这样奇特的祝寿方式，堪称古典与科技的结合。现场宣读贺词的书友，其实不仅仅是我所列的这几位，可惜我忘了拿一份与会嘉宾名单，无法将这些朋友一一列出。

仪式结束后，众人来到了现场侧旁，此处摆着几张桌子，上面摆放着先锋书店为两位老寿星准备的蛋糕及红酒。张静宣布与会者在此喝酒吃蛋糕拍照，十余分钟后回到原座位，听韦力讲座。

关于这场讲座，其实原本与祝寿会无关。几个月前，海豚社的社长俞晓群先生就告诉我，南京先锋书店要给我举办新书分享会，因为阴错阳差的原因，始终未能成行。而后朱立利告诉我，

热闹的现场

他已经与先锋书店谈妥，趁祝寿会之机请我来讲座，但我觉得自己的讲座与祝寿会没有关联，合并在一起，有可能会冲淡祝寿会的喜庆气氛。我把自己的顾虑告诉了朱立利，他也觉得我的所言有理，于是在电话中与张兴先生进行确认，而后朱立利转告我，祝寿会与讲座是两回事，因为祝寿会在晚上举行，而我的讲座是当天的下午。

然而来到现场，却跟我的预期有了较大的差异。我觉得自己准备的讲座题目与祝寿会完全不搭界，而现场的嘉宾主要是来为这三位寿星祝寿，现在却被迫听我的讲座，这样做似乎比硬广告还讨人嫌。然而主持人宣布后，我又不能令其将所言收回去，于是急中生智，决定放弃专题讲座，直接谈出自己的顾虑，而后请在座的各位向我提问，以此来谈论一些在座者所感兴趣的话题。我的这个随机应变果真效果不错，众人纷纷提出了自己的想法和疑问，而这样的对谈不但没有冲淡祝寿会的气氛，反而让原本不熟悉的各位变得有了共同的话题。

当天晚上，先锋书店请诸位嘉宾到南山饭店吃饭，由此可见，在饭店的选择方面，钱小华先生也颇费心思，毕竟在寿比南山的饭店给人祝寿，这是何等的应景。而在酒席间，我第一次见到了钱小华，他比我想象的年轻许多，他在祝寿之后，忙着给众人拍照。从聊天中得知，钱小华近来对手机摄影颇有心得，果真我看到他打开餐厅露台的大门，在夜景之下，给多位朋友拍了艺术照。看来钱小华不但在开书店方面具有先锋精神，在手机摄影这个新领域，他也能够站在潮头。

（声明：本文所用图片均为呦呦女史所拍。特此声明。）

跨界融合　群星荟萃

2017 公私藏书与经典阅读（沧州）论坛

时间：2017年9月20日

地点：河北沧州

9月20日，沧州市举办了2017公私藏书与经典阅读（沧州）论坛，主题为"跨界·融合·传承：公私藏书的活化与经典阅读推广的创新融合"，主办单位为中国图书馆学会阅读推广委员会，承办单位除此专业委员会外，另有河北省图书馆学会、河北省图书馆、沧州市图书馆学会、沧州市图书馆和《藏书报》，为此会提供支持的单位是沧州市文广新局和沧州市发展改革委员会。

我于9月19日前往报到，在所住酒店见到了多位业内朋友，当天晚上，沧州市市长梅世彤先生宴请几位与会客人，在此我见到了中国出版传媒股份有限公司副总经理孙月沐先生、中国图书馆学会秘书长霍瑞娟女士、河北省图书馆馆长李勇先生，以及沧州市的相关领导市委常委兼宣传部部长贾发林先生、副市长梁英华女士、副秘书长肖华女士、发改委主任梁振刚先生等等。

席间梅市长谈到了沧州市在未来几年文化创新方面的设想，提议今后沧州地区要多办这类有影响力的学术论坛。当晚，很多书友因为难得一见，故而聚在一家饭店内谈天说地，我在这里见到了首都图书馆原馆长倪晓建先生，另有友人俞冰、翁连溪、马文大、李嘉波等，大家在一起聊得十分开心。

9月20日上午，大家集体乘车前往沧州市图书馆，该馆馆长宋兆凯先生在那里迎接大家的到来。沧州市图书馆建在一片新区之内，前面有宽阔的广场，主楼楼体是现代与传统的结合，从正面望过去，楼梯两侧设计成了立体的西式书式样，有如近些年流行的裸脊装，楼正中位置所有的窗棂都设计成了繁体的"書"字，以此显现出该馆中西兼顾的开放胸怀。

与会嘉宾到达广场后，首先集体合照，而后走入图书馆内参观"沧州公私典藏展览"。不久之前，《藏书报》总编王雪霞老师曾向我提及正在组办这个展览，也命我拿几件展品前去参展。因为我在沧州会议之后要接着前往他地，无法带着展品辗转各地，故向其讲明情况，未曾参展。但王雪霞老师提前将展览目录发给

入口处

了我，因为论坛要编一册参展图录，请我为此写一篇序言，故我提前得知这场展览有些稀见之本，而今日走入展览大厅，方第一次看到实物。

本次展览布置在两个展厅之内，以特制玻璃柜的形式展出这些线装书，每个展柜之前都用桌牌列明参展者的姓名。我在这些展品中首先看到了田国福的专藏，田先生专藏《诗经》版本，本次参展的藏品中既有明代嘉靖白棉纸本，也有闵凌套印本，可见其藏品质量确实不低。

北京的孟宪钧先生为著名的藏书家，他的收藏以清代、民国珍稀版本以及碑帖为主，本次参展之物中最为难得者有《冬心斋砚铭》和《冬心先生画竹题记》。这两本书久负盛名，寻常所见者大多是翻刻本，而孟先生的这两部书却为原刻初印，看上去光彩照人。他参展的另一部碧筠草堂本《笠泽丛书》也同样是清刻中的名品，除此之外，他的另外几部书也稀见难得。孟先生还拿出了一件明拓本的《礼器碑》，裱本前扉页上有启功先生的题记，以此显现该碑的价值所在。他送展的《西狭颂》则为清初拓本，该本乃是多位名家递藏之物，而碑帖最重流传有绪，这册裱本以实力说明了藏品的价值所在。

本次书展上还有多位朋友提供了珍贵的展品，比如翁连溪先生参展的几本书均为稀见难得，而励双杰先生再一次拎来了一些难得的家谱和族谱。

匆匆浏览一过，而后走入会场，开幕式由副市长梁英华主持。首先请市长梅世彤致辞，而后是中图学会秘书长霍瑞娟致辞，接着由宣传部部长贾发林发布2017年狮城读书月安排，接下来阅读推广委员会主任李东来宣读了该论坛的活动安排以及为此活动而举办的主题征文获奖名单。

开幕式举行完毕之后，由国家图书馆副馆长、国家古籍保护中心副主任张志清做主题报告，报告的题目为《传承文脉需要公私互动》。张馆长的报告内容十分丰富，在 PPT 的编排方面也独具匠心，里面穿插了老电影、老照片以及不少的历史影像资料，这样的 PPT 使得观众耳目一新。报告中当然会提及沧州籍的文献大家纪晓岚，而国图所藏的四大珍藏之一文津阁《四库全书》，书内就有纪晓岚的多处校改。接下来张馆长系统地讲述了中国的藏书历史，而他给出的总结是"盛世修书，和世藏书，乱世毁书，末世绝书"。他还谈到了古埃及、古巴比伦、古印度文明背弃了自己的文化，唯有中华文明得以延续至今，虽然中国的典籍也经历过各式各样的书厄，但正是由于历代藏书人的努力护存，才使得许多典籍留传至今。

可能是因为屏幕太大，书影都已变形

当天下午有三场报告，第一场报告人为中国出版传媒股份有限公司副总经理孙月沐，他的题目为《发挥多重效应、推广经典阅读》。第二场由阅读推广委员会主任、东莞图书馆馆长李东来讲述，他的题目是《经典阅读及其推广拓展》。第三场则由我来讲述《明代版本琐谈兼谈藏书与读书》，我的报告由阅读推广专委会副主任、南开大学教授徐建华主持。

21日的上午，王雪霞安排我前往沧州书城搞新书分享会，故无法听到相关的讲座。从发放的会议指南中得知，这天上午首先是由首都图书馆地方文献中心主任马文大先生做报告，他的题目是《首都图书馆和地方文献收藏简述》。第二位发言人则是家谱收藏家励双杰，他的题目是《私藏名人家谱成为公共图书馆藏书》，余外还有多人的发言。

当天下午继续举办专家论坛，北大教授王余光、南开大学教授徐建华、故宫博物院研究员翁连溪、中国艺术研究院图书馆典阅部主任俞冰、国家古籍保护中心专家委员会委员孟宪钧分别做了专题报告，可惜我乘火车前往青岛，未能听到这些精彩的讲演，因此他们的报告内容今后只能通过相应的论文集来学习了。

因讲诱会　得窥书情
《青岛市全民阅读蓝皮书》专家研讨会

时间：2017年9月22日

地点：山东青岛

应青岛书城之约，绿茶兄与我前往此处办一场讲座，此次活动的筹办人乃是《青岛日报》读书版资深编辑薛原先生。我跟薛先生相识于微博，然而一直未曾谋面，不过绿茶与薛原兄是不错的朋友，故我从绿茶那里听闻到一些薛先生的逸闻。其实在几年前，我就看到过薛原所编系列书话之书，印象深刻的有《如此书房》和《独立书店，你好！》，这两部书的装帧之精美和编辑之细腻，颇能赢得业界口碑。

来到青岛之前，我给薛原打了个电话，跟他沟通一些细节。我的沟通当然包含着自己的私心：既然来到青岛，总希望能够多记录一些有价值的信息，因为近来我正忙着写各地的古旧书店，以及续写有特色的私人书房。然而薛原告诉我，青岛是一座年轻的城市，虽然以前有过国营的古旧书店，然而大概在十多年前被取消了，私人的古旧书店又未曾兴起。这个情形出乎我的预料，我仍不死心地问他，若当地没有古书店，是否还有旧书店？他犹豫了一下跟我说，这样的书店倒也有一家，届时可带我前往一看。

关于青岛的私人藏家，半年前我跟薛原联系时，他原本告诉我，有一位老先生藏了不少的古籍线装书，当时已经讲好会带我去这位老先生家参观。可惜的是，我的青岛之行是在今年9月下旬，而这位老先生却在4月份去世了，其家藏书情况已不可问，而前往参观与采访更不能成行。

我的晚来至少造成了一个大遗憾，听薛原跟我讲述这个消息时，我也只能跟他在电话中长嘘短叹一番。而后我们聊到了对线装书的认识，薛原说他从不收藏任何一本旧书，更无论古书了。在我的印象中，薛原也属资深爱书人，为什么对古旧书有着这样避之唯恐不及的心态呢？薛原明确地告诉我，因为他有洁癖，为此他错过了很多的机会，还有人骂他是傻瓜。然而他坦然面对别人的嘲笑，并向我解释自己的洁癖到了何等程度。

听了他的一番描绘，我突然发现了当今中国藏书圈的一枚独特品种，除了薛原，我还不知道哪位爱书人会将珍本典籍以及民国珍贵史料拒之门外。虽然我的书房系列基本是在写收藏古书与旧书的朋友，但何妨在这个系列中增添一个新的品种，那就是绝不收藏古旧书的爱书人。于是我把自己欲采访的想法告诉薛原，他自然推让一番，最终还是答应了下来。

跟薛原达成这两个约定，让我颇感高兴，于是我决定提前一天前往青岛。我的计划是：上午到薛原的书房拍照采访，下午请他带我去参观青岛的二手书店，第二天再进行书城的讲座。这样既不浪费时间，也能将事情办得圆满。

到达青岛的当晚，我见到了在电话中交往多时的薛原先生，而后同他一起去见了青岛新华书店集团董事长李茗茗女士，受到了李董的热情接待。当晚薛原和青岛新华书店办公室工作人员袁赟把绿茶和我送回酒店，在酒店大堂我再次向薛原确认了第二天的采访行程。而此时他跟我二人讲，明天下午要穿插一个小会，需要我跟绿茶一同参加一下。既然来到了当地，当然要听薛原的安排，然而我担心会影响下午对当地二手书店的采访，薛原告诉我，已经做了妥善的安排，肯定不会影响。

以上的交代都是我跟薛原之间的交往，看似文不对题，然而我跟绿茶参加这个会，却是跟薛原有关，所以只能啰嗦地讲述这个过程。第二天一早，薛原就改变计划，拉着我先去参观了戏曲版本收藏大家宋春舫的遗迹，而后在我的一再催促下，才带我二人前往他的书房，随后的拍照与采访印证了他在电话中所言的洁癖，因为在这个四壁皆书的书房内，我确实未曾看到任何一本古旧书。

我奇怪于薛原的堂号叫"我们书房"。他向我解释说，这个堂号的来源是"我们书店"，而后他向我讲述了这两者之前的关联性。他的讲述让我产生了前往一看的兴趣，因为我觉得把我们书店写入对薛原采访之文，会更为圆满。故采访完毕后，我跟绿茶以及袁赟一同前去参观了我们书店，在那里见到了店主马一。参观之后，马一先生请我等喝茶聊天，而绿茶兄在此店买了一本书，他说自己每进一家书店必买一本书，而我却惦记着下午的二手书店寻访，故未来得及效仿绿茶，在此买些资料书。

到了中午，袁赟提出请众人吃饭，我仍然惦记着下午的采访，提议可否简单一些，最好找个面馆吃碗面即可。于是袁赟指挥司机把我们带到了一家路边的兰州拉面馆。在等面的过程中,薛原说,还有一位朋友前来参加下午的座谈会,这位朋友是上海书店出版社副总编辑杨柏伟先生。杨先生刚在外地开完会,此刻已乘飞机到达青岛机场,于是我等点完拉面告诉店家先不要端上来,坐在那里聊天等候。半个多小时后,见到了颇具艺术气质的杨先生,这时拉面上桌,袁赟又给每人加了一个煎鸡蛋,同时还有凉拌土豆丝等凉菜,这顿简单的饭菜,让大家吃得不亦乐乎,而杨先生又是个有趣的人,用幽默语言引得众人哈哈大笑。

吃完面后,众人一同来到了海尔路青岛出版集团,这是一座几十层高的现代化大厦,显现着该集团的实力。因为拉面吃得太快,我们到达之时,距下午的小会还有一段时间。于此见到了青岛新华集团企划部经理刘晓群女士,在刘经理的带领下,我们一同来到大厦二楼,这里有一间颇具欧洲风格的书吧,刘晓群介绍说,这个书吧也是集团所建,主要用来接待读者,同时多个部门的选题碰头会也在这里举行。在书吧内参观一番,外间乃是沙发和喝咖啡谈天之处,里间则是一百平方米大的敞间书房,所陈列之书基本都是该集团的产品。听刘经理介绍,青岛出版集团在国内最为叫响的出版物乃是美食烹饪类,果然在这里看到了大量这类出版物。我随手翻看几本,刘晓群告诉我,这些书销量都在几十万册以上。这让绿茶和我感慨,关于读书、藏书的书终属小门类,越是吃喝玩乐的书越能大行于天下。

在参观的过程中,李茗茗董事长特意来见我等,然后带着我们又参观了楼内面积颇大的美术馆,这里正在举行杜大恺绘画作品展。李董介绍说,美术馆也是新华书店下属单位,另外在大厦的一楼还有一家独立书店。参观完美术馆，李董又带我等前去参观了艺术馆。艺术馆内正在展览当代名家艺术陶瓷，其负责人向我等一一介绍了这些当代名家的奇思妙想，之后我们就来到了与艺术馆相邻的会议室。

走进会议室，看到会前布置已经完成，偌大的会议桌上已摆好了参会者名牌。原本我跟绿茶想坐在某个角落，以便会议间隙趁人不注意溜走，这还是薛原昨晚出的馊主意，他说若对会议的内容没兴趣，则中途可以溜出去，接着完成我们的寻访计划。可是在会议桌旁浏览一过，赫然发现绿茶与我的名牌已经摆在了中间位置，这一瞬间让我意识到，本次的与会早已定下完整的计划，绝非薛原所言，只是临时拉我二人来凑个数。既然座位排在了显著之处，再想溜走已经不太可能，我立即转头看了一眼薛原，他狡黠地把脸转到了另一边。

既然坐到了桌前，为了了解会议的内容，我只能抓紧阅读桌上的会议资料，由此方得知，本会的题目是"《青岛市全民阅读蓝皮书》专家研讨会"。桌上还摆放着《全民阅读蓝皮书》以及《深圳全民阅读手册》等等，会议议程上则明白无误地列着"外地专家"两名，正是我跟绿茶。见此名单后我跟绿茶耳语：看来上了薛原的当，这哪里是来旁听，显然我两人参加此会早已是他们计划中的事情。绿茶果真比我涵养好，他只是呵呵一笑地说了句："这个薛原！"

会议由青岛全民阅读研究院执行院长张文彦主持，张院长首先一一介绍了在座的嘉宾，介绍到我的时候，冲着我一笑说："咱们又见面了。"我很惶恐地向她表示了歉意，因为我记人的水平太

认真讨论

差，实在想不起在何时与她见过面。张院长说，若干年前，我曾在北大新闻传播学院搞过讲座，而那场讲座乃是她的导师肖东发所主办，当时她也在座。

听张院长提到肖东发，我的心里不禁黯然，我与肖老师交往多年，然而几年前他却突然去世于海南。他去世前的几天，我们还在华宝斋组织的一场会议上见过面，肖老师当时与我约定一同前往韩国去看大藏经经版，未承想几天之后就天人永隔，这件事使得我心中始终有个阴影，但既然是在会上，我不便提起这段伤心的往事，于是就向张院长礼貌地致意，然后听她继续介绍其他的嘉宾。

嘉宾介绍完毕后，由青岛全民阅读院院长李茗茗致辞，而后张文彦向众人介绍了《青岛全民阅读蓝皮书》第一卷的编写方案。她介绍完毕后，让在座的各位针对方案的编撰构思提出补充意见。

没想到的是，张文彦提议在座者按座位顺序发言，而第一位发言人是韦力。

她的点名倒没让我措手不及，虽然我在走入会议室之前，对会议的内容完全不了解，然而在其介绍嘉宾之时，已经意识到恐怕要发言，于是立即翻阅方案，以及摆在桌上的两本书，之后拿起纸笔写出了五条修改意见。因此当张文彦点名让我发言时，我拿过话筒一本正经讲出了自己对此方案的意见与建议。我的所言让在座的几十位专家以为，我对此有着何等的深思熟虑，其实我自己心里明白这不过就是一篇急就章。

接下来第二位发言人乃是绿茶先生，显然他做事比我认真，他竟然在这个间隙列出了十几条讲话内容。然而当他拿起话筒时，却感慨称，自己的主要意见都被韦力先说过了。我立即接过话筒慎重声明：我绝没偷看绿茶的提纲，因为他写的字实在太小。而坐在旁边的杨柏伟立即证实了我的所言，他说自己想努力地看清绿茶写的什么内容，然因其字迹太小，竟然完全未能看明白。杨先生的话引起了在座者的哄笑。

接下来讲话之人有青岛市图书馆馆长于婧，于馆长从市场角度解读了图书馆与读者之间的关系。之后讲话的是海军航空大学青岛校区图书馆馆长周建彩，周馆长从阅读的分散性来讲述《阅读蓝皮书》应当关涉读书的不同角落。而后讲话的是青岛市文学艺术界联合会副主席、青岛大学教授周海波，周教授高瞻远瞩地讲述了青岛阅读团体在下一步的布局。

此研讨会给我留下深刻印象者有青岛大学讲师卢文丽，卢老师同时是青岛大学浮山书院与浮山讲堂创始人，她用实例讲述着当今的年轻人对阅读的态度。她所讲述的例子令在座的各位都慎重了起来，至少让我感觉到有这么多的爱书人在，也就不必夸大电子阅读对于纸本阅读产生的负面影响。林风谦先生乃是全国十大阅读推广人，他讲述了自己所执掌的"爱基金"在全国大量捐书的情况。林先生的讲话坦诚而直率，他首先讲到了初期赠书的失误，因为他看到自己捐赠的一些农家书屋，那些书都完好地锁在屋子里面，这样的做法完全起不到普及阅读的功效，而后他进行了一系列调整，终于使得接下来的捐助活动更有针对性和时效性。臧杰先生为青岛文学馆馆长，同时还是良友书坊主持人，该书坊在青岛颇具影响力，而臧先生的讲话也特别有实用性，他认为《阅读蓝皮书》的编写者要更多走进民营书店之中，由此了解到更多的资讯，会使《阅读蓝皮书》更加饱满。

余外还有多位专家现场阐述了自己的意见，而在座者除了绿茶与薛原，我见过面的朋友则有《半岛都市报》文艺部副主任刘家庆老师。今年的上海书展期间，我在现场见到了刘老师，他那温文尔雅的传统文人气质给我留下了很深的印象。此次相见，我们的话题也多了起来。他从纸媒传播角度讲述了《阅读蓝皮书》未曾关注的版块。会议的最后则由青岛市委宣传部理论处处长王春元先生做总结性发言，他从布局角度讲述青岛书店的未来发展计划，并且谈到青岛市有关领导也希望能够提升青岛在全国读书界的影响力。最后李茗茗院长感谢众位嘉宾的与会，她半开玩笑地说，原本这场会乃是青岛各界专家参与的内容，因为韦力和绿茶的到来，使得这场会具有了全国性的意味。李院长说这句话时，我用目光扫了一下坐在对面的薛原，他脸上显现出一种得意的微笑。

总体感觉，参加此会，可谓不虚此行。在此之前，我对青岛读书界的情形了解甚少，通过这场会议让我意识到，当地的文化人对于提升本市的全民素养可谓付出了太多的思绪与辛劳，尤其听到他们所谈到的具体方案，更让我感觉到青岛当地人并不止是喊一些漂亮的口号，他们用实际行动努力地营造着当地的读书氛围。尤其在座的任其海先生，他是青岛如是书店运营中心总经理，任总说，他们书店在近两年举办了一千多场公益讲座，吸引了太多的爱书人聚集，这样的付出真的令人敬佩。

会议结束后，众人都受到了氛围的感染，除一位老师因有事提前离去，剩下的人都站在那里继续讨论着青岛市读书界的方方面面，这份真诚让我再心急也不便转身离去，而此刻已经是下午五点多。我只好拉住薛原问他：都到这个时间了，再前往那家二手书店，是否还来得及？薛原一脸无辜地看着我说："我提前跟你说过，青岛没有古旧书店，你让我带你到哪里去看呢？"我恨不得一把揪住他的衣领子，问他：我不是已经跟你约好今天下午要去拍二手书店吗？他仍然无辜地跟我说，青岛真的没有。然后他眼珠一转，马上又跟我讲："想起来了，已经带你去过了。"我问他哪里，他一笑，跟我说道："不是我们一起去看过我们书店了吗？"

这个结果真令我哭笑不得。我不知道怎么样来回答他的这句话，而此刻我突然想到，刚才会议上轮到薛原讲话时，他夸赞我的发言："韦力先生总结得很到位也很全面，我觉得他想看青岛古旧书店和二手书店这件事完全没必要进行了。"到此刻我才回过味儿来：原来他在开会时已经给自己找好了台阶。其实我的心里感谢薛原带我和绿茶参加这场会议，虽然未曾拍到二手书店，但我在这个会上反而更加全面地了解到了青岛读书界的方方面面，而张文彦组织的这些专家均为青岛不同单位的读书界俊彦，他们的谈话具体而不空泛，远比我找到一家书店谈论两三个小时，所得收获要更多。于是我跟薛原讲，你早跟我说是这样一个会议不就结了，用不着再编出下午要去看二手书店这种事。他仍然一脸天真地说："我哪里知道你这么会搞总结，又愿意参加这样的会议，否则的话，我就不用跟你编故事，把你引到这里来了，因为我很担心你不愿意参加这样的会。"

准备离开时，我前去跟张文彦老师打招呼，但我还是忍不住跟她提到了肖东发，没想到的是，我的叹息声未落，张老师的眼泪已经落了下来，她对自己的老师如此之尊重，令我大为感动，以致我不敢跟她就这个话题再谈论下去。而张老师告诉我，她毕业后来到了青岛，感受到了青岛这座城市虽然年轻，但在读书方面可谓朝气蓬勃。她在会议发言时还讲到了更为年轻的城市深圳，深圳已然成为全国读书界的标杆，张文彦认为青岛也应当向深圳看齐，而这正是她坚持努力的原动力。听闻她讲到自己的志向，我立刻向张老师主动请缨：为了把青岛建成著名的读书城市，我愿为此尽心尽力地做出自己的贡献。我的一番豪言壮语总算平复了张老师的心情。

接着，刘晓群经理带领我等几位前往一楼参观了集团所办的美食书店，这间书店在装修风格上颇具现代意味，而书店所陈列之书也并非全是食谱，我在这里还看到了一些黑胶片。刘经理解释说，此书店起名"美食"，是因为这里还有标准的西餐，而后我

艺术点缀

们进入了其中一个装修颇为西式的单间，房顶上悬挂着一些书本作为装饰，以此显现出此餐厅乃是以书为主题。

这顿饭吃得十分开心，我跟绿茶拼命挤兑薛原，而杨柏伟却在那里嬉皮笑脸地打着圆场，这种氛围令矜持的刘宜庆老师也活泼了起来，而正经之人开玩笑更具戏剧效果。总之，这一天如果用俗套的总结方式来形容，应该是一句"充实而愉快的一天"。

众像成籍 专家布道

浙江省古籍保护中心 2017 年古籍编目工作研讨会

时间：2017 年 9 月 29 日

地点：浙江杭州省图会议厅

2017 年 9 月 29 日，浙江省古籍保护中心在浙江省图书馆内举办了这次会议，前来参加的人员有国家古籍保护中心副主任、国家图书馆副馆长张志清先生，浙江省古籍保护中心主任、浙江图书馆馆长徐晓军，浙图党委书记雷祥雄，以及各地的专家学者和浙江省各地市图书馆馆长、善本部主任等一百余位。

外地所来专家学者统一住在浙图附近的华北宾馆，一早，浙图安排几辆大巴接与会人员前往参会。在浙江省图书馆正门右侧，竖有本场会议的大型广告，广告的图案乃是由几百张人物照片构成一个"籍"字，众人发现了这个小秘密，纷纷走到广告前寻找自己的倩影。但是几乎所有人都没能寻得结果，于是找到浙图善本特藏部主任童圣江问之。童圣江笑着告诉大家，这些照片上的人都是在一线工作的古籍普查员，而本场会议在讨论的同时，也要表彰这些默默无闻的一线工作人员为浙江省古籍普查工作所付出的辛劳。

开会前几日，童主任在微信上告诉我，徐晓军馆长命我在浙图搞一场讲座，于是我临时起了个题目，为《阅读万卷、寻踪万里——我的书式生活》。而今走入这间大厅，在其入口处看到摆放着此讲座的拉幅广告，浙图做事动作之快，令我敬佩。

与众位领导专家一同登上二楼，看到在大会议室的门前，有国家图书馆出版社设立的专门展区，里面摆放着上百种国图社为浙江省图所出版之书，数量之多，令人赞叹，而众多与会者也在此纷纷翻看这些精美的出版物。我看到一部《中国古籍修复纸谱》，大感兴趣，于是拿起来端详。古纸纸谱及手工纸纸谱是我近些年颇为关注的主题，前几年我已得知浙江省古籍保护中心每年拿出一笔不小的费用，派专员到各地去购买古籍修复用纸。为此他们还建立了庞大的纸库，经过一系列的试验，最终确认哪些纸张最适合古书的修补，而后该中心会免费将适合修复之纸发送给下面的市县图书馆，以作修复之用。而今他们的这项工作已经有了阶段性的成果，这个成果即体现在此纸谱中。翻看此谱，里面包含显微镜下的纤维分析以及一百多份实物纸样，这样的书对于搞纸本鉴定来说，最为适用。

我在翻看此书时，恰好国图社总编殷梦霞老师站在旁边，她向我感慨制作此书之难，而我也直率地谈出自己对该书的看法。我们的聊天过程中，竟然又谈出来一个新的出版计划，希望某天我也以近似的方式，来与相关专家学者分享自己的心得。

看罢展览，众人走进主会场，大会由浙图党委书记雷祥雄主持。首先由徐晓军馆长致欢迎辞，徐馆长回顾了近几年浙江省古籍保护中心所做出的工作，同时表彰了各地市一线的工作人员，

雷祥雄书记主持会议

也提及还有许多志愿者的参与，正是因为有这样一个热忱的团体，才使得浙江省的编目工作走在了国内同类馆的前列。而后是省文化厅副巡视员任群讲话，任先生的讲话从整体高度概括了传统典籍对于中华文明的重大影响，同时也表彰了浙图和浙江古籍保护中心对于传统典籍的保护所做出的成绩。

接下来则是国家古籍保护中心张志清先生的致辞，张馆长讲述了近些年来浙江省古籍保护中心对国家古籍保护中心在工作上的积极协助和配合，对于浙江古籍保护中心在工作方面所做出的成绩，给予了充分的肯定。

三位领导讲话完毕后，接下来的一个议程则是进行新书首发式。此次首发的新书乃是《浙江省博物馆古籍普查登记目录》，首批完成此目录者，计有浙江省图书馆、宁波天一阁博物馆、温州市图书馆、嘉兴市图书馆和绍兴图书馆。雷书记请这五馆的代表走上台前，由五位领导分别发放印出的新书。接下来又赠送十几家馆《浙江省古籍善本联合目录》，而此目录在前一天晚上签到之时已经送给了与会者每人一部。

仪式完毕后，所有与会人员一并到浙图门口合影，茶歇之后，又全部走回会议室，共同参加主旨报告会。本场主旨报告的主持人为省古籍保护中心办公室主任童圣江先生。第一位做报告者乃是浙图古籍部副主任曹海花女士，曹主任用大量的图表展示了浙江省古籍普查的成果。第二位做报告者则是复旦大学图书馆教授吴格先生，吴先生的报告题目为《与浙省古籍同行谈编目问题》，他用大量的实例讲解了古籍编目中需要商榷的问题。

第三位主旨报告人是上海图书馆研究馆员陈先行先生，陈先生的讲话以一贯的坦诚与直率提出了在编目过程中所遇到的实际问题，谈到出于各种原因，有些初期制订的方案，后期并不能执行，他的讲话引来了阵阵掌声。第四位主旨报告人乃是天津图书馆古籍部主任李国庆先生，就编目而言，李主任有着丰富的经验，他所带领的团队对于古籍整理做出了很多新的探索。李主任说此次会议有如全国图书馆共办的古籍年会，这个年会曾在十年前有着很好的延续，后因故停办，他希望此会乃是古籍年会的延续，同时也希望这种年会以此为新的起点，每年在不同图书馆继续举办。

最后一位发言的乃是国图社总编殷梦霞老师，殷老师围绕与浙江省中心的合作，阐述国图社在出版方面的特色。她在报告中提及古籍目录方面的出版，该社在全国各出版社中排名第一。

午餐之后，下午进行《中华古籍总目》编纂分组研讨会。此研讨会分为三个会场，而我被分在了第三分会场，主持人是嘉兴

分组讨论会

市图书馆沈秋燕老师。沈老师的主持风趣幽默，而在座的各位老师依然矜持，一番客气推让之后，沈老师命我讲述对《中华古籍总目浙江省卷》的看法。于是我从八个方面提出了自己的意见。到目前为止，国内公私书目一律不著录纸张，而我在此再一次呼吁应该把纸张项目作为版本项的内容加入目录之中。我在现场解释了纸张在版本鉴定方面所起到的重要作用，与会的几位老师颇为赞同我的建议。余外，我所提出的问题乃是关于书影的多少，分页、分册行格不同如何著录，以及避讳字是否要列出等等。

在座的各位老师也均凭借自己的经验讲述他们对编目的修改意见，有几位老师则讲到了他们馆藏中具体实例的特殊性。有些问题我在以往也从未遇到过，听到这样的讲述，颇令自己耳目一新。分组讲座会结束后，所有专家一并前往图书馆报告厅做会议总结。首先由分会场主持人分别汇报各分会场的讨论情况，而后由雷祥雄书记做总结性发言。雷书记一一进行了点评，他讲述了此会所探讨出的成果。

　　晚餐之后，我回到浙图一楼文澜演讲厅，以个人近几年的情况为主题，讲述了自己寻楼觅墓、读书写作等过程中的经历和感悟，而雷书记和童主任也来听我的讲座，会后雷书记还跟我作了简短的交流。

斯人永逝　斯作长存

来新夏先生逝世三周年纪念会

时间：2017年10月27日
地点：浙江萧山图书馆

2017年10月27日，浙江萧山图书馆举办了来新夏先生逝世三周年纪念会。不知是什么原因，这个会通知得很晚，大约在召开前的一个星期，我方得到通知。天津的王振良先生给我来电话说，萧山图书馆想办这样一场纪念会，而举办时间仅比在诸暨举办的第十五届民间读书年会早一天。

萧山与诸暨虽然同处浙江省，但两者之间还是有些距离。如何能参加两会均不误，显然举办方已经考虑到了这个问题。王振良解释说，萧山举办此会就是为了借助诸暨会的这个时间，因为诸暨会所定报到时间乃是10月27日，而萧山图书馆将于这天的上午举办纪念会，下午组织参观当地的方志馆，而后就用大巴将与会者送到诸暨。两者之间的车程在一小时左右，这样的紧凑安排也算贴心。其实即便不是如此，我也将前往参加来新夏先生的纪念会。

大约在十年前，萧山图书馆举办过一届地方志学术研讨会，正是来新夏先生命我前去与会。我记得到达的当天晚上，馆长请几位来宾晚宴，而来先生在席间讲述了很多萧山的掌故，至今音容宛在。在那天晚上，我第一次见到了目录版本学家范凤书先生，范先生初次见面就约我共同写一本《藏书家堂号考》，而后的几年因为阴错阳差的原因，我未能实际参与此事，最终范先生独立出版了一部相应的专著，想来总有一种歉疚。

其实对于那场地方志研讨会，我还有第二重歉疚：第二天一早，召开了相应的会议，因为与会者人数较多，主办方将来者分成几个组进行学术讨论，而来先生与徐雁命我主持其中一组的发言。恰在这天上午，某地一位朋友来电话，他联系到了一批重要的藏书，因为对方急着出手，必须当日定夺要与不要。如果不看原书就成批地购买善本，显然属于隔山买牛，而且那批书中的其中几部又对我有着强大的吸引力，权衡一番我还是硬着头皮向来新夏先生提出了请假的请求。我记得来先生沉吟了片刻，而后跟我说，这样的书确实十分之难得，你还是去试一试吧。

正是多亏来先生的宽容，我最终买下了这批善本，然而得到这些善本后的欢愉却总包含着遗憾和歉疚。我想自己有着这样心理的重要原因，就是有拂来先生的美意。也正因为有这样两个遗憾，我当然要推掉其他的安排，一定要参加此次的纪念会。其实早在此会举办前的一段时间，浙江图书馆徐晓军馆长还与我约定，要带我前去富阳参观一家手工纸作坊。而我与徐馆长所定日期也是27日上午，因为徐馆长告诉我，富阳距诸暨也是一个小时的时间，等我们参观完富阳造纸作坊后，他将送我到诸暨，正好转天他也有一个重要会议在诸暨举办。而今，萧山图书馆突然要举办这样一个纪念会，而此会我无论如何也要参加，故只好向徐馆解释一番，之后征得他的同意：将参观手工纸作坊的时间定在来新夏纪念会举办完毕之后。正是徐馆长的体谅与宽容，使得我几方面的工作均未耽误。

我原本所定到达萧山的时间是26日中午，因为我事先给萧山古籍印刷厂董事长张国富先生去过电话，请他下午安排车带我参观萧山区内的两处藏书楼遗址。但不知什么原因，临行前的一天航空公司来短信说，那个航班取消，自动把我安排到了下午的一个航班。这样的"店大欺客"真是让人生气又无奈，只好把26日下午的寻访计划压缩了一半。在机场见到了印刷厂的张杨主任，他带我寻找到一处藏书楼遗址后，将我送到了宝盛宾馆。

此宾馆的大堂同时摆着几个报到摊位，看来该宾馆乃是当地有关部门开会常来之处。我找到了来新夏纪念会的报到处，在工作人员的带领下，往前台办理入住手续。这里不但需要身份证登记，同时还专门有刷脸核实的设备。现在技术手段越发的先进，而人的隐私也渐渐泄漏殆尽，不知这算不算是"天网恢恢疏而不漏"的别解。

当天晚上，图书馆请与会者吃饭。在酒宴上见到了多位朋友，北京的戴建华先生拿出珍藏多年的两瓶白酒请众人品尝，而王稼句、范笑我均赞此酒后劲猛烈。我记得第一次见到戴先生是在海豚出版社，当时他就展现出了酒仙的姿态。看来他在研究学问藏书读书之余还喜欢藏酒，而他能将自己的珍藏贡献出来与朋友共品，果真有着"肥马轻裘与朋友共"的豪迈。戴先生恰坐我旁，他当场更正了我的记忆之误，他告诉我说，早在十二年前我们就见过面，当时北京朝阳区文化馆举办第三届民间读书年会，我们就是在那个会上见过面。此后的几年，陆昕先生在琉璃厂的老浒记饭店举办过几次书友集会，其中有两次我们同时在席。

戴先生超强的记忆力令我佩服，其实我对自己的记忆力也颇为自负，但不知什么原因我的记忆却有着选择性：很多版本我只要看过一眼就能牢牢记住其特征，但看人脸却完全没有了这样的本领，甚至见过几次面的人，我都难以将对方记牢，显然这是情商较低的表现之一。

我们的谈话引起了冯传友先生的兴趣，他也讲述起我们第一次在京见面的情形。他说那次会面有止庵先生和王稼句先生在场，当时他向我约稿，而我却说自己近来很忙，冯兄理解为这是我的婉拒。我竟干过这等恶劣之事，自己却无论如何不能忆起。虽然我不能确认自己真的没干过这样的事，但我还是有着冤乎哉的感受。好在冯传友说我后来的供稿给其所办报纸增添了光彩，尽管我知道这是一句安慰话，但我还是感念于他的体谅。

晚宴快结束时，西安的崔文川先生匆匆走进，原来他的飞机晚点了六个小时，众人纷纷感慨，乘高铁远比乘飞机准时得多。我的公微号每月1日要发出上月的师友赠书录，当然此录大多是每月最后几天所完成者，因为要参加这两次会，故此次的赠书录又比以往提前了几天。而在本月初，北京杂书馆举办了我与拓晓堂先生的一场对谈，对谈会结束后，戴建华先生递给我两本笺谱，他说这是崔文川先生所转赠者。虽然这纯属无功受禄，但我还是将其写入赠书录中以示郑重鸣谢。

我在赠书录中写明，我与崔先生未曾见过面，但有意思的是，赠书录还未发出我已见到本尊。可是过几天后，本录发出之时，文中却说我未曾见过崔先生。不知道他读到后，是否会怀疑我的记忆出了问题。

虽然我记人的水平很差，但对崔先生却早闻其名。大概是几年前，南京的薛冰先生在短信中告诉我，崔先生想帮我设计一套藏书票。其实我对藏书票也有着相应的需求，因为我觉得线装书钤盖藏书印最为正统，而洋装书则贴上正统的藏书票，看上去最为原汁原味。然而现在流行的藏书票，大多是一种机器印刷物，这跟我所看到西洋书中贴的手工制作藏书票，精美程度相去甚远。而薛冰告诉我，崔先生的藏书票也是用机器印刷者，所以我婉拒了崔先生的美意。

而今在萧山见到了崔文川，这让我又忆起几年前的这件遗憾。于是我立即迎上前与之打招呼，向其表达了我的歉意。崔先生有着西北人的豪爽，他笑着告诉我自己并不以此为意。而后的几天，我又借机向他请教了制作藏书票的问题，由此而终于明白：藏书票的原作当然可以一一手工制作，然而这样的藏书票成本高昂，每枚价格远超所贴书的价值，这样的本末倒置显然无法具体实施。而今藏书票原作更多者成了一种像邮票一样的收藏品，少有人拿来真实使用。如果真的要贴在书中，崔先生认为还是用机器印刷最为划算。到此时，我方明白崔先生当年的美意，由此而又心生歉疚。俗话说事不过三，而萧山一地却让我有了三个遗憾，看来这著名的萧山真是我的伤心之地。

老子说过："祸兮福之所倚，福兮祸之所伏。"虽然萧山让我有三个遗憾，但同样也有高兴事在。以前的高兴事，是这里有江南三大古籍印刷厂之一，这就是张国富先生所办的萧山古籍印刷厂。该厂在业界颇有名气，而我的《芷兰斋藏稿钞校本丛刊》已经在该厂印刷过八部，其印刷质量受到了不少得书人的夸赞。这是过去的美好，而今日同样有美好在，因为我在酒桌上结识了吴眉眉女史。在聊天中，王稼句介绍说，吴眉眉的祖上曾经是江南地区有名的大户。当年康熙皇帝下江南，曾经住过吴眉眉祖上在苏州光福镇的老宅。而吴女史听到稼句兄如此赞誉，却是一脸的淡定，显现出大家之后的雍容。

当晚的这场宴会，还有多位朋友乃是初次见面，比如山东的阿滢先生。王振良先生告诉我，当年他在天津举办来新夏先生九十寿诞会，阿滢先生曾前往参加。而那场聚会之时我正在外地寻访，匆匆赶到天津只能走上前向来先生道上我的祝福，而后坐到了后排，故没有看到阿滢本人。而今来到萧山又是因为来先生而与之见面，由此显现出来新夏先生在爱书人的心目中有着何等强大的号召力。正是因为这位老先生，才使得书友们相互结识，共同"把酒话桑麻"般地谈书论人。

第二天一早，萧山图书馆用大巴车接众人前往该馆。此馆处在萧山区中心的通衢大道旁，众人从侧门走进，而后集体去参观来新夏著述专藏馆。专藏馆分内外两间，右侧的小间布置成了来先生生前所用书房的模样。这个区域内摆着办公桌椅以及两个书架，墙上悬挂着几幅字画，尤其引人注目者，乃是写字台后面悬挂着的"邃谷"匾额。

"邃谷"乃是来新夏先生的堂号。说来遗憾，我跟来先生交往多年，他也几次来北京看我，而我却从未去过他的书房，而今

布置成书房的模样

我望着这个匾额心生感慨。其实在上个月沧州会议时，来先生的弟子徐建华先生主持我的讲座。在开讲之前，我告诉徐先生自己想前往来先生府上去拍他的书房，但我没有来先生遗孀焦静宜老师的电话，故请徐先生向焦老师转达我的请求。徐先生说他回去后会转达。没想到在这专藏馆内见到了焦老师，于是当面向焦老师讲出了自己的愿望，她立即答应了我的请求。

与会者走入专藏馆，纷纷站在"邃谷"匾前拍照，不知是谁首先请焦静宜站在这里合影，而后众人纷纷效仿，以此来表达对来新夏夫妇的敬意。而我则注意着墙上的几幅字画，其中一幅画作乃是出自当代著名画家范曾先生之手，画的图案乃是来先生翻阅资料的情形。看到此像又让我回忆起与先生交往的点点滴滴，尤其他对我的鼓励，这让我始终铭记在心。

与"邃谷"相对的一个房间乃是面积较大的展厅，这里陈列着来先生生前捐赠的一些藏书。来先生在生前分几次捐出自己的藏书，这份无私当然令人敬佩。而藏书对于一位大学者来说，乃是至关重要的工具，这正如鲁迅所言："本来，有关本业的东西，是无论怎样节衣缩食也应该购买的，试看绿林强盗，怎样不惜钱财以买盒子炮，就可知道。"所以鲁迅曾把自己的书斋称为"绿林书屋"。来先生是文史大家，他的藏书当然就是自己的武器，他能将自己珍爱的宝贝捐出，也自然有过心理上的纠结。他几次打电话给我，跟我商讨捐书之事。他告诉我说，萧山是自己的家乡，虽然他从小就生活在北方，但他对家乡却有着挥之不去的爱，所以总想为家乡多做一些贡献。而我的劝说当然是从务实角度而言，显然我设身处地的实际想法不能贴合来先生的乡梓之情，最终他还是分批捐出了自己的珍爱之书。如今我在这展柜之内看到了部分捐赠之物，而当年他在电话中跟我探讨的话语又瞬间回荡在耳畔。

参观完毕后，众人集体步入会场，本场纪念会由萧山图书馆副馆长庞晓敏女士主持。她首先请萧山区文化局副局长汪春霞女士讲话，汪局长高度赞誉了来新夏先生对萧山所做出的贡献。接下来是焦静宜老师发言，焦老师在讲话中复述了来新夏所言："评价一个人，要看他是否在其时代做出了有价值的事情。"而后焦老师讲述了来先生逝世后一些相关工作的进行情况，其中之一乃是《来新夏文集》的校对工作，此文集现搜集了五百多万字，而这个数字不包括已经成书的著作。这个工作首先是由徐建华老师组织学生做前期的搜集和校对，并且已经进行了两年多，而后交到焦老师手中进行再校对。焦老师说她自己干了大半辈子工作，但越

干越胆小，因为总会发现相应的遗漏。

　　焦老师在谈话中坦陈徐建华先生在搜集资料方面下了很大功夫，但因为自己的校对，反而产生了一些文字上的疏漏，因为来先生的治学视角宽阔而深入，而自己的学识很难涵盖方方面面，所以这样的疏漏确是难以避免。从现存的情况看，来先生著作的搜集还有很多的遗漏，比如她偶然发现了来先生九岁时发表在《大公报》上面的文章，题目叫《不可吃零嘴儿》。由此可见来先生著述之早，而来先生又是一位长寿之人，其著作之宏富可想而知。来先生去世后，通过查其档案而看到了一份他亲笔所书的检查，这份检查中提及了他本人早年写过的一些著作，可是焦老师和徐建华等人却完全查不到这些著作，可见补遗工作难度之大。

　　焦静宜老师谈到的第二方面工作，则是要编一部《来新夏先生在南开》。因为南开大学成立于1919年，到2019年将举办盛大的百年校庆。该校准备编辑出版《南开百年学术丛书》，丛书选出了该校十位大学者，而来新夏为其中之一。焦老师说，来新夏生前为南开大学做过不少的贡献，他主持盖了两座楼，分别是新图书馆和出版大楼，同时创办了南开大学图书馆系，该系为全国高校第三家。

针对焦老师的这番话，王振良先生做了及时补充，他说自己正在征集来新夏相关资料，希望在座的各位能够提供来先生亲笔所书信函以及墨迹，同时也需要来先生的一些照片。我与来先生交往的这些年，他赠给我不少的著作，大多会在赠书的扉页上写一段话，同时他也给我来过一些信，可惜的是这些物品都被我一一装箱放入仓库，难以找出来编入书中。王振良的这番话还让我感慨：虽然与来先生相识有年，我也知道他能写一笔漂亮的法书，但我却始终不好意思请老先生书写一幅墨宝，而今听闻有人说拥有来先生的法书，我也只有羡慕的份儿了。

焦静宜老师又讲到来先生在生前就主持编辑《萧山丛书》。当年来先生设想此套丛书每年出一辑，每辑出十册，目前已经出版三辑，而此书的副主编正是在座的李国庆先生。随后，焦静宜又郑重地讲出将遵照来先生的遗嘱，将先生生前藏书继续捐赠，虽然手头还有科研项目在，有些书暂时需要使用，项目完毕后，这些藏书将继续捐赠，因为来新夏生前曾说过，他的藏书不要分散地捐给不同的地方。焦老师的这番话即刻得到了在座者热烈的掌声。同时焦静宜也向萧山馆提出了新的希望，她希望该馆能开放来新夏捐赠书，以便更多人看到和利用这些藏书，但她同时强调希望对来新夏的手稿进行更为妥善的保存，因为她看到捐赠室内陈列的一些手稿因为阳光的照射，已经有些变色，所以她希望该馆在条件允许时，可做一些仿制品用来陈列，而将原稿珍藏起来。

焦静宜老师的所言立即得到了萧山馆几位领导的回应，他们说很快做出改正，让来先生的手稿长期地保存下去。

　　焦老师的主题发言结束之后，接下来的研讨会由王振良先生主持。他首先一一介绍了来宾，而后称正是来先生人品的魅力，才使得这么多人聚在一起来共同怀念他，来先生生前结交各界朋友，这也正是他思想可贵之处。王振良介绍到吴眉眉时称，吴乃是来先生的跪拜弟子。原来还有这一层，王振良的这个介绍让我对吴眉眉又增加了一份敬意。

　　而后王振良请与会者一一发言，第一位发言者是陈子善先生，陈先生对来新夏给出的一句评语是"重剑无锋"。陈老师谦称自己没有受过正统的文学训练，正是来先生给予其很多的鼓励。在历次运动中，来先生受了许多罪，从他档案的材料即可得知，里面不是汇报就是检查，但即便如此，来先生也不改初心，仍然把主要精力用在学术研究方面。更为难得者则是来先生在其晚年写了大量的学术随笔。陈子善说：来新夏已经是功成名就之人，他不

会议现场

写这些也不影响其学术地位，但其仍然笔耕不辍，这正是让后辈敬佩之处。陈子善呼吁在来新夏逝世十周年之时，能够出版《来新夏全集》。

接下来是王稼句先生讲话，稼句先生讲到了他与来先生交往中的一些细节，他认为"纵横三学"这个词不能概括来先生学术的全部，来先生更令人感动者，是晚年能够提携后辈，给年轻人捧场。王稼句讲完后将话筒递给了我，而我则讲述了与来老交往中的两个细节。一是他曾告诉我要能面对别人的冷嘲热讽，必须做到"笑骂由人"；二者，则是来先生用几十年的时间编辑各家对《书目答问》一书的校补。来先生晚年想出版该书，请我做系统的校对，而我则告诉他，自己也在做这样的标注。来先生希望能将我的所写汇入其书中，而后经过李国庆先生的细心编排，终于成就了此书。这正如王稼句先生所言，来先生就是通过这种办法提携后辈。

而后陈克希先生讲述了来新夏到上海博古斋买书时与他的交谈细节，阿滢则提到来新夏给他题过多个名签，包括祖谱的题签。李国庆称南开大学跟天津图书馆仅一墙之隔，故来先生经常到图书馆善本部来看书，而每次来都会带上萧山特色食品——腌萝卜干。李国庆建议萧山图书馆应当创办"邃谷讲坛"，因为来新夏纵横三学七个领域，所以各个学科都可来此讲述，这样的讲坛一定能有很大的影响力。而戴建华先生则称，他虽然没有见过来新夏，但与来先生有着许多间接的交往，比如他从中华书局总编顾青那里强行夺走一部签名本的《书目答问汇补》。

冯传友在讲话时称，他也在搜集来先生的佚文，而今已收集到了五万多字。之前我在著述馆中就已经看到了冯传友主编的《包商时报》陈列其中，在此冯先生也讲述了来新夏对其报纸的支持，他说接下来该报可以开纪念来新夏专栏，希望在座者踊跃供稿。姜晓铭则称，来先生到达兴化时看中了一件当地的工艺品，姜先生想将此送给他，而来先生坚持要自己买下。子张先生说，他跟来先生没有直接交往，但2006年南开举办的穆旦会上他见到了来先生。李树德也说，他跟来先生没有见过面，但他喜欢来先生的道德文章。

孙伟良专门收集来新夏的各类著作，他可能是在座者中藏有来著最多的人。其实在十年前我就见过孙伟良，那时也是来先生所介绍者，来先生对这样的晚辈后生给予了特别的鼓励。孙伟良称，他正在撰写《来新夏著作经眼录》，为此他还搜集到了来著的韩文版和日文版等等，他说自己已经集全了来著已出版之书的所有版本。孙伟良当场宣布，等他研究完这些著述后，会把自己珍藏的来著全部捐给萧山图书馆。他的这番话赢得了该馆与会者的热烈掌声。

董宁文谈到了来先生对《开卷》的支持。范笑我则讲述了他在海宁图书馆第一次见到来先生的情形，范同时说："明天是重阳节，而来先生与焦老师正是在重阳节结婚的。"范笑我的这番话勾起了我对他们当年结婚时的回忆。张元卿则讲到来先生给予他生活上的关照，他与妻子分居南京、天津两地，来先生曾帮助他想办法把妻子调来天津，虽然此事未能办成，但他却感念来先生对自己在各个方面的照顾。

吴眉眉的讲话最让在座者动容，因为只有她是站起来讲述跟老师的交往。她的"欲语泪先流"让此会的气氛又多了几分凝重。她说自己虽然身为弟子，却没能为老师做出更多的贡献，这让她感到惭愧。接下来则是唐伟民、周晨、崔文川、励双杰、童银舫等人的讲话，大家都从不同的角度谈到与来先生的交往细节。而我隐约记得我第一次见到励、童二先生，正是在那次来先生主持的萧山地方文献研讨会上。

众人讲话完毕后，王振良做了总结性发言，他建议创建一家书院，设立基金会，用来新夏先生的名字来命名，以此让世人更多地了解来新夏在学术上所做出的重大贡献。

会议结束后，集体合影，而后乘大巴回酒店用餐。图书馆方面的安排是下午集体去参观方志馆，而该馆也是来新夏生前鼎力支持者。这个馆我当然想前去一看，可惜的是我已经与徐晓军馆长约好，前往富阳看手工造纸作坊。于是与大家一一道别说："晚上诸暨见。"

坚守特色 以书为纽
第十五届全国民间读书年会

时间：2017年10月28日

地点：浙江诸暨

我最初是从徐雁先生那里得知有全国民间读书年会这样一个会。此会的第一届举办于南京，当时支持此会的主要力量乃是译林出版社社长蔡玉洗。蔡社长是个有情怀的出版人，他办了一份刊物名叫《开卷》，而该刊的实际编辑者乃是董宁文先生。后来蔡社长跟徐雁、薛冰、董宁文等人共同办起了民间读书年会，第一届开办于2003年11月底，从此之后，全国民间读书年会每年举办一次，并且每年换一个举办地，一直延续到了今日。

第三届读书年会的举办地是北京，这一届的承办单位乃是北京朝阳区文化馆。有着地利的原因，我参加了这届年会，而在开会之时，我方得知参加这个年会的其实主要是民间自办刊物者，他们在会上所谈的话题都跟办民刊有关，而我并未办有类似的刊物，故自此之后就再未参加过这个年会。

几个月前，诸暨的周音莹女史来电话，邀请我参加第十五届全国民间读书年会，因为本届年会是在她的争取下举办于诸暨。

我感谢她的热心邀请，同时直言自己确实没有办过民刊，虽然前些年曾担任过《藏书家》的执行主编，然而该刊的主办单位乃是山东齐鲁书社，从属性而言跟民刊一点不搭界。周老师告诉我说，现在的读书年会虽然有不少办民刊的人参加，但其性质已经有了转变，这样的会议更多者是读书人的一场聚会，在那里可以见到许多的新朋旧友。

其实民间读书年会聚会主体的转变，前几年我已得知。有时也很想前去参会，以我的理解这样的会更为轻松自如，没有那么多的硬性指标，也用不着达成怎样的成果，与众位师友饕餮一番倒不失为一种休息的方式。近几年，我的写作速度明显加快，高强度的写作与寻访对我而言已经是超负荷。我时常劝自己要将步伐慢下来，但因惯性所致，心中始终存着只争朝夕的紧迫感，其实我也清楚，长时间的绷紧弓弦绝不是好办法，张弛有度才是一种佳境。

这样矛盾心态我已持续了一段时间，恰在此时接到周音莹的邀请，终于给我的放松找到了借口。我知道举办一场聚会甚是繁杂，费心费力的程度远超与会者的想象，周音莹弱肩挑重担，所承受的压力当然很大，我却将参与此会作为一种放松，这样的话说出口，不免让人觉得有点儿冷血。但说实话，我的所言确实是参会前的心态：既然朋友费心张罗一场盛宴，那么我参与其中开怀痛饮，当然也最令主人开心。

然而在开会前的几天，周音莹又告诉我，诸暨图书馆馆长想让我在读书年会期间到他们馆办个讲座。闻其所言，看来我的悠闲打了折扣。近两年我的讲座办得太多，虽然这种做法在传播藏书文化方面的确起到了一定的作用，但每个讲座从准备到讲述总要动一番脑筋，为了讲座而花在往返途中的时间，也的的确确是一种消耗，故而今年下半年我明显减少了接受去外地讲座的邀请，毕竟太多的讲座会耽误我的写作进程。有不少的朋友劝我应当放慢写作的脚步，以便细水长流。我明白朋友所言当然在理，但经历过一场大的意外，让自己明白了生命的无常，故而总是念叨着"花开堪折直须折，莫待无花空折枝"，希望趁着年富力强多出成果，免得年老力衰时后悔。

但周音莹的邀请我却不能拒绝，因为我对她有着歉疚。一年前，她就邀请我前往诸暨图书馆举办讲座，因为她知道当时我正在浙江省图书馆搞活动，为这件事诸暨图书馆馆长还特意打电话给浙江省图书馆馆长徐晓军先生。朋友如此盛情，我当然不能推却，恰好那时又赶上萧山古籍印务公司老板张国富先生的儿子结婚，我决定参加完婚礼后再前往诸暨。

但人算不如天算，我在萧山的当天天气大变，一股寒流横扫南方，所有的电视和广播都发出了预警，称江南地区转天将会下冻雨，高速路全部封闭。这种状况显然无法成行，按照航空公司在飞机延误时惯有的说法，可以称之为"天气原因"或者"不可抗拒因素"。但我总要比航空公司礼貌一些，于是只好给周音莹打电话，为这个鬼天气向她表示歉意。周老师当然也听到了这样的预告，她对我的不能成行表示理解。而我则明确称，为此事欠她一个情，今后一定还上。到了此刻，真应了那句电影台词："出来混迟早要还的。"看来到了还债的时刻，我当然立即应承下来前去办这个讲座。

答应下讲座的转天，我又接到了王振良先生的微信，王兄告诉我说，萧山图书馆准备召开来新夏逝世三周年纪念会，此会的召开时间与全国民间读书年会报到日是同一天，因为萧山馆就是想借诸暨办会之便召开来新夏纪念会，计划在10月27日上午开完纪念会后，当天下午就送与会人员前往诸暨。

我与来先生交往有年，从他那里得到了不少的教诲。他的纪念会我当然要去参加，只是没承想我原本欲借读书年会换换脑筋的小心思已经完全不能得逞。参加年会之前，我还打着自己的如意算盘，因为11月4日我将在宁波举办的浙江书展上办讲座，5日则是在中国第一大藏书楼天一阁举办讲座，这些地点都在浙江，而诸暨年会的举办时间是10月27日到30日，距宁波书会仅有四五天的时间，在这么短的时间内，往返京浙显然更为劳顿，所以我原本的计划是推迟到达诸暨的时间，与绍兴的方俞明先生约定好，请他在诸暨会后带我去寻访几处藏书楼遗址，而后再前往宁波，尽量缩短在外的时日。如今又要添加一场必须要参加的萧山会，这更让我的悠闲大打折扣。

王振良先生做事谨严，他张罗这样一场纪念会，肯定已考虑到方方面面的情形，但我估计他不太可能想到我此次参会的各种小心思。既然如此，我不由就郑重其事起来，跟他爽快地说了一句"萧山见"。

前往萧山前的一天，浙图的徐晓军馆长给我来微信，他听说我要去萧山开会，便告诉我说，去年与我约定的前往富阳看纸之事可以成行。近些年来，我陆续地在考察手工纸作坊，同时浙江古籍保护中心也建立了专门的手工修复纸纸库，这样的共同爱好使得我从该中心打听到不少纸作坊的信息，而徐馆长也是位有心人，他在实地考察过程中，如果发现有传统的造纸作坊遗迹等等，都会将信息转告于我。这种成人之美的君子之风，当然令我很是感激。而今他又找到一处，并且要带我前去探看，正是我求之不得的事情。

但是，在萧山会和诸暨会期间，我已经安排得没有了空闲，于是向徐馆汇报了这个情况，他听闻我将前往诸暨，马上又说，他也要在转天前往诸暨参加一个重要会议，故带我考察完富阳纸作坊后，可一并前往诸暨。有着如此的便利，我当然不能放过这个机会。于是在萧山纪念会举办完毕后，当天下午我未曾跟书友们去参观方志馆，而是乘上徐馆的车驶入了富阳的山村。

纸作坊保留完整程度超出了我的想象，而富阳之行我更大的收获是看到了抄纸帘子的制作方法，这让我对手工纸的制作有了进一步的了解。心满意足后与徐馆在当晚赶到了诸暨。

入口处的告示

第十五届全国民间读书年会的举办地是诸暨市同方豪生大酒店，住宿地和开会地都在此酒店之中。在五星级的酒店举办三天的民间读书年会，这份豪奢似乎跟"民间"二字有些违和。看来我的观念还停留在上个世纪，社会毕竟在进步，读书年会的规格也在与时俱进。在酒店大堂我遇到了方俞明先生，他把我带到了报到处。办完入住手续后，我陪徐馆长走入宴会大厅，本届年会的主办方正在这里请与会嘉宾就餐。

　　宴会大厅内的热闹与酒店外的静悄悄形成了鲜明对比，我看到里面有十来张大圆桌，每张圆桌都坐满了人。众人的言谈热闹非凡，远没有官办会议的矜持。因为人太多，我来不及与朋友们一一打招呼，直接跟随方俞明坐到了其中一桌。又一次见到了周音莹，经过她的介绍，我认识了诸暨市图书馆馆长郑永先生。郑馆一身的朝气，与其聊天方得知，他每日里都会锻炼身体。在郑馆的介绍下，我又认识了该馆的几位老师。

　　在本桌者还有绍兴市图书馆党委书记兼馆长王以俭先生，王馆儒雅知礼，一身的文人气息，虽然话语不多，但这种气息却让人感觉极为舒服。周音莹又介绍我认识了诸暨市广播电视台党委书记兼台长陈仲明先生，我立即走上前感谢陈台长对本年会的辛勤付出。在此前，周音莹已告诉我，她之所以有勇气申办此会，主要就是有陈仲明先生的支持。周在申报之时，陈台长时任诸暨市文化局局长，未承想年会还未举行，陈局长已经转任了电视台台长，这个变化让周音莹颇感措手不及，然而陈台长却有着铁肩担道义的豪气，他一如既往地支持，才使得这次年会得以顺利办成。

在酒桌上我结识了浙江古籍出版社社长兼总编辑寿勤泽先生。见到寿社长我立即想起一件事，因为在前来诸暨的路上，我跟徐馆提及：《浙江文丛》中有一部点校本的《善本书室藏书志》，然而我却不知哪里买得到，仅知该书乃是由浙江古籍社出版。徐馆说他也未看到此书。但没想到，一个小时后就见到了该社的社长，于是我立即向寿社长提出购买此书的请求，而寿社长立即安排该社魏晓丽副社长会议结束后为我办理此事。这件事瞬间让我感到了民间读书年会的美好。

晚宴结束后，方俞明先生带我与徐晓军、王以俭两位馆长前往一家茶馆喝茶。我告诉他自己晚上尤其不敢喝茶。方兄解释道，这个茶馆办有一个读书会，名为甘棠读书会，固定在每月18日活动，在当地颇具名气。同时诸暨还有一个浣纱文学读书会，此会办的时间更长而涉猎的话题也更广泛，今晚该会的核心人物玉兰儿也将前往这家茶馆与众人见面。既然有这么多爱书人在，我当然想听听他们的看法，而郑永馆长闻听后，也一同前往。三位馆长共同去参加一个民间读书会的茶聚，可见民间读书力量所带来的凝聚力。

甘棠茶馆办得很雅致，走进室内瞬间感受到了浓浓的书卷气。方俞明还邀请了励双杰和童银舫两位爱书人，又介绍我认识了绍兴的爱书人阮建根先生。阮先生言语不多，但他面对图书时的眼神，令我引以为同道。在这家茶馆内还见到了研究当地相关文献的何耕土先生，何老先生自称刚从国外回来，他感慨着自己的眷乡之情。给众人泡茶者乃是娴静的德玛小姐，她边泡茶边向我征询着一些看法，我也直言不讳地讲出自己的观点，这样的交流最让人有舒适感。

玉兰儿是典型的书女,她坦率地讲到了读我几本书后的观感,同时也提及诸暨当地在读书选择方面的偏好。玉兰儿直言:浣纱文学读书会的成员知道方俞明这个人,就是通过我所写之书。后来他们与方先生取得了联系,请他来参加读书会活动。也正是因为这个缘故,方俞明才把我等带到了这里。看来,爱书才是众人相识的纽带。

茶叙结束后,玉兰儿送我跟王以俭回酒店。在路上,玉兰儿仍然聊着她对一些书的看法,看来她的大部分心思都放在了书中。诸暨当地能有这样的资深爱书人,真的令人感到温暖。

10月28日早餐之后,集体在大酒店门口合影,合影地的侧旁有一棵大树,树上长着一种我不认识的青绿色水果。我分别问过三人得到了三个答案,看来大家都是外地人。但分不清水果,并

不知是何水果

不影响与会者的热情。大家在认真探讨水果的同时，一并步入酒店内的会议室去参加正式的年会。

走进会议室，立即感受到了举办者的用心，因为在入口位置一字排开十几个展板，每个展板上都有一张放大的集体合影，是第一届到第十四届的民间读书年会照片。照片的下方，详列出参会者的姓名，众人纷纷在上面寻找着自己的倩影。我最为简单，因为只参加过第三届，果真在上面看到了十二年前的自己，当时的形象果真比如今年轻多了。在看照片的过程中，北京的戴建华走到我旁边，指着照片上的自己说："看，我当年也参加了此会，在十二年前咱俩就同框了。"

我在记人方面的确水平很差，只觉得自己是在几个月前刚刚认识戴先生的。当时我在海豚给新书签名，同一天陈子善先生也在该社签字，因为陈先生所要签的书数量巨大，他特意请戴建华来帮忙钤章，正是这个场合我见到了戴先生。当天晚上一同吃饭，在座者还有谢其章先生。其实第三届读书年会，我是跟谢先生共同参加的，却没能记住那场会上还有戴先生，而今看到这张照片，真是"有图有真相"。

在展板的对面摆放着两个长桌，上面放着一摞摞的民间刊物，众人走上前纷纷取阅。这些刊物虽然在外观装帧上都很朴素，但每一份都是编刊者的心血结晶。写书不容易，编书同样不容易。我在编《藏书家》的那些年，对此有着深切的体会：大多投来的稿件质量都不高，所约名家之稿则迟迟不能发来，几番催促几番解释，搞得自己颇为心烦。所以编此刊三年后，我坚决将其交回了齐鲁书社，因为我觉得编书远不如写书来得自在。也正因为如

边看边品评

此，我对这些民刊的编者充满了敬意：为他人作嫁衣裳，还能如此坚韧不拔，这份精神足令人敬佩。

众人就座之后，首先举行了开幕式，按照惯例当然首先是领导致辞。第一位讲话的人，是诸暨市委宣传部部长王孔羽女士。王部长首先吟诵了当地乡贤王冕的那句诗："不要人夸颜色好，只留清气满乾坤。"这句诗出自王冕的《墨梅》，原本也是名句，然而让这句诗在当今再次响彻天下者乃是习大大。本届读书年会原本定的举办时期要比此时早10多天，因正赶上中共"十九大"召开，考虑交通方面颇不便利，特意推迟到了"十九大"会议结束后的几天。在十九届中央政治局常委同中外记者见面时，习大大所做报告的最后一句话就是王冕的这句诗。

从那天开始，王冕的这首诗在各种媒体上大火，王冕又恰好是诸暨人，诸暨当地人民当然以有这位先贤为傲，而当地领导也当然会大力地宣讲王冕。其实，就名气而言，美女西施才真正是家喻户晓，而西施也是诸暨人，虽然她没什么文化，但女子无才便是德，西施的名声要比王冕大得多。就文化而言，诸暨除了王冕还有杨铁崖和陈洪绶，这三位被合称为"诸暨三贤"。在大多数民众心中，恐怕这三贤加起来也难敌西施的影响力。显然王孔羽部长更看重文化的影响力，她在会中强调文化强则民族强。我把这句话理解为她对三贤的推崇，接下来转念细想，而今凡事都可加上"文化"二字，西施也同样如此，那王部长说的"文化"是指西施呢还是三贤，我的纠结真是无聊。

领导讲话之后，第一位上台发言者是董宁文。让他第一个发言，当然很应该，毕竟他是第一届年会的创办人之一。因为蔡玉洗有恙，本届年会未能参加，董宁文便作为年会创始人的代表发言。他首先回顾了十四年来民间读书年会的历程，又说今天是重阳节，所以郑重地向与会的年长者祝以节日快乐。当他说这句话的时候，我迟疑了片刻不知该不该鼓掌，因为我到底算不算老人，

认真听讲

至少在心理上还不确定。我觉得董宁文的讲话有如行云流水，而他的为人却又那样的谦逊——刚才我在细看第三届年会合影时，无意中看到董宁文和蔡玉洗站在了合影人群的最后一排。

接下来讲话者乃是甘肃张掖图书馆馆长黄岳年。我从资料上得知，第十四届读书年会的承办人就是黄岳年。他在讲话中称，张掖会结束后，他仍然看到当地的出租车上继续播放着读书年会的广告，这种做法使得年会的影响力持续地扩散开去。

之后讲话者乃是浙江古籍社社长寿勤泽先生，他的讲话内容恰好提到了《浙江文丛》。他说为了编这部大书，费了很多的心力物力，他们甚至到海外去寻找相关资料，而今已经出版了129位浙江籍或者客居浙江文人的诗文著作，到如今《浙江文丛》已经出到了500册。寿勤泽老师在开幕式上受陈侃章先生委托，向读书年会、图书馆和西施文化研究中心赠书，一种是《古往今来说西施》，一种就是《浙江文丛》已出版的500册。

王稼句的讲话很有意思。他首先说，本届年会因为特殊的原因，有着人数上的限制，事先有很多人想来参加，但因为不在邀请名单之上，一些人为此不高兴。他的这句话不知是否提高了在座者的荣耀感，至少让我感到瞬间的与有荣焉。王稼句又接着强调，他参加过第一届年会，但因为各种原因，没有参加合影，使得有些人不承认他是"黄埔一期"。这种质疑之声显然令稼句先生不爽，好在他有了新发现，郑重地跟大家说，近期找到了一张李传新给他在第一届年会上拍的一张照片，证实了他"一大代表"的身份。

稼句的讲话更让人感到民间年会有着无形的凝聚力，虽然它看似松散，却让一些人以参加此会为荣。这种年会的魅力究竟在哪里呢？这值得相关专家做一番深层探讨，而稼句先生讲述这个小故事，倒并非是为了夸耀他的先知先觉。因为他接下来强调：应该把每次年会的资料都汇编在一起。他说张掖和天津出版了相关的文集，这种做法大有必要。更为难得者，王振良还搜集到不少人所记的年会日记，经过对比，发现这些日记中所记的内容与事实都有差异，所以个人的视角总有偏差在，而这更加突显出了编纂文集的重要性。

开幕式举办完毕后，有二十分钟的茶歇，之后重回会场进行研讨会。研讨会的主题是"读书民刊的审美价值及读书民刊与地方文化的相承"。主持者是上海巴金纪念馆常务副馆长周立民，周先生的主持颇具特色，在主持人席上宣布让大家随意上台发言，他不点名也不点评，只是坐在主席台的侧旁翻看手中的资料。他认为站到台上的发言方式已经很严肃，如果能让大家坐下来围成

主题研讨会

一圈，那会议的活泼程度将更高。看来让每位发言者都能无所顾忌地发出自己的心声，乃是周立民的心愿。

这样的开会方式我还是第一次见到，但接下来的井然有序却让我对周立民的主持方式再次心服。因为每位上台讲话之人既不用自告奋勇，也不用自报家门，而是径直走上台说出自己的观点，说完之后转身走下，而接下来的一位又飞身登台，这个过程既无喧嚣也无争抢。形式上的自由不知是否能产生思想上的自由，但这样的形式显然比命题作文要真实许多。

第一位上台发言者，是一位名为何泽的女子。她说自己就职于温州市图书馆，她是代表《温州读书报》主编卢礼阳来发言。何泽的讲话是念稿，似乎不易产生活跃的思想。而接下来的几位自由登台者，每人上来就讲，不做自我介绍，我因为是第二次参加年会，故无法将讲话人与在座的名单一一对应，文中漏记之人应当不少，只能记录下一些自己熟识者的所言。

夏春锦说，大家都认为他是桐乡人，因为他居住于桐乡又在当地办刊，但实际上他却是福建人。他强调办民刊不但要注意内在美，也要留意外在美。他介绍说自己编辑了几部文集，而后总结出越是专题性的文集影响力越大。夏春锦明言，他对办刊之事心态很平和，刊物能出则出，不能出则等，总之要跟地方文化相结合，只有这样才接地气。而后他谈到了几位桐乡名人，比如张履祥、吕留良、木心等。

王振良的讲话也谈到了自己在身份上的特殊，他实际是东北人，而业界都把他视为天津人。所以说祖籍在哪里并不重要，重要者是每到一地要为当地的文化有所贡献，而我觉得振良兄的确做到了这一点。他讲述了天津问津书院的运作方式，同时也告诉大家《问津文库》已出版了62种。编这些书，几乎占用了他所有的业余时间。他的这句话更让我感到办刊的不容易。王振良又谈及他与董宁文所主持的《开卷》的合作，他明确地说出因为环境的变化，《开卷》在资金方面发生了问题，而他借助问津书院使得《开卷》得以延续至今。王振良同时说，他正在编一部小开本系列的《微天津》，希望大家踊跃投稿。

张元卿接续王振良的话，讲到了《微南京》的编纂之事，他说此刊每期约五万字，而王振良的《微天津》仅及此之一半。张元卿说南京师范大学出版社已对《微南京》立项，同时他讲到了南京与金九的关系，他说当地确认的南京金九故居搞错了，那里其实是金九母亲的旧居。由此而说明，对乡贤文化的努力发掘，更能展现出一些历史的真面目，而这也正是《微南京》所追求的出版内容。

山西文联的刘涛我第一次见到，他说自己的专业乃是戏曲研究，已经办了几年的民刊，其中有《家谱》《故纸》等等。他说自己的藏书主要是收集一些老的杂字册，也就是古代的识字刻本，这样的书他已收集到了一百多种。经过比勘，他发现这些杂字册有很强的晋商文化特色，而这种文化的精神实质乃是强调诚信，所以刘涛认为这样的书直到今天还有很强的指导意义。

周音莹走上台介绍了《越览》的办刊情况，她特意感谢了陈仲明台长对此会的鼎力支持，同时告诉大家，自己调到了西施文化研究中心工作。在此前，我曾看到她发过几篇文章，都是在强调诸暨才是真正的西施故里。萧山也在争这个名号，故她转发的文中列出许多史实，以证萧山的故里争抢没有道理。看来周音莹对自己的家乡有着挚爱，她的这份挚爱让我想起了艾青的名篇——《我爱这土地》。如今她又调到了专门研究西施文化的研究中心工作，可见她对西施之爱确实爱得深沉。

陈仲明台长阐述了广播电视与民刊的暗合之处，因为这两者都强调内容为王。他举出了湖南卫视的例子，说此台的成功不可复制。陈台长讲话思维缜密口才上佳，能从正反两个方面来分析同一件事物的利与弊。他坦陈现在看电视的人比以前少了很多，即便如此，因为长年的人气积累，电视台实力仍在，这样比较起来，民刊的困难则更多。陈台长强调，鉴于目前的状况，无论是电视台还是民刊都应当与时俱进地探索新的传播途径。

阿滢讲述了他所主持的《琅嬛文库》，此文库已出十辑。阿滢称虽然该书基本是自费出版，但他却让很多作者借此实现了自己出书的梦想。戴建华则介绍了他新进出版的《读书绝句三百首》，他说此书原本是想赶在年会之前全部印出，以便用来赠送给参会的朋友。然而，因为赶上北京正在开重大会议，印刷厂停工，无论如何也无法赶制出来，所以他想出了一个折衷的办法，那就是先装订出160册。因为属于非正式出版物，所以这160册书既没有印定价也没有印出版社，这样特别的书反而成了众人追逐的尤物。然而戴先生却称因为书太重，他没带来几本，只能返回后再寄给需要的书友们。

冯传友以他那特有的高亢之音谈到了《包商时报》从创刊至今的方方面面，冯先生做过电台的主持人，所以他的讲话口齿清晰、逻辑完整，并且感情充沛、不乏高潮。他说《包商时报》获得过多个一等奖，而该报中的"包商书声"副刊起到了巨大作用。虽然有着很大的工作量，但该报其实仅两位工作人员，一位是助手，另一位则是冯先生自己。他本人主要的任务是向各地的朋友约稿，正当该报办得如日中天之时，却在某位领导的要求下突然停刊了一年零五个月，后来因为更大的领导问到此报为何停刊，才迅速恢复。即便如此，冯先生也坦陈这份报纸至今未能恢复元气。以前该报寄赠者有一千份之多，现在则为六百份。他的阐述让我感觉到，很多事情经过一场挫折可能就会错过黄金时期，即使后来的补救措施再完善也难以追上时代的步伐。但冯传友是位狂热的爱书人，以他那饱满的热情，以及脚踏实地的工作方式，我总觉得《包商时报》终究会有一天再现辉煌。

张阿泉先生是我十年未见的朋友，我曾在呼和浩特与他几次见面，就外形与气质而言，他应属民间读书年会中的另类。今日所见与十年前相比完全没有走样，依旧是长发飘飘，透显着或隐或现的书卷气。他在台前说，自己主办过2.5届民间读书年会：第四届、第七届，以及第八届的成都会是他跟龚明德共同承办，这一届算是半届。如此说来，阿泉先生确实是至今为止承办民间读书年会最多的人。阿泉的发言颇为犀利，他说来参加年会的各位代表其实都很辛苦，大家跑这么远并不是为了听到一大堆的空话。他认为凡是与会的代表主持人都要一一做介绍，不应当仅仅介绍几位大佬，而在讲话时，都不要说一大堆官方语言。张先生认为民间读书不是一种身份而是一种姿态，其更强调自由。他告诫各位，不要鼓动别人读书，他认为这种方式很坏，因为读书使人清贫与不合时宜，故而不要提倡全民阅读，这样的提法就如同全民发财，是不现实的事情。张先生又说，各地所办民刊，内容不错，但在装帧方面略显简陋，应当于此有所提高。

上午的发言结束之后，下午各位代表又回到了原会场，而此时的会议桌已经摆成了方阵的模样。众人围坐四周，果真没有了上午的严肃，而这种从善如流的做法也体现出了主办方对大家意见的尊重。

下午的发言由徐雁先生主持，他当场宣布下午的会议有三个主题：一是"西施文化之我见"；二是对《蠹鱼文丛》的研讨；三是申办下一届读书年会。对于第一个话题首先发言者为王稼句先生，他首先讲述了西施在苏州的遗迹其实比在诸暨还要多，这位西施虽然仅仅是位美女，但是她的影响力却超过了干出轰轰烈烈业绩的越王勾践、吴王夫差、文仲等人。他举例说如果上街做随意的调查，恐怕十个人有九个会知道西施，而能够了解另外三位者恐怕少得多。为什么会产生这样的原因，稼句先生认为这是人们赋予西施太多的美德。

范笑我也讲到了嘉兴的西施遗迹，然而他却能冷静地一一道出这些遗迹其实都是附会。他的这番讲话让我想起几年前的一段事情，当时笑我先生带我在嘉兴地区寻访遗迹多处，其中之一就是某个公园湖边的一尊西施雕像。这尊雕像因为风吹日晒，望上去蒙满黑尘，当时我就笑称这是自己看到的最丑西施。笑我闻言只是笑笑未曾言语，并没有告诉我，这位丑西施立在湖边是因为以讹传讹。笑我兄一贯对跟嘉兴有关的一草一木都有着本能的回护，此刻他却能直言嘉兴的西施遗迹均不真实，这份客观冷静令我大感意外。

周立民先生并未讲述对西施文化的看法，他提出了一个新的建议，那就是应当搜集历代与西施有关的图像，编成一部书。他认为此书定会畅销，因为这是一个"重颜值"的时代。周先生语言幽默风趣，每当其讲话时我都会侧耳细听，因为他总能在不经意间说出一句包含着双解的话。而这样的话最能令人会心一笑。此刻他的发言果真引起了在座者的热议。大家纷纷从历代画像的真伪角度来谈论西施图像的搜集问题，虽然难以立即达成成果，但无意间创造出一种有意思的探讨，而这正是周先生的绝妙之处。

《蠹鱼文丛》乃是夏春锦、周音莹等人共同策划的一套小丛书，由浙江古籍出版社发行。寿勤泽社长介绍了此套丛书的成书过程，体现出该社对此丛书的重视。因为这是夏春锦等人正式编辑出版的第一套丛书，所以他们在方方面面都下了很大的功夫，而这份认真，也让寿社长为之感动。寿社长还提及此套丛书原本有5册，其中有一册因故未能印出。

而后夏春锦介绍了该书的编辑思想。上午开会结束时，夏春锦曾私下跟我聊天，他说正在着手组稿《蠹鱼文丛》的第二辑，希望我能参与其中。与会者在报到之时，每位都得到了一套该丛书，虽然我还未来得及细细翻看，但也了解到了大致的内容：这套书都是与浙江有关者。夏春锦也明言，他的这套丛书主要收录对浙江人物历史的研究著作，以及浙江籍作者的著作。显然他的这两个要求我都达不到，因为我既不是浙江人，也没有专门写过一本跟浙江有关的书，所以我对他的盛情只能表达歉意。而此刻夏春锦在介绍该套丛书时仍然强调了这一点，寿社长接着他的话又做了相应的解释。寿社长直言，他在编辑此书时，曾经劝夏春锦不要拘囿于这样的范围，更多者应强调书稿的质量。而夏春锦坚持自己的初衷。

其实对于夏春锦的坚持，我倒是能够理解，因为他是这套丛书的主编。古人有"选学"之说，收哪些不收哪些，也是一种学问。夏春锦有着这样的选择，当然有其坚持的道理。接下来周音莹对夏春锦的讲述进行了补充，她的所言更让人体会到，编一套书是何等之不易，但正因为他们的齐心努力，才使得该书很快具有了影响力。

接下来则是《蠹鱼文丛》第一辑相关作者的讲话，其中的叶瑜荪讲述了许多丰子恺的轶闻。有一段最为感人：在特殊的年代，桐乡当地请丰子恺给某个剧场写匾额，丰先生写出了很大的字并且以此为荣。叶瑜荪在多处史料中看到丰子恺谈及这件事，然而由于身份的原因，这些字实际并没有被正式使用。这番讲述令在座者大为感慨。

陈子善先生写了一本《浙江籍》，也被纳入了《蠹鱼文丛》。这几日他十分地忙乱，昨天在萧山参加了来新夏逝世三周年的会议，而后立即赶回上海去参加一个不可推托的重要会议，转天又乘高铁赶来参加此会。由此也可看出，子善先生对于此会是何等之支持。下午的会议开到一半时，他方匆忙赶到，主持人徐雁立即命其讲话，陈老师摸不着头脑。他歇息一会儿后，寿社长提出希望在座的各位不要仅夸这套丛书好，也要提出一些批评意见，以便此后的几辑能有所提高。

子善先生闻听此言，立即接话说，虽然该书内容编辑得不错，但裸脊装他却一向反感。他的所言立即收到了周晨先生的"商榷"，周晨认为裸脊装有其好处在，比如可以将书页全部平摊开来，而其他的装帧方式却难以做到这一点。在此前周晨已经讲述了国际上图书的主流做法，虽然中国近些年的书籍出版在装帧方面有了较大的进步，但是与国外的同类书放在一起进行比较，就很容易显现出不足。

周晨先生近几年所设计之书，在国际上连续获了几个大奖，他的所言当然在理。而子善老师则是从图书馆的使用角度论述了裸脊装的弊端，他以香港大学图书馆为例，称该馆的藏书无论是裸脊装还是平装都会一律改为精装，哪怕是薄薄的小册也要进行改装。因为只有如此，才便于藏书长期保存和利用，而裸脊装之书在插架过程中，连续抽插几回就会使封皮脱落，一旦脱落后这本书将无法查找。

我仔细听完周晨先生和子善先生的所言，觉得都有道理，只是两者的着眼点略有差异。周先生是装帧设计家，他希望中国书籍的装帧水准逐渐追赶上国际先进水平。子善先生则是著名的学者，长期在大学内任教职，他能够看到书籍在使用和流通过程中其装帧所带来的弊端。我真希望能够多有这样的碰撞性探讨，使得书籍既美观大方又结实耐用。不知道这种心态算不算是期望鱼和熊掌的兼得。

我对于《蠹鱼文丛》既未参与也未了解，故在现场并未言语，然而子善先生突然点名让我讲话。我只好借着寿社长的话题，对该丛书提了一点自己的意见。我是从书名角度来讲的：这套书名为《蠹鱼文丛》，望文生义，人们会认为其所收应当是研究书的书，虽然没有这样的规定，但显然已经达成了业界共识。然而此丛书所收的四部书却没有一部是关于书的，所以我倒觉得要想做到文题相符，不如另换一个丛书名。虽然说"浙江文丛"这个名称已经被占有，但完全可以想出一个近似的丛书名称，比如"浙江文存""浙江文苑"之类。

在座的各位还有多人从不同的角度阐述了对该丛书的看法，因为有些在座者我不知如何称呼，故无法在此一一列出他们的高见。讨论十分热烈，但由于时间关系，不能继续进行，主持人徐雁宣布进入第三个环节，也就是申办下一届读书年会。本次申办的总计三地：哈尔滨、郑州、苏州。

哈尔滨的申办者是黑龙江省图书馆萧红文学馆馆长章海宁先生，章先生说读书年会从来没有在东三省举办过，而当地有着良好的读书氛围，并且在暑假三伏天，很多人选择到哈尔滨去避暑，如果在这个时段于哈尔滨召开年会最为适宜。

第二位申办者乃是郑州的马国兴先生，马先生介绍说他自办刊物《我》长达二十多年，而他的申办也得到了当地文化部门的支持，他特意请来了郑州市文广新局副局长张文书先生，以及该局的陆炳旭处长。马国兴的讲述颇长，他首先从郑州的地理环境讲起，而后也提及当地的人文历史，接下来又讲到了当地的读书环境。他认为郑州拥有天时地利人和的优势，而政府部门也予以鼎力支持，因为张文书副局长就是该市全民阅读推广的负责人，所以下一届年会应该在郑州举办。

第三个申办地苏州让我略感意外，因为该市的申办人乃是苏眉和吴眉眉两位女史，她们的申报被与会者戏称为"双眉齐发"。在几天的接触中，两位女史也未曾提及要申办。接着，苏眉在现场用简洁的语言陈述了苏州所能承诺的申办条件。

三家的申报引起了在座者热烈的讨论，究竟花落谁家，显然难以达成共识。很快又到了主办方所定下的吃饭时间，晚饭之后与会者将集体前往诸暨大剧院观看演出，故会议无法延迟。徐雁与子善先生交换意见后，决定：现场不确定哪家争得了承办权，这个结果留待明天讲座之后再正式宣布。

简单的晚餐之后，众人乘大巴前往诸暨剧院，专门听诗朗诵于我而言还是第一次。此剧院外形前卫，能够看出刚建成不久，听众们在门口排起了长队，能有这么多人喜欢这样的读书形式，真的令人很欣慰。节目开始后，不同的朗诵者饱含深情朗诵着不同的诗篇与散文，内容都是歌咏浙江或者诸暨人文之美和自然之美。这些人的朗诵技巧是否高明我不清楚，因为我无法做出比较，但节目的编排却给人意外的惊喜。

节目进行到后半部分时，主持人突然讲到了第十五届民间读书年会在诸暨举办的事情，把这种声音传导到民众之中，这确实是一种巧妙的结合。接下来徐雁先生走到了舞台当中，以他那特有的声音朗诵出一段优美的散文。而后的一个节目则是张阿泉和周音莹共同走到台上，每人一段，穿插朗诵，很有舞台风范。尤其张阿泉那一头的长发，极具舞台效果，而二人的服饰也有着完美的搭配。他们的朗诵收获了读书年会参会者的热烈掌声。会后周音莹在微信群内开玩笑说，按照原本的设计他两人最后要拉手，可能因为紧张，竟忘了这个重要的动作。众人在群中纷纷调侃，表示后补拉手也不迟。我注意到，徐雁先生的脸上竟也涂抹了不少脂粉，真可谓"八卦之心人皆有之"。

第二天一早，主办方用两辆大巴将与会者带到了诸暨市图书馆。此前徐晓军馆长已给我讲述过诸暨图书馆的特殊性：该馆乃是办在浙江农林大学暨阳学院内。一家市级的图书馆何以办在学校内，此前我未曾听闻过。徐馆长解释说，这是当地为了提升教育影响力，以免费提供校园的形式，招一些名校来本地，但是建造这么一所学院成本高昂，这个过程中消耗了当地不少的财政积蓄，致使无法短期内创建新的图书馆，故只好将市图书馆搬到了学院的大楼内。

浙江农林大学暨阳学院处在诸暨市的郊区，走入校园之内瞬间感到其占地面积巨大，从校门走到图书馆就有着长长的一段路。而我讲座的举办地乃是该馆的一楼报告大厅，在大厅内再一次见到了诸暨市图书馆馆长郑永先生，我感谢他为这个讲座所付出的辛劳。

关于讲座题目我事先征求了周音莹的意见，因为时间匆忙，我来不及设计新的讲座，于是将现有的几个讲座题目发给她。她选择了《明代版本琐谈》，当时我就好奇她何以选这个题目。本想到达诸暨后了解她的想法，但诸暨会议期间安排得太满，无暇谈及这些闲话。赶往会场之后，我又想起了这个细节，可惜周音莹坐得太远，我没办法与之闲谈。

我的讲座由王稼句先生主持，他在开场白中热情洋溢地表扬了我，而后我以 PPT 的形式讲述了明代版本的分期及其时代特点。接下来的提问环节，大家颇为踊跃，这些提问中尤其以张掖图书馆馆长黄岳年先生的所提最为专业。

讲座完毕后，接下来是签字环节，我想到了众人所关心的下

$\dfrac{1}{2}$

1. 诸暨市图书馆　2. 善本室内的珍藏

一届举办地的结果，众师友纷纷告诉我，郑州取得了下一届读书年会的举办权。但这个结果是如何产生的，因我未在现场，故无法描述。

签字完毕后，郑馆带我参观图书馆。首先观览了图书馆的各方面设施，因为是新馆，该馆的硬件设施确实不错。而后参观了古籍部，因为古籍部内使用的是无紫外线灯管，故拍出的照片均呈现一片橙黄色。为此郑馆特意让工作人员拿出几部善本，让我到阅览室观看。这些书各具特色，从内容角度来说，大多是与诸暨有关者，看来该馆仍然是在走以乡邦文献为特色藏品的收书思路。

之后主办方宴请众位代表。按照既定的安排，下午周音莹等人将带与会者前去参观诸暨的历史遗迹。此次来诸暨前，我也做过相应的功课，得知当地有几座藏书楼遗址在。当时周音莹告诉我，她将请陈仲明台长带我去访这些遗迹。可是到达诸暨后，因为日程安排得紧凑，我完全没有时间单独行动。故到此时，我只好向周音莹表达歉意，告诉她我不再跟大部队一同去参观，而是请方俞明等几位师友带我去寻访藏书楼。周老师表示理解，于是我跟在座的各位一一话别。由此而结束了我的第十五届全国民间读书年会之旅，转而踏上了历史遗迹寻踪之路。

因纸而会　广探其源

开化纸制作工艺及纸本文献国际学术研讨会

时间：2017年11月22日

地点：浙江开化醉根山房

此会是由浙江开化县政府及复旦大学中华古籍保护研究院共同举办。同时进行者还有另外两个会议，即复旦大学中华古籍保护研究院三周年庆典、古籍写印材料第一届国际学术研讨会。此三会一同在开化县醉根山房国际会议中心举办，举办日期是2017年11月21日至11月25日。

开化纸乃是中国古籍印刷用纸中的名品，其主要的使用时期上自明末下迄清嘉庆年间，到了民国末年仍然有人用此纸来刷印典籍。此纸盛行于清三代，如今所见者主要是清内府出版物的初印品。虽然民间偶尔也用此纸来刷书，但就数量而言，远低于其他纸张所刷之书。到了民国年间，用开化纸所刷之书受到藏书家所宝爱，故价格远高于同一部书的其他纸张刷印本。

从感观来说，开化纸洁白细腻，有着特殊的丝光感，且其帘纹不显，但它以何种方式制造而成，至今业界未能探得究竟。更为特别的是，这种纸张在长期的存放过程中，会在纸面显现一种式样特别的霉斑，这种霉斑呈淡褐色，与温润如玉的开化纸结合在一起，呈现出一种别致的美，看上去像朵朵桃花绽放于白玉之上，故该纸又被书界称为"桃花纸"。

遗憾的是，这样美丽可人的纸张，其制作工艺却在清嘉庆之后失传了。此后虽仍然有开化纸印本，但基本上属旧纸新刷，故而此后所见更为稀少。如此美丽而神奇的一种纸张，竟然不能延续于后世，这当然是个大遗憾。

大约三年前，复旦古籍保护研究院院长杨玉良院士听闻此况后，大为感慨，决定要进行这种奇特纸张的研究，并恢复其生产。而正在此时，开化县的黄宏健先生经过一番努力探索，制作出一些开化纸的样品。虽然这种样品与古书所用的开化纸还有一定的差距，但这种探索难能可贵，为此他们进行了仔细商讨，同时也得到了开化政府的支持，而后在开化县成立了杨玉良院士工作站。针对一种古书印刷用纸而成立专门的院士工作站，这应当是近些年来所首闻。

我对于此事的了解，也是起始于两年多前。当时我前往复旦古籍保护研究院开会，当天晚上该院常务副院长杨光辉先生陪同几位开化县人士前来我的房间，杨院长向我一一介绍了来宾，其中有时任开化县委常委、宣传部部长李华蓉女士，开化县人大副主任、文联主席黄高松先生以及开化纸制作人黄宏健先生。

黄宏健向我出示了他所复制出的开化纸，在灯光下目验，我能明显地感觉到，这种纸张跟真正的开化纸还有着较大的距离。但我觉得能够努力地去恢复一种失传的古纸，这样的精神当然值得鼓励。于是我认真地向他讲述了自己认为的开化纸的主要特征，而黄宏健也很谦虚地听我讲解。当时李部长称，开化县对恢复开化纸有着很大的决心，该县准备在这方面发力，争取恢复这种失传的工艺。

恢复一种失传的纸张，还能得到当地政府的支持，这无论从哪个角度来说都是一件好事情，我当然对此表示支持。李部长告诉我，他们想在来年举办开化纸研讨会，邀请我前往参加，我当然愿意目睹这样的盛况，于是感谢了她的邀请。之后，开化县不但举办了这样的会议，同时还开办起了杨玉良院士工作站，这个工作站的主要任务就是研究开化纸。

在那场开站仪式上，我看到了当地政府对于开化纸的研究有着极高的重视程度，而复旦古籍保护研究院也动用各方面的力量，共同来完成这件复古之业。

院士工作站开办一年多之后，杨光辉院长通知我，他们要再一次在开化县举办这样三个会议。该研究院的三周年庆典我当然要参加，然而我更感兴趣的还是开化纸的国际学术研讨会。

因为开化纸的失传，与此纸相关的各方面信息都变得模糊起来。除了制作工艺，关于该纸的产地，学术界就有着不同的看法。开化纸是否产于开化县，业界也并未达成共识。而此研讨会的举办，应该会对这个问题给出明确的答案，而这也正是我特别想参加此会的主要原因。

几次来开化县开会，会议的举办地均是在当地有名的醉根山房酒店。开化县城地域狭窄，因为四面环山，中间是河流，故城区是在河与山之间的狭窄平地上建造。可能是这个原因，醉根山房酒店建在城区边的山坡上。其实该酒店并非独立一座建筑，而

满是根雕作品的大堂

是一片酒店群，由多个楼宇组成，至今仍然在继续开发之中。该酒店的最大特色正如其名所示：酒店的开办者陶醉于根雕的收藏，故该酒店内处处都可以看到体型硕大的根雕。在这样的酒店内来研讨一种失传的纸张，感觉颇为奇妙。

　　此前的几个月，杨光辉院长在电话中与我商议，他希望在开化县举办一场开化纸印本展览，由于开化当地很难见到上好的开化纸本所印古籍，而对于这种纸张的恢复，开阔眼界当然是十分必要的事情。我当然赞同杨院长的提议，而后动员了多位朋友前去参展。翁连溪先生联络了几位朋友，总共带去二十余种开化纸本。刘扬先生和刘禹先生以及我本人也带去了一些开化纸书。余外在徐晓军馆长的安排下，浙江省图书馆也拿来了该馆的藏品，复旦大学图书馆也同样贡献了珍藏。因此可以说，这场展览是公私藏家共同举办，而专以开化纸作为主题进行的古籍展，这可谓有史以来第一次。

开化县处在浙江的西北部，与江西、安徽二省相接壤，正是这样的原因，在交通方面并不方便，至今高铁还未开通，而前往开化县，只能先到衢州。北京前往衢州的高铁用时长达七个半小时，我考虑到所带古籍的安全问题，斟酌一番还是决定乘飞机前往。

北京前往衢州的航班一天仅一趟，并且是由南苑机场起飞。起程之前，我到书库挑选出一些有着典型意义的开化纸本，原本只想带去每一套书的第一册，然而这样无法展现出开化纸书的整体风貌，于是决定带每一部书的第一函前往。可是航空公司丢失行李之事也时有发生，念及这一层还是决定以随身行李的方式带上飞机。但航空公司又有相应的规定，行李太大必须托运，故而我寻觅多次，总算找到一种既可以多放一些书，又能作为随身行李带上飞机的包。

可这样的如意算盘还是不被航空公司认可，我刚到机场就被勒令去托运行李。按照我听闻的消息，托运行李丢失后，航空公司每公斤赔三十元人民币。而我带去的这一包书，虽然数量并不大，可由于是每一套书的第一函，一旦丢失所造成的损失，并非仅是丢失一函书，而是整套书由此而成为残本。这样的损失，航空公司仅赔给几百块钱，在这个数额后面加个万字都难以偿其值。我当然不能冒这个风险，于是找到航空公司相关的负责人，总算可以把行囊带上了飞机。

联合航空公司的飞机倒并不陈旧，但不知为什么，这趟航班上的座位却一律不能调整，最为有意思之处则是送餐之时，空姐推着餐车边走边问哪位客人要午餐，我当然伸手要了一盒，空姐立即说："请付四十元。"我乘坐者并非廉价航空，但却要掏钱买盒饭，此为平生第一次遇到。虽然是付费之餐，其味道还不如以往免费者，但想到该公司能够通融让我把行李带入机舱，也就没有抱怨花钱买这么难吃的餐。

在登机之前，我收到了开化县方阳红老师的短信，她说按照会议上的安排，由她来做我本次的联络员，并且由她前来衢州机场接我。方老师是位仔细的人，为了便于认出，她告诉了我自己的特征：穿黑色大衣，双肩包，马尾辫。

她说得如此简洁明了，我认定到机场时一眼就能认出她。果真我在走出机场时，看到有人向我招手，而此人的特征正符合这样的描述，而后我跟着她前去乘车。在路上，她问我，另外两人为何没有一起到？我告诉她，各地的朋友是分别前来，我不清楚其他人所到的时间。上车之后，这位女士又向我介绍了另外两位处长，而后我问到了黄高松主任的情况，此女一愣，说不认识黄高松。我突然意识到可能跟错了人，于是立即问他们是否是送我到开化县。我的言语令他们大为意外，于是我立即道歉走下了车。

这位女士颇为好心，因为这天下过雨，她说如果我找不到接站之人，她可以把我送到开化县。我感谢了她的美意，还是走到了出站口，因为等候的人较多，我拨通了方老师的电话，这才找对了人。我向她讲了刚才的奇特经历，而后上车说笑着这件事，来到了开化县。在路上，我提到多位北京朋友想到开化县来买房，因为当地是著名的天然氧吧之城。方老师立即提出抗议，她说正是因为外地人的抢购，使得开化县的房价一路上涨，让当地人更买不起房。其说话之直率，令我再不敢打开化房子的主意。

到达醉根山房后，在大堂见到了黄高松主任。黄主任一向平易近人，他的言谈举止非常有亲和力，我与他虽然仅几面之缘，却像是多年未见的老朋友。当天晚上，黄主任请众位朋友吃饭，我再次见到了国图目录版本学家李致忠先生、故宫图书馆的翁连溪先生、泰和嘉成的刘禹先生等等多位朋友，同时也见到了几年未曾谋面的张玉坤先生。与我邻座者乃是开化著名作家孙红旗先生，去年我在开化开会时，会议所发之书就有孙红旗所著《国楮》，该书所谈内容就是关于开化纸，能将这么窄的话题写成一部长篇小说，可见孙先生对文字有着何等的掌控能力。更为奇特者，他的身份乃是一名警察，他能在工作之余，写出这样大部头的著作，很令人敬佩。

第二天一早，众人纷纷将所带之书拿到展厅，在黄高松主任的安排下，每位带书者亲手把自己的书一一摆放在展柜之内，而后黄主任拿出一些封条，由送展者本人在封条上签字后，将每个展柜严丝合缝地封闭起来。而此时，在不大的展厅内，却站着七八位安保人员，黄主任笑着说，这么高级别的文物展在开化县举办，他当然知道责任重大。

从布展的情况看，仅有我所带之书乃是整函，这样的书陈列起来果真有立体感。虽然把这些书几经辗转带到开化县费了不少的力气，但看到它们摆在那里的模样，还是觉得这样的付出值得。因为开化纸本大多为清内府本，所以非内府本之书反而更令人眼亮，翁连溪先生带来的两张用开化纸印的铜版画则更为特别。而布展中最为认真之人，当属刘扬。刘先生是位仔细的人，他在布

展览告示

展过程中，不让工作人员协助，小心翼翼地摆放着自己的展品，这份认真很值得我学习。公共图书馆藏本能够到外地搞展览，在手续上颇为繁复，能够将其带出绝非易事，图书馆方面为了保险起见，每个馆都是由两位工作人员护送，这样的大力支持确实难得。

11月22日下午3点，全体与会人员到醉根山房国际会议中心青松厅参加古籍保护研究院三周年院庆。此会由杨光辉常务副院长主持，他首先请复旦大学图书馆馆长陈思和先生致开幕辞。陈馆长的讲话很谦虚，他回溯了进馆三年来的情形，他说自己主要的研究方向是现代文学批评，但却被任命为图书馆的馆长，后来复旦大学成立古籍保护研究院，之后的几年很有声势，开化纸的开发研究成为一大成果。并且研究院已经申报了两项专利，这样的成果令世人瞩目。他同时说，如今的古籍保护研究院像个联合国，因为杨玉良院士从世界各地招聘来不同的专家加入研究院的研究工作中，这种做法，定然会使得古籍保护研究结出硕果。陈馆长还说，在建院之初他想得很简单，以为该院的主要方向乃是科学化的古籍修复，而今所展现出的成果远超人们的预料，他认为现在搞古籍保护可谓"天时地利人和"，所以该院今后在古籍保护方面定能做出更高的成就。

之后则是由复旦大学校长助理苟燕楠先生致辞，燕楠老师说，他代表复旦大学欢迎大家来参加三周年庆典，他希望在座的各位能够交流思想、凝聚共识、开创未来，同时祝贺开化县所创建的开化纸研究所能够取得更为丰硕的成果。

而后则是接任李华蓉的新任开化县委常委、宣传部部长周玲娟致辞，周部长首先说，前两天的开化天气乃是阴雨绵绵，到了正式开会这一天却彻底放晴，所以说今天是个"好日子"，因为习

山城

主席说过："开化是个好地方。"她又讲述了当地百分之八十的森林覆盖率等地理环境优势，而后郑重地感谢复旦古籍保护研究院在开发开化纸上所做出的努力。

接下来则是文化部原副部长、国家图书馆名誉馆长周和平先生致辞，周部长认为这样的研究乃是复旦大学开风气之先，因为该校率先成立了古籍保护研究院。而今，三会共同举办，都是围绕开化纸的研究而展开，这样的研究意义重大。周部长讲述了开化纸曾经是中国名贵纸的历史，而后他讲到从2005年以来，中国非遗工作所取得的成就，他说从2007年开始，国务院有关部门下发了有关古籍保护的意见，由此而提高了古籍保护的整体社会意识，到如今，全国各地已经建立了180家国家重点古籍保护单位，正是由于国家的重视，古籍保护在社会上渐渐形成了风气。同时周部长也夸赞了黄宏健在恢复开化纸方面做出的努力，表扬了当代藏书家对典籍保护所做出的贡献，而谈到开化纸本的收集时，周部长用到了"韦开化"和"刘开化"这样有意思的称呼。

周部长在会上提出了三点建议，第一加强关于开化纸文献的收集和整理，以此来搞清楚历史脉络；第二开展开化周边区域植物资源的调查，尤其对荛花品种的调查；第三加大科研力度，为开化纸的研究提供科学知识。同时他还建议国家古籍保护中心应当对开化纸的研究提供相应支持，也希望能在北京举办大型的开化纸本展览。

此后是上海图书馆馆长陈超致辞，陈馆长高度地夸赞了开化县对于开化纸研究所取得的成果，他也谈到这样的研究成果对古籍保护所起到的作用，同时他期待上图能够跟复旦古籍保护研究

会议现场

院进行合作，共同研究在南方地区如何更有效地开展古籍修复保护工作。

接下来是国家图书馆副馆长、国家古籍保护中心副主任张志清先生致辞。张馆长首先讲述了他在三年前认识杨玉良院士的过程，他们谈话之后的几个月，杨院士就开始筹备古籍保护研究院，这样的雷厉风行令张馆长很是佩服。张馆认为，古籍修复的主要任务乃是对于人才的培养，以往全国修复人才不足百人，并且没有一位是本科学历，经过这些年的努力，现在的修复人员中已经有了大量的硕士，而当年他提议要培养本科学历的修复人员时，并没能得到业界很多人赞成。首都图书馆的倪晓建馆长支持他的建议，倪馆长说如今银行的点钞人员都是本科，古籍修复人员当然也要提高教育水平。而一年之后，这种观念就被图书馆界所接受，因此说，社会观念的转变其实速度很快。杨玉良当年是校长兼院长，使得该院发展有了很好的开端，到如今集中了很多科技力量，使得"古籍保护学"呼之欲出，而收藏家也参与到了古籍保护事业之中，这是可喜的局面。在去年，安平秋先生倡议建立大古籍文献学，同时希望开化县也成立开化纸研究院，两个月后该院正式成立，并且是实体带编制的机构，由此而促进开化纸的研究取得更为丰富的成果。

张馆长讲话完毕后，全体到楼下合影，而后返回会议室，一起来听杨玉良院士作中华古籍保护研究院2017年度工作报告。杨院士首先讲到了钟扬教授因车祸而去世的痛心之事，他高度夸赞了钟教授对于开化纸研究所作出的贡献。而后，他讲到荛花种植的问题，同时称该院聘请了三位新的专家，其中有两位是书画家，杨院士解释说，书画家对纸张特别敏感，可以通过画家对纸张的使用来试验复制纸张的最终效果。

杨院士说，研究院已经批下来了博士学位点，故从2018年开始招古籍保护博士。同时该院还将建立中国藏书楼数据库，另外还要开展对上海寺院宫观刻书藏书的地理空间的分布研究，同时还成立了李渔研究文献资料库以及虞洽卿基金筹备会。他还感谢了公牛集团对于研究院及基金会给予的资助。

杨院士的报告让在座者了解到该院在一年之内所做的大量工作，他们分别派员去了不同的国家，考察了国外的古籍修复状况。杨院士觉得，虽然国外的古籍修复确实有着一定的成效，但相比较而言，该院的研究成果并不比国外差到哪里去，甚至在有些方面超过了国外同类研究水平。

关于具体问题上，杨院士阐述了温度和湿度对于纸张的重要影响，他认为古书要保持一定的湿度很重要，因为太干燥的环境会加快纸张的老化，而保持一定的湿度则可以延缓这个过程。杨院士也说，而今是非常商业化的社会，对于纸张的研究如果无法盈利，则难以长久地维持。他讲到了日本美浓纸小镇所取得的成功经验，而后他还讲述了一些其他的考察成果。

杨玉良工作报告结束后，下一个程序则是德国 SCI-PAINT Ulrike Spiess 捐赠画作仪式。这位女士在德国古登堡博物馆做研究工作，她创作了一张古登堡画像来赠给研究院。她讲解了古登堡发明活字的原因，说在那个时代抄一部《圣经》需要两年时间，这样的费时费力使得古登堡想发明一种便捷的印刷工具。而对于古登堡的发明过程，第二天她将在专题报告中再作详述。

接下来则是山西省政府参事室文史研究员苏华先生的捐赠仪式，苏先生捐赠了一册《永乐南藏》，他说此经是他多年前花五元钱买到者，自己并不了解其来龙去脉，但他觉得这种经所用纸张特别，故而以此献给保护研究院作为研究之用。同时他还代朋友捐赠了一幅书法作品。

11月23日，一整天的会议都是关于开化纸制作工艺及开化纸本文献学术研讨。研讨会分为三个场次，第一场的主持人是刘家真和李国庆两位老师。而第一位发言人是美国加州大学伯克利分校图书馆副馆长兼东亚图书馆馆长周欣平先生，他的发言题目为《伯克利藏开化纸本及检测分析》。周先生首先讲述了海外搞中文古籍的基本情况，他说美国相应的研究者之前主要是沈津先生，沈先生退休后，就少有人再做这方面的系统研究。周馆长又谦称自己是杂牌军，但他也说到该馆对于开化纸的研究方式。

周欣平举了海关的例子，他说海关的官员主要是抓人脸的特征，抓住了这个特征，即使对方有所变化，也不可能出差错。他认为开化纸的情形也是如此，所以他们用显微镜加计算机对其馆所藏的开化纸本古籍进行了全面的测试，而后用测试结果与历史文献进行比较，最终得出其馆所藏有8部开化纸本最为可靠。周先生的论文引用了《新唐书》中所记载的9个贡纸地区，而这其中就有衢州。他又谈到了明代的文献中已经记载明代有藤纸生产，同时也谈到了《四库全书》是否为开化纸等等问题，这些问题都对相关研究者有启发意义。

第二位主讲人是复旦大学教授陈刚先生，他的讲座题目为《开化纸传统制作工艺的调查与科学研究》。陈先生是我熟悉的古纸研究专家，他曾经送我一本相关研究专著，乃是有关于竹纸的科学探讨。正因为熟悉，我对他的每次报告都充满着期待。他的发言内容，主要是详细讲解了开化纸项目从立项到后续发展的全部过程。他的讲解让我了解到这个过程的不容易，从而也使我觉得，对于开化纸本的研究仍然任重道远。

第二场研讨会的主持人是翁连溪和曾纪刚两位先生，我第一个发言，题目是《芷兰斋藏开化纸本提要》。在开会前的几个月，杨光辉院长命我做一场报告，我向他直言自己对开化纸虽有收集，但并没做过系统的探讨，故而并无高见。而杨院长称，既然我藏了那么多的开化纸本，不如就谈谈我个人开化纸的收藏情况。于是我按其所言，将自己目录中的开化纸本摘录出来，总计一百余种，而后做了大致的归类，由此而制作出PPT。

关于开化纸的使用，后世所见者主要是清三代的内府刻本，宫廷之外的使用情况少有人谈及，故我的所讲，从这个角度着眼，讲述了私人使用开化纸来印书的情况，并且对这些私人身份进行了分析，同时也讲了民国年间一些藏书家使用旧存的开化纸刷印书籍的情况。另外，我还谈到了古人用开化纸来抄书的特殊做法。

除此之外，我详细地讲到了关于开化纸的普查工作及其相应的办法。我认为应当由国家古籍保护中心牵头，由各个公共图书馆系统地整理出本馆的开化纸本目录，而后由复旦古籍保护研究院派相关人员对这些申报之书进行系统的数据测试，经过这些数据的搜集，而后求出开化纸本的最大公约数，也就是制订出开化纸本各项数据的试用范围，最终公选出开化纸本标准器，以这个标准器作为范本，系统地来检测其他上报的开化纸本书，最终统计出中国开化纸本的真实藏量，同时这个数据也可成为开化县当地复制开化纸的标准数据。而基于这个数据制作出的开化纸，无论是否产自开化县，都可以符合开化纸的各项理化指标。这就好比开化当地如果完全按照北京烤鸭的所有标准来制作烤鸭，也一样可以称为北京烤鸭，并不论其实际产地在哪里。

第二位发言人是刘扬先生，他的题目是《趣数清代开化纸古籍之最》。刘先生从四个角度谈到了他对开化纸的认识，由此可见，他对开化纸本进行了系统的梳理。这些年来，刘扬系统地搜集了各家拍卖行在图录中所印出的开化纸本信息，这些信息对研究院搜集资料很有益处。刘扬还将开化纸的使用付诸实施：他从黄宏健那里拿到了一些复制出的开化纸，而后用天津印钞厂某大师刻出的铜版来刷印，以此来印证这样的刷印之物的确能展现出开化纸特有的风采。

更为难得的是，刘扬自费制作出一批这样的开化纸印样，又印制出护封折页，之后将这些精美的印刷品提供给研究院，作为本次会议每位参会者的礼品。他的这种做法受到了与会者的广泛夸赞，而更为有趣的是，刘先生从历史文献中挖掘出宋代已经有了"开化笺"这样的名称，而此名称的原始出处竟然是关于李师师艳情的一段野史，这样的挖掘果真有情趣。

第三位发言人原本是美国斯坦福大学的杨继东先生，但因为杨先生嗓子出了问题，故由北京大学的姚伯岳先生替代。姚先生的发言题目是《中国传统纸张研究断想》。他认为开化纸是一种皮纸，而这种说法与其他人的观点略有不同，大多数研究者认为开化纸是一种混料纸，故姚老师的这个论断给人以启迪。姚老师认为，通过对开化纸的研究，可以建立起一种研究模式，而后他对这种模式提出了8个建议。这些建议都对未来相关的研究有提示意义。

第四位发言人则为艾俊川先生。前一天晚上在吃饭时，艾先生提到他发现了开化县产开化纸的新证据，这句话让我特别期待他的发言。艾先生的论文引用了大量的历史数据，讲述了连四纸跟开化纸的关系，他所引用的关于连四纸的文献以元代为最早，而后他讲解了连三、连四与连七不同名称的实际意义。这样的讲解颇为引人入胜，但也正因为如此，包括他本人在内，都已经忘了他的新发现，而当他讲述完毕准备回到座位时，才猛然想起自己的谜底还未揭开，于是他重新回到发言席，亮出了他所发现的最后一条证据。而这条证据竟然来自明末一部类书上端所刻的眉批，由此可证明开化县的确在明代末年生产过开化纸。

研讨会的第三场则由我和刘扬先生共同主持，本场的第一位发言人是天津图书馆善本部主任李国庆先生。李先生的题目为《天津图书馆藏明清内府刻书目录及相关问题》。天津图书馆所藏古籍十分丰富，李主任简述了该馆所藏内府本的主要来源，据此可知，其馆所藏内府本的来源一是徐世章，二则为任振采的天春园。

　　而后李主任提出了两项建议，一是号召各个公共图书馆共同编辑开化纸古籍联合目录，虽然这个目录并不能著录所有开化纸本，却可以成为研究开化纸的基础。第二，应当选定标准本，而后区分出来呈贡本和陈设本，因为这两类本都有相应档案详细记载，并且传本流传有绪。接着李主任又讲述了对于开化纸本的研究使用，也就是所说的研发本。他称赞了刘扬先生用开化纸来印齐白石肖像的事。他说这样一张精美的印刷品，成本至少在10元以上，所以他感谢刘扬对于本会的贡献。

1 | 2

1. 刘扬先生用开化纸所印铜版画折页封面　2. 铜版画所刻齐白石像

　　李主任发言完毕后，由我来做点评。我首先调侃地说，刘扬先生赠送给大家的开化纸印品其价值恐怕在10元的10倍以上，引得满场哄笑。而后，我讲到了李主任所提的两个建议很有价值，因为只有摸清家底才能够搞清楚开化纸本的大致范畴，从而给复制提供数据支持。

　　会后刘扬告诉我，他用开化纸印制的齐白石像，其花费远超我所认为的100元。刘扬做事精益求精，于此可见一斑。

　　第三场的第二位发言人为台北故宫博物院的曾纪刚先生，他的题目是《台北故宫典藏清代皇家开化纸本图文交流》。曾先生很年轻，然而却有着一身的儒雅气质，我甫一见就感觉面熟。他告诉我说，几年前我曾到其院参观，参观完毕后，该院院长冯明珠先生请我吃面条，而曾先生也在座。他的所言立即让我回忆起当时的情形，我对自己记人能力之差表示了歉意。

　　曾纪刚的讲述是从他在第一档案馆查资料谈起，他所查得的一项资料乃是清代在印制满文和汉文时宪书时，因为闰年需要"多领开化纸"，由此而得知清代内府档案记载中的确有"开化纸"之名，而相应的档案中还有"连四纸"的名称。在以往业界一直未曾查得清内府档案中开化纸的记载，故有不少学者认为连四纸就是俗称的开化纸，而曾纪刚这条资料的发现，瞬间推翻了业界长久以来的认定。

另外，曾纪刚还举出了其他的一些新发现，比如乾隆四十三年（1778）的一件"咨文"中谈到了"开化榜纸三千一百多张"。同时他又以台北故宫所藏书为例，举出了一些新的证据，比如康熙五十三年（1714）蒋涟所刻《御制文集》中有一个夹条，上面明确写着该纸为"连四纸"。而明万历内府所刻《书经直解》的夹条上则写明该书的用纸为"清水连四"。康熙四十三年（1704）王奕清所刻《御选历代诗余》签条上则表明其所用为"绵纸"。然而从外观看上去，这些纸都像开化纸。

曾纪刚也提到同一副书版，早期刷印本与后期刷印本用纸有较大区别，故而他赞同我的论断，也就是确定开化纸本不能仅靠某书的版本，而一定要强调要以初印本作依据。

曾先生的这些论断对与会者有较大的震动，我则向其提问：他给出了这么多不同的纸名，而这些纸名所言之纸是否为开化纸，他并未给出结论性答案。曾先生回答说：作为一个研究者，当自己发现问题而不能给出答案时，就只作客观陈述。他的这份谨严令我钦佩。我还问到了一个纸张之外的问题，因为他所列举出的书影有一部书上刊刻着"天禄继鉴"的印章，其版本则为乾隆四十八年（1783）内府刻本，而我一直认为"天禄继鉴"乃是嘉庆初年乾清宫失火之后重新搜集善本而刻之章。针对我的这个疑问，曾先生明确地告诉我，"天禄继鉴"在乾隆四十年已经有之，并且他有相关的论文，回头他会发给我作参考。我感谢他所给予的指教，让我更正了长期以来的认识。

本场的第三位发言人则为台湾政治大学图书资讯与档案学研究所的徐美文老师，她的题目是《清朝康雍乾刷印书籍与开化纸之研究》。徐老师首先举出的实例乃是康熙四十八年（1709）内府所刻《佩文韵府》，对于此书，她从奏折中查得"奉旨，著以竹纸印三十部"。

我以往一向认为内府刻书都是先用开化纸和连四纸刷印，而后再用其他的纸来刷印。徐老师的这条证据纠正了我以往的认定，那为什么初印本仅用竹纸刷30部呢？徐老师猜测说这应当是样书。因为李煦在奏折中还提到该书要用连四纸刷10部、将乐纸刷10部，而康熙则要求用其他纸刷印1000部。如此说来，前面的这些少量刷印都应当是样书。

除此之外，徐老师还在档案中查出"金线榜纸"用来抄《四库全书》的资料。而金线榜纸与开化纸是否为同一纸，这是值得探求的问题。徐老师还提出开化纸有可能就是藤纸的论断，而她的这些论断在现场引起了反响，多人向其提问，可见她的探求有着很好的视角。

三场研讨会结束之后，接下来则是"开化纸相关标准专题研讨"，由杨玉良院士主持。本研讨会首先由研究院的余辉博士作开化纸研讨团队工作报告。余辉从什么叫开化纸讲起，他认为开化纸分大小，大开化纸后来就演变成了连四纸，而小开化纸则是开化县所产的一种纸。而后他讲述了黄宏健所复制出的开化纸有着很好的耐用性，经过相应的检测，他认为这种新复制的开化纸纸寿可达2825年，这个数据远远超出大多数人的认定。

而后杨院士讲述了他对开化纸的认识过程，他笑称自己是从孙红旗所著《国楮》一书中了解到何为开化纸。虽然他也知道小说有虚构的成分，但是他能以科学家的眼光来辨识出哪些为实笔哪些为虚笔。杨院士认为，黄宏健对于开化纸的开发下了很大气力，而他正是感动于黄的这种执着精神。所以说无论黄宏健复制的纸是否为传统所认定的开化纸，只要是在开化做出来的一种高质量的复制古纸就足可以了。更何况，复旦团队对于古纸的研究并非是为了恢复出一种古纸，而更重要者，是要研发出一种适合长期保存的古籍印刷用纸。因此他认为，研究古纸不是简单的恢复，因为复古没有前景，创新才是最重要的。

杨院士讲话之后，则是开化县委书记项瑞良先生讲话，他感谢大家不远千里来到开化，但来开化也的确值得，因为这里是天然氧吧，他还开玩笑地说了句口号"开放二胎，开化保胎"。而后项书记讲到他感佩于杨院士的钻研精神，所以特意在本县设立了开化纸研究院，他同意杨院士的所言：无论这种纸叫什么名称，只要是在开化县生产的国际一流的手工纸，就是追求目标。

接下来，陈刚先生总结了今天的研讨会，他用了一个有趣的说法——"开化的纸"。他在开化纸中间加了个"的"字，迅速地化解了细节上的争论。之后，杨光辉馆长又请励双杰上台讲话，励先生说他所藏的家谱中没有开化纸本，但他仍然觉得来参加这样的研讨会有很大的收获。而后则是黄宏健先生的讲话，黄先生在讲话中感谢了开化县相关部门对他的支持，同时也感谢复旦古籍保护研究院对于开化纸的科学探讨。

第一届古籍写印材料国际研讨会

11月24日则为第一届古籍写印材料国际研讨会。此会的开幕式由杨光辉馆长主持，第一位讲话者为研究院荣誉院董、复旦洛杉矶校友会前会长、出版家刘冰先生。刘先生简述了各种印刷方式，而后谈到了珂罗版印刷的衰落，他说自己仅听闻过某某出版社有这样的印刷设备，所以他提出建议：研究院应当搜集这种旧印刷设备，而后进行相应的试验性研究。

浙江图书馆馆长徐晓军先生则称，虽然说这样的写印材料研讨会探讨的内容跟图书馆工作略有距离，因为图书馆只是使用而不涉及制作，但经过这两天的探讨，他学到了许多新知识。他认为传拓技术也是纸和墨的结合，所以说也是一种印刷创作。他希望听到在座的各位专家能从这个角度做出研究。

开幕式结束后，进行了三场学术研讨会。第一场的主持人为李玉虎、刘家真两位老师，第一位发言人则是德国汉堡大学的 Agnieszka Helman-Wazny，她的题目为 "Paper Analysis of the

Chinese Manuscripts from the Silk Roads"。这个发言最有启发意义者，乃是检测古代纸张的 DNA，古纸的难以检测之处在于纸张上有霉菌，而霉菌同样也有 DNA，两者混在一起难以区分。同时她也讲到用显微镜观察纸张很难辨识出造纸所用的树种，而这也正是发明 DNA 检测的主要原因。

第二位发言人则是德国古登堡博物馆的 SCI-PAINT Ulrike Spiess 女士，她详细讲述了古登堡发明活字印刷术的过程。她说古登堡的意思乃是好山，而这位古登堡发明活字印刷术的原因是因为抄一部《圣经》太过费时费力，《圣经》有 1080 页之多，抄写一部需要费时两年，不利于普及。所以古登堡想发明一种便捷的方式，他从莱茵河畔葡萄园中的压汁机得到了灵感，而后制造出了第一台活字印刷机。

古登堡的这个发明十分重要，马丁·路德的宗教改革跟活字发明有很大的关系，因为这一发明使得更多的人可以买到书而受到教育。同时活字印刷术的发明，也是文艺复兴产生的重要前提。

斯坦福大学杨继东先生的发言题目为《纸与中国中古社会的变迁》，他的开场白讲述了美国硅谷中心的圣何塞，杨先生说亚马逊在这里开了几个书店，看来电子精英们还是喜欢看纸本书，更何况全球的纸本书销量都在逐年增加，所以他认为纸本书前途光明。杨继东还从汉代士兵练字讲起，说到了增加识字人口的重要性，同时也提及纸张的发明带来了教育的发展，然而到了唐代，因为人才过盛才出现了作文考试。他的讲解既运用了丰富的史料，又有趣味性。

可惜的是，因为我在上海图书馆还有一场讲座，故而未曾听完后面专家的讲述就匆匆离去，这当然是一个遗憾，然而两天半以来，我在这三场会议中，接收到了大量的新知识，从而对开化纸有了新的认识。虽然说，我带着沉重的开化纸本辗转几地，这个过程中又发生了一系列的趣事，但想想自己在开化县会议上得到的一些知识，就足可抵消因此而产生的身心疲惫。真希望这样的研讨会每过几年都有举办，只有这样才能使得整个社会对开化纸有更全面的认识。

雨窗敧枕　三遂平妖
北京大学图书馆建馆 120 周年珍本展

时间：2018 年 10 月 25 日

地点：北京阿卜杜勒·阿齐兹国王公共图书馆北京大学分馆
　　　暨北京大学古籍图书馆

　　经栾伟平老师告知，北大图书馆举办了这样一个纪念展，但此展属于内部展，故校外人士参观需要经过特别的同意。于是去电北大图书馆古籍部主任李云先生，蒙其关照，同意我参观此展，并特许我带相机去拍照。但李主任同时告诉我，展览的地点不在原图书馆内，而是在旧馆东侧的一座新馆里面。

　　转天一早驱车前往北大，轻车熟路地开到了旧馆附近，在这里看到图书馆周围已经遮起了围挡，看来要进行大修。驱车前往此馆的东侧，看到一座大楼前挂着横幅，上面写着我要寻找的字样，于是停好车走入楼中。然而工作人员问明情况后，告诉我展览并不在这里，经其指点，绕到此楼的后方，看到了一座新的仿古建筑，门楣上挂着同样的横幅。

　　走到此馆的正门前，看到其门楣上挂着长长的匾额——阿卜杜勒·阿齐兹国王公共图书馆北京大学分馆暨北京大学古籍图书馆，到此时方想起李主任的话，书展的地点在沙特馆，看来这是该校对此馆的简称。阿卜杜勒·阿齐兹乃是沙特阿拉伯的建国者，在该国有着很高的声望，他制定了国体，并且确立了王位的继承方式，但是人们更津津乐道于他一生结婚300多次的传奇故事。沙特阿拉伯在全世界设立了三座阿卜杜勒·阿齐兹国王公共图书馆分馆，除了北大的这一座，另两座分别位于利雅得和卡萨布兰卡。

走入此馆正门，工作人员告诉我，古籍展需从此楼的侧门进入。我打电话给李主任，而他正在陪几位领导看展，于是他请古籍部副主任钟迪先生陪我看展。这是我第一次见到钟主任，其年轻干练的身姿让我顿生"老矣真堪愧"之叹。他把我带到了此馆的地下二层，并介绍说，该馆地上三层地下三层，其中有一半归图书馆古籍部使用。

进入展厅，感觉其面积约有二百多平方米，空间布置得整洁利落，墙上的展板详细介绍着北大图书馆一段一段的重要历史，有些老照片我以往曾经目睹，今日再看颇有亲切之感。沿着墙体以及中间的位置摆放着一些展柜，里面陈列的典籍一者是与北大图书馆有关者，二者为该馆所藏的有代表性的珍本。我在此看到的第一部书乃是《大学堂书目六部》，钟主任介绍说，这是该馆已知最早的书目。而此前，我曾拜读过姚伯岳老师所撰之文，该文专门考证了此书目的来龙去脉。今日目睹实物，又听到钟主任简明扼要的介绍，故对此书有了新的认识。而与之相关者，则是《钦定仪礼义疏》所钤藏印，其中一方印文为"京师大学堂藏书楼钤册图章"。我记得姚老师文中也谈到过这方章，似乎此章为北大图书馆最早的藏书印。

相对于馆史重要文献，我更想看者，乃是该馆所藏铭心绝品。钟主任带我看的第一部书乃是一卷唐人写经《妙法莲华经观世音菩萨普门品第廿五》，就字体而言，这件经不是敦煌藏经洞所出中的上品，然而其后却有很长的一段尾题，落款为"天授二年九月卅日写"。"天授"这个年号在历史上分别被北朝刘获和郑辩、武周武则天、大理段正淳、日本长庆天皇等所使用，看来这些人都在强调君权天授这个概念。这件写经的用纸显系中土所有，故可排除日本写经，而中国使用该年号的几个朝代除武则天外，其他都未超过两年，既然该经的落款是"天授二年"，那么说明这件经只能是武则天时所写。钟主任又给我指出了此尾题中的几个武周所创之字，由此印证了此落款非为后世所添。近几十年的古籍市场上，还从未出现过武周年款的写经，见到此物真令人垂涎。

本次展览中比此经更早的写本乃是"晋人书西陲田赋残荆"，按照说明牌的标示，此物又名"北凉承平年间高昌贷簿"。北凉自公元4世纪末至5世纪中期，这比武周又早了三百多年。如此早的实物写本能留传至今，岂止是"难得"二字可以形容，然奇怪的是，这个残件被剪成了拱门的形状。钟主任介绍说，这是被人剪成了鞋样。而此件的说明牌上写道：

> 此文是向达先生五十年代以130元价为图书馆购得。
>
> 侯暹名又见于哈拉和卓96号墓所出"仓吏侯暹启"，很可能是一人。
>
> 该墓据新博考定，断为北凉时期墓葬。（武汉大学朱雷先生考证）

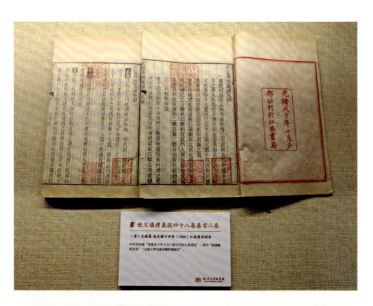

1
—
2

1. 《钦定仪礼义疏》，上面钤盖着该馆最早的藏印　2. 武周时期写经

宋元时期刻本当然是每个爱书人心中的圣物，本次所展宋元版有多件，其中有几部乃是以对比的方式来展现宋刻本之间细微的差别。这种展览方式最能看出同一个时期不同翻刻本各自的特征。

写本方面，我在这里还看到了北大图书馆收购的日本大仓文库旧藏，其中有文津阁四库全书本《南巡盛典》。一同观展的工作人员告诉我，国图所藏文津阁《四库全书》中亦有此部书，然大仓文库本同样钤有"文津阁宝"，说明并不是原阁所藏流散之物。此前，我也曾看到过类似之本，以我的猜测，这应当是乾隆皇帝在避暑山庄翻阅该书时发现了违碍字句，而被抽出重换者。今日看展有几位该馆工作人员一同观之，其中一位女士告诉我，大仓的这部《南巡盛典》与国图藏本核对后，发现国图本在内容上比大仓本略多，由此而印证了我的判断。

大仓文库旧藏之物今日还展出了一部《字溪集》，说明牌上称此物为清乾隆间"四库馆臣写本"，因为书内确实有墨笔校改之处。然卷首首行已经有了"钦定四库全书"字样，并且首页钤有"翰林院印"大章。看来此书有可能是从《永乐大典》辑录而出，成为四库底本之一。钟主任告诉我，大仓文库旧藏中有二十多部四库底本。我对大仓文库的目录做过仔细的研究，当然知道其中有哪些难得之物，今睹此物，顿时又生出无限的感慨。而墙上的展板专有一块介绍大仓文库的历史沿革，书籍的聚散冥冥中自有定数，孔子说"五十而知天命"，果真有其道理在。

稿钞校本部分，最亮眼的一册当属稿本《戴东原先生文》一卷，说明牌上称书后附有胡适跋文。戴震乃乾嘉学派最为重要的人物之一，他在民国间再次绽放异彩，这跟胡适的揄扬大有关系。

正因为如此，戴震的手迹哪怕仅有数行字，都会被人争购，故其墨迹于今十分罕觏。今日看到这样一大册，瞬间令老眼为之一明。胡适离开大陆前往台湾时，仅带走了两部书，他在生前明确地称，将自己留在大陆的藏书全部捐给北大图书馆。但因历史的原因，如今他的藏书被分为了三处，不知何时能够有延津之合。

北大教授马廉的藏书基本捐给了北大图书馆，马廉乃浙江鄞县人，从小住在天一阁旁，故对这座古老的藏书楼有着特别的感情。前一段我到天一阁参观时，看到院内专有一室藏马廉所捐古砖。想来，他的藏书之好也应当是受天一阁之影响。天一阁第一代主人范钦的藏书观念几乎与同时代的所有藏书家异趣，因为他不重宋元本，也不看重稀见之本，他专藏人们所不留意的通行本。如此奇特的藏书观，也传导到了马廉那里，他专藏藏书家并不关注的坊刻俗本，故给自己藏书处起的堂号之一就叫"不登大雅之堂"，他曾明确地说："中国对于小说，向视为琐屑小道，不足以登大雅之堂，故无人注意。即或注意，亦无加以研究者。所以现在我们研究这类的东西，实在太难。既没有目录供我们检查，又没有专书供我们参考。"尽管自称"不登大雅之堂"，但他的所藏也如天一阁一样有了独特的价值在。

展览中竟然得见马廉最重要的几部藏品，一是《三遂平妖传》，此书上正钤盖着马廉的"不登大雅之堂"印。而另一部则是《雨窗欹枕集》三卷。正是因为得到了这两部重要的书，马廉的堂号又增添了两个——"平妖堂"和"雨窗欹枕室"。

马廉为什么如此看重这两部书，其中的故事值得在此唠叨几句。前一个堂号乃是因为他得到了明万历间王慎修所刻四卷二十

1 | 2

1. 明刻本《三遂平妖传》　　2. 明清平山堂刻本《雨窗欹枕集》

回本的《三遂平妖传》，由此他自号"平妖堂主人"。后来他偶然购得了天一阁旧藏明嘉靖本的《雨窗集》和《欹枕集》，这更令其欢喜异常，于是他又改堂号为"雨窗欹枕室"。马廉去世后，周作人为他所作的挽联为"月夜看灯才一梦，雨窗欹枕更何人"。

其实《雨窗集》和《欹枕集》最早出现在日本内阁文库，这两部书版心刻有"清平山堂"字样，于是日本学者将其定名为《清平山堂话本》。1928年春，长泽规矩也来华，向马廉出示了该书的照片，于是马廉跟朋友将其影印出版。到了1933年，马廉向天一阁捐赠了一批近代古砖，而正是这个阶段，他在旧书店买到一批残书，其版式与日本内阁文库所藏的《清平山堂话本》完全相同。这些残本的书根写法正是天一阁所独有者，由此断定这是天一阁散出之物，而其中亦有《雨窗集》和《欹枕集》。经马廉考证，日本学者将其定名为《清平山堂话本》不正确，因为"清平山堂"乃是嘉靖年间刻书人洪子美的堂号，而并不是该书的书名，他还考证出该书的总名为《六十家小说》。

1934年8月，马廉将他所得到的12篇话本小说整理出版，命名为《雨窗欹枕集》，由此而令学界对该书有了更为广泛的关注。而我以往见到者均为该书的影印本，今日在此展览上第一次得见原件，同时还看到了《三遂平妖传》。一日之间，得以目睹马廉旧藏中的三部名书，真堪称快慰何如。

　　古书中的影钞本一向被藏家所宝爱，而影钞本中的白眉乃是毛钞。今日展览中有两部毛钞本赫然在列，两书放在一起细细比对，可以看出在影抄手法上有些微的差异。这种影钞本究竟是如何抄出来者，学界有不同的说法，但其技艺之高超，确实给人以美的享受，难怪它们被后人视为书界的名品，但可惜直到今日，我也未能分得一鳞半爪。维纳斯虽然断臂，仍然被视之为一种完美，接上断臂的维纳斯究竟会是怎样的模样呢？我想这应当是所有爱美之人最爱脑补的一件事，补缺也应当算是一种追求吧。然而我却在此馆附近的一块绿地上看到了废旧自行车暂存点，这里的废弃之车大多已经变得不完美，说明牌上明确地称"每季度末清空"。看来无用之物只能等待被清理掉，如此说来，不完美也有着不同的境界。一念及此，对不完美有了心下的释然。

　　在这场展览上还看到了不少难得之品，从总体来说，展出之物大概分为两部分：一者是该馆所藏难得一见的珍善之本；二者则是该馆获捐之书的精选之本。这座图书馆已经有了120年的历史，在这么长的时段内，有那么多爱书人将书捐赠，可见他们对此校有着多么深厚的情感。而李云主任等古籍同仁，在展品的选择方面也有意突显这些捐赠人对该馆所作出的贡献，以示不忘这些捐赠者的深情。这种做法足令人叹赏。

书籍艺术　古典装帧

中国古代书籍中的艺术元素学术研讨会

时间：2018年11月1日—2日

地点：上海图书馆4F多功能厅

主办单位：中国美术学院

上海图书馆（上海科学技术情报研究所）

此研讨会的主题虽然未曾点明"古书"二字，然会议的内容则完全是论述中国古书中的艺术元素，而主要论述点实乃古书装帧的各个方面。以这样的内容组织国际性的学术研讨会，以我所知乃是第一次，由此也显现出古书之为艺术受到了学界的空前重视。

研讨会首先举行了简短的开幕式，开幕式由上海图书馆副馆长周德明先生主持。首先致辞者乃上海图书馆馆长陈超先生，之后致辞者则是中国美术学院教授吴小华先生。

第一场研讨会由古籍版本专家陈先行先生和复旦大学教授陈正宏先生主持，陈先行首先宣布了研讨会的规则：因为与会人士众多，故每位发言者限时15分钟，现场有工作人员在13分钟时鸣铃，到2分钟后再次鸣响则是结束讲演。

等待开幕

　　第一位发言人乃是美国普林斯顿大学教授艾思仁先生，他的题目是《漫谈中国古籍的内封面》。艾先生是著名的古书专家，他的汉语说得很好，但毕竟汉语对他还是外语，故而讲述速度很慢，以至于到15分钟时他的议题刚展开不久。然而通过他的简短讲述，听众们已经了解到中国古书中对内封面称呼上的不统一性值得仔细探讨。同时，他又参照了日本和朝鲜古籍内封面的称呼方式，强调古书的内封面不等于洋装书所称的扉页，他的所讲给了古书的名词界定新的提示。

　　我被安排在了第二个发言，我所讲的题目是《中国藏书家与装帧文化》，此题乃陈正宏教授所定。我个人认为以往大家所谈装帧主要是从古书外观形式的表现来着眼，少有人提及藏书家在古籍装帧方面的事先参与与构思，故而我将所讲的内容分为三个部分，即藏书家在成书前对书装帧的构思、成书过程中的参与、成书即得书后的添加及修补。

第三位发言人为国家图书馆研究馆员李际宁先生，他的题目为《佛经的板片号——实用与装饰的结合》。李际宁认为在写本时代佛教典籍很少能够看到有标识叶码者，他对这种现象的解读乃是源于卷轴装并不用标识叶码。而后他讲到了中国文献中有明确纪年款的最早纸写本文献《诸佛要集经》，该文献卷末有"元康六年三月十八日写已"字样，而元康为西晋惠帝年号，六年即公元296年，此经中没有编叶痕迹。而最早标写叶码的典籍乃是公元九世纪汉文梵夹装，其原因乃是这种装帧形式容易脱落遗失。

　　真正的叶码标识主要出现在刻本时代，留传至今有确切纪年的最早印刷品乃是唐咸通九年（868）所刻《金刚般若波罗蜜经》，现藏于英国国家图书馆，此经出现了板片号，这应当是已知最早的叶码标识。在以往的认定中，这件有明确纪年的最早雕版印刷品被视为"是一件雕版印刷技术已经成熟的作品"，但李际宁通过对每一纸板片的尺寸及其行格进行了仔细的统计，得出结论："雕版的安排尚缺统一的规格，有一定的随意性。"他认为这件印刷品并非如人们所认定的那样是一件成熟的雕版印刷品。

　　第四位发言人为上海中医药大学图书馆的陈腾先生，他讲述的题目是《线装书的起源时间》。从狭义角度而言，线装乃是中国古书中的装帧方式之一，然而由于其使用普遍，故已然成了中国古书的代名词，关于这种装帧形式起源于何时，业界有着不同的说法。陈腾通过对历史资料的梳理，最终认为这种形式大约起源于明中期之前。虽然这样的认定还难以找到更多的资料佐证，但其探讨却对古书装帧的研究很有价值。

　　第五位发言人为故宫博物院研究员翁连溪先生，他的题目为

《策府缥缃，益昭美备——清内府写刻书的装潢与装具》。皇家藏书一向是古书装帧中最为豪华者，故此发言所展现的图片可用精美绝伦来称呼之。然而，翁先生重点强调"装帧"乃是外来词，此词最早出现在1928年丰子恺等人为上海《新女性》杂志所撰写的文章中，而当时引用的是日本词汇。翁先生认为该词不宜用于来形容中国古书，因为传统的专用词汇乃是"装潢"。

第六位讲述人乃是法兰西公学院远东图书馆的克莉丝汀娜·卡里尔女士，她的题目为《法兰西公学院高等汉学研究所藏汉文古籍的西式装帧》。卡里尔首先讲述了该图书馆所藏汉籍的大致情况，其称该学院的高等汉学研究所有着欧洲最大规模之一的汉学藏书，总计有15万册，此外还有1600种不同期刊，并且藏有甲骨等珍贵文物。而后她举出了一些修复中式装帧古籍的例子，其中有明天顺五年（1461）的《大明一统志》，以及乾隆五十四年（1789）的《八旬万寿盛典图说》等等，并且还简明扼要地介绍了这些书的具体修复方式。

第七位讲述者乃是英国大英图书馆中文部的 Sara Chiesura 女士，然与会者的名单上显示她是意大利人。从第六位讲述人开始，每位外国专家的发言都配备了相应的翻译，然 Chiesura 在讲解中时不时地蹦出一些中文术语，可见她对中国典籍的熟悉。她的发言题目为《纸襟之巅——大英图书馆中文馆藏之艺术》，Chiesura 首先介绍了大英图书馆的藏书状况，该馆藏有中文手稿两万件。艾思仁与我交流时对此提出了疑问，认为此馆不可能有如此数量巨大的中文手稿。而后 Chiesura 讲到这些手稿包含了大量的东方写经，原来她把写本均视为了手稿。她还称大英图书馆的最早中文馆藏可追溯到1753年，因为在这一年，大英博物馆的创始人Hans Sloane先生得到了3本中文书籍。她在讲述过程中展示的图片让在座者大为赞叹，因为敦煌藏经洞所出的精品有不少都藏在了该馆。

第八位讲述人为韩国中央大学文献情报系的宋日基先生，他所讲题目乃是《韩国书籍的装帧》。他以举例的方式谈到了朝鲜本的装帧形态与中国古籍之间的关系。

第九位讲述者乃是日本庆应义塾大学斯道文库住吉朋彦先生，他的题目是《十四世纪东瀛的书籍演变——以五山版的装潢为中心》。住吉朋彦从日本镰仓时代的古书装帧形式讲起，他讲述到当时的日本书籍装帧主要是册子写本形式，这种形式与敦煌藏经洞所出的缝缋装比较接近。而后他讲到了粘叶装在平安末到镰仓时代的流行，之后讲到了日本所藏宋版书的改装，以及五山版的装帧特色。

第十位讲述者乃是日本庆应义塾大学斯道文库的佐佐木孝浩，他的题目是《日本的"袋缀"与中国的"线装"》。就目录版本学界的习惯称呼方式，日本的袋缀装基本就是中国的线装，但佐佐木孝浩则称袋缀装在公元11世纪中期就已使用，如果将其视为中国的线装，那么线装书的发明权就应当归属日本，然而佐佐木先生并没有用情感来代替理性，他详细地讲解了袋缀装在订线方式上与中国线装的不同，由此而说明袋缀装跟线装不是同一种装帧形式。虽然中国古书的线装形式起源于何时还未在业界达成共识，但线装书无论如何追溯不到公元11世纪，故佐佐木先生的讲述让人体会到了一位严谨的学者所应有的风范。

以上乃是11月1日研讨会上发言的十位讲述者，因为时间的关系，主持人陈先行和陈正宏统一安排十位发言完毕后再让与会者提问，而在座所提问题均涉及了目录版本学界不曾留意的细节，这样的探讨给听众以启迪，可惜时间短暂，仅有三位提问后当天的研讨会即告结束。晚饭时，大家仍然在热烈地讨论着研讨会的内容。

　　第二天上午9点，又开始了第二场学术研讨会，本场的主持人乃是清华大学的刘蔷女士和中国美术学院的毕斐先生。第一位发言者乃是天一阁博物馆的李开升先生，他的题目是《宋本之艺术鉴藏与明中期刻书新风格》。李先生从正德、嘉靖间拙政园主人王献臣得到一部古本《国语》讲起，王献臣请他的朋友都穆在书中写了篇跋文，其中有"观其刻画端劲，楮墨精美"字样，这显然是从书籍的外观着眼而非内容。由此李开升讲到了明人对于宋本书的翻刻，一般的学者大多认为明人翻刻古书乃是因为阅读的需要，但从都穆的这段跋语可以看到，那时的爱书人已经开始被宋本书的形式美所吸引。而后李开升又谈到了赵孟頫所藏宋本《六臣注文选》跋语中说到的"是书玉楮银钩"，这显然指的乃是宋版书的纸张之佳与字体之美，同样是从形式上着眼。

　　第二位发言人乃是日本东京大学文学部陈捷女士，她讲到了藤贞干与江户考证学的一些概念，其中细节均非我所熟悉者，由此而让我了解到了日本学者在考证版本方面的一些做法。同时她从一些日本的古书中找到许多与装帧有关的文献记载和图片，尤其提到了一种名为"囊草子"的装帧方式，即今人所说的"旋风装"。她同时也谈到了古人所说的"书帙"究竟是什么模样以及书帙的制作方法等。

第三位发言人乃是浙江图书馆的陈谊先生，他的题目是《〈制书雅意〉的装帧艺术》。陈谊先生从一部明刻本的《唐李长吉诗集》中所附的一页《制书雅意》展延开去，谈到了古书的用纸和用墨。尤其新奇者，则是谈到了"书壳"，而所谓的书壳就是今人所称的书衣和封面，但古人有如此的称呼方式，以前我却未曾留意过。陈先生能在细微处发现与装帧有关的史料，其读书之仔细令人感叹。

第四位发言者乃是苏州博物馆的李军先生，他的题目为《具体而微，由表及里——从明刻巾箱本〈杨升庵辑要三种〉说起》。李军先生以苏博所藏明刻巾箱本为例，旁征博引谈到了从宋代以来巾箱本的各种状况及相应的尺寸。对于其馆所藏的《杨升庵辑要三种》，他进行了逐叶审核，发现该书在行格上的不统一，他认为出现这种现象的原因，乃是巾箱本行格的高度有限，故只能将一些字挤在其中。同时，他也讲到了乾隆十三年（1748）皇帝命武英殿用刻书余材刊刻《古香斋袖珍十种》，从而引发刻书人对巾箱本的偏好。他在举例中也谈到了汪启淑所刻《锦囊印林》的尺寸问题，以往我认为该书乃是最小的巾箱本，然而从李军所列尺寸来看，该印谱仍然略大于《杨升庵辑要三种》。

第五位发言人乃是浙江图书馆的汪帆女史，汪帆乃是著名的修复师，她今日的发言乃是从一部馆藏讲起，题目为《浙图藏隆庆本〈大方广佛华严经〉装帧述略》。汪帆详细列出了该经每一卷后面的题记，由此而点出了此书的刊刻年代。最为奇特之处，乃是该书在整修裁切上的特殊，因为她发现这部书有多册的地脚都有凹入现象。这种现象我在古书中也多次遇到，究竟为什么会出现这种状况，至今未见资料记载。汪帆却能断定这种方式的裁切应该是民国时所为，她的这个结论给我以启迪。

第六位发言人乃是台北"国家图书馆"的张围东先生，他的题目是《方寸存真——善本古籍里的藏书印记》。古书中的藏书印乃是考察书籍递传的重要依据，相应专家多有研究，然而张围东先生的着眼点却颇为特别，因为他关注于古代藏书印的内容。他重点解读了一些著名藏书印在内容上的有意思之处，以此来论述古代藏书家对典籍的爱护。

第七位发言人乃是国家图书馆研究馆员程有庆先生，他的题目是《从装帧看版画插图形式的变化与发展》。多年来程先生致力于古书中版画的研究，他的发言是从版画的角度来谈论古书装帧。然他在切入主题之前，却先讲到了古书装帧在分类上的合并同类项问题，程有庆说：

> 古籍装帧形式中含义比较明确的有卷轴装、经折装、蝴蝶装、包背装、线装等等。如果以古籍实物的形状及其展阅的方式综合考察，形态特征明显的古籍装帧实际只有三类，即卷轴装、经折装及册页装。册页装的概念比较宽泛，它包括了人们常说的蝴蝶装、包背装、线装等等。如果单以书籍的展阅方式考察，则不难发现，同为方册装，包背装不过是为蝴蝶装、线装的书脊做了保护性的裱褙而已，其展阅方式取决（等同）于蝴蝶装、线装。因此，严格说来，包背装实际只是一种附属于其他装帧形式的护书技法（经折装也有所

谓的包背式），不宜视其为一种独立的古籍装帧形式。而真正
独立且具有实用意义的古籍装帧形制只有卷轴装、经折装、
蝴蝶装、线装。

这样的论述方式真令人耳目一新，他的所言也让我重新审视以往
所固有的认定，故程先生所讲乃是我参加此次研讨会的主要收获
之一。

第八位发言者乃是天津图书馆的宋文娟女士，她的题目为《从
〈畿辅义仓图〉和〈水利营田图说〉看蝴蝶装版刻与装帧形式的演
变》。宋文娟以其馆藏书为例，用图片的形式讲解这两部书在装帧
上的特殊性。其特殊装帧方式不同于传统意义上的蝴蝶装，宋文
娟称之为"蝴蝶线装"。蝴蝶装需要将版心内折，而后将版心一一
粘贴在一起，但这种装帧形式却仅粘贴纸的两边而让中间悬空。
对于这种形式，有人称之为"蝴蝶镶"，但并无业界定论。宋文娟
的所言可以让业界对此作出新的定名。

第九位发言者乃是北京雕版博物馆的姜寻先生，他的题目是
《古代书籍文化的断桥——古籍装帧的传承与再继续》。姜寻先生
首先讲述了古书装帧在今日的延续，同时也讲到了他在这方面所
作出的探讨。他发言的主体内容则是展示了古书函套中书别子的
不同形制，他从美术角度对此进行了钩沉。

第十位发言者乃是故宫博物院图书馆的刘甲良先生，他的题
目为《清内府书版购置考》。刘先生从内阁档案中摘录出许多与书
版有关的资料，以往的说法宫内刻书所用木板均为梨木和枣木，
然而他提到嘉庆十九年十二月初四日，署理武英殿总裁鲍桂星在

奏折中的所言："向来书版必用枣梨，近多杂以杨木，松脆不耐雕镌，抑且易朽烂，是以一书告成，甫经刷印一次，版已漶漫，不堪复用。"

这段摘录颇为重要，我第一次得知当年给宫内提供的板片还有人用杨木来冒充，而这种木料不适合刊刻书版，故鲍桂星在奏折上称"嗣后责成总管，务选坚厚枣梨，不许以杨木充数"。那么宫中所刻之书究竟有没有用到那些杨木呢？这是我好奇的问题。刘甲良在文中还提到了宫内购买梨木和枣木板片的价格，这同样是有价值的史料。

最后一位发言者乃是吉林师范大学纸艺术研究所所长李洪波先生，李先生发言内容乃是关于他跟翁连溪先生共同编纂的一部与古籍装帧有关的大书，他们用多年时间搜集到了大量的素材，而后将这些图片编辑为16类，李先生简述了这16类的分法。李洪波先生的主要研究方向乃是以纸为素材的装置艺术，这本是艺术界最前沿的创作思路，而今他却将眼光收回来反观古代，两者的结合定能产生不同于他人的装帧艺术观。

以上乃是此研讨会的第二场，而下午还有第三场，下午的主持人乃是上海图书馆的郭立暄先生和中国美术学院的董捷。下午的安排同样是十位发言人，遗憾的是我因为有另外的安排，无法再到会场聆听这些专家们的精彩演讲，错失了学习新知识的机会，故只能通过今后论文集的正式发表来作系统的学习了。现将下午的发言人及其发言题目，抄录如下：

1.画须大雅又入时眸——东亚彩印版画的源流与在世界

史上的价值 / 徐忆农

2.反哺：从中央美院藏画看明清版画对卷轴画的影响 /
邵彦

3.利玛窦对《程氏墨苑》"宝像图"的释读 / 梅娜芳

4.花落了多少——《唐诗画谱》全景图式检讨及其异域
接受 / 韩进

5.《会真图》与晚明艺术书籍中的蝴蝶装 / 陈研

6.一幅园林版画媒材、图像与视觉空间 / 李啸非

7.武英殿本版画艺术研究——以《古今图书集成·山川
典》山水版画为例 / 林天人

8.从"澄怀观道"到"按图索骥"——山水画与山水版
画中的"卧游"之别 / 李晓愚

9.明清西湖版画的三种模式及其视觉性 / 邵韵霏

10.书籍史与美术史中的《素园石谱》/ 孙田

群贤毕至　建言咸集

《十竹斋笺谱》复刻新闻发布会暨专家座谈会

时间：2018年11月29日

地点：北京国家图书馆典籍博物馆

主办单位：国家图书馆　南京市人民政府

承办单位：南京市委宣传部　国家图书馆古籍馆

　　　　　南京市文广新局　南京市文化投资控股集团

　　蒙主办方之邀前去参加此会，典籍馆特意留出来专用车位。以往都是由主办方发放停车证，而今变成了手机出示停车信息。科技的发展果真带来了更多的便利，而专用车位的安排也使得开车人少了寻找停车位的烦恼。

　　进入典籍馆，这里正在举办《永乐大典》展览，将这么多的《永乐大典》汇在一起集中展示，真可谓爱书人的眼福。在大厅的门口遇到了十竹斋书画院院长卫江梅女史，此会正是由她主抓。她见到我准备前去看《永乐大典》展，马上告诉我说，还是先去报到，等茶歇时再来看展。在会议室内见到了多位朋友，会议室的门口摆放着一些刷印《十竹斋笺谱》用的饾版版块，这使得观者能够直观地感受到饾版为何概念。展厅的后方陈列着一些刷印

后方展示的笺纸作品

好的笺纸单页，众人扒在玻璃板上细看，果真有些地方的精美程度不输原作。

　　展厅的侧旁有两位技师现场操作，一位在刻版，一位在刷印，众人纷纷围拢过去细细观看操作者的一招一式。观者中果真有行家，有人指出现场印出的部分温润度不够，技师马上回答说确实如此，因为刷印笺纸需要在湿润的环境下进行，而在会议室里面增加很大的湿度显然不现实。闻其所言，倒让我想到了为什么明末清初在南京地区出现了那么多精美的版画，看来跟当地温润的气候有一定关联性。

　　会议正式开始，首先由国家图书馆馆长饶权先生讲话，他代表国家图书馆感谢南京市人民政府与国图联合举办《十竹斋笺谱》复刻新闻发布会。而后，饶馆长简述了《十竹斋笺谱》的艺术价值，以及胡正言为了制作此笺谱跟一系列画家合作的过程。他认为《十竹斋笺谱》是"木刻家和印刷巧匠以天作之合共同创制的艺术精品"。接着，饶馆长又讲到了国图的珍藏，尤其提到郑振铎先生花费巨大心血搜集历史典籍，其去世后家属遵其遗嘱将藏书全部捐给国图的义举，南京复刻笺谱的底本就是郑振铎先生所捐之书。

第二位讲话者乃是南京市人民政府副市长胡万进先生，胡市长首先感谢了各位来宾共聚一堂庆祝《十竹斋笺谱》的复刻，而后他提到了胡正言在南京鸡笼山为人类艺术史所作出的巨大贡献，他认为这部笺谱乃是"中国最高版画技艺之大成，造就了世界印刷史上的里程碑"。该谱传入日本及欧洲，在国际上影响深远。

第三位讲话者是南京市文化投资控股集团党委书记、董事长潘谷平先生，潘先生认为胡正言的《十竹斋笺谱》是"创造出世界文化艺术史上的奇迹——彩色立体印刷，成就了世界印刷史上的里程碑"。而后他颇为详尽地讲述了南京当地相关部门商讨刊刻此谱的全过程，他特意提到了复刻此笺谱的匠人大师，刻印者刘坤、侯桂林先生，制作颜料者仇庆年先生，纸张曹光华先生。而后潘先生讲述了文投集团近些年所作出的业绩及今后的规划。

之后讲话者乃是埃塞俄比亚青年汉娜·格塔丘，她讲述了用十竹斋笺纸给国家领导人习近平写信和收到回信的过程，她由衷地赞叹中国笺纸是如何之美丽。

南京市作家协会副主席薛冰先生在讲话时，提到了南京与花笺有着特别的缘分，他认为最早见载于史籍的花笺即南京所出，而后他提到南朝文学家徐陵在《玉台新咏序》中提到了五色花笺，同时引用了缪荃孙在《云自在龛随笔》中所引孙燕诒所言："多新安人贸易于白门，遂名笺简，加以藻绘。始而打蜡，继而揩花，再而五彩，此家欲穷工极妍，他户即争奇竞巧，互相角胜，则花

发布会现场

卉鸟兽，又进而山水人物，甚至天文象纬、服物彩章，以及鼎彝珍玩，穷极荒唐幽怪，无不搜剔殆尽，以为新奇，月异而岁不同，无非炫耳目以求售。"

这段话讲述的是明代万历中期很多安徽人在南京竞相制作花笺，为了能够占领市场，他们创造出了很多新奇的笺纸图案，正是在这种环境下，才出现了《萝轩变古笺谱》和《十竹斋笺谱》。而后薛冰在讲话中颇为详尽地讲述了《十竹斋笺谱》的价值所在，最后他讲到了复刻的《十竹斋笺谱》在完成之后的面貌："成书的装潢，也全部依照国图藏本，用纯手工制作的樱桃红洒金粉蜡笺做封面，以桑蚕丝双线锁订，衬香樟木夹板，装入楠木书匣。复刻团队淬炼心性，精益求精，目前已经历时两年半，明年将这部《十竹斋笺谱》复刻本呈现在大家面前。"

开幕式结束后，与会者纷纷去参观展厅门口摆放的一些不同版本的《十竹斋笺谱》，但可惜展品中没有明末的原谱，只是展览了一些近几十年的复制品。从质量上看，确实与原谱不在一个水平上，然相比较而言，南京十竹斋复制的这套笺谱乃是这些年来复刻笺谱中颇为精彩者。

茶歇之后，主办方调整座位，大家围坐在一起开研讨会。主持人是南京文物公司总经理、南京十竹斋画院董事长陈卫国先生，陈先生先作了开场白，而后称他想听听在座各位专家的意见，以便让他在今后的工作中得到进一步的提升，制作出更为完美的笺谱。

首先发言者乃是全国古籍保护工作专家委员会主任、国家文物鉴定委员会委员、国家图书馆研究馆员李致忠先生。李先生先给大家讲了当年搞《中华再造善本》时的一个遗憾，他说《十竹斋笺谱》和《萝轩变古笺谱》乃是中国古书中有代表性的精品，这两部书当然要选入《中华再造善本》中，但如果用影印复制的方式就无法展现出饾版尤其是拱花的精美，他参观了相应的厂家，发现对方制作出的拱花效果不理想。他又讲到二十世纪八十年代北京的荣宝斋和上海的朵云轩曾经合作复制《十竹斋笺谱》，于是想请这两个单位重新来制作该谱，后来一问价钱，完全超过了预算，只能放弃这种打算。因此，李先生主抓的《中华再造善本》最终没有收录这两部笺谱，他一直觉得这是个遗憾。

李先生还谈到了南京出版这两部笺谱的必然性，一者是金陵文化的发达，二者是黄山一带的刻工也来到了金陵。这些客观条件促使南京制作出了如此精美的笺谱，以李先生的话来说："应该说饾版、拱花这两种技术合流在一起产生的精品是登峰造极的，之后就没有超过这个的。"

接下来李先生又讲到了笺谱的实用性问题，他认为复古的同时也要创新，以便让当代人能够接受笺谱这种雅物。他认为只有使用才能让这种传统更为世人所了解。

我是第二位发言者，我首先谈了自己的感受，因为看过此次复制的样品后，觉得其效果超过了我的想象，这些年来有几个单位复制了该谱，相比较而言还是有很多不尽人意之处，但我觉得在今天能够下如此大的气力，来复制中国古代印刷史上的精品，这种精神难能可贵。但也正因为如此，我觉得有必要先澄清一些事实。南京在明末时先后出现了《萝轩变古笺谱》和《十竹斋笺谱》，这两部笺谱都同样精彩，从时间上说，前者出版于天启六年（1626），而后者出版于崇祯十七年（1644），两者间相差了十来年。在开幕式上，薛冰先生的讲话中明确地称："《萝轩变古笺谱》是中国现存最早的一部笺谱。"如果是这样的话，那么饾版、拱花这种技艺的发明人应该安在该谱的制作者吴发祥的头上，如果按这个思路推下去，那么人们肯定会质疑：为什么南京不复制《萝轩变古笺谱》，而要花大力气来复制《十竹斋笺谱》呢？

为此，我讲到了这两谱究竟谁发明在先的问题，同时也提及吴发祥虽然首先制作出了笺谱，但是他制作笺纸所用的饾版拱花技术有不少是借鉴胡正言的，然而这种说法在业界仍有争论，因此，我建议南京应当召开类似的学术研讨会，以便在理论上达成共识，给今后的宣传口径定调。

再者，我谈到了中国版画与西方版画的区别。在以往的不少论证中都认为西方版画是艺术家一手完成的创作，而中国版画画者、刻者、印刷者是不同的人，因此这更像是工匠艺术。但是从

《十竹斋笺谱》制作人胡正言的朋友所言中能够得知，胡正言亲自参与了《十竹斋笺谱》的制作刷印。他朋友说在有些笺谱上还能够看到胡正言的指纹，这个记载既说明了胡正言亲自参与笺纸的制作，同时也说明了笺谱中极其自然的渐变色乃是靠手工涂抹而成，而非仅仅是用一块一块的饾版做出的。

第三位发言人乃是北京印钞有限公司高级工艺美术师刘大东先生，刘先生阐述了恢复传统的不容易，因为他本身就从事雕刻，虽然他雕刻的是钱币钞版，但这两者之间有相通之处。而后他讲述了钞票雕刻的历史，经过一百多年的延续，现在这种技艺已渐渐失传，其原因乃是机器雕刻逐渐替代了手工雕刻，然而计算机雕刻远远比不过手工雕刻，虽然前者更快，但是效果并不佳，到如今有关部门想恢复手工雕刻，却发现专业人才的缺失。因此，他颇为感叹南京十竹斋能够将这么多专业人员聚集在一起，有人专门雕版，有人专门研究纸张，还有人专门研制天然颜料。能够将这么多的专业人才聚集在一起，刘大东认为这已经达到了中国印钞造币的专业级别。

第四位发言人是国家图书馆古籍馆研究馆员赵前先生。前一度在南京时我见到了卫江梅院长，她说《十竹斋笺谱》底本的提供正是赵前先生帮着促成的。赵先生的讲话中也提到了卫院长多次找他的过程，赵先生认为能够将这部精美的笺谱复制成功，是可喜可贺的一件事，但他强调这件事也是双刃剑，如果做得好这将是南京市的一张很好的名片，如果印不好则不只是浪费钱财，同时也影响声誉。

赵前讲到了1952年复刻的《十竹斋笺谱》，他将此谱跟国图所藏的郑振铎捐赠的原版笺谱进行过比较，认为1952年版第一册的雕刻印刷水平跟原谱相比相差无几，但后面几册比起来就有较大差异。所差者一在色彩，二在线条，为什么复刻之物在线条上还有区别呢？赵前说这正是复制者在雕版时陷入误区，因为雕刻者完全按照印本的粗细进行雕刻，但是原版版片的线条其实比印本所展出来的效果要细得多，因为会受到纸的影响而使线条变粗，复刻者如果仍然按照这样的粗线来雕刻，那么印出的线条则变得更粗，所以复制出的图案就失去了美感。

赵前也强调复制《十竹斋笺谱》确实不容易，因为这套笺谱有280多幅图案，需要刻制两千多块雕版，这是个不小的工程。印刷之时，则需要将拱花和饾版两种技术进行结合，如何能结合到最好，这是挺不容易的一件事。更何况，印刷过程也非常艰苦，赵前说他曾参观过荣宝斋的木版水印车间，他记得当时那个车间的湿度达到了百分之八十至九十，在这种环境下工作，需要操作者有很强的忍耐性。也正因为如此，他感慨于南京十竹斋敢于下这么大的力气来复制这部精美的笺谱。

第五位发言人为故宫博物院研究馆员翁连溪先生，翁先生站在世界角度来衡量《十竹斋笺谱》在印刷史上的地位，他认为该谱实际就是一部彩色印刷品，而饾版和拱花乃是彩色印刷中的一种方式，只有这种方式可以让中国的印刷术与其他国家的特殊印刷方式相比肩。而后，翁先生谈到了印刷的分类，他将印刷手段分为四种，而将饾版、拱花算为其中的一种，恰是这一种被世界所称道。

翁连溪同时讲到中国著名的笺谱除了《十竹斋笺谱》和《萝

济济一堂，共话笺谱

轩变古笺谱》外，还有一部《殷氏笺谱》，他说此谱制作于康熙年间，制作效果也同样很好，只是该谱更为稀见。而后翁先生讲到了日本手工刷印的传统，他说中国纸有时印完会有出皱现象，但日本的印刷就不会出现这种现象，因为日本人在墨里加了一种添加剂，这样的墨在刷印时既不晕也不炸，同时纸也不出皱。

关于雕刻的问题，翁先生提到应当让雕刻师具备美术功底，这是因为有些拱花作品乃是白板，这样的地方由于没有边线，非常不容易勾描出来，故全靠艺术修养来把握。翁先生也提到了纸张的问题，他认为现在复刻的纸张感觉很不错，但是这种纸张的黏性有些大，并且透过灯光可以看到纸浆不匀，所以在用纸方面，仍然需要再进一步精细。同时翁先生也讲到了雕版所用的木材，他认为枣木好于梨木，枣木版刷印出来的线条的尖端不晕，所以他建议将雕版的材质换为枣木。

第六位发言人是中央美术学院研究生院常务副院长陈琦先生，陈先生从美学角度阐述了复刻《十竹斋笺谱》的价值，他说学校里给学生们讲版画时主要是靠书中的图片，很少能拿出实物来讲解，然而原作跟画册之间其实有很大的差异，手工刷印所展现出的面貌是画册无论如何也达不到的。因此，看原作非常重要。他觉得各个艺术院校在讲述中国版画史时，如果能向学生们展示这些复刻的作品，就一定远远超过让学生看画册的效果。

　　陈先生也谈到了刷印者要具备美术素养的问题，他提到了人们惯常所说的"三分刻七分印"，因为只有在印刷的环节才能表现出画作的文雅之气。如何能让颜色过渡得自然，这需要较高的美术修养。

　　第七位发言人是首都图书馆历史文献部主任、研究馆员马文大先生，马先生谈到早在二十多年前很多出版家就关注《十竹斋笺谱》的复制问题，而复制此谱的难点主要在拱花，他说曾经有人试验过用钢板来做拱花，但压制出的效果不理想。马先生同时讲到了胡正言亲自参与创作的问题，他认为好的工匠能使纸和墨达到最完美的结合。马先生又说，他希望将复刻的《十竹斋笺谱》作为当代的精品，而不仅仅是作为胡正言作品的完全再现。因为马先生认为就现代的客观环境和水平而言，要达到胡正言当年的水平其实很不容易，既然如此，不如做出一部现代精品。在复制的过程中，可以加入一些新技术，技术的进步有可能使笺谱制作得更加完美和具有时代特点。他向南京十竹斋公司建议可以在刻制这套笺谱之余，同时也制作一些衍生文创产品。

　　第八位发言人为中国科学院国家科学图书馆研究馆员罗琳先

生，罗先生首先提出一个建议，他认为在此会的现场或者在旁边的展览大厅内，应该摆出不同时期制作的《十竹斋笺谱》，比如把胡正言制作的原谱摆放出来，把鲁迅、郑振铎复刻的也一同陈列出来，同时把80年代荣宝斋复刻的也摆在一起，而后将当今十竹斋公司刻制的也一并陈列出来，展示这些不同时期的笺谱的同一个页面。如此陈列出来后，就可以让观者很容易看到之间的差异。罗琳说，典籍馆能把《永乐大典》都摆出这么多册，那么摆出《十竹斋笺谱》就更没问题了，如果能做到这一点，这真是很好的学习机会，同时也可以请学习艺术的学生来看，这定然可以给他们很大的启发。

就复制《十竹斋笺谱》的水平而言，罗先生明确地说，无论现代使用怎样的新方法都无法超越当年胡正言所做的笺谱，因为现在所处的环境跟胡正言当年相比各个方面都已不同。所以他强调笺谱的制作可以有所创新，但一定要保持住传统技艺的基本点。

对于笺谱所用纸张问题，罗琳同样强调要精挑细选，他认为饾版印刷是两维画面，而拱花印刷是三维画面。要能够呈现三维，最重要者就是纸张的张力和韧性，同时还需要这种纸张能够长期保持立体效果。因此，要想制作出精品，必须在纸张方面多下功夫。

第九位发言人是中国艺术研究院图书馆研究馆员俞冰先生，俞先生首先祝贺南京文投集团能够做成这样一件大事，同时他注意到了这个项目受到了国家艺术基金的资助。他认为没有经济实力做后盾，这件事情不可能做得好。为此，俞先生讲到了怡王府所制角花笺，他说此笺方是笺纸中的顶级品，俞冰认为能够做出这样的精品，需要纸、墨、颜料、环境、版片、操作人等有机的结合，而当年怡亲王清秘阁制作笺纸时，都是不惜代价的。虽然说今天所制笺谱不可能超过怡王府的角花笺，但是借鉴前人的成果还是很有必要的。

俞冰又强调非物质文化遗产的最大特点就是师傅传徒弟，如果手艺失传了，这个行业也就没落了。但所教弟子中，真正能够超过师傅的很少，所以他期待现代的传承中弟子要有超过师傅的勇气，虽然这点很难，但有这种想法才能使传统的技艺发扬光大。

第十位发言人是国家图书馆古籍馆研究馆员程有庆先生，程先生强调后世对于《十竹斋笺谱》的看重，郑振铎起到了重大作用。程先生讲到，在他小的时候也就是二十世纪六十年代，他们家里就有以十竹斋图案彩印的信封，这样的信封令他印象深刻，因为他觉得信封上的图案十分优雅。但程先生同时强调，古人能够做出这么漂亮的笺纸，最主要者是制笺者本人亲自来操作。到如今，制笺者的心态与古人完全不同，因为项目投资的缘故，今天的制作者花的不是自己的钱。其言外之意乃是说，今天的制作者恐怕很难达到胡正言那个时代制笺人的精益求精。他觉得如果没有追求完美的心态，就很难做出精美的笺纸。

第十一位发言人是中国人民大学古籍整理研究所研究员宋平生先生，宋先生首先肯定《十竹斋笺谱》是古代版画史上的顶级代表作品，同时夸赞南京市政府方面大力支持这样的项目。在追求物质利益的风气下，相关方面能够对此项目予以支持，他对此

细腻的图案

表示敬意。宋先生同时也对坚持雕版印刷的大师们表达了敬意，因为他觉得翻刻普通的雕版印刷品并不难，但翻刻《十竹斋笺谱》却难度很大。宋先生强调此次的翻刻应当超过荣宝斋的那一部，否则的话，就意义不大了。

宋先生认为在南京一地同时出了这样两部有名的笺谱，这是很有意思的一件事，在会议期间，他曾问过薛冰老师，南京有没有胡正言纪念馆。薛冰回答说，现在筹划中，但还未建成。宋先生认为应当找一个幽静之地建成这样一个纪念馆，这对南京很重要。

对于颜料问题，宋先生说他今天见到了各方面的技师，尤其还有颜料大师在场，他觉得这一点很重要，因为笺谱如果用现代颜料来印刷就肯定差得很远。胡正言所在的时代没有化学颜料，他们所用的颜料都是通过植物提炼，或者矿物质研磨而成者，以这种方式制作出的印刷品有永不变色的特点。同时宋先生对刷印的纸张表示了担忧，因为他了解过，现在用传统方式印刷古籍的单位都不敢保证所用纸张是百分之百的纯植物纤维，非纯植物纤维的纸张都会存在酸化问题。宋先生讲到了西方的很多博物馆收藏版画的标准，除了艺术性之外，纸张是否达标是一个重要要求，如果纸张含酸超标，就算这幅作品艺术性再好，这些博物馆也不收藏，因为这样的作品放不了多久就会出问题。

对于纸张问题，宋先生提到他个人也喜欢收藏现代版画，但他发现七八十年代所印的版画现在就已经有了脆裂，有的纸张上出现了黄斑，这就说明当年的纸张不过关。因此，他着重强调此次南京复制《十竹斋笺谱》一定要用百分之百的纯植物纤维纸，而这种纸现在很少有地方生产，反而日本有这样的纸。宋先生还强调了纸张的颜色问题，他认为现在印制笺谱的纸颜色太白，缺乏古雅气息，所以他建议可否将纸染一下再做刷印，这样看上去会让成品有柔和的气息。

第十二位发言人是中国国家博物馆副研究馆员向谦先生，向先生说自己是南京人，所以南京能够复刻《十竹斋笺谱》让他很开心，他说自己小时候就记得一些老先生们在写字时找不到好纸，而他在单位看到过一些早期的信札，他觉得那样的纸摸起来很绵软。他也提到了前面宋平生所讲到的纸张太白的问题，他认为现在所说的古法造纸其实原料并不纯，他希望十竹斋能够找到真正用古法造出的纸张。

向谦发现了现在用纸有吃墨不均匀的问题，他认为这一点需要从技术上予以解决。同时他也强调现在的刻版师傅需要增加一些绘画技能，不能单纯地以版来刻版，而是需要了解画艺之后再雕刻版片。向先生也谈到了版片的材质问题，他认为枣木要比梨木硬，刊刻起来增加了难度，但是枣木刻出的版片吃墨更多，这样刷印出的笺纸则更接近于传统。

第十三位发言人是江苏省书画院副院长、江苏省书协副秘书长赵彦国先生，赵先生强调笺谱跟书法有很大的关联度，他觉得现在制作的笺谱能够达到当年胡正言的百分之几十并不重要，因为时代变迁，很难重现历史，就算能够做到百分之百的还原，他也觉得意义不大，他觉得更重要的是通过这个复刻过程，让人们对传统技艺能有深刻了解。赵先生把胡正言称之为"这场经典艺术的总导演"，因为胡正言非常懂得版画艺术，从材质和人员方面都能找到顶尖者，所以才能制作出这样精美的笺谱。赵先生强调，今天想复制出精美的《十竹斋笺谱》，最重要的是也需要找到这样一个总导演。

因为时间关系，还有多位专家来不及阐述自己的观点和见解，故薛冰先生向这些专家表示歉意的同时也做了总结性发言。他谈到了这几年来为了刊刻《十竹斋笺谱》，他们开了很多的研讨会，也请专家写了相应的论文，但这一切都是以该笺谱为基础，如果没有《十竹斋笺谱》，那么一切都无从谈起。同时他强调很多人将饾版拱花误解为只是简单的水印木刻，其实饾版拱花是水印木刻中的最高层面。他强调明代的《十竹斋笺谱》就是他们复刻的标准线，他们一定向这个目标奋斗。薛冰也郑重感谢了国图给予的大力支持，他同时向大家透露南京方面正在策划一个博物馆，为了让更多的人了解到胡正言为此所作出的重要贡献。

八年坚持　终成硕果

第三届中华藏书文化论坛暨《中华善本百部经典再造》首发仪式

时间：2018年12月1日下午

地点：北京中国大百科全书出版社嫏嬛书房

八年前，华宝斋的张金鸿、蒋凤君夫妇开始策划一套大书，他们想从中国浩瀚的典籍中选出一百部能够代表中国典籍精髓的著作，这个选目貌似简单，但流传至今的古书数量太过庞大，哪些书能够入选，历来都有不同意见，因此选目一向是费力不讨好的事情。主抓此事的蒋凤君有着自己的主导思想，她希望这个选目既能涵盖中国典籍的各个方面，同时又具有广泛的代表性，并且每部入选之书的版本也要具有珍稀性。

将这么多条件叠加在一起，当然不是一件容易完成的事，为此，她请了多位专家学者来商讨哪些典籍可以入选，又请国家图书馆发展研究院原院长、全国古籍保护工作专家委员会主任李致忠先生来负责整个工作的统筹，几经商议，这部丛书定名为《中华善本百部经典再造》。蒋凤君聘请李先生担任丛书编委会主任，而李先生又命我参加此编委会，故我有幸参与其间。

在此项目探讨之初，经过一番商议，拟出了入选目录的草案，而后蒋凤君将此草案发给每一位编委，共同对此作细致推敲。李先生命我将对此选目的不同意见以文字形式写出来，而后在某次编委会上请各位编委作相应的探讨。我记得那次商讨会有故宫的翁连溪先生，国家图书馆的程有庆、赵前先生等十几位成员，同时还有蒋凤君从上海请来的黄曙辉先生。蒋凤君介绍说，此选目草案就是由黄先生最终拿出者，故他特意赶到北京来听大家的意见。于是我将草案中有疑问的书一一列出，而后众人对此点评，这些意见都被黄曙辉先生记录下来，他说将综合众人的所言，而后定下新的入选目录。

经过几次商讨，《中华善本百部经典再造》入选书目终于确定了下来，而目录的确定其实只是事情的开始，接下来的艰巨任务主要由张金鸿进行解决。因为蒋凤君主要在北京负责华宝斋的方方面面工作，张金鸿则在富阳华宝斋总部负责此书的选纸、选料、印刷、装订等，这个过程陆陆续续做了八年。大概三年前，我曾往富阳参观过华宝斋总部，张金鸿陪我一一看了全部的生产流程，我由此体会到一书之成要经过百人之手，并且，生产过程百分之九十以上都是靠手工操作，这样的生产过程何其漫长。直到此会召开前的几天，方将最后一套书印好，张先生为此书所付出的心血可见一斑。

中华藏书文化论坛也是由华宝斋所办，此前我曾参加过一届，体会到蒋凤君组织能力之强，今年举办的是该论坛的第三届，同时举行的还有这部大丛书的首发式。我到会时，看到与会者超过百人，每一位都是这个行业的专业人士。我在现场见到了资深媒体人吴兴文、故宫博物院图书馆古籍部原主任翁连溪、首都图书

1
—
2

1. 揭幕　2.《中华善本百部经典再造》丛书

馆古籍部主任马文大等许多朋友，想来这都是应蒋凤君之请而前来参加此盛会者。由此可见，蒋凤君做事之认真。

此会的主持人乃是深圳报业集团副总编、著名媒体人胡洪侠先生，胡先生的主持风格轻松、活泼，时不时有神来之语，他能简明扼要地总结每一位讲话者所讲之精髓所在，同时还能以幽默的语言、诙谐的口吻来作点评。因为来宾太多，华宝斋的客厅略显拥挤，而会议又没有茶歇时间，让众人坐在这样封闭的空间内三个多小时，确实是对耐力的考验。但胡洪侠先生对每位发言者既插科打诨又不失尊重的评点之语，令听众的精神得以焕发。大家私下都在称蒋凤君请大侠先生来主持，真是个正确的决定。

会议的第一个议程是请楼宇烈先生、李致忠先生、邬书林先生、朱永新先生、蒋凤君女史共同为这部大丛书举行揭幕仪式。这部书被陈列在华宝斋娜嬛书房入口处最显眼的位置，每一函书均整齐地摆放在仿古书架上，架前盖有红绸布，此五人走上前一起将红绸布拉下，于是这102部仿真制作的珍本呈现在了众人面前。我在此前虽然看到过该书的印样，但一套书的整体亮相，此刻也是第一次得见。蒋凤君让我看印样时，我也曾提出相应的修改意见，她对此均能虚心接受，而后请张金鸿想办法予以修改。她的这份认真，的确令人敬佩。

揭幕仪式结束后，胡洪侠请五位揭幕人坐在台上，而后进行相关主题研讨。胡洪侠首先作了自我介绍，他谈到了应蒋凤君之请做主持人的三个理由，其中之一乃是华宝斋举办第一届藏书论坛时他就受到了邀请，然因故未能与会，故此次蒋凤君特意到深圳请他来做主持，这让他觉得应当来参与这个盛会。大侠所讲的第二个理由，则是1994年浙江富阳市组团到深圳招商，而那时的胡先生是《深圳商报》的记者，他写了一篇名叫《都说富阳好地方》的报道，发出后得到了富阳市领导的表扬，为此对方送给他两套线装书，而这两部书都是华宝斋印制的，由此让他了解到富阳有这样一家著名的古籍印刷企业。再后来，他还跟深圳书友姜威先生一同前往富阳华宝斋，亲自见证了一根竹子变成一本书的全过程。

我与大侠相识多年，这些故事却是第一次听闻，大侠的藏书楼在深圳最具名气，我前往参观时，看到他的藏品主要还是洋装书，而他对线装书也有着如此之爱，这是我所不曾了解者。闻其所言，我理解了他为什么答应来做这场会议的主持。但他在开场白中讲到的第三个理由就有了调侃的口吻，他说这部经典再造共有102种，其中经部书入选了10种，而这10部书中竟然有5种跟他的乡贤有关系。他是衡水人，如今世人一提及衡水，想到的都是烈酒老白干，若往教育上想则是衡水中学超高的升学率，但若从学问角度来说，人们却忽略了唐代大儒孔颖达是衡水人。本次入选的10部经部著作中，有5部都是孔颖达所作注疏。而胡先生认为更值得骄傲者则是西汉大儒董仲舒也同样是衡水人，所以他有必要来做这场主持。

胡先生的主持基本是以提问的方式，针对不同的人提出相应的问题，这让整个首发式有了行云流水般的流畅，并且使得整场会议有了完整的关联性。两年前，我在深圳书城搞了一场讲座，当时就是请胡洪侠先生做嘉宾主持人，那时我已经领教了他当主持人的天赋，而其今天的表现之佳远超当年给我做主持的时候，这让我怀疑他当年并没有全身心地投入。

胡洪侠首先介绍了坐在前面的五位嘉宾，而后他让工作人员拿出一些名人题字及贺词一一展示给大家，正当众人鼓掌喝彩时，胡先生话锋一转，他说这套大书最后一部摆上书架时，有一个人对此放声痛哭，此人就是嬛嬛书房的主人蒋凤君女士，所以他首先要请蒋凤君发言。

原本一脸兴奋的蒋凤君听闻主持人的这番话，瞬间泪眼婆娑，她走到了台前依然止不住泪水。蒋凤君首先对各位嘉宾的到来表示了谢意，而后讲述了这八年来她心里所承受的压力，她说自己一直是在彷徨忐忑的心态中度过每一天，但此书的完成终于让她觉得实现了两代人的期待。而后她讲述了父亲蒋放年先生创业过程的艰辛，同时也提到明年是五四运动一百周年，《百部经典》的完成可以作为一份礼物来献给这场运动，同时也献给中华民族的伟大复兴。

蒋凤君女士致欢迎辞

接下来蒋凤君感谢了为此书付出辛劳的各位编委，她说李致忠先生为《百部经典再造》题写的"继绝存真"非常贴切地表达了他们家两代人制作典籍的意义所在。同时她也借此来感谢自己的先生张金鸿，因为张先生是这套大书的技术总监，她说如果没有先生的兢兢业业、默默付出，就不会有这套丛书的完美呈现。

接下来胡洪侠提出的第一个问题就是中国古籍所存品种超过了15万种，从这么大数量的古籍中如何选出102种来，想一想这都是件很不容易的事。他说到了张之洞的《书目答问》，梁启超、胡适等人所选的书目，每一部书目所选的数量都相去甚远，多者达两千多种，少的有一百多种，而本书的编委会却选出了102种，如何做到了这一点，这种选目方式有着怎样的主体观念。他想请李致忠先生来予以解读。

李先生作了相应准备，他拿出一份约有十几页的讲稿来作主体发言。他先从何为书籍、何为典籍讲起，以引经据典的方式来向大家阐释"书籍"和"经典"两词的原始出处及外延内涵。接下来，他以四部分类法来一一点明重要典籍入选的原因，比如他首先讲到了为什么要入选越州本的五经，他解释了越州本五经将经、注、间疏合刻在一起，乃是开先河之作，并且解释了单注本阅读不方便的原因。而后他讲到了为什么要用苏辙的《诗集传》而不用朱熹的《诗集传》，这是因为前者早于后者，并且前者是一部孤本。

从思想观念而言，董仲舒的《春秋繁露》乃是一代名著，因为此书强调了春秋大一统思想，这种观念符合了汉武帝的想法，故而该书乃是中国思想史中很重要的著作。《孝经》是"十三经"

之一，此丛书中《孝经》的底本选用的是元荆溪岳氏家塾校刻本，对此李先生讲述了后世将岳氏认定为岳珂的误传。大概在二十世纪三十年代，经过专家的研究，方得知刊刻此书的岳氏名叫岳浚，是岳飞的九世孙，并非以前人们所认定的岳飞的孙子岳珂。而从版本来论，岳氏家塾本《孝经》乃是该书最好之本。

史部类的书籍当然是以《史记》打头，而底本是宋蔡梦弼东塾刻二家注本，选此作底本的理由乃是该版本开了《史记》两家合注之先河。李先生又解释了史部中选用原胡三省所刻《资治通鉴注》的原因，同时也谈到了《洛阳伽蓝记》的特殊价值。

关于子部书，李先生首先讲到的是明弘治十四年（1501）涂祯刻本《盐铁论》，他简述了该书的价值，而后谈到了宋刻本的失传，之后又提及涂祯本就是根据宋本翻刻而来者，可见涂祯本的价值所在。正因为如此，后世有涂祯本的影刻本，究竟哪是原本哪是翻刻本，后世专家有不同看法。叶德辉所认定的涂祯本被张元济所认可，于是选入了《四部丛刊》之中。但后世学者经过研究，又认定《四部丛刊》所用的这部底本其实是翻刻本，而《百部经典》丛书所用底本乃是真正的涂祯刻本，由此而校正了《四部丛刊》之失。

集部书中排在最前面的当然是《楚辞》，而此丛书选用的底本是宋端平刻本的《楚辞集注》。别集类则有明华坚兰雪堂铜活字印本《蔡中郎集》，李先生解释了明代铜活字的底本大多来自宋本，具有特殊价值，而这也正是明铜活字本被后世学者目为下宋本一等的原因所在。别集类所选最晚一部书，则是清晖书屋所刻的《板桥集》，因为该书乃是郑板桥手书上版，而郑板桥被后世目为能将诗、书、画熔为一炉之人，这正是选其作底本的原因。

关于集部总集类，当然要选留传至今最早的昭明太子所选《文选》，而后则有《玉台新咏》《文苑英华》等重要总集。诗文评类以《文心雕龙》最具名气，而该书留传至今最早的版本乃是上海图书馆所藏的元刻本，而此丛书所用《文心雕龙》底本正是该本。

因为时间关系，李致忠先生并未将他的讲稿念完，中途话筒时断时续，而张金鸿先生立即走到台前，以半蹲的姿势隐在李先生沙发之后，右手一直替李先生举着话筒。这种姿势他坚持了半小时之久。这让主持人胡洪侠心生不忍，他走上前接过话筒替李先生继续拿着，而李先生讲话结束后，胡洪侠夸赞张金鸿所体现出的工匠精神。

接下来的发言人原本应是楼宇烈先生，但主持人宣布说因为北大中文系著名教授龚鹏程先生还有其他要事需提前离席，故请龚先生先发言。此前我读过龚先生多部专著，尤其他撰写的《中国文学史》令我印象最为深刻，今日在此会上第一次与之谋面，他一身长衫，尽显传统文人本色。他说今日讲演的主题是书的作用，他希望这套书将来能够对现代家风、家训的建设起到重要作用。而后龚先生讲到了现代社会的特点，按照西方社会学家的说法，现在的社会已经从家族转变为家庭，这也就是所说的核心家庭。龚鹏程认为这种说法不正确，因为现在的家庭基本都是两人在外工作，而家庭只是赚钱的共同体。他形象地讲到了这样的家庭在天亮时就各奔东西地去忙工作，对孩子并没有相应的家教，因为孩子稍大就进了幼儿园，进入了公共教育体系，所以他们无法接受到家教，而以前的人骂对方大多会说这个人没家教，这种骂法在以前听来很严重，然而到了如今，其实少有人还会有家教。

龚先生又讲述了从南北朝以来世家大族的经学礼法传家，他讲到了符坚统一北方后想建太学，以此来推行儒家文化，但却找不到相应的师资，而后幸好找到了一位官员的妈妈，这位老太太已经八十岁，她不愿意到太学来讲学，于是朝廷派了102个博士去她家听她讲周礼。龚先生讲到这个故事时，我突然意识到，今日完成的这《百部经典》恰好也是102部，为何有如此巧妙的暗合，而龚先生又提出好的家风需要人能读到善本，这正是这套大书的价值所在，同时他希望这套大书进入家庭后不只是作为门面的摆设，希望这套书能够影响更多人对传统文化产生兴趣。

对于龚先生的讲话，胡洪侠给出了一语双关的总结，他说龚先生在讲话的过程中因为话筒出问题连续换了四个，由此可以证

现场

明："我们这个社会并不缺乏智慧的声音，关键是话筒不行。"他的话引起了在场者的欢笑。而后，胡洪侠请第三位发言人北大哲学系教授楼宇烈先生讲话，楼先生开口即称龚鹏程所讲的让经典回到家中其实很困难，因为他打听到了这部书的定价，他说这个价格不可能进入千家万户，但即便如此，他还是觉得这套书很有意义，因为该书使传统的珍籍保存了下来，原来只有一本的古籍经过影印化身千百，虽然说这部书进入千家万户难以做到，但它们却可以进入图书馆，同样可以让更多的读者欣赏到这些精美的典籍。

楼先生也讲述了选目之难，他认为《百部经典》的选目确实下了很大功夫，因为既要照顾到这些书的经典性，又要照顾到它们的源头性，同时还要照顾到每部书相应的版本问题，将这么多条件叠加在一起，选目当然变成了很难的一件事。然后楼先生从思想层面对传统典籍进行了总结，他将中国传统文化概括为儒、道、佛三家，他认为儒、道两家可以用三、四、五来概括相应的经典："三就是三玄，《老子》《庄子》《周易》；四就是《论语》《孟子》《大学》《中庸》；五经就是《诗经》《尚书》《礼记》《周易》《春秋》。"

而后他讲到了佛教典籍对中国文化的贡献，他提到唐玄宗亲自为《孝经》《道德经》《金刚经》作了注，楼先生认为这是重要的标志性事件，因为这使得中国文化由儒、道、佛三教融为一体，相互之间你中有我，我中有你，谁也不吃掉谁，并且各自保持独立的特色。《百部经典》中儒、道、佛文献都有入选，他认为这一点非常好。

但楼先生也提出了其他的见解，比如他知道《百部经典》选的是河上公所注《老子》，他认为这个本子不错，但是如果要研究老子思想，更应当选择王弼注本，因为在二十世纪七十年代，马王堆出土的书中印证了王弼注本所用的《老子》原本更接近老子思想的原貌。

第四位发言人是中国出版协会常务副理事、中国图书评论学会会长邬书林先生，邬先生的讲话分为三点，他首先祝贺《百部经典》出版发行。二者，他正如胡洪侠所言，给出了很多具体的数据，因为他曾任国家新闻出版总署副署长，这些数据都存在他的脑海中："我想给大家报一点数字，了解我们国家对古籍整理的情况。我们中国现在是第一出版大国，号称每年出版图书50万种。这个数字全世界都很震惊，因为美国人每年出书也就是198000种。我们出了很多，这里面有很多水分。真正像哈佛大学图书馆、北京大学图书馆、清华大学图书馆，这些图书馆要收藏的书，根据我这么多年的经验，大概8万种书。这50万种书，有25万种是重版的，还有一大批教材，还有各种花钱买来出书的。但是这些图书馆认真买的书，大概是比较靠谱的，也就8万种。我们虽然是一个名义上的出版大国了，出版还要往前走。"

而后，邬先生讲到了历届党和国家领导人对于古籍整理工作的关心和支持，他讲到新中国成立之初就建立了国务院古籍整理领导小组，后虽因历史原因停顿，但改革开放之后，又很快恢复，而中国长期进行的五年计划，其中有若干次都把古籍整理作为重点文化工程。邬先生又告诉大家，从新中国成立之初到"文革"期间，中国总计整理出版了两千多种古籍，而改革开放之后到现在，则整理出版了三万六千多种古籍。他认为这是很了不起的一个数字，而后他又讲到了现设有六亿元人民币的出版基金，其中有六千万是古籍整理的专项基金。

邬先生告诉大家，《百部经典》第一版仅印出了二十套，他认为这套书是很有价值的艺术品，因其具有珍稀性，所以也就有了投资价值。

第五位发言人为全国政协党委、副秘书长、民进中央副主席朱永新先生，胡洪侠介绍说朱先生还是国家全民阅读形象代言人。朱先生首先祝贺华宝斋出版了这套书，他从立项开始直到今天出席该会，见证了这套书完成的全过程。同时他建议应将这套大书的相应介绍文字单独出一本书，因为很多人买不起这部《百部经典》，但可以买来相应介绍，从中了解到这些书为什么能够成为中国典籍的代表。

朱先生又讲到做选本是吃力不讨好的事情，因为人们会质疑为什么选这一百部而不选其他的书，其实哪些书能够入选当然各有各的理由。而后朱先生讲到他这些年也在从事选目工作，只是他的所选体系更为庞大，因为他正在做九个大的书系，其中针对幼儿、小学、初中、高中、大学、教师、父母、领导和企业家都各选了100种，总计选了900种书，而做此选目他们用了九年时间，虽然没有出齐，但选目工作已经完成。朱先生讲到中国每年出版几十万种书，从中选出真正的好书有如大海捞针，其实是很不容易的一件事。他同时说，他的选目发表之后，到现在还没有听到不同的声音，但他却认为这并不是好事，因为他希望人们提出不同的看法，以便在今后的修订中予以改正。同时他也希望在这900种之外再选出100种遗漏之书，使该选目更为完美。

如何能让珍本善本进入寻常百姓家，朱先生认为不应当整套出售，若以单部出售，更多的人家就能买得起。同时他也认为书是用来读的，如果书不读就是一堆废纸，他讲到自己在苏州做副市长的时候曾经到某个苏州友好城市去访问，参观了那里的图书馆，在此馆他偶然发现有工作人员把非常精美的书打包，经过打听后得知这些打包之书要送到造纸厂，这种做法让他很疑惑。但对方告诉他，图书馆的面积就这么大，而年年有新书进来，如果不做淘汰，今后将无法容纳。当然被处理者主要都是一些复本，而从借阅率角度来看，有些书没人看，就只能作为废纸来处理。所以朱先生认为，要广泛宣传读书的重要性，如果书没有人读就变得没有意义，他甚至觉得应当将这套大书做部分的数字化，以便让更多的人了解到这部大书的价值。

第六位发言人为中华吟诵学会副会长张本义先生。上一次华宝斋所办中华藏书文化论坛就请来了张先生，他在会上用奇特的音调吟诵着中国典籍，而那是我第一次听闻古人是以这种方式来读书，后来听说这种做法于近些年在民间颇为流行。胡洪侠宣布这次仍然请张先生现场吟诵《孝经》中的两个章节，张先生首先说现在有不少的人都把吟诵看作是一种表演，有些吟诵者还穿着花花绿绿的衣服在舞台上表演。张先生向大家解释说，其实吟诵是一种读书方法，在中国已经流传了几千年，直到一百多年前才渐渐不再被使用。他觉得古文经典虽然也可以用普通话来吟诵，但总不如用特定的音调来吟诵效果好。

张本义说吟诵的调式其实是从方言而来者，因为各地方言不同，所以吟诵的调式也就不同，他说今天在现场给大家吟诵的调子是南金书院读经调，又介绍说南金书院是大连市历史上较为悠久的书院，创建于乾隆年间，然而它却是中国最后一个停办关闭的书院。光绪三十一年（1905），清廷实行新政废除了科举，各地书院改成了学堂，而当时的大连是日本的租界地，故并未废止南金书院的办学，直至1933年、1934年前后，南金书院才停办。张先生在少年时，教给他吟诵读经方法之人就是南金书院举人秀才们的亲炙弟子。

关于吟诵调的特点，张本义先生总结出了四条："第一，要讲究平仄。古今音转，普通话已没了入声。入声是仄声，现在很多变成了平声。这一点特别重要。第二，要讲究破读，即现在所说的文言异读。不同的字在不同的语境中要读不同的音。汉字是音、形、义结合的。字形变了，字义就变了，字音不同，字义也不同。所以，吟诵时必须特别注意读音，往往旧时该怎么读，就怎么读。第三，讲究叶（xié）音。古今音转，变化极大，原来诗文押韵的，现在却不押韵了。因此，诵读诗文，特别是诗词押韵的地方，应尽量找回原有的声韵，这称为叶音。第四，依字行腔，即腔调从字中出，字正腔圆，不能唱倒了。这是吟诵与普通话诵读、歌唱的基本区别。"而后，他以南金书院读经调给大家诵读了《孝经》第一章和第十五章。

第七位发言人乃是清华大学人文学院历史系教授、清华大学经学研究院院长彭林先生，彭先生首先讲述了典籍流传的不容易，他举出了民国年间商务印书馆的涵芬楼被日本人炸毁之事，从这个角度而言，能够将珍贵典籍影印出来，就不至于被毁而失传。

彭先生说他的主要研究方向是三礼，他的博士论文做的是《周礼》，后来又开始研究《仪礼》和《礼记》，中国被称为礼仪之邦，可见礼对中国的重要性。他认为中国最早的典礼仪式都包含在《仪礼》这部书中了，到了宋代王安石搞变法，在科举考试中废除了《仪礼》，故此后这部书就没人读了。到了清初，张尔岐、顾炎武等人看到社会上流传的《仪礼》之书错误百出，故只能通过开成石经来予以校对。

彭林先生说他今天翻看了《百部经典》中所收三礼，其中包含了《周礼正义》八行本和《礼记正义》。他说这两部书都非常棒，希望更多的人能够阅读这些书，更加喜爱传统文化。

胡洪侠在点评彭林先生发言之后，又提出华宝斋所出的《百部经典再造》跟国家出资所出的《中华善本再造》有什么区别的问题，想请我来作解答，于是我作为第八位发言人站到了台前。

我向听众简述了选目的实际决定人是李致忠先生，而当年《中华善本再造》的选目李先生也是核心成员，故李致忠先生更适合来回答这个问题。但既然主持人让我来回答，那么我就站在自己的角度来讲讲相应的观念。从体量来说，《中华善本再造》规模更大，但因为资金所限，那部大书其实是双色印刷，这种印刷方式无法完全展现出善本原有的风貌，而华宝斋的《百部经典再造》则不同，是全彩印刷，并且清晰度极高，我在翻阅此书时，甚至能够隐约感受到原书纸张的纹理。这样的影印书，基本可以作为鉴定版本的依据。华宝斋的《百部经典》所选底本有不少都是珍稀的孤本，大多数人无法看到原本的面貌，如果有了高仿真的《百部经典》，这会为版本的研究和探讨提供了极大的便利。因此，我

高仿真影印

认为华宝斋的《中华善本百部经典再造》称得上是下真迹一等，而这正是华宝斋为中国古籍的流传作出的巨大贡献。我更希望他们能将此继续下去，像朱永新先生所讲的那样，再出版二辑和三辑，以便形成一个巨大的体量。

第九位发言人为余世存先生，胡洪侠介绍说余先生是位读书种子，曾编过《东方圣典》，他能够以当代的眼光来看待古典文献，余先生也说自己原本对线装书没有感觉，后来却对此兴趣越来越浓，起因竟然是蒋凤君送给他一部线装本的《颜氏家训》，他读着读着就发觉了好处，因为他发觉读古书必须要拿出一支笔一边看一边作圈点，如果有什么心得还可以写在上面，这种感觉让他渐渐不再喜欢横排、标点版的古籍。余先生又称，正是这个原因，使他喜欢在写文章时用一些古典句式，而编辑和读者都对此提出抗议，认为他的文章用古文太多。

但是余先生认为中国人就应当熟悉文言文，而后他讲到了自己的一位朋友，这位朋友称一位学者除了熟悉白话文、文言文外还要熟悉英语，还要懂得一门东亚语言或者欧洲语言，这位朋友认为只有这样才是中国精英全球化时代的语言能力。闻其所言，我大感气馁，因为自己的语言能力实在太过有限。这正如余先生所言，不掌握这些语言就等于还有许多瓶颈没有突破，但他同时也讲到华宝斋影印的这些善本跟普通家庭还是有距离，他希望能在市面上看到普及版的善本。

第十位发言人为文化部政策法规司政策研究室原主任、中国艺术研究院原常务副院长王能宪先生，王先生说他跟张金鸿、蒋凤君夫妇都很熟悉，他到过华宝斋总部，感叹那个美丽的文化企业被迁离了富春江边。王先生又说他去过这两位的家，其家环境十分优美，这让他感叹蒋凤君为什么放弃那么好的生活条件，跑到北京来瞎折腾。而后王先生讲到了国家领导人在2013年11月25日考察曲阜孔府孔庙之事，正是因为国家领导人对传统文化的重视，他认为张金鸿夫妇赶上了好时代。

王先生也讲到了《百部经典》的普及问题，他说自己正跟北京大学袁行霈先生做一套《中华传统文化百部经典》，他任该书编委，袁行霈任主编。此书为中宣部主抓，他们也是从浩瀚的典籍中选出100种书，希望这套书能让高中以上文化程度的人来阅读，因此他们对所选经典作了导读、注释和评析，而解读人请的都是国内一流的学者，去年出了第一批，今年又出了第二批，计划大概用六七年的时间将此套书出完。

胡洪侠请出的第十一位发言人为中国大百科全书出版社社长刘国辉先生，因为华宝斋所办的嫏嬛书房就在该社大楼的一楼，故胡洪侠称刘社长为"地主"。为此，刘社长作了如下表达："今天的主题是'让古籍活下来'，刚才听了这么多专家的发言，可以总结为三个词，怎么活起来？第一先得藏起来，韦力老师在这儿，各位图书馆馆长在这儿了，先得藏起来。第二，造出来，我们做出版的、做印刷，造出来。第三是最重要的，要读过来，没有阅读古籍经典是不可能做下去的，我们看屏幕看手机碎片化时间不叫阅读，也不叫读书，也没有什么太多的作用，要真正地踏踏实实地给它读过来。"

第十二位发言人则是华宝斋富翰文化有限公司总经理张金鸿先生，张先生首先给出了关于《百部经典》的一些数据：总共102种，开版大小为高度29公分，宽度18.5公分，总共202函，1152册，总页数为62350个筒子页。张金鸿说此书所用纸张是华宝斋自己生产的一种宣纸，他认为这种纸张可以流传久远，而后他讲到了制作此书的不容易。因为此书的底本都是国内各大图书馆的重要文物，有些善本是一级文物，这些书不能出库房，他们为了做打样对比，只能拿着打样一次一次地到图书馆去核对，这样反反复复很多次才能确定出最终的色泽。对于纸张他们也成立了专门的研究团队，来探讨如何防止纸张酸化问题。这些工作都是为了让这部辛勤制作出来的典籍能够流传久远。

从以上的讲述者可以看出，主持人分别安排了策划者、选目者、制作者来讲述各自的看法。接下来他请出的第十三位发言人乃是该书的购买者孟繁韶先生，孟先生为中国著名墨汁制造厂家一得阁的负责人。孟先生首先讲述了他年轻时的经历，他说那时"文革"刚结束，家中的叔叔、爷爷都在忙着考大学，天天都在他家的一个房间内复习功课，所以孟先生从小能够看到许多的书，这也让他有了藏书之好。后来他有了孩子，就将自己的书房给儿子作为独立房间，后来儿子也考上了大学，某天他跟儿子聊天时，儿子告诉他，最想感谢的是父亲送给他的那些书，因为读这些书使他明白了一些道理，同时也取得了好成绩。

接下来孟先生又介绍了一得阁153年的历史，他讲到谢崧岱先生在国子监做正七品文林郎时感觉到研墨的不方便，而后开始研究如何能制作出墨汁，经过多次实验，终于在同治四年（1865）研发成功，于是建起了一得阁墨汁店，这个店到现在依然处在琉璃厂东街。他说自己的工作和家庭都跟书有关，所以他也愿意藏书。

第十四位发言人是清华大学美术学院文化传承与创新设计研究所研究员雷江先生，雷先生讲到他在五六年前创办了一个读书会，他们从读《印光法师文钞》开始，后来发展到了几百人。他讲到了80后、90后对传统文化的热爱，同时也说现在的年轻人虽然不可能一次性地买下这部大书，但他们会一部一部地买下去，慢慢就懂得了古书之妙。

第十五位发言人为北京人天书店有限公司总经理施春生先生，胡洪侠请他讲话是涉及了书籍的经销问题。施先生称"国学"一词本就有一定的争议，原本这套丛书起名为《国学百部经典》，他觉得这种称呼方式有问题，于是建议改成了如今这个名称。然而他在讲话中却说："有一个很大的失误，这套书特别大的失误就是定价，现在定价定得太低了，只定了268万，后来想改来不及了，按照经济学理论，只买贵的，不买好的，因为贵的一定是好的，也就是说，大家一定会遵从这样一个规律。那些买得起的人，他一定会好好应用。"

这是很有意思的反向思维，因为不少的人都认为华宝斋的这套大书印刷精美制作精良，但价格之高也令人咋舌，没承想施先生却有这样的观念在，真希望他的所言能够得到更多大力者的响应，让华宝斋的这套书销售得更多更广。

三个多小时的会议至此而结束，大多数与会者认为这场会开得累并快乐着，在短短的三个多小时中，听到了这么多有料的发言，确实让自己了解到了更多的资讯，而我也同样祝愿华宝斋能够很快卖完所印之书，早日编出第二辑和第三辑的《百部经典》。

众人拾柴　协会一统

中国古籍保护协会民间古籍收藏工作委员会成立大会暨民间古籍收藏保护论坛

时间：2018年12月22日—23日

地点：湖南图书馆一楼多媒体室

主办单位：中国古籍保护协会

承办单位：湖南图书馆（湖南省古籍保护中心）

　　　　　《藏书报》

支持单位：湖南省九麓文化传播有限公司

　　　　　河北保定新莲池书院

　　　　　江西同文轩文化传媒有限公司

　　　　　湖南省述古文化传播有限公司

　　　　　湖南民间古籍保护协会

　　此次会议在22日上午9点正式召开，由湖南图书馆副馆长、湖南省古籍保护中心副主任雷树德先生主持，他首先请湖南图书馆馆长、湖南省古籍保护中心主任贺美华先生致欢迎辞，之后请中国古籍保护协会副秘书长王红蕾女士宣读相关部门批准设立此工作委员会的批复文件，接下来是中国古籍保护协会副会长、民间古籍收藏工作委员会主任倪晓建先生讲话，而后为中国古籍保

大会主席台

护协会常务副会长、国家图书馆副馆长、国家古籍保护中心副主任张志清先生致辞。几位领导讲话完毕后，集体合影。

茶歇之后，各位领导及众位委员约四十多人回到会议现场，共同参加专家主旨研讨论坛。主题为：民间古籍收藏的"藏"与"用"。论坛由王雪霞女士主持，由倪晓建、翁连溪和我坐在台前各自阐述相应的观点。

倪主任首先代表收藏工作委员会感谢张志清馆长以及保护中心的支持，他谈到了古保中心给各省下达编本省古籍目录任务的事情。北京地区的编目由首都图书馆来主抓，而倪主任当时任首都图书馆馆长，在编目的过程中，他感到了工作难度，因为编辑古籍目录的范围包括了北京地区各高校图书馆以及古籍书店，同时也包括私人收藏，而首都图书馆与它们相互之间没有隶属关系，所以要想统计出这些相关单位和私人收藏的古籍目录并不那么容易。尤其是私人藏书，国内各地每年都在举办古籍拍卖会，仅在首都图书馆每年就要举办五六场，因此这些古籍处于流动的状态，无法统计所属单位和个人的情况，而此工作委员会的成立，为摸清私人藏书家底提供便利条件。

接下来倪主任命我讲话，我则从其他专业对目录版本学的偏见谈起，来说明搞典籍收藏不仅要研究版本，同样也要研究内容，因为两者的结合才构成了完整的书。而后我以举例的方式讲到了历史上的一些大家在做学问上的厚积薄发，古人专家之学的基础乃是广博的知识积淀，因此搞典籍收藏应当借鉴各门学科的专业研究成果，以期让古书收藏能够在书籍史上逐渐有突破性的研究。

翁连溪先生的讲话则从具体事件讲起，他谈到了国外相关机构收藏典籍的高质量，也提到了他在编辑《中国佛教版画全集》的过程中，发现好的佛教版画一半以上在民间，同时他提出希望古保中心组织一场展览，由公共图书馆和私人分别拿出相应的展品，两者摆在一起进行比对。他还建议工作委员会成立以后，应当确立民间修书的定级标准、修复标准和收费标准，使古籍保护能够得到更多人的参与。

在交谈的过程中，又谈到了捐赠问题，而倪主任讲到了私人藏书的重要性，他认为古人所讲究的书香门第、诗书传家，正是因为有书籍的流传，所以他建议不要轻易将书捐出。倪主任说私人藏书应当建立藏书楼，或者至少建个藏书室，用这些藏书影响家族同时也影响社会，营造和谐社会和推广阅读。同时倪主任也提到了有些拍卖公司从海外征集拍品，使得一些稀见的古籍回流，这也是功德无量之事。

针对这个问题，主持人王雪霞请我来谈一谈看法。我首先赞同倪主任的所言，因为从目前的情况来看，公共图书馆占有了留传至今古籍的百分之九十五以上，虽然翁先生谈到民间也有好的典籍，但从整体而言，跟公藏的数量和质量都不可相提并论。这些年来我也到不少大的公共图书馆古籍库翻阅了一些典籍，发现这些公馆的普通线装书库中就有很多能够达到善本级别的古籍，而这类书在民间能够得到一两部都是很惊喜的事情，其实这个档次的书在公共图书馆存量巨大。

　　而后我谈到了公藏对于历史典籍保护所起到的作用，也谈到了公共图书馆对借阅善本的严格规定。虽然说公共图书馆也经常举办善本展览，但古籍与其他文物不同，比如字画、瓷器、玉器、杂件等，这些物体进行陈列时，基本就可以将物品所具有的美态展现得一览无余。而古籍因为都有多个页码，但展览时只能翻开其中一页，无法让观展人一一翻看。古籍只有拥有之后，才可任意翻看。同时我也赞同倪主任的所言，中国诗书传家的传统乃是讲求"门前千竿竹，家藏万卷书"，私人藏书的存在方是古代书香社会的基础，但同时我也强调自己不反对捐书，因为将个人所藏纳入公藏体系，这种胸怀值得赞赏。所以我认为书籍的捐与不捐，都有其价值在。

　　会议结束后，全体与会者到湖南图书馆四楼参观民间收藏古籍文献邀请展，这些展品乃是由几位参会会员携带而来者，同时湖南省馆也拿出一些珍品供众人参观，各位参会委员纷纷点评着这些珍本的价值所在。我在此见到了湖南衡阳作家甘建华先生，甘先生说他也有大量的藏书，但其所藏主要是现当代出版物，他

集体观展

曾经一次性地捐给公共图书馆四千余册。这样的藏书胸怀令人
敬佩。

　　下午进行民间古籍收藏保护论坛，地点在湖南图书馆二楼国
学堂。会议的上半场由翁连溪先生主持，他说因为时间关系，每
人只能限定5至8分钟的发言。为了不再耽误时间，他不做相应的
点评，而是先从内圈开始按照座位顺序一一讲下去。

　　首位发言人是浙江省慈溪市家谱收藏家励双杰先生，励双杰
谈到了藏书的公之于众的问题，他个人以收藏家谱为主，其中有
些家谱流传稀见，他曾经在网上公布出信息说愿意无偿提供底本，
而后有多家出版社与之联系，经过商讨，他接受朋友的建议，准
备对一些稀见之本采取众筹的方式发行。他谈到了自己所藏的光
绪版《兰溪县志》，他说此书的出版就采取了众筹。励先生又谈到
了随着科技的发展，现在出现了个性印刷，这种印刷方式印几册

甚至印一册都可以，这些方法其实都利于典籍的流传。

第二位发言人为南京市栖霞寺监院释净善法师，他首先感谢中国古籍保护协会能够成立此会，为典籍的传播提供了好的平台，也促进众人为中国古籍的保护与流传作出更大的贡献。净善自称出家人是以庙为家，而后他介绍了栖霞寺的情况。他说此寺为三论宗祖庭，已有1500多年的历史，曾经走出了120多位方丈，星云大师也是在此寺出家者。净善又谈到了在"文革"时期，栖霞寺的僧人为了保护本寺所藏佛经，在藏经柜上写上了领袖的语录，同时还将一些佛经分藏他处，多年过后，有些经已经不知藏到了哪里，而现在整修寺院时常能够发现当年的所藏。净善介绍说，明年是该寺恢复一百周年，故栖霞寺今年花了200多万元改造藏经楼，以此来作为纪念。同时他称，今天是冬至，按照佛教习惯，今天应当颂《地藏经》，今日颂此经功德无量，而今天工作委员会的成立同样是功德无量之事。

第三位发言人为深圳藏书家易福平先生，易先生谈到今日在展厅内看到了余嘉锡的手稿，他对余先生那一笔精美的小楷十分羡慕。易福平先生是深圳当地著名的书法家，同时也喜好篆刻，故所藏印谱众多，正因为这个原因，他的发言主要谈的是古籍的钤印问题。他认为藏书印首先要刻得好，其次要钤得正，刻得好的前提一是要有好的石头，因为珍贵的印章石价值较大，不容易丢，刊刻出的字体也漂亮，但他同时也说，刻藏书印最好请名家来篆刻。他的所言让我颇有感触，这些年来有不少的朋友给我刻过藏书印，因为这些印大多是朋友所赠，故在印石方面不便挑选。易福平同时强调藏书印也要注意章文的内容。在这一点上我自认为做得不错，因为朋友给我治印时我都会主动提供章文。易先生又谈到藏书印要钤盖得正，最好用一种透明的印规。我所见印规大多是黄铜制品，易福平说使用透明印规更容易看出纸面的情况，他的这种说法我第一次听闻，看来得想办法做几个试试。

易先生又谈到了印面的形状问题，他认为随形印不好，他本人喜欢长条印，方形的也可以。易先生同时说，他有时也发愁找不到好的印泥，因为民国时制作的八宝印泥非常好用，到如今这种印泥很难找。

第四位发言人为天津藏书家陈景林先生，他首先感谢保护中心提供这个平台让一些爱书人得以交流。而后他提到了上午张志清馆长在讲话中谈到的，郑振铎去世后家人将十万册典籍全部捐给北京图书馆之事，陈景林说郑振铎原本是一位作家，他的大量的藏书为自己的写作提供了丰富素材。同时陈景林认为韦力走了相反之路，因为韦力是先藏书，而后通过藏品逐渐开始走入写作之路，这种做法乃是从自己的藏品中挖掘出有价值之书，而后将其影印出版，以此来服务社会，这等于是将收藏与利用做了有机的结合。

陈景林称他是今日与会者中唯一的医药代表，因为他在天津长征医院工作。二十余年前跟韦力同访藏书楼，受到启发，他也开始在全国范围内寻找医药文化遗踪，同时也收藏与中医药有关的器具。他曾应邀在人民大会堂举办过相应的展览，通过这样的展览让更多的人了解到中医药的重要价值。他又讲到获得了诺贝尔医学奖的屠呦呦所研制出的青蒿素，屠呦呦正是从古代医书中找到相应的药方而受到了启发，最终才有了研究方向。

第五位发言人为河北藏书家赵俊杰先生，赵先生主要是谈中国收藏古籍人数的问题，经过他的估算，他所知国内现在收藏古籍者约有五千多人，加上他所不了解者，最多也超不过一万人，但这些人数中有百分之九十都是古书经营者。他以此想说明真正爱好古籍收藏者毕竟是少数，而工作委员会的成立，为摸清相应的家底提供了可能性。

赵先生谈到自己专藏古代小说，他说自己原本只是喜欢，但收藏到了一定数量后心理渐渐有了变化，开始对一些藏书进行仔细的研究，他认为收藏界和学术界在评价一部古书时角度并不相同。2016年他参加了沈津先生在中山大学图书馆组织的目录版本学研讨会，那场会给赵先生带来较大的震动，他发现现场的发言者所谈大多是古书的文化价值，而少有人提及收藏价值，这种状况让他的思想得以转变，于是他也开始看相应的学术研究成果，由此走上了对古典小说的研究之路。

到如今，他已买到了七百多部古代小说，市面上很难再见到他所没有者。因为古人对小说的版本不很重视，故这类书从外观看上去大多破破烂烂。而他以前只藏全本之书，后来读到傅惜华藏有一部三卷本的残本小说，并且以此为镇宅之物，这也让赵俊杰已有的完缺之见得以改变。

第六位发言人为西部文献修复中心的彭德泉先生，彭先生所谈主要是古代纸制品的修复问题。他说这些年来该中心已经修复了一万三千多件纸制品，有九十多家公共单位找他们做修复，另外还有三十多位私人藏家也到这里做修复，而他们所修复者不仅仅是古书，同时也有纸币和布币等。彭先生又谈到了纸制品的收

民间古籍收藏保护论坛现场，环境优美

藏条件问题，他认为好的条件利于纸制品的长期保存，而现在有些藏书者会将樟脑丸放入书柜内，彭先生认为这种做法不可取，因为樟脑丸属于酸性物质，对古书的纸张有影响。同时他也提到现在有些人装裱字画以机器来操作，这样的机裱会伤害到纸张的拉力和张力，而传统的装裱方式最利于纸制品的长期保存。

　　第七位发言人是昆山玉山胜境文化旅游服务有限公司董事长、藏书家沈岗先生，沈先生谈到了历史上著名的雅集，他说很少人留意到元代顾阿瑛所办的玉山雅集，此雅集是历史上持续时间最久参加人物最多的雅集，前后持续了几十年，陆续参加的人数有五百多人。以往的雅集参加者大多是汉人，然玉山雅集还有色目人等其他民族，这些都说明玉山雅集在中国文化史上所起到的作用。

　　沈岗先生是昆山人，我到昆山曾经参观过他所恢复的玉山胜境，他在那片园林内还建有藏书楼，为此曾下了很大功夫来购买历史典籍，使这座宏大的藏书楼名实相符。讲话中，沈先生还谈到了昆曲的发源地其实就是昆山的巴城，为此他对昆曲的推广也下了很大的气力。沈先生谈到了传统藏书的重要性，他讲到了昆山当地的传是楼、又满楼等著名的古代藏书楼，而他的藏书专题之一就是乡邦文献以及与昆山传统文化有关的历史典籍。

第八位发言人为河北省保定市新莲池书院董事长张喜顺先生，张先生首先讲述了保定的历史沿革，他以"一文一武一衙署"来进行概括，而后谈到2000年古莲花池的复建，这件事他也参与其中，因为他本身是搞古建的。张先生同时说，保定政府相关部门投资几十亿在二环路边建造起了新莲池书院，书院建成后，相关人员却并不了解如何运作。张先生认为书院就应当有书，这正是他收购典籍的原因所在。为此，他特意到湖南的岳麓书院参观学习，了解到书院的功能就是藏书、祭祀和讲学。他了解到那里的藏书状况后，也开始大量买书，而他买书的着眼点也主要是与保定地区有关的历史文献，比如《畿辅通志》他就陆续买到了几个版本，而他买到这些书不仅是用来典藏，同时也是为了文化传播，为此，他已经与多个出版社签订了出版协议。张先生还提到这些年来在他的协助下，保定地区已经建立了二十多个方志馆。

第九位发言人为北京金玉坤城装饰有限公司总经理、藏书家张玉坤先生，这些年来张先生通过各种渠道收购到大量典籍，而他的买书重点主要是追求精品，张先生称翁连溪老师给他很多的指导，使他买到了很多难得之品。

第十位发言人为湖北藏书家陈琦先生，陈先生说经过他这么多年的观察，在古籍圈内所见者大多是老面孔，他感觉到古籍圈并没有扩大，这正是他感慨之处。而后他谈到了昆曲的复活，以此来说明古籍圈也应当有这样的复活。但任何事情都要从源头做起，所以他从去年开始给武汉市的一所小学去讲古籍之美。在上课之前，陈琦怀疑这些小学生因为年龄偏小，是否能够接受这些古老的观念和专业的名词，但是通过第一次讲座，就让他感受到当代小学生的接受能力大出其所料。所以他认为藏书文化的普及也要从孩子抓起，同时他还在小学校内举办了模拟古书拍卖，以便让孩子们能够理解古书的流通。

第十一位发言人为山东潍坊市电视台主任刘洪金先生，刘先生首先谈到了今天参加此会的感受，他认为建立起了相应的组织就要发挥相应的作用。刘先生认为藏书并不是小圈子，并且他觉得本会的成立可以传递国家相关精神，同时也能做出更多相关之事。

第十二位发言人为北京泰和嘉成拍卖公司古籍部经理、藏书家刘禹先生，刘先生说今天此会的成立让他有"终于找到了组织"的感觉。他说此会成立后可以进行大数据的统计，以便摸清收藏古籍的人数、收藏的偏好等等情况。刘先生称他在拍卖公司工作，按说应当很了解相应的买家，其实公司里也的确掌握着一些藏书家的资料，但从资料上可以看到经常买书的老面孔占三分之二。刘先生明确地称，他对这些老面孔其实不感兴趣，真正感兴趣的是另外的那三分之一，因为他发现这些偶然出现的新买家中，虽然有些人只是昙花一现，但是他们在竞争某件拍品时的力度远超老藏家。以他的话来说，老面孔 PK 不过新面孔，他认为这才是私人藏书家的内在潜力。

刘先生又提到与会委员中缺乏了搞网络者，他举例说自己曾经跟布衣书局的胡同先生做过沟通，胡先生告诉他有些在网上购书的人其实购买力很强，但这些人从不出头，因为他们不屑与线下买家竞争，而这部分藏家无论购买力还是藏品质量都很强大。

第十三位发言人为《金融时报》执行主编、藏书家艾俊川先生，艾先生的讲话依然表现出他一贯的谦逊，他说自己只是一位藏书爱好者但却能来参加此会，这正体现出了此会的包容性。他的谦词引起了在座者善意的哄笑，因为这些年来艾先生对中国印刷史的研究下了很大的功夫，他解决了多个历史疑难问题，比如中国铜版印刷的起源、开化纸与连四纸之间的关系等等，而其每一篇论文的发表都会引起业界的关注，故而他在很多方面都有自己独到的见解。他对善本的定义颇符合市场的主流观，他认为有用的书就是好书。这句话听起来很通俗，我揣测他的下一个研究方向有可能就是要界定何为有用的书。

第十四位发言人为南昌大学文学院教授、藏书家刘经富先生，刘先生讲述的是他何以走上藏书之路的故事，他自称多年前偶然进入了一家旧书店，在店内买到了一册其家乡名人的字帖，由此对旧书店感了兴趣，从此一发不可收拾地到旧书店去淘书。这些年来，他陆续买到了几千册线装书。刘先生强调只买善本或只买全本这种可能性不大，有好书当然要追求，但遇到残本只要有用也应当收下。他买书的目的就是要组织成相关的课题，他称已经利用自己的藏书申报了两个国家级的课题。

第十五位发言人为浙江图书馆嘉业藏书楼管理部主任郑宗男

先生，郑先生先打了个有趣的比方，他说某人买了一只鸟又买了一个鸟笼，后来不幸鸟去世了，但鸟笼并不会丢弃，因为主人会另外再买一只鸟放在里面。他以此来讲述藏书和藏书楼的关系问题，想来他所说的鸟笼应当指的就是藏书楼。而后他讲到了嘉业堂主人刘承幹为了协助父亲编书开始大量买古书，买到了一定的数量，为了存放这些书于是就建起了嘉业堂藏书楼，但因为书籍数量巨大，于是他就请人整理书籍，为了能够规范书楼的运作过程，他们又制定出了一套完整的藏书楼管理办法。因此，郑先生认为此会的成立不仅要研究藏书，同时应当研究书籍的存放。

第十六位发言人为江西高校出版社重点图书工程办公室主任毛静先生，毛先生讲话干脆利落，他首先感谢国家古保中心任命他为民间古籍收藏工作委员会委员，其次提出一个邀请，就是请在座的委员将相应的研究成果和古籍整理放到他们社出版。而后他举出了我在其社出版的《寻访官书局》一书，他说此书入选了"十三五国家重点出版规划"，以此来说明其社有很强的编辑能力。

毛静先生在发言中提到了工作委员会今后的开会地点及申办方式，他认为该会应当效仿奥运会的申办办法，每次在开会时加一个环节，那就是申办转年的开会承办地，而申办人应当以图文并茂的形式来讲述相应的申办能力以及所能提供的条件。他同时明确地称，江西愿意申报下一届工作委员会。

第十七位发言人是中国人民大学古籍所研究员、藏书家宋平生先生，宋先生认为收藏古籍者原本就是小众，但即便如此，古籍没有人研究也不行，因此他认为有一小批对古籍忠心耿耿的人员就足够了。宋先生又称跟几十年前比起来，其实现在研究古籍的人已经有很大量的增加，他讲到七十年代时陪同老师黄永年先生到中国书店去看书，店里三个店员就陪着他们两人，他们在那儿看书时间很长，自始至终仅有他们两位顾客。所以宋先生说，跟那时相比，古籍收藏的普及已经有了很大的提高。宋先生回应了陈琦先生所说的在会者都是老面孔的问题，他认为这正说明了在座者都是爱好古籍的死党。

对于公藏和私藏的藏书观念问题，宋先生认为各自着眼点不同。公共图书馆藏书注重大而全，而私人藏书则是小而精，所以他认为公私藏书各有各的优势。而今天成立这样的组织，宋先生认为很有必要，因为在古代从没有国家组建的藏书工作委员会，所以从这个角度而言，藏书的意义变得更广。

宋先生讲话完毕后，主持人宣布十分钟的茶歇，因为主办方发给每位参会者一册影印出版的书籍，众人纷纷签名，形成了热闹的场面。之后继续研讨会的下半场，由王红蕾女士主持，她首先讲述了该会成立的经过，同时表扬了王雪霞女士为此作出的贡献。王红蕾也讲到了对该会今后的要求，她强调要加强行业自律，同时告诉大家中国古籍保护协会到目前已经成立了七个分支机构，而每个分支机构都坚持以"四个一"的工作方针每年召开一次会议。

研讨会下半场的第一位发言人是北京师范大学图书馆古籍部主任杨健先生，杨先生首先讲到了北师大图书馆购买古籍的状况。他说自己是古籍圈中的另类，因为别人买书主要是给自己买，很少人长期地为公家购买古籍。而后他解释了该馆补充馆藏的意义所在，同时他也明确地提到了其馆主要是购买两类文献，一类是清人诗文集，近几年转为重点购买闺秀集，也就是古代妇女著作。他谈及购买这些书后，会经过相应专家的整理，陆续出版。而其馆所买的另一类书则是清末到民国间的教育资料，因为他们学校有中小学教材数据库，所以他在市面上购买这类书的目的主要是为了补充数据库中的所缺。

杨先生提到古代藏书家大多都编有藏书目录，这些目录对于研究书籍流通史十分重要，但今日藏书家却很少有人再编藏书目录，而随着书籍的流散，今后研究藏书流通史就变得很困难，因此他希望私人要对所藏进行编目同时予以出版。他认为工作委员会应当鼓励大家都做这件事。

第二位发言人为徐州古籍文献研究会会长王飞先生，王先生讲徐州地区有关部门曾经搞古籍普查，普查人员本能地认为当地民间没有像样的古籍，而后王飞在一个偶然的机会看到某位老先生去世后，家人将其藏书作废品处理，由此而意识到徐州地区其实有不少的古籍在，只是没有挖掘出来，所以他在这方面下了不小的功夫，由此而组织了古籍文献研究会。经过了解，他在当地

特制的手袋

发现了三部宋刻本，同时还看到了碑帖宋拓本，说明当地藏书质量其实不低。

第三位发言人为湖南省古籍保护中心办公室主任寻霖先生，寻先生在发言之前，王红蕾代表委员会感谢了湖南馆为会议的召开所提供的帮助，以及寻霖先生对各位委员的周到安排。寻霖先生讲到，他在湖南馆已经工作了32年之久，但以前他并不看重湖南市县馆藏的古籍，因为他本能地觉得那些馆不会有太多的好书，而近几年经过古籍普查，他意外地发现有些市县馆其实藏有不少的善本。寻先生也强调收藏古籍还是要看重文献价值，不要只追求善与不善。

第四位发言人为江西同文轩文化传媒有限公司副总经理肖增峰先生，肖先生讲话十分简短，他强调了影印出版的价值，同时提及他的公司可以做私人订制的书籍。

接续肖增峰发言者为湖南省九麓文化传播有限公司总经理龙桂笙先生，龙先生谈到他经营古籍已有二十年的历史，而后他说翁连溪曾夸赞他所办之店乃是湖南最大。而湖南省述古文化传播有限公司总经理阳周二则提到他的公司主要搞文物修复，以前重点是修复瓷器、玉器等，现在也搞古籍修复。

武汉大学图书馆的周荣先生则称高手在民间，公藏与私藏相结合是很好的一条路，他强调文物价值与学术价值应当并重，而后他提到了应当效仿曾国藩在咸丰二年（1852）于长沙建立湘营时制定的章程。周余姣女士则是天津师范大学古籍保护研究院的工作人员，她说该院常务副院长姚伯岳先生因为有要事在身不能前来与会，故派她来参加这个会议。周老师提到今天上午翁连溪先生称75岁之后藏书家就应当散书的话题，而她希望藏书家在散书之时能够捐给他们馆。

向铁生先生是湖南省民间保护协会会长、湖南大学文学院教师，他从私人藏书的角度来讲述委员会成立的重要性。刘清先生则讲到自己藏书起步晚，其藏书是为了研究古书的装帧，他强调修复是另外一种保护。

众位委员讲话完毕后，张志清馆长做了总结性发言。第一，他说接受翁连溪先生的建议，准备明年组织一场公藏和私藏的对比展，因为明年是新中国成立七十周年，而明年的七月份又是建馆一百周年。按照原本的计划馆里就要举办一场大展，而具体展览的形式会后再作细节商讨。第二，经过多年的古籍普查，在这个过程中发现了很多未曾留意的珍贵典籍，为此国家保护中心也要举办相应的展览。第三，古保中心还要调集一些评选上珍贵古籍名录的典籍，举办一场相应的展览，同时他也希望办一届私人藏书展。张馆长讲到的第四个问题就是古籍的仿真复制，他说这种方式可以使古籍化身千万，乃是一种再生性保护，所以他也想举办这样一个展览。

张馆长在讲话中提到了中午午餐时与我的交流话题，因为我针对古书的捐赠问题希望能制定出相应的捐赠法，但立法要有相应的程序，故张馆长认为今后将仔细梳理相关规定条例，成立一个专门的小组来研究相关问题，以便制定出古籍捐赠条例，而后向有关部门进行申报。

他同时讲到昨天在北大时与相关部门谈到了进一步的合作，以此来培训相关人员，因为现在的藏书者大多有丰富的实践经验，但在理论方面有一些欠缺，如果搞这样的培训，可以让藏书家理论与实践相结合。

张馆长在讲话时还提到应当将一些孤本数字化，如果可能，可将这些书在古籍保护网上发布。如果不愿意公布，也希望能将民间所藏孤本数字化后给保护中心留存一份，万一发生意外原书损失，还会有内容的复本在。为此，他要求工作委员会编一册《民间收藏保护指南》。张馆长同时提到了他现在分管的《文献》和《书志》两个刊物，他希望在座者能够多写相应的文章，根据不同的内容在不同的刊物上发表。

张馆长总结发言完毕后，王红蕾宣布本次会议至此结束。

专刊保护 重在典籍

古籍保护宣传推广暨《古籍保护专刊》出版专家座谈会

时间：2019年1月9日

地点：北京国家图书馆

主办单位：国家古籍保护中心办公室 《藏书报》

本次会议由《藏书报》总编辑王雪霞女士主持，她首先感谢与会者在两年多的时间内对于《古籍保护专刊》的大力支持，而后请该刊主编刘晓立向大家汇报去年所取得的成绩，以及与《专刊》有关的问题。在会前，每位与会者都领取了一册《古籍保护专刊》2018年合订本，众人纷纷翻阅此刊，感叹《藏书报》竟然能在一年之内发出这么多《专刊》之文。

刘晓立用图片展示和语言讲解的方式，将此刊的状况介绍如下："今天主要是从四个方面来介绍《古籍保护专刊》的出版情况。首先从出版概况来说，《藏书报·古籍保护专刊》由国家古籍保护中心与《藏书报》合作出版，2016年12月试刊，2017年创刊。每年25期，每期4版，共100个版。截止到今天，共出版52期208个版。其实算正式出版两年零一期。这是我们的试刊号的头版，当时也是年终最后一期，我们做了一个年度总结，汇集古籍保护

《专刊》封面

各个板块一年来所做的一些重点工作，做了一个展示；这个是我们的创刊号的头版，这个创刊号的意义还是不一样的，张馆长给我们写了一段很重要的创刊篇——《古籍保护将走向民众自觉的保护》，高屋建瓴又特别具有前瞻性，事实证明，这两年来，不管是上个月刚刚成立的中国古籍保护协会民间古籍收藏工作委员会，还是民众对古籍收藏、修复、展览展示、数字化、整理出版等各项工作的关注和认可，对传承优秀传统文化认识的提高，都表明民众自觉或不自觉地已经参与到古籍保护的队伍中来。"接下来刘晓立又阐述了办刊的目的，以及《专刊》这些年来分别做了哪些具体的事项。同时她感谢两年来各位专家对于该刊的支持。

刘晓立讲述完毕后，王雪霞请每位与会者讲一讲对该刊的意见和建议。首先讲话者是天津师范大学古籍保护研究院常务副院长姚伯岳先生。他举起《保护专刊》合订本，讲述了《藏书报》原本名为《旧书交流信息报》，经过几年的耕耘，竟然编出了这样有厚重感的《专刊》，无论版面设计的活泼还是内容的丰富，都令人耳目一新。而后姚老师讲到，他们研究院现在承办国家古籍保护中心有一本名为《古籍保护研究》的刊物，马上要出第三辑，而该刊的实际主持人是李国庆老师。

李老师原任天津图书馆善本部主任，去年退休后被姚老师聘为古籍保护院的特聘教授，同时任《古籍保护研究》的副主编，编辑部主任则是王振良先生。姚老师又讲到了王振良是天津问津书院的掌门人，他夸赞王先生做事认真人脉广。姚老师说他正在思考《古籍保护研究》如何能更具有影响力，他想请李国庆每年写一篇综述性的文章，同时他们刊物正在商讨与中国古籍保护协会、台湾古籍保护协会合作，共同撰写《海峡两岸中华古籍保护论著提要》，姚老师认为这是对古籍保护的很好总结。他又提到一些设想，比如在他们的刊物内设立一个"研究生园地"栏目，刊发相应的优秀文章。同时他认为《古籍保护研究》是刊的形式，而《古籍保护专刊》是报纸的形式，故这两个刊物相辅相成有互补性，他认为报纸的优势是速度快，刊物的优点是研究得更为专业。姚老师又提到了南京董宁文所办的《开卷》，他说《开卷》出了很多后续产品，所以他建议《古籍保护专刊》今后也可将一些专栏编成书，连续地出版下去，成为小丛书系列，以此来扩大社会影响力。同时他提议在稿源上这一报一刊可以相互支持，形成合作的关系。

天津图书馆研究馆员李国庆先生在讲话时首先说，他听到姚老师的所言受到了一些启发，因此他觉得学术研究成果应当发在《古籍保护研究》上，他希望该刊能够打造成核心期刊，以便把最新的研究成果呈现出来。同时，他也认为《专刊》跟《研究》有互补性，他希望在座者可以把不同的文章分别投给一报一刊，并且能成系列地写，以便今后形成专著。同时李国庆提出：希望国家古籍保护中心和《保护专刊》分别组织专家来写系列文章，有计划有体系地来围绕相关的研究课题撰写。李国庆同时称，《专刊》

现在办得很好，已经打开了局面，但仅凭《藏书报》一家来做这么多的工作，显然压力太大。所以他建议，志清馆长对该刊加大支持力度，比如说财力方面和社会声誉方面予以支持。

北京师范大学图书馆古籍与特藏部主任杨健先生首先夸赞了《专刊》一年的成果，给人以沉甸甸的感觉，非常有分量，同时他也认为刘晓立刚才所讲的2019年的设想非常好，但他又提出一些补充意见。杨健建议《专刊》应采访各个图书馆馆长，因为在各馆实际的古籍工作中，馆长能给予支持是非常重要的，他希望《专刊》通过采访的方式，把馆长们的部分注意力拉到古籍工作中来。杨健同时说："我们现在有很多古籍保护单位和传习所，还需要跟进报道，还有高校做古籍保护，也会考虑高校特点，考虑怎样让古籍保护知识和高校课程结合起来。"

杨健也强调国家古籍保护中心与中国古籍保护协会应当给《专刊》予以更大的支持力度，同时他希望《专刊》设计一些奖项，因为这种做法能吸引更多的人参与其中。他认为《藏书报》不仅是一个纸媒，同时也是新媒体，而新媒体可以在网上投票，此过程会引起更多的关注度，以此来扩大社会影响。

国家档案局科学技术研究所研究员荆秀昆先生首先讲述了档案的保护条件，而后他说《古籍保护专刊》主要的篇幅是对于普查、修复等方面的报道，但对于预防性保护，比如古籍保管、库房管理等问题涉及得较少。他觉得这个方面其实非常重要。他还讲到了何为科学性管理。他提到了有害生物防治的问题，现在的一些所谓科学机构在推销产品时都罔顾事实，常说一种防虫防霉剂什么问题都能解决，但实际上对书有害的害虫有多种，不可能一种药对所有害虫都管用，所以他强调，治理害虫要有差异化的措施。他认为《古籍保护专刊》在科学普及方面也应当尽到责任。同时荆先生也讲到前一段参加的某个档案工作会议中，有人提出长期在库房工作的从业人员会出现一些过敏性皮炎，甚至还有得癌症的潜在性，这次讨论会进行了网络直播，而直接收看者达一万多人，所以他建议《古籍保护专刊》也要充分利用新媒体。

中国科学院自然科学史研究所所长助理孙显斌先生说他在所里负责科普，所以他对科普的传播颇为了解，他认为科普其实能够做得更好，但是现在的状况则是在文化深度方面比较弱，没有出现现象级的事件。而后他举出了《国家地理》杂志主编的所言，这个杂志现有四百余人，并且自负盈亏，主编讲到《国家地理》杂志原名《地理知识》，在二十世纪九十年代时，当时的销售情况并不好，他们经过分析认为跟名称有一定关系，因为刊名是居高临下地教育没有相关知识的人，给人一种挫折感。刊名改变后，就形成了一种平等交流的关系，而该刊在组稿方面也很有特色，社里的编辑都成了策划人，记者不再写稿，他们主要是策划出比较好的主题，然后组织一些专家来写稿，以这种方式组织出来的稿件当然质量很高，同时可读性也很强。孙先生认为《国家地理》之所以办得很成功，就是因为该刊是科学与艺术的结合，稿件得到了很好的质量保证，同时杂志中的图片也是请专业摄影家来拍摄的，这些图片给人以很强的视觉冲击力。

孙先生建议《专刊》应当组织进校园活动，请高端专家来搞相应的讲座，同时也希望《专刊》刊发一些文创产品类的广告，因为这也是文化推广的一部分。他还认为藏书文化虽然很高雅，但也应当大众化，以便让更多的人来了解。孙先生又讲到《古籍保护专刊》要想办法办下自己的刊号，唯有这样才能有更广泛的传播。

国家图书馆古籍馆修复组副研究馆员朱振斌先生首先讲到他年轻时喜欢看《北京晚报》上的小说连载，他以此为话题认为《专刊》应当刊发古籍修复传习导师人物传，这样成系列的报道很抓人，今后也能组成一本书，这样就成了一个学术成果，所以他提议《专刊》应当在广度和深度方面再下功夫。朱先生讲到了去年国图和深圳市以《新安县志》"回家乡"为契机搞的"寻根问祖"活动，该活动引起了很大的轰动，但是这么一个重大事件在《藏书报》和《专刊》上都没能报道出来。朱先生还说《专刊》不能把眼光只盯着一些大馆，其实有些小馆的收藏也很有特色，他讲到了邯郸学院所藏的"太行文书"，这批文书极具特殊性，但却未看到相应的报道。

北京大学中国古代史研究中心副主任史睿先生，首先讲到了

《专刊》内页

学校内古典文献专业的学生接触实物的困难，而后讲到了一些学生作为志愿者参加了河北几个中小图书馆的古籍普查活动，他认为这类活动给学生的收获非常大，因为："在高校的古典文献学专业很难接触到书籍实物或版片实物，但是你要做研究的话不接触书籍实物或版片实物就会有很大缺陷和不足。我们的学生参加这些工作后就有机会接触这些，而且是从一般的到珍贵的都能看到，比在自己的图书馆都方便，比如北大的图书馆开放时间是有限的，同时在一定时间看的书的数量也是有限的，不会同时给提出来，你要想研究一部书，看他所有复本，老师会觉得这个要求是不合理的，不会给你提（书）。古籍普查工作和教学工作结合起来，我觉得这是未来非常好的一个路径，包括编珍贵古籍图录，对他们来说也是非常好的训练。我们北大中国古代史研究中心在培养学生时，非常重视文献实物与历史研究的关联，出土文物是我们非常重要的研究领域，从秦简、汉简、敦煌遗书、吐鲁番文书、石刻史料，我们都是成体系开设课程，培养学生直接接触出土文物然后再进行研究，所以他们一开始上手的时候就比其他学校文献学的学生仅仅是课堂上教学要强得多。但是在古典文献学教学方面，以前是没有办法的，我们在和吐鲁番文物局、旅顺博物馆合作的时候，就直接在他们规定的区域里，利用他们的馆藏直接去缀合、测量，这些都可以做得到，但是古籍这方面就没有办法做到，如果能开辟这样一个途径，或者把这种东西制度化，在将来这会是非常好的。"

关于稿源问题，史睿讲到了北大人文社会科学院一直在办系列讲座，该讲座的主题是"书志学与书籍史"，已经举办了十几次，持续了一年多的时间，他们在微信上推送讲座的内容，以此吸引来更多的人关注这个领域。史睿说如果《专刊》需要这些相应报道的话，他们可以提供。同时他认为传统文献学虽然已经做了很多的工作，但在系统化和科学化方面还有很大不足，他讲述到中国雕版印刷的历史虽然很长，但不同时间不同地点有哪些书坊各自印了什么书，其实还没有专门的工具书可供查找。而中国古籍又品种众多，研究成果都分散在不同的专著中，现在同样没有一部工具书可以将这些研究成果集中起来方便检索。他又讲到了龙鳞装的问题，史睿说其实宋代的题记中已经谈到了具体的问题，但现在还有人说这种装帧是唐代的原装。正是因为没有相应的工具书，使得这种误传仍然流行于社会。因此，他建议《专刊》每一期应当选一些各馆的图书，以图片和文字相结合的形式进行讲解，成为一种新的"书林清话"。

史睿又讲到了目录版本之学普及做得不好的问题："为什么觉得这个领域很难普及，或者门槛很高？就是因为你们没有特别拿得出手的系统的、科学化的东西给人家看，老是觉得古籍鉴定这件事儿都是神秘莫测的，没有办法可以学习，没有办法可以验证的，就是几个'老神仙'在说怎么样怎么样，但是我们老百姓是没有办法学会的。这个是不对的，越这样这个事业就越没法发展。我们的办法就是把它落实在具体的案例上，具体的一个事情上，让大家很容易学会它。比如说艾俊川老师的一系列文章，就特别好，比如说他研究纸的文章，研究活字的文章，研究其他古籍的文章，我觉得每一篇都特别扎实，特别科学。这种科学就是说我不需要有特别多的经验，只要学会这几条就能掌握基础了，这个要比原来那种文章效益高得多。"

国家古籍保护中心办公室主任林世田先生讲到去年10月王雪霞总编就提出，要请专家来给《专刊》如何办好提意见，到今年这个会终于开办了起来。《专刊》在一年的时间内出了52期，而这52期的情况刘晓立刚才已经进行了全面的介绍。他们所确定的报道主题，林主任感觉设计得不错，他提议今后的主要工作是深入挖掘素材，同时邀请在座的各位提供稿件和各种资讯，让该《专刊》成为全国古籍收藏单位和收藏爱好者的共同家园。林主任提议希望《专刊》能够在全国各地多设一些通讯员，以便搜集到更多的相关资讯。同时他提议《专刊》要办征文活动，搞高端访谈，而古籍普查系列的一些报道也应当继续深化。

中国科学院文献情报中心研究员罗琳先生称："过去我们有国家古籍保护中心，后来又有古籍保护协会。有个国家图书馆出版社，这还只是一个平面，现在有报纸，有一个刊，变成立体的了。报纸是最及时的，最快的，刊是比书要快些，我们要做的比过去也容易了。"罗琳先生认为古籍行当从整个大环境来说依然是小众，但有《专刊》在就能够扩大社会影响力。他认为《专刊》的主编应当抓住要点，同时建议："图书馆界是三条线，一个是公共图书馆，一个是大学图书馆，还有一个是研究型的专业图书馆，把这些搞清楚，组稿就方便。把能做到的东西做好，多弄点图片，图片是抓眼球的，贴近生活的。"

故宫博物院研究馆员翁连溪先生首先讲述了《藏书报》在社会上的影响力，他说在中国台湾以及英国的剑桥都看到了这张报纸，他认为《专刊》不应当仅仅报道官方的古籍保护活动，同时也要关注民间的古籍收藏活动及其相关热点。而后他讲到了前一度《藏书报》所刊登的《我不赞成阅览敦煌遗书戴手套》一文产生的歧义，他认为李际宁老师的这篇文章写得很好，而相关的研究专家在查看原件时也的确不用戴手套，因为戴着手套难以感触到纸张的质感。但是，这种做法不能推广到社会上，如果每个人都随意摸这些珍贵典籍，长期的话就会把原物弄脏了，同时一些纸纤维也容易被带下来。翁先生还提到了少数民族古籍普查的问题，他认为这方面的报道相对来说不足。

我在讲话时首先强调要办好刊物，稿源的丰富是第一位的，但这正如姚伯岳老师所言，《专刊》是报纸，如果报道的内容都是窄而深的专业文章就难以吸引读者的眼球，故《专刊》应当多刊发一些与藏书有关的故事。我提出的第二个建议就是给中国古籍保护协会会员在《专刊》上设一个专栏，这个专栏专门介绍委员们的相应著作，以此来扩大这些专业书的社会影响力。同时我也赞同杨健先生提出的搞评奖活动，虽然这些活动在近些年已经举办了很多，但是这类活动仍然能够吸引更多的参与者。比如图书出版界每年都在搞"十大好书"的评选，这些投票过程就使得很多人看到了以往未曾留意之书。我所讲到的第三个问题则是关于相关著作的出版，因为《藏书报》属于河北新闻出版集团，其原本在出书方面就有优势，如果《藏书报》能够主动组织委员们来出专著，这些专著则与《专刊》形成了互补的作用。

国家图书馆古籍馆副馆长、中国古籍保护协会古籍鉴定委员会副主任陈红彦女士则认为《专刊》要在扩大发行量和订阅量上下功夫，因为这是报纸的活跃度所在。她首先讲述了《专刊》的

会场全景

定位，她认为该刊的服务对象分三类：从业者、爱好者、工作者。因为这三类人对古籍消息有更多的关注度。既然如此，《专刊》应当做一些抽样调查，以便了解到这三类人更想看哪些文章。而后她举出了如下一个事例："从修复而言，关注度比较高的，比如说材料，包括糨糊怎么做，专业的报纸可以把这些东西作为一个小专栏，实用性更强一些。我们保护实验室有个易晓辉，自己开了一个公众号，叫'纸落云天'，讲各个时代、各种类型的纸，用年轻人的语言，积累了50篇左右了，可以推荐做个小专栏，有些可以配上图。他还在陆续写，作为读者来说有需要了解的可以从他那里了解。修复最基础的东西，比如说糨糊怎么用，培训时、平时大家都用的是'麦淀粉'，我们修复组自己用的是麦淀粉提取后制作的糨糊。为什么这么做，自己提取后怎么更安全，这些实用性比较强的可以开个专栏，大家都会关注。"

接下来陈主任又谈到了《专刊》的时效性问题，她认为像《新安县志》这样的活动应当进行追踪报道，不一定要长篇大论，但是应当系列地报道这些消息，让更多的人了解到这些活动的重要性。她同时提到了浙江图书馆的汪帆老师正在做古籍修复常识的问答，她提议《专刊》应当与汪老师联系，以便将这些消息刊发出来。

首都图书馆历史文献中心主任刘乃英女士认为《专刊》应当在古籍保护技术的科普方面做一些报道，虽然技术研究人员很多，但普及性报道却并不多。而后她讲到了这样一个事例："去年，西城区有个私人藏书家，藏了很多古籍，他们是中医世家，找到我们，让我们帮助做普查登记，同时又发现这些藏书有虫蛀，最近几年越来越明显，后来我们就帮他分析，保存的条件有没有变化什么的，他就说没有什么，就是有的做了些函套。他回去看了，这些虫蛀的都是做了函套的书，我说赶紧拿来，我们帮您冷冻除虫，就是函套不干净，虫卵繁殖起来了。"

正是因为这类藏书家缺乏相应的科普知识，他制作函套乃是为了保护古籍，没想到反而令古籍受损。刘主任也讲到了公共图书馆也应当请专业的人员来做专业的事："我们图书馆也经常请国图保护实验室给我们做检测，包括书库的空气也做检测，我们也觉得很有必要，北京各地还不太一样，三个书库也不太一样，二氧化硫、二氧化氮指标都不一样，根据这些我们可以做一些工作上的调整，我们觉得挺有必要的，很受益。如果做这些方面的宣传，一些单位、个人就有这个意识了。"

而后刘主任又讲到了古籍数字化的一些问题，以及古籍损伤标准的问题，她认为这类的科普知识不要做成高大上的专业研究文章，要多报道一些实际的工作，以此增加可读性。

国家图书馆出版社编辑总监廖生训先生讲到了《国家珍贵古籍名录》的出版，以及国家古籍保护中心安排的与梁启超有关的系列报道，他觉得从古籍保护宣传推广的角度来看，保护中心、国图出版社与《藏书报》有着天然的联系，可将这三者称为"一主两翼"。在国家古籍保护中心的推动下，出版社和《藏书报》一同来做宣传。同时廖先生建议《专刊》要在系统化、科学化、前瞻性、艺术性方面多下功夫，更重要者要在可读性方面下大功夫。而后他举出了近两年其社对一些古籍学术专著的策划，他说《古籍善本十五讲》以及《芷兰斋书跋》这类书都多次重印，在社会上产生了较大影响，而这类书的共同特点就是可读性强，书内有很多感性的东西、温情的一面。所以他建议，《专刊》所刊发的文章也应当具有这类特性。

江西高校出版社重点图书工程办公室主任毛静先生谦称他是来学习的，他讲到了自己以往在大学里教文献学，也成立了相关的专业委员会。而后他提及今年是江西出版中心浒湾赵承恩诞辰200周年，以及很多重要名人的诞辰在今年都是整年数的问题。毛先生也提到他在长沙会议上提出的要申办中国古籍保护协会民间收藏工作委员会第二届年会的承办权问题，他欢迎在座者前去南昌参加此会。

国家古籍保护中心办公室综合组副研究馆员郑小悠女士谈到从去年上半年接手该《专刊》的审稿工作，郑老师自称已经多年不看报纸了，因为工作关系，《藏书报》成为她近十年来唯一阅读的一份纸媒，她夸赞该报即时性越来越强，内容越来越丰富，文字水平也越来越高。但就工作而言，她当然希望该报能够有进一步的提高，因此她希望能够得到相应的反馈数据，比如读者对《专刊》中的哪些文章最感兴趣，以此来做内容上的相应调整。郑小悠又提到："需要纸媒和新媒体做一个结合，这个非常重要。了解即时性的信息基本都在手机上看，新媒体的工作需要紧跟上。我近几年因为工作，也因为兴趣，做了很多宣传推广工作，微博、公号、专栏（国家地理、中华遗产），也有一点点感触。什么样的公号影响力会大？第一是大V、大咖、高端人士，或跟他们有关的文章。"

郑老师提到的第二个问题则是《专刊》应当多报道一些实用性的话题，因为报纸文章不需要特别的系统，而是只需在其中带出一些相关的小知识小经验。她所强调的第三点就是要增加文章的可读性，她认为太过专业的文章普通读者难以读懂。同时她提议还要多增加图片，而图片的排版设计也很重要。她提到的第四个问题就是要增加互动性，比如投票、评选、问答、讨论，同时也要加入一些视频，如果把高端访谈做成新媒体的视频类作品，就更能扩大影响力，因为看到活的本人跟只看文字感受完全不同。

郑老师又提到了文章的写作形式问题，她希望《专刊》上能给易晓辉、汪帆、刘明设置一个较为固定的专栏，这会增加阅读量。而后她谈到了自己的一个师妹在保定图书馆搞古籍普查时发现了元朝一位非常重要的人物张弘范的资料，借此她写出了优秀的毕业论文。所以郑老师认为应当多报道一些这类消息，以此来激励更多的人参加相关工作。

国家古籍保护中心办公室综合组组长王沛女士首先说《专刊》的一些工作主要是郑小悠在做。从总体来说，《专刊》是在中华古籍保护计划的框架之下，故是由国家古籍保护中心和《藏书报》共同来做，不仅是向读者普及的平台，同时也是记录并展示中华古籍保护工作相关事例的平台。但王沛也说《专刊》做普及工作很重要，应当多报道一些科技保护等内容，这些报道都会给小型藏书机构以启发，长年积累下去就会成为很重要的成果。

国家图书馆副馆长、国家古籍保护中心副主任张志清先生对今天的座谈会做了总结性发言，他首先感谢《藏书报》举办这样一个会，以此来支持古籍保护事业。《藏书报》在一年的时间内拿出100个版面来做《专刊》，这是对古籍保护中心的大力支持。张馆长认为虽然古籍保护是小众事业，但这个事业也需要一个窗口，以此来面向社会，逐步扩大影响，让更多的人重视古籍保护工作。从总体上看，《专刊》办了两年，在办刊质量上有了明显的进步，因为《专刊》抓住了不少的热点问题。

接下来张馆长又提出了几点要求，他希望《专刊》多报道一些古籍保护方面的大事情、进展情况以及重要的节点，同时也要报道争议性较大的问题。因为很多问题经过探讨，就会变得更加明了。第二，要了解藏书家和藏书爱好者希望在报纸上看到哪些消息。第三，在《专刊》中加入古籍保护知识，把专业性的问题化为社会性的观念。同时张馆长也提到保护中心跟民间古籍收藏者交流较少，对民间收藏情况了解得不多，同时民间收藏者也很少参与古籍普查，对于这类问题，张馆长希望《专刊》多予以报道和传播，以便能增进公私藏之间的交流。同时他提议在座的各位要多写文章投稿给《专刊》，传播更为准确的专业知识。最后，他预祝《专刊》办得越来越好。

广播书脉　共品书香

国家图书馆走基层暨文化文艺下基层服务活动

时间：2019年1月14日—16日

地点：湖南省凤凰县图书馆　辰溪县图书馆

关于本次活动的性质，2019年1月28日的《藏书报》头版头条介绍说："为深入贯彻党的十九大精神，落实中宣部《关于组织开展2019年元旦春节期间下基层文艺小分队的通知》要求，国家古籍保护中心倡导发起的'书香盈岁月，新桃换旧符'活动拉开序幕，由国家和各省市图书馆、古籍保护中心及藏书家、作家等组成的'书香盈岁月，新桃换旧符'文化文艺小分队，近日赴多地开展系列内容丰富、形式多样的文化惠民活动。此活动为各地公共图书馆、古籍收藏单位、中华优秀传统文化实践基地、文学艺术界联合会、楹联学会等组织机构和社会团体广泛参与的一项全国性大型活动。"

我有幸受邀参加此活动，而后跟随小分队从北京西客站乘高铁出发，因为凤凰县不通铁路，故只能先到达湖南怀化南站，再乘大巴前往凤凰县。从北京前往怀化，乘高铁的时间大约七个半小时，这是我乘坐高铁单程最长的一次。这天大雾，七个多小时的乘车时间里，窗外始终是白茫茫一片，看不到任何景致，这真让人感叹全国同此凉热，好在一路上听国家图书馆副馆长、国家古籍保护中心副主任张志清先生给我讲各种趣闻，便不觉得旅程有那么漫长。这个小分队的北京成员有人民文学出版社编辑、著名作家文珍老师，国家京剧院一级演员刘魁魁和吕耀瑶老师，国家古籍保护中心办公室主任林世田先生，国家古籍保护中心办公室综合组组长王沛女史及副组长郑小悠女史。

到达怀化南站后，在出闸口见到小分队的湖南馆成员，他们是湖南图书馆馆长、湖南省古籍保护中心主任贺美华先生，湖南图书馆副馆长、湖南省古籍保护中心副主任雷树德先生，湖南省古籍保护中心办公室主任寻霖先生，湖南图书馆古籍修复技艺传习所颜胜先生。这四位先生分别搬着几大箱赠送的礼品，寻主任告诉我，这些主要是分送两地的福袋，以及现场刷版用的版片。他们是在长沙上的本趟车，因为不在一个车厢，所以到达怀化后方得见面。

而后，我们共同乘一辆中巴车从怀化前往凤凰。该地我未曾来过，对这里的印象始终停留在沈从文《边城》一书中的描绘，而沿途所见果真是重重大山，好在修通了高速公路，行车的过程中穿过了无数个隧道。贺馆长说，修通此路之前，若走盘山老路至少需要半天时间方能开出。看来道路的修通对某个地方的变化十分重要，而到达凤凰县城时，这样的感受更加强烈。

在凤凰县我们见到了县委常委、宣传部部长龙金明先生，龙部长介绍了当地的旅游收入，其数额之大令众人感叹。龙部长又介绍了当地的一些名人为宣传凤凰的旅游文化所作出的努力，乡贤的重要性，给我以更深刻的印象。

第二天一早，集体前往图书馆前的广场参加图书捐赠仪式。这个广场可谓是我在凤凰县城内看到的最大一片平地，广场的正中矗立着一座钢铁凤凰，这只凤凰的英姿颇具现代意味，跟古老的城区形成了风格上的反差。这日依然阴着天，站在空旷的广场上能够感受到刺骨的冷风，但即便如此，也挡不住当地大妈们的热情，因为在广场的一侧，她们依然在欢快地跳着广场舞。当地的工作人员在广场上摆放着桌椅和座位牌，看来仪式要在露天举办，这真考验我们这帮北方人的耐冻能力。

为了营造欢快的气氛，当地组织了苗鼓队来表演，这些演员们在开场之前一遍一遍地站在台上排练，她们的表演服更为单薄，这份敬业精神让我缩紧的躯体得以舒展。主持人宣布仪式开始后，首先是苗鼓队进行表演，震天的鼓声将旁边的广场舞大妈也吸引来围观，使得广场上的喧闹迅速寂静了下来。堵不如疏这个词在

演出开始

此以这种方式得到了完美的诠释。

仪式开始后，首先由龙金明部长致欢迎辞，而后分别是张志清馆长和贺美华馆长讲话。接下来张馆长代表国家图书馆向凤凰县图书馆捐赠图书五千册，林世田主任代表国家古籍保护中心向凤凰县图书馆捐赠《国学基本典籍丛刊》《中华传统文化百部经典》等图书一千余册。接着是雷树德馆长向凤凰县捐赠手书楹联，贺馆长向当地捐赠福袋，而文珍老师和我则上台给当地读书爱好者捐赠个人作品各五十册。因为之前的领导们都是脱掉羽绒服登台，故我也只好效仿之，但台上的寒风还是让我不停地打寒战。

好在接下来的节目让与会者来了热情，因为吕耀瑶和刘魁魁分别登台，各唱了两段京剧，专业的表演引起了听众的阵阵喝彩，也让整个捐赠仪式气氛得以活跃。接下来则是书写春联和刷版技艺表演，雷馆长跟湖南当地的一些书法家走上台摆起长条案，当场书写春联及福字赠送给现场的听众。众位大妈一哄而上，围在那里抢春联、揭福字，她们很专业地将抢到手的战利品摆在身后等待墨干，而后转身又挤入人群中。这种活动最接地气。颜胜先生的刷版表演也引来了当地人的围观，因为其用朱砂刷出的木版年画同样是当地人欲得之品。整个捐赠仪式就在这种热闹的氛围中得以结束。

接下来的活动在凤凰县图书馆内举行，该馆处在捐赠仪式广场的后方，建筑风格颇具当地特色，众人纷纷赞美该馆地理环境之佳、外观形态之美。按照事先的安排，由文珍老师，贺馆长，凤凰县文联副主席、中国作协会员刘萧女史和我共同来办沙龙讲座，题目是"读书与人生"，张馆长来主持。

张馆长首先让我发言，他先向听众介绍了我的一些情况，而后提及我跟李国庆先生共同协助来新夏先生补写《书目答问汇补》一书的过程，之后又提到了我的《芷兰斋书跋》，以及我这些年写作的情况。我在听他介绍时，更加觉得接下来应当讲讲藏书改变人生或者写书改变人生，然转念思之，其实藏书与写书都是以读书作基础，于是我以书籍改变人生作为话题来聊。

我首先谈到自己在年轻时也是一位文青，又讲到了个人藏书之好的没来由，同时感恩改革开放，正是这场巨变，使我实现了自己的藏书梦。同时我也以具体实例讲到了四十年来古书价格的巨大变化。因为读书、藏书、写书，我的人生之路才走到了今天这样的轨道上来。

张馆长总结了我的所讲后，向听众介绍80后女作家文珍老师，他说文珍是娄底人，属于湖南籍的作家。张馆长提到在2014年文珍所撰《安翔路情事》一书获得了老舍文学奖，并介绍道，老舍文学奖跟鲁迅文学奖、茅盾文学奖、曹禺文学奖并称为中国文学四大奖，作为80后的文珍，乃是获得该奖最年轻的一位，而在2015年，文珍的《我们夜里在美术馆谈恋爱》一书又获得了华语文学传媒大奖年度新人奖。同时张馆长还介绍说，文珍还有《柒》《三四越界》等著作，本次她捐赠的就是散文集《三四越界》。张馆长评价说，文珍所写之书非常贴近生活，能够反映大都市里面80后青年人的酸甜苦辣。

文珍说她很高兴回到湖南，而这是她第二次来到凤凰，上一次已经是17年前的事情，那时她还在读大学，而今她看到凤凰的变化，有颇多感慨。文珍讲到她四岁半就上学了，在年幼之时就不喜欢中规中矩，后来跟着父母移居深圳，因为不适应深圳的生活，她经常逃学，而她逃离学校后大多是跑到深圳图书馆去看书，那些书对她有强大的吸引力。她说自己有时也喜欢在城市内漫游，有时是随便跳上一辆公交车一直坐到终点，而后换一辆坐到另一个终点。我不清楚她坐车时的心境是如何，但听闻到她讲述这个故事时，我的脑海中却显现出"阮籍猖狂，岂效穷途之哭"的画面。但我觉得那时年幼的文珍应该还没有刻骨铭心的生活体验，也许她的早熟使得她跨越年龄地感受到了他人难以体会的心理变化吧。

但文珍的确是位洒脱的人，她说自己喜欢旅游，每次出门都带着大量的书，看完一本就散掉一本，她讲述到自己在新疆旅游时会随手把自己所带之书放在加油站，甚至放在沙漠里。这样达观加浪漫的气质，想来是成为一位优秀作家的先决条件。

张馆长总结了文珍的谈话，他说我跟文珍有一个共同的特点，就是不拘一格。一个人最难看清自己，我究竟是怎样的性格，其实我的任何总结都是主观的，他人眼中的韦力究竟如何，本人其实难以听到真实的评价。张馆长接下来介绍了贺美华馆长的情况，他说贺馆长在古籍普查方面做得特别好。现在张馆长本人负责全国古籍保护工作，而今中央有一个中华古籍保护计划，实施本计划的前提是要摸清古籍的底数，而后才能保护好和传播出去。中央提出了创造性转化和创新性发展，怎样能让古籍里面的东西活起来，这是古籍保护工作的主导思想，而这个工作的完成离不开各地方馆的配合。湖南馆在这方面做得非常好，如今已经完成了对全省所有古籍收藏单位的普查。

贺馆长讲到了自己的求学经历，在他上学之时社会上最为流

贺美华馆长致辞

行"学好数理化，走遍天下都不怕"，故而父母坚持让他学理科。然而贺馆长却对文科有偏爱，家人的坚持引起了他的反叛，在很长的时间内都是常常泡在学校图书室里读自己喜爱的书，之后又有着各种经历，后来湖南省第一次公开招考公务员，他凭借自己的学习功底考到了省文化厅。在文化厅工作21年后，他又回到了到处都是书的地方，当上了湖南图书馆馆长。他对于自己的经历说出了这样的金句："其实我觉得人所有的路都是在回归，最终回归到跟你原来的知识积累相关的，跟你的知识背景能够匹配的地方。不管你回归路径有多长，我认为它都是为了找到一个共同点上去。"

　　贺馆长告诉大家，读书既要刻意也要不刻意，要刻意读自己喜欢的书，而不要去刻意地读自己没兴趣的书，但他觉得无论偏爱哪类读物，都应当读一读历史，因为读史可以使人明智。同时他提倡读书要分享，也就是将自己读完之书赠送给别人，同时可以将自己的读书体会写在纸上夹在书中，以此让更多的人分享读书之快乐。他的这番话让我想到了文珍的散书方式。

接下来讲话者则是刘萧女史，她首先感谢国图和省图的张馆长、贺馆长等人不远千里来到凤凰与大家交流，而后她话锋一转，称听完文珍和韦力的讲话让她有些感触，她觉得这两人都是"衔着面包和牛奶长大的"，而她自己就是"衔着红薯和苞谷长大的"。而后刘萧讲到读书改变了她的命运，她说自己的家乡在凤凰的乡下，父亲是汉族，母亲是苗族，当年读书很不容易，但是她从小就喜欢读书，有时候去山上放牛也会拿一本书，因为看书入迷，牛从山顶走下山谷她都没有发觉，直到天黑了她才发觉牛群不见了，后来家人在山上找到了她，当时她急得已经快哭了。

随着年龄渐渐增长，刘萧对书之爱与日俱增，后来她到城里上高中，在学校内看到了许多喜欢的文学类书，同时也读到了《萌芽》《湖南文学》等文学杂志。偶然的机会，她认识了当地图书馆馆长，她跟馆长提出要求：能否让她一次性地多借一些书，因为按照规定，每人每次只能借一本书，还回来之后才能借下一本，但刘萧家距图书馆有二十多里的路途，当时没有车，她全靠走路往返。馆长听到她的状况后，立即同意了她的要求，让她一次性地就可以借到一书包的书，等她用十几天时间读完后再来换下一包书。

正是因为刘萧遇到了这样的好馆长，使得她读到了大量的文学作品，随着阅读量的增加，她有了表达的欲望，于是就开始动手写文章，之后在很多刊物上发表了自己的作品。刘萧又提到除了四大文学奖之外，还有一个专为少数民族设的骏马奖，她所写的《篡军之城》在2015年中国作协所办的《长篇小说选刊》上全文转载，该书入围了茅盾文学奖，后来又被评为骏马奖第六名。因为该奖只取前五名，所以她的这本书与骏马奖擦肩而过。但刘萧觉得这个结果既遗憾也不遗憾，她谦虚地说，这正说明了自己的作品还有不足的地方，需要更多的努力。

刘萧强调在读书的过程中一定要多记笔记，因为人的记忆是有限的，对于好的故事好的语言好的意境一定要记录下来，同时她还说："如果一个人能够读书，能够读懂书，能够学会听音乐，我觉得其实他都会变得非常好。"

张馆长感谢了刘萧与大家分享她的读书心得，而后他又提到我一年出几本书的事情，我向众人解释说，其实有些书稿是几年前所写，只是赶巧在一年内一下印了出来。我也觉得写书快也有快的弊端，搞文史厚积薄发方为正道，但人生有限，尤其自己经历过死亡的考验，由此养成了只争朝夕的心态，虽然说这种方法定然会让自己"悔其少作"，但毕竟我手写我心，至少让自己在出书之时有片刻的满足。

而后张馆长又问文珍怎样做到能将作品一部写得更比一部好，文珍认为写得慢一些书的质量会更好："因为第一本书常常都是一张入场券，你会希望打开这个文学世界的大门，你要证明你有这个方面的才能。这个时候，在各个国家在各个地方都是，如果你能得到一个文学奖，那其实就是一张入场券。但是你到了一定年纪，其实有没有得奖，没有那么重要，就是你已经进去了，你已经是一个你认为自己有这个能力，然后别人也认为你有这个资格的人，你受到了一定的鼓励，也养成了写作的习惯，你也多少获得了更好的条件。"

　　而后文珍谦虚地说，自己是否越写越好她并不清楚，但有一点她是明确的，那就是她写每一部书都是真诚的。她的这句话令我颇有触动，我在反躬自问，自己写每一部书也都是真诚的吗？我感觉自己在这方面做得并不好，有些书我写得十分认真，这些作品可以用真诚二字来形容，然而因为作品的一时畅销，一些出版社纷纷索稿，而我写不及时，会将一些随手所写之文凑成一篇书稿，这种方法显然离真诚有很大距离。虽然我的所写不是文学创作，但也应当对待每一部书稿多一分真诚。

　　接下来是提问环节，一位读者首先向我提了关于藏书的问题，他说在网上搜了关于我的资料，认为我的所藏全是孤本、善本、珍本，而他想藏书又得不到这样的善本，问我应当怎样面对这种状况。我首先告诉他，自己的所藏也并非都是善本，更何况善本的概念也有着不同的定义，而中国留存的典籍又数量庞大，因此从哪个角度都可以组成新的专题。比如凤凰当地苗族人占很大比例，但苗族刻过哪些书我却完全不了解，如果他在这方面能够搞出一个专题，将会是他人难以达到的高度。

　　另外有一位读者向文珍提问，他的问题是如何能够把文章写好。文珍认为首先是要多读书，除此之外也没有更多的捷径，同时要不停地尝试练笔，在这个过程中会学到很多新的东西。她举例说要想写一个历史题材的长篇小说，就需要查很多的历史书，要想写都市生活，就要去查当年的统计年鉴等原始文档，同时要阅读大量的当时生活场景之文，还要学会观察现实。文珍说："有的时候我觉得读书不光是教给你书本上怎么样去用这个形容词，还会教给你看待世界的方法。"

凤凰县的活动结束之后，当天下午小分队全体成员乘中巴车前往湖南省辰溪县。从凤凰前往辰溪如果走高速路则要绕回怀化市，故寻霖主任建议司机走国道，虽然路途上行车速度慢了一些，但我们得以看到了更多的风景。而我在路上又向林世田主任请教了新疆的一些寻访事宜，因为林主任的主要治学方向是敦煌文献，对当地颇为熟悉，果真从他的所言中我得到了许多资讯。

进入辰溪县城后，城区的面貌与凤凰县城迥然不同，更具现代城市味道。但走到县城中心区域时，众人远远地看到在一座小山上矗立着小型的天安门。大家当时纷纷开玩笑说，这在古代应属于僭越，然未曾想，第二天一早，辰溪县图书馆的馆长接大家前往该馆时，所去之处正是这座小型的天安门。众人纷纷感叹，当地对文化竟然如此重视：辰溪市中心最具特色的建筑竟然是图书馆。

前一天晚上睡得不好，因为后半夜窗户一直在沙沙作响，早晨拉帘视之，外面已经是厚厚的积雪。湖南下这么大的雪，这是二十年来我见到的第二场，而来到图书馆门前展眼望去，旁边的群山素裹银装分外妖娆，众人站在图书馆门前拍照留念。

走入图书馆内，当地的一些书法家已经开始撰写春联，登上二楼，便看到一排排的书架，虽然这是司空见惯浑闲事，但身处书海中我还是觉得有一种说不出的舒坦感。来到三楼，众人纷纷站在露台上看外面的雪景，这种感觉恍惚站在了天安门城楼上，但在天安门上我却从未看到过雪景。由此远望，真可谓天地一笼统，让人突发今夕是何夕之叹。

张志清馆长致辞

　　图书捐赠仪式的举办地在三楼会议室，首先辰溪县委常委、宣传部部长贺晓女史致欢迎辞，而后是张志清馆长和贺美华馆长分别致辞。接下来则举行张馆长给辰溪县图书馆捐赠图书五千册的仪式，由辰溪县图书馆田红馆长接牌；然后是林世田主任代表国家古籍保护中心捐赠图书，贺馆长向听众赠送福袋，雷馆长向当地赠送春联。因为雷树德同时是湖南省楹联协会副主席，故其所书春联大受听众欢迎。而后是文珍、郑小悠及我三人向辰溪县图书馆捐赠个人作品各五十册。

　　接下来则由吕耀瑶和刘魁魁为听众表演京剧选段，因为前一天晚上的寒冷，吕耀瑶在发烧，但她依然登台表演，其唱腔一点都不走样，这份敬业精神令人敬佩。而刘魁魁的唱段更是引起一片喝彩声，在众人的要求下，他又加唱了两个选段。

　　捐赠仪式举行完毕后，接着搞文艺沙龙，文珍、贺美华、郑小悠与我坐在台上，还有一位当地女教师黄丽。沙龙还是由张志清馆长主持，张馆长依然先介绍了我的写作情况，夸赞我写书之多，而我则称写得多并不等于写得好，但既然谈到了藏书问题，我就借着这个话题讲述了目录版本之学的概念。我于此强调这门学问更多的是眼学，需要长期地积累，才能练出辨识版本的火眼金睛。

张馆长又介绍了文珍，他讲到了文珍的学习过程以及工作状况，而后称："当编辑是在为别人作嫁衣，但是文珍也自己写。这就像有个水龙头一样，自己创作和给别人编书不一样，创作时，要关上编书的水龙头，编书时，要关掉创作的水龙头，思维方式是不一样的。"张馆长觉得编辑和创作两样兼顾其实很难，他以个人的工作经历为例，来说明在工作之余搞创作是何等之不易。对此，文珍的回答是："编辑虽然是为他人做嫁，但也是一个创作的过程。"她以此来说明编辑和创作本为一体，并不能将此作两分法。

对于编辑问题，她说自己更关注年轻的写作者，而后她提到出版界的朋友是如何来看待一本书的问题，她说搞出版的人更多的是把书当作一个产品，而她本人则更关注于一本书如何留下时代特性。因为："每个人当然都是不一样的，但是有些人能够把这些特性表现得非常明显，可以表现出至少一个群体非常完整的精神面貌。可能商业价值不是那么明显，他也不是名家，但是我愿意去做这样的书。"

文珍强调作为编辑，最重要的使命就是应当把书传播到更多人的手中，她说自己这么多年来已经做过上百种书，这些书进入了很多图书馆，她每想到这件事都会觉得很美好。但文珍也说，写作和编辑的确是两种思维方式，在写作的过程中，要努力地将所思所想尽量忠实地表现出来，再不断地修改，而后将作品搁置一段时间，再像一个陌生读者那样来阅读："我作为一个读者，过了一段时间后，再看我写下的东西，那是一个奇妙的阶段。"经过这样的心理变化之后，她会对自己的书稿再作修改："改稿也是我特别喜欢的，也会发给两三个朋友，但是我未必会完全听他们的意见，这是一个更加愉快的重新搁置、重新激发，然后重新擦亮的过程。"

文珍说这样的过程令她十分愉快，而这一点恰恰是我做不到者。不知是怎样的心理，我特别厌恶看自己的所写，每次写完连做一遍校对的耐心都没有，以往我自负于所谓的出口成章，其实隔几年再翻阅自己所写之书时，又会感觉到写得是如此之差。当然我可以自鸣得意地认为这是自己眼界的提高，但反过来讲，如果当时仔细地修稿，这样的遗憾就会减少。我记得某位名家曾经说过，好的作品是改出来的。但知之和行之于我而言，始终难以统一，真希望这次听了文珍的所言，能改变这种陋习。

文珍在讲话中作出的总结是："我做的这两个工作都是让图书馆出现更多的图书。"她说正是因为图书馆的存在几乎改变了她的一生，她又讲到自己的爷爷原本是娄底一中的第一任校长，所以她在小学的时候就获得一个特权，那就是可以到中学图书馆的阅览室去看书，也正是这样的阅读给她后来的写作打下了深厚的基础。

贺美华馆长的讲话则是跟听众分享了三个小故事，第一个他从自己的姓氏讲起。他说有人写了一篇文章称，有两个家族可以代表湖南近代史，第一个是贺家，第二个是罗家。罗指的就是岳麓书院的山长罗典，贺则是指他的弟子，其中包括贺长龄、贺熙龄、贺桂龄等，这两家既是师承关系，也是姻亲关系，贺熙龄、贺长龄的再传弟子里面就有魏源、曾国藩、左宗棠等人。贺馆长又讲到了曾国藩家族世代书香的故事。

贺馆长讲的第二个故事则是我前一天晚上跟他聊天时谈到的自己捡漏的一件事，他认为捡漏的基础乃是长年的知识积累以及失败经验的积累。对此，他总结说："读书我们有通读的方式，就是扩大知识面、增加阅读量、增加视野，但是还有精读的方式，专注于一行，把所有的时间、精力、研究都集中于一件事情，就在这个行业里面有足够的话语权。"

贺馆长讲的第三个故事则是他的个人经历，他说到自己的一位朋友在年轻时身家已经过了百万，但此人并不读书，将大量的时间用来打牌和干其他的无聊之事，因此此人的家况很快衰落了下来，还欠了大量的债，并且他的孩子们也都对读书没兴趣。而后贺馆长总结说："我分享这三个故事给大家的意思是想说，这个社会每一天都在成长、进步，我们如果不跟紧时代，不读书，我们会被社会淘汰。"

张馆长在总结了贺馆长的发言之后，介绍了古籍保护中心的郑小悠博士，他说郑小悠在国图工作三年，做出了很多成绩。郑小悠从小就是学霸，她考上北大就读于著名的元培学院，后来又到历史系读博士，到国图后她第一年就在核心期刊上发表了五篇论文，并且在工作之余还出版了几本书，其中《年羹尧之死》最为畅销。今天她带给大家的是《梁启超：永远的少年》，这本书是在梁启超诞辰145周年的时候专门写给中小学生的读本，该书的主要撰写人就是郑小悠。

郑小悠首先介绍了元培学院的教学理念，该院培养学生就是为了打通文理科。她本人是在2005年参加高考，元培学院当时招了156个学生，是当时北大招收各省文理科状元最多的一个学院，他们班156个学生中各省文理科状元就有17位之多。当时的光华管理学院虽然更有名气，但招到的状元则是9位。因此郑小悠说她跟智商顶尖的一群人在一起生活了四年，自己有很大的触动。但她也讲到，元培学院的退学率也很高，她记得有个宿舍内的四个人，其中三位都在大二就退学了，这些人整夜打游戏。因为北大有很多的社团，又可以接触到各种各样的名人，故外界的诱惑力极大，在这种情况下还能坚持学习，需要学生有非常大的自控力。但她同时认为："一定要从小时候培养孩子的好奇心，使他们对知识有渴望，能够在各种环境里控制自己的欲望，这是一种发自内心的能力，而不是外界强加的压力。"

郑小悠谈到她毕业工作后，转变成了一位科普工作者的身份，所以她要把读者群体放在第一位，如果她仍然按照在北大所养成的科班研究方式，那么科普工作就落空了，因为那样的研究成果只有少数人能够读懂。她说正是到国图工作让她改变了意识："我到国家图书馆之后，也培养了我为别人服务、为别人考虑的意识，让更多人了解中国历史，了解传统文化，这是我应尽的职责。"之后，郑小悠又谈到了《年羹尧之死》，她觉得该书之所以畅销是因为："作为专业的历史研究者，他写的历史比较靠谱，不会胡说，但是我又用大多数人可以接受的方式，用一种既严谨又带有一定文学色彩的风格来写作。"

接下来郑小悠又接着贺馆长的所言，颇为详尽地讲述了贺长龄和曾国藩之间的关系，以及湖南、湖北在科举考场上发生变化原因，她对这些人物的相互关系能够以举重若轻的方式随手拈来，记忆力之强大令听众颇为叹服。

　　张馆长在总结了郑小悠的所讲后又介绍了黄丽女史，黄丽是辰溪县思源实验学校办公室主任，并且是省级普通话测试员。黄丽讲话时果真是字正腔圆的标准普通话，吐字发音的准确度让一帮来自北京的人均自叹弗如。黄丽说自己是教育工作者，所以在教学过程中对阅读有一些感悟："苏联的教育实践家和教育理论家曾经说过，教师有义务将每一个学生领进书籍的殿堂，培养他们对书的酷爱，让书籍成为学生智力生活的指路明灯。那么作为教师来说，教学大纲上面新的课程标准也说过，要培养学生广泛的阅读兴趣，扩大阅读面就是增加阅读量。"

　　而后黄丽讲到了留守儿童的阅读空白状况，同时也提到了家长唯分数论的急功近利，以及网络、手机、电视对孩子的兴趣影响。针对这些问题，黄丽想出了不少的办法，比如她举办了二十一天阅读计划的活动，就是利用微信来让学生们进行阅读打卡，同时她让孩子们学会摘录一些好词好句，让他们说出自己读完一篇文章后的感受。黄丽也提到要带学生们常到图书馆来，让学生感受读书的氛围。而贺美华馆长接着说到湖南馆是省级图书馆，他们要服务全省，在今年下半年，不管读者在湖南的哪里，只要在手机上点了某书，他们就会把书送到读者的家中。贺馆长的所言引起了在场者热烈的掌声。

各亮珍宝　汇聚圣域
首届中华传统晒书大会

时间：2019 年 8 月 6 日

地点：山东曲阜孔子博物馆

主办方：国家图书馆

协办单位：央视网　（全国）教育书画协会少年分会

承办单位：孔子博物馆

　　　　　山东省图书馆（山东省古籍保护中心）

　　参加此次晒书大会的相关领导和专家有几十位之多，其中有文化和旅游部公共服务司事业发展处处长王晓松先生，国家图书馆馆长、国家古籍保护中心主任饶权先生，中国艺术研究院原院长连辑先生，国家图书馆副馆长、国家古籍保护中心副主任张志清先生，山东省文化和旅游厅一级巡视员李国琳女士，山东省图书馆馆长、省古籍保护中心主任刘显世先生，中央电视台网络传播中心书画频道总监张筱曼女士，大连图书馆原馆长张本义先生，国家图书馆古籍馆副馆长陈红彦女士，山东省图书馆副馆长、山东省古籍保护中心副主任李勇慧女士，国家图书馆研究馆员冀亚平先生，国家图书馆古籍修复专家胡玉清女士等。

因为曲阜归济宁市管辖，故济宁市副市长吴霁雯也前来主持这场活动，另有曲阜市委书记刘东波、孔子博物馆馆长孔德平、中国孔子研究院院长杨朝明、孔子研究院原副院长孔祥林、孔子博物馆副馆长杨金泉等多位当地领导。蒙国家古籍保护中心邀请，我也前往曲阜参加了这场活动。

　　按照主办方的安排，这天早上首先要去祭祀至圣先师孔子，故早上五点半集体乘车来到孔庙前的神道路入口，当地负责礼仪的人员将来宾按四人一排列队。我们见到从神道的对面走来数位穿古装的人员，其中一位像首领的人拖着长枪走在前面向众人喊出了几句话。不知道这是不是山东古语，我是未能听明白他的所言。由这一队古装人马在前面带路，他们边走边锣鼓齐鸣，可能是在效仿古时的鸣锣开道。

　　众人整齐地走到万仞宫墙前，我看到城门上也站着一排身穿古代铠甲的武士。宫墙前有一个小广场，众人伫立于广场前，在这里看到了一系列的古装表演，其中几位表演的年轻人能够连续空翻，看来这些表演人员还是有些功底的，文官、武官的出场也颇有气势，一招一式不在京剧名角之下，而那位贴着白胡子的武将，他的装扮让我立刻想到了宋朝的杨继业。

　　观看表演完毕后，大家跟随这队人马走入了万仞宫墙。孔府我来过两次，每次走过此墙时都有着忍不住的激动，这种基因中的崇敬之情，难以用语言来分析个中缘由。接下来穿过金声玉振等多个牌坊，这种层层递进的感觉，更能增加人们的崇贤之心。

　　来到大成殿前，这里又举行了一系列的表演，有主仪官给每位嘉宾佩戴一条黄色的绶带。虽然此时只是早上五点多，但因为近期曲阜干旱少雨，气温颇高，故仍然感到这条绶带给身体增加了不少温度。想想这里的表演人员，他们穿着厚重的古式服装，还戴着不小的头冠，他们的热应当超过每一位来宾。念及这一层，我也就忍住没有脱掉身上的西装。因为此前所发通知中有三处标明要正衣冠，以我的想象，穿件衬衫有何衣冠可正，于是穿上了正式的西服，但未曾想，所有来宾中只有我一人穿着黑西装。太阳升起后，在阳光的照射下，深色服装所吸收的热量让我的身体

祭孔仪式

升温很快，但我又想到当年孔子周游列国所经历的艰辛，我此刻对抗炎热的困难与之相比算不了什么，于是这一天下来，我都坚持着这身装束。

在大成门前举行了启户仪式，接下来是祭孔仪式。首先由饶权馆长等人分别给大成殿献花篮，同时由饶馆长和国图出版社魏崇社长一同给孔府贡书献礼。接下来又是一系列的表演，其中有些女演员每人手持三根长长的羽毛，为了弄清楚这些羽毛的真伪，我问一位表演者可否摸摸她手上的羽毛，她颇具职业精神地站在那里纹丝不动，只是眨了眨眼。我将此解读为同意，于是捋了一下她手中的羽毛，而后赞叹说果然是真的。可能我的举措太过滑稽，这位女演员竟然忍俊不禁，她的同伴用眼睛斜视了她一眼。

每次来到大成殿，我都感慨于门前那几根盘龙石柱的精美，虽然各地的孔庙也大多效仿这种制式，但那些石柱均不如孔庙大成殿前的壮观。如今在两根石柱之间立着一块招牌，上面写着本次活动的名称，虽然招牌制作得太过现代，与大成殿四周的氛围不相协，但将国家相关部门举办的首届传统晒书大会放在这里来举行，从社会影响力而言，无逾于此。

仪式举办完后，众人在诗礼堂内休息片刻，之后前往鲁壁进行祭奠活动。在鲁壁这里，由孔子研究院原副院长孔祥林先生讲解鲁壁在中国藏书史上的重大意义，因为孔壁藏书的出现，才让人们发现今文之外还有古文，而今文经学和古文经学之争由此而开始，这种争论延续了两千余年，可见鲁壁藏书对中国的藏书史和学术史有着何等巨大的影响。而从藏书史的角度来说，这里也算是最具名气的藏书处之一，难怪张志清副馆长要在晒书活动中加入这样一个环节。

孔祥林先生讲解完毕之后，他请穿着古装的工作人员端来一碗碗的凉水，并且要求每一位来宾都要将碗中之水饮尽。近两年来保温杯流行于中年人之间，所来嘉宾也大多已步入中年，但众人还是毅然地喝下了这碗凉水，以此来表示饮水思源。因为孔祥林说，碗中之水就是从旁边的井里汲取上来的，而该井距鲁壁不到三米，故该井所出之水对爱书人而言具有重大意义。仪式举办完毕后，我特意站在井口向下探望，看到该井很深，只是在最下方有浅浅的一点水，上面还飘浮着一些杂草。孔德平馆长走过来向我解释说，因为天旱，所以井中的水很浅，但喝此水不会出问题。他的所言打消了我的顾虑，而我的肠胃也很争气，过后也未曾拉肚子。这让我想到了一句歌词"借我借我一双慧眼吧"，只是我把眼睛换成了脑子，想来喝了这碗水，大脑中的神经元应该与圣人有着更多的连接。

祭孔仪式举行完毕后，众人回到酒店吃早餐，之后又集体乘车来到孔子博物馆。这个馆建在一块高地上，正门前有长长的台阶，台阶的正中有一条溪水潺潺流下，溪水一侧整齐地站着穿着古服的礼仪人员。在台阶前有相关人员教众人行礼仪式，之后在工作人员的带领下，仍然四人一排沿着溪边之路向前走，而溪水对岸的仪礼人员一一向众人行古礼，这种仪式能够让人们真实而深切地体会到何为礼仪之邦。

众人走到孔子像前，跟随带队者的口号，向孔子像三鞠躬，接着走到了新建的孔子博物馆门前，站在台阶上，在这里举行晒书大会的启动仪式。原本站在我前面的几位领导被一一点名后，站到了台上指定的位置，我心中窃喜，这很利于我拍下无遮挡的镜头，但没想到竟然也点到了我的贱名，无奈只好走到台前陪站。

仪式由孔子博物馆馆长孔德平来主持，他首先请饶权馆长致辞，之后是李国琳巡视员致辞，接下来是济宁市领导致辞，以及其他几位领导致辞。而后由张本义先生致辞，并向国图赠送他所书写的《国图百十年典籍传承记》，饶馆长接赠。之后则为国图出版社社长魏崇先生发言，并宣读书目，由孔子博物馆副馆长杨金泉颁发捐赠证书，同时由王晓松处长与吴霁雯副市长、刘东波书记共同为新书揭幕。

接下来举行拜师仪式，由孔子博物馆的三位修复人员在此向国图胡玉清老师行拜师礼。仪式举行完毕后，由饶馆长正式宣布本届晒书活动启动。

这个过程不到一小时，我与几位领导却面冲太阳一直站立，虽然天上时不时地飘过一朵云彩，但大多时间我们都沐浴在阳光之下，头上的汗止不住地向下流。看来在晒书活动之前，先举办了一场晒人活动，想到这可能是至圣先师在考验与会者的诚心，我就瞬间感到了心静自然凉。

仪式结束后，众人走入孔子博物馆内，里面的冷气迎面扑来。众人进入一个封闭的圆形空间内，屏幕上显现出"天不生仲尼，万古如长夜"的字样，以此来歌颂孔子的伟大。而后众人乘电梯来到三楼，在电梯上看到博物馆正中有一圆形建筑，上面整齐地摆满了线装书，如此阵势，颇具视觉冲击力。

晒书大会的现场在这个圆形建筑的中厅之内，工作人员已经将馆藏的一些书摆放在厅的中央，既有线装刻本，也有碑帖，其

晒书大会现场

中一套乾隆年间所刻的《乾隆御定石经》拓本颇为珍罕。讲解人员称，是在进行碑帖普查编目培训时，才发现该拓本乃是嘉庆皇帝赏赐之物，冀亚平先生则向我讲解了此拓本的改字现象，以此说明这是最初拓本。寒斋亦藏有这样一套拓本，但从纸张墨色来看，远比孔子博物馆所藏这一套要晚得多。

参观完藏书后，该馆副馆长杨金泉先生带领众人参观馆内陈列的展品。杨馆长对馆藏品极为熟悉，他颇为风趣地介绍着相应的馆藏之物，尤其那套满汉全席用品颇具视觉冲击力，而这里的明代服饰也保留得十分完整。杨馆长说馆藏文物中一半的数量为纸质品，想来这也是该馆重视藏书的原因所在。

而后又一同前去参观该馆的古籍修复室，在这里看到了大量拓片，还有一些修复好的古代银票。其修复方式颇为特别，因为每一张银票上都蒙有一层很薄的纸，感觉像是将银票铺平之后镶嵌在纸中。胡玉清老师向我讲解了这种独特的修复方式，她说银票反正面均有字，故无法用传统的方式进行托裱，于是她想出了这样的修复方法。胡老师对修复的用心给我留下深刻印象。

下午两点，与会人员又回到孔子博物馆时习阁，在此举办晒书沙龙。此活动由张筱曼女士主持，首先是张志清馆长请工作人员在大屏幕上放出十余家公共图书馆晒书的视频，而后张筱曼点名，要求在座者每人谈谈其中的一部书。其中连辑院长讲解的是孔府所藏的那几块汉碑，他从文献价值和书法史两个角度来阐述这些刻石的重要意义，而张本义先生则讲述了《孝经》一书的历史。

在前来曲阜的路上，陈红彦馆长跟我聊到传统晒书与现代晒书的区别，她认为今天的晒书有如网络语言的晒娃晒包，乃是一种分享之意，故我在沙龙上谈及了她的这种解释。而张筱曼命我讲解《桃花扇》一书，我觉得这本书所讲的故事已然是家喻户晓，于是选择了另一个角度，谈了一下杨龙友在这个故事中的重要性。孔尚任在撰写《桃花扇》时，将杨龙友写成黑白两道通吃的人物，我觉得这种写法与历史的真实有一定差异，于是在沙龙上讲出了自己的态度。

之后陈红彦、李勇慧两位馆长分别谈了一部书，同时也讲述了现代晒书的意义所在。冀亚平讲到《乾隆御定石经》的版本价值，胡玉清讲述了修复古书的意义所在，孔祥林讲到了孔府藏书的延续过程，杨朝明院长讲到了《论语》一书的编纂等话题。在活动现场，大家畅所欲言，让我学习到了不少新的观念。

觅系过半　众师指点

追寻古典中国——"韦力·传统文化遗迹寻踪"书系研讨会

时间：2019 年 9 月 10 日

地点：上海作家书店

　　近年我所出版的最大一套书系乃是传统文化寻踪系列，简称"觅系列"，至今已在上海文艺出版社出版了六部，按照计划，该书总计写十二部，出到六部时，恰好为一半，为此该社社长陈徵先生提议举办一场研讨会。我觉得研讨会属于庆功性质，应当等到书系全部出齐再举办，可是陈社长觉得出到一半也算是"阶段性胜利"，有必要开个研讨会总结一下，听取更多专家的意见，以便于后一阶段的改进。我觉得陈社说得有道理，为此特意写了篇文稿，以便在现场向众位专家汇报。

　　研讨会原本定在上海作协礼堂，但在开会的前一天，书系的责编肖海鸥女士来电话说，她去布置现场时发现作协礼堂的天花板出了问题，故临时将会场调整到作协下属的作家书店内举办。开会的当天，我提前一小时来到作家书店，恭候每位专家的光临。在此我见到了上海作协专职副主席孙甘露先生，他同时是上海文联副主席，而今又任华东师大创意写作研究院院长。两年前也是

会议现场

　　经过陈徵社长的安排，我参加了作协举办的年会，那次年会的举办地点在上海张爱玲故居，于此会上我得以结识孙甘露先生。这天与之见面，他又提到了当时的场景，同时抱歉地说，因另有会议要参加，故其安排上海作协副主席马文运先生来参加此研讨会。

　　而后各位专家学者陆续到来，我一一向众人表达谢意，感谢大家能在百忙中前来给我以指导。同时经上海文艺社的安排，另有十余家媒体记者旁听此会。

　　研讨会于下午两点正式开始，由上海文艺社副社长李伟长先生做主持，他首先说上海作协是他的娘家，因为他原本在作协工作，为此感谢作协为本次研讨会所提供的便利，同时也感谢了为本次研讨会提供场地和茶饮的作家书店。接下来他逐一介绍来宾，首先介绍到我，而后一一介绍了上海市作家协会专职副主席、秘书长马文运先生，上海世纪出版集团党委委员、副总裁阚宁辉先生，上海市委宣传部出版处副处长毛小曼女史，上海文艺出版社社长、总编辑陈徵先生，"觅系列"责编肖海鸥女史，上海文史馆馆员、华东师范大学教授陈子善先生，复旦大学教授陈建华先生，上海文史馆馆员、上海图书馆专家陈先行先生，复旦大学教授汪涌豪先生，复旦大学古籍所教授陈正宏先生，上海社科院教授司马朝军先生，华东师范大学教授罗岗先生，著名学者、资深媒体人陆灏先生，巴金故居常务副馆长周立民先生，复旦大学出版社编审陈麦青先生，上海辞书出版社副总编刘毅强先生，中央电视台资深制片人陶跃庆先生，以及该书系的策划人之一刘晶晶女史。

　　李伟长说，上海文艺社非常重视这个研讨会，为此筹备了很长一段时间，同时宣布了"觅系列"的各种数据，然后请陈徵先生致辞。陈社长首先感谢大家能够来参加此会，而后夸赞我这些年来努力寻访遗迹之事，即便遭遇到困难危险也未退缩。他在讲话时提到了这样的思考："文化是需要慢慢累积的东西，我们祖先有怎样的思想？对人类文明有怎样贡献？谁给了我们这份遗产？中间经历多少曲折传承下来？今天我们尤其需要梳理书写留存这样一份记忆。"他以此来说明出版"觅系列"的重要性，他认为这套书呈现出来的是中华古典全貌，甚至包括了中国文化从古典向现代的转变。

　　李伟长感谢了陈社长的发言，并祝愿我能够完成这个宏大的计划，他认为这套书系的编辑十分重要，因为编辑参与了整个制作过程，于是请该书责编肖海鸥老师讲解一下相应的情况。

肖海鸥讲到了与我初次见面时的情形，为此她特别感谢刘晶晶老师的引见，也感谢陈社长对于该选题的大力支持。肖海鸥说"觅系列"是她经手码洋最高、字数最多的一套书系，而在2018年，"觅系列"中的四部书拿到了国家资助的出版基金。她原本以为"觅系列"中最难啃的一部是《觅宗记》，但当她看到《觅经记》的稿子时，觉得此书比《觅宗记》更难，但即便如此，这套书系也已经印刷了6万部，并且有些书籍仍然在加印之中。她统计出已出之书选印了3000多张图片，也谈到了这些图片的珍贵性。肖老师同时讲到，对这套书系反馈最多的是一些驴友和古籍爱好者，其中驴友们把该书系当成了旅游指南，因为"觅系列"中的寻访细节写得颇为详细，这对驴友而言最为实用。

接下来讲话的是马文运先生，他代表东道主向该书系的出版表示祝贺，向各位专家的到来表示欢迎，向出版该书的上海世纪出版集团、上海文艺出版社致敬。马先生说他认为"觅系列"信息量非常大，希望该书系能够一直出版下去，因为此书系的意义和价值定然会受到人们的认可。同时，他谈到了上海作协成立于1949年，到今年已经有了70年的历程，而作家书店开业7年，能够在这里开这样的研讨会，他认为非常有意义，并预祝本研讨会圆满成功。

李伟长接着请陈子善老师发言，陈教授首先谈到与我多年来的交往，提到尽管我喜欢的是古籍，而他的重点是近现代，但这不妨碍我们在藏书方面的交流。他认为该书系不仅仅是驴友的旅行指南，更多者是记录了一个时代的变迁脉络，从"觅系列"中的图片，能够看到历史遗迹的现状及其恢复过程，他认为该书系以通俗的方式予以解读，可以让更多的人了解前人所创造的辉煌文化。

陈建华先生我是第一次见，他说他只是读到了《觅经记》，认为经学就是从古典学而来者。他首先把该书总结为"3D精选，时代范式"，而后解释说："为什么说是3D呢？因为它用现在技术上的图文并茂呈现了对经学的一种创造性诠释，而经学本身的历史就是一部诠释史、阅读史，这也是韦力自己对中国经学的探索和寻觅。"对于后一句话，陈先生又从古籍版本的角度予以解读，陈先生说他之前研究过经学史，而我的《觅经记》乃是经学的另一种呈现，读起来不枯燥，能够让更多人了解有血有肉的学术史。

之后陈建华先生又总结出了八个字："述而不作，自成体系。"他认为本书系非常不容易，因为历史需要有一种建设，他注意到《觅经记》所写的人物中，有些经学家经常被专家忽视，而《觅经记》好像为每位经学家写了篇小传，同时对复杂的经学史中各个流派作了清晰的梳理。他夸赞《觅经记》不像有些书把中国的儒家看成神话一样的存在，而是对古代人物有赞有弹，并且举出了一些例子。陈先生的所言让我由衷地感谢他，因为他真的认真读了这部通俗的小书。

陶跃庆则称，他能参加这个研讨会颇为意外，也非常高兴。第二个意外则是韦力的年龄，因为他在读韦力的书时，认定这是一位老先生，今天第一次见面交流，方知韦力仅比他大一岁。而他讲到的第三个意外则是韦力的书对他产生的影响，尤其是他读到了藏书楼系列后，开始以此作为指南，也到处寻访藏书楼。

陶先生讲话有着十分缜密的逻辑，他不用讲稿，但所讲之话却没有太多的冗词。他谈道："黑格尔说中国没有历史，实际上这个话题已经争论了很长时间，在八十年代我们读大学的时候，有一本书叫《在历史的表象背后》，说的是中国历史不断被推翻，不断建设，不断重复，我们感觉没有往前走。今天历史重新开始进入了这样轮回的时候，再来看韦力的书有特别感受。我跟着韦力的书去了很多地方，看了很多东西，真真切切地感觉这就是历史的地标，这些地标的存在是韦力靠一己之力定位出来的，一旦有了这样的定位，历史是存在的。我们今天应该站在这样的历史起点上继续往前走，而不是再推翻再重新来过。"

陶先生讲到他刚刚去武汉参观了黄鹤楼，了解到从唐代到现代，黄鹤楼不断地在做重复性修建，而我的寻访图片则把某个历史点凝固了下来，同时他提出："虽然现在都在说传统文化，都在说国学，但是真正国学的意义是什么？尤其是在今天的意义是什么？我特别想跟更多人分享，不是说我们背会它，看到它，学到它，而是今天站在昨天肩膀上，有深厚传统，站在这个传统上往前走，这才是历史意义。如果没有亲行，只有不断重复甚至不断记忆，那不叫历史。"

对于陶跃庆的所言，阚宁辉先生补充说，陶先生是他研究生时代的同学，如今在中央电视台四套做制片人，并且是著名的评论家。难怪他口才如此之好。阚先生又介绍陶先生乃是凯鲁亚克《在路上》的最早译者，同时也是子善老师的学生。陶跃庆说，子善老师是他大学一年级的班主任，而现在他在中央电视台做《今日关注》的制片人。闻听此言，我感慨于子善老师桃李满天下，培养出了这么能干的弟子。

陈先行先生是我相识多年的老师，因为工作关系，他常到北京的国家图书馆来开会，每次在国图相聚，我都能听到他发表一些新的见解，他敢于直言，在业界颇具名气。他首先说很高兴看到了陈建华老师，在上海图书馆，他为陈建华老师提供过多年服务，如今建华老师已经成为大学者，他赞同建华老师对"觅系列"的评价之语，他认为该书系乃是"自成著作的写作方式"，如果将其拆开来看，该书既写到经学史，也写到了考古史，撰写方式既有考证考据，也有散文小说笔法，而引用的史料则不全是以正史为依据，他同时说，颇为反感有人在引用史料的时候，仅以正史为依据。

陈先生又提到了今古文之争的历史，而后谈到清代的考据学派，认为那些汉学家自称很多观念上承汉唐，其实他们所讲乃是宋人的观念，因为宋代文献已经变成了第一手材料，所以很难区分出严格的今文与古文。而我所写之书，他注意到每一篇乃是前面讲学术，后面写寻访游记，他觉得这种写法读来有趣，同时褒奖我脑力与体力并用，是个冒险家。对于本书所存在的问题，陈先行讲到："在图片方面可以有更大的发展空间，我认为图片不够好，不够完美。因为图片很重要，这部书将来如何你不太知道，但是这里面的图片反映了当代的现状，21世纪，在我们这个年代，它就是这个样子。另外就是里面的书影，有些版本图片看不清楚，太小了，将来能不能稍微大一点。总而言之，上海文艺出版社出这本书很有眼光。"

对于陈先行先生的所言，肖海鸥补充说，其实韦力拍来的图片她也认为难以取舍，有些遗迹非常难得，把它们拍回来不容易，但她又说："我对韦力先生提出唯一一个要求，水平线一定要拉直。"肖老师这是在婉转地批评我，拍照水平太差，因为无法将图拍得水平，给美编的后期处理带来了困扰。而我寻访遗迹多年，拍出来的照片不止数万张，但拍照水平始终未见长进，这也的确是令我沮丧的事情。我几次想下决心拜师学艺，只是已经把所有的时间用在了寻访和写作上，故提高摄影技巧这件事，始终停留在想一想的阶段。肖海鸥又提到如果将书中的照片放大些来使用，那么书的厚度就必然有所增加，定价也随之提高，这样的话就会增加读者的负担，所以今后社里也会考虑数字出版的问题。肖海鸥也感谢陈先行所提的建议，她会进一步考虑如何平衡这些问题。

陈建华先生谈到他所看到的《觅经记》，认为该书需要调整的不仅仅是图片，版式设计也要进一步调整。他谈到海外有些书图文并茂做得更好，所以一部书的呈现，美编很重要，他希望美编能够拿出更好的设计方案。陈麦青先生也认为上的图片多了，确实有取舍问题，如何解决这个难题，也的确不容易。而周立民先生则希望将开本做大，多上一些图，会使得该书变得更好看，但他同时也提到，做成大开本后，出门不便携带。

接下来发言者是汪涌豪先生，汪先生为此准备了多页的发言稿，他谈到"觅系列"没有全部看完，但翻了其中的很多篇，他首先称："今天主题是'追寻古典中国'，那么我就从古典切入。古典不仅仅是时间的概念，还是一个文化的概念，也就是说，它不仅关注一个东西的物质文化，其实也关注精神原型，所以体现的第一层面是典章制度，第二层面是典籍，再一个层面就是典故。"

汪涌豪认为，古典不等于传统，而后他举出了算命和闹洞房等传统，这些当然不是古典，因为古典文化具有权威性。他继而谈到古人又将古典称为原典，并举出"元旦"这个例子，而后谈到在《觅经记》里读到的董仲舒。汪先生称，他以前通读过董仲舒的《春秋繁露》，该书专门针对"原"字做了根本性的解释，汪先生对此进行了阐述之后，又提到："古典凝聚了中国历代的思考，这个思考从发端来说是非常艰苦的，因为考虑的是抽象问题。黑格尔对东方哲学有偏见，认为东方哲学只有伦理，没有抽象世界，基本上是胡说。古典最终的指向是非常宏大的，所以它既可以进入学者层面，又能够进入普通的层面。像《论语》到现在这么长时间，《老子》这么长时间，许多人在解释《论语》、解释《老子》，也有人研究《春秋繁露》，我也研究，包括韦力呈现出来的《春秋繁露》。他所选取的几个点，当然不可能全部讲到，但从这几个点上就可以看出他的关注所在。"

汪先生认为，要认识过去的中国，就必须了解现在的中国，通过这样的了解才能知道未来的中国，故而从这个意义上来说，其实没有古典，因为古典就是今典。汪先生又讲到了当今的一些观念，认为发展不能丢弃传统，所以"回到古典中国就是为当下中国和未来中国着眼的"。汪先生又认为我是对传统古典有着敬畏之心的人："我相信韦力做这个事情的时候是有种情怀的。我本来以为他比我年纪大，原来比我年纪小。我讲究长幼有序的，特别对年纪比我大的人让三分，现在他比我还小，但是他头发比我少，我相信他这个人是有焦虑的，做这些事情的时候是有焦虑的，他把钱花在这些地方，你去揣摩他的心思，非常值得尊重。"

在谈到"觅系列"的写法时，汪涌豪说他喜欢看前一部分，对于后一部分明确称"我一点不要看"，因为："看到的是破烂的古迹，看到的是不规范的或者是根本混乱的保护，看到的是不专业的管理者，还看到一些无知的老百姓。古迹分两种，一种新得不得了，一种是一堆垃圾。两个方向上告诉你，今天的古典在中国已经没有了。"汪先生说他佩服出版社能够持续不断地出版该书，而后引用了韩愈《游城南》十六首中的一句诗："断送一生唯有酒，寻思百计不如闲。"他将其改为："断送一生唯有书，寻思百迹不如走。"

陈正宏教授首先讲到，今天这样的正式场合应该穿西装。可能是他看到与会者仅我一人装模作样的装着正装吧，因为我觉得今天大家是来指导我的，着装上还是应该尊重一下大家。不知什么时候开始，人们穿西装很少打领带了，我也觉得系上领带像是房地产中介，于是只好从俗。之前我曾听说，陈徵社长在接到"觅系列"第一部书稿时，征求过几位学者的意见，其中陈正宏支持出版此书系，为此我一直感念他的美意。正宏先生为人直率，言语一向对错分明，比如他今日就明确地说，有一个时期他非常痛恨那些古籍藏书家："因为一批不懂书的有钱人出现以后，把书的价格炒上去了，结果就是我们买不到书了，或者买不起了。我们买书不是为了藏书，是为了上课使用。你改变了我对古籍藏书家的看法，但是你这样的人非常少。"

对于我的"觅系列"，陈正宏同样明确地说："刚才汪涌豪说你的后半段不要看，但我最喜欢看后半段，反而前半段我觉得一般般。实话实说，这本书主要是给大众看的，非常生动，讲得也很好，非专业的人怎样讲这个故事，然后把后面引出来，是非常值得佩服的。"同时陈正宏又讲到，书中配的书影质量不高，他认为我的藏书中肯定有比所配书影更好的版本，但为什么不拿出来，他想了解我的心态。对于我的寻访，他又讲到："我也很喜欢访墓，很多学生说这个老师神经病，跑到一个地方就要去看公墓。我认为大学教育应该带学生到现场上课，但这种方式我只在日本碰到过，他们在内藤湖南故居开读书会，然后带我去访内藤湖南的墓。追寻古典中国，用这样的方式教育学生和下一代是非常好的。"但陈正宏又讲到，现在高校系统没有能力让学生到各地去访名人墓，而作为老师本身，如果借出差之机到处访墓也是不允许的，所以他提议让我搞一个众筹，而后让学生们跟着我一起去寻访历史遗迹，他认为这件事也能跟上海文艺社合作，以此促进教学，也传播了历史与文化，让学生真正明白什么叫读万卷书、行万里路。

陈麦青先生的讲话首先提到了他跟我认识之前的一段因缘。大概是1998年，我到上海寻访藏书楼，当时网上资讯不发达，某座藏书楼我始终找不到，于是给天津的一位书友打电话，因为他此前告诉我认识洪丕谟，所以我请他给洪先生打电话，请洪先生帮我落实，而后我得到了确切地点。这天我见到陈麦青时，他聊到了洪丕谟当年托他落实藏书楼地点之事，只是陈先生不知道，当年洪丕谟托他所办之事，乃是为了韦力。而几年前，我在上海上观讲堂举办了一场对谈，当时所请的对谈人就是陈麦青，我们那时却未曾聊起这个话题，看来了解一个事情的真相也需要等火候。

这天陈麦青也提到了上次对谈之事，他印象最深的，乃是问到我为什么要寻访这些历史遗迹时，我仅回答了一句话："凡古皆好。"对于如何理解我到处访古，陈先生说："你看他体力付出那么多，但是心里得到的东西肯定比付出多，所以他乐意做。"而后他讲到自己与浙江大学的白谦慎老师共同访碑的两次活动，一次是去西安，另一次是在山东，他说那些名碑因为珍贵程度高，所以都锁在碑亭内，因为他们已事先联系好，故他们到达之后，当地的馆长早已打开门恭候，然韦力的访碑却是到处碰壁，有很多地方锁着门进不去，还需要他想办法翻墙，是怎样的心理支撑才能做到这一点。

陈麦青又讲到了我所写的《鲁迅藏书志·古籍之部》，他说研究鲁迅的人太多了，他们的条件也都比韦力好，却没能为鲁迅所藏古籍写出一部提要，当他看到韦力出版该书时，很是感动，因为给他人的藏书写提要，都是吃力不讨好的活儿。

罗岗先生接续陈麦青说，他也买了《鲁迅藏书志》，因为该书颇具实用性。谈到"觅系列"时，他称："这个书虽然并不是讲学术脉络，但是无形中跟现在对古典中国的学术研究是有契合的。寻觅古典中国，并不是虚空的概念，不是只讲一个观念或者说法，而是有一个物质化的转向，这一点在'觅系列'里体现得特别清楚，因为诠释文献本身是物质化的，有一个书籍史或者说是图书史。"

对于我在"觅系列"中所配的书影，罗岗先生予以了肯定："子善老师以前给我们上课时讲到做现代文学，你读鲁迅不能不关注《鲁迅全集》,《狂人日记》前面是什么文章？后面是什么文章？整个是什么样的？你没有接触到第一手的物质性材料，你对古典理解就有差距。虽然今天没有那么好的条件，不是什么书都可以拿到，但是可以通过图片，通过各种各样的方式来看到。韦力有很多独家的图片来给大家看，传世文献本身的样子，是通过物质化的载体。西方很流行研究近现代历史，这一类研究是比较容易做的，但是做中国物质文化或者中国图书史、印刷史，一定需要藏书家来做。"

　　关于我的寻访之文，罗先生明确地说，他并不看重古籍本身，他认为寻访过程更为重要，因为现代化的重构，高速公路、高铁都能很快把人带到目的地，但是这个快却让人失去了很多体验的机会，如果要了解历史，就需要用脚去勘探，而不是跟着旅行团到处跑。虽然现在各个旅游部门都开有公微号，也有相应的旅游及地理杂志等，出版的书籍也很多，但是能够将学术与旅游结合得很好的文章却很少，所以罗岗先生认为："韦力把这两个东西结合在一起，将纸面上的文献和地面上的实际事物结合起来，确实是在某种程度上创造了一种新的写作方式，这种新的写作方式某种程度上也确实暗合了上海文艺出版社的出版风格，广义来讲，韦力的书也算是现代非虚构写作。以前有部书很有名，叫《黄河边的中国》，当然它不是一般游记，作者把自己的思想和看到的东西两者结合在一起，有些人喜欢看他思想，有些人喜欢看他去的地方。但是我们都知道所有写作都是一个剪裁，不是一个思路，最重要的是他把他对中国农村的想法和用脚勘探中国的行动，两者结合起来，之后才能呈现一种特殊魅力。"

陆灏的讲话首先提到他两次前往芷兰斋看书的情形，而后谈到这些年与我的交往。他说要聊一聊韦力的人和书两方面，关于前者，他首先讲了一个月前我在上海书展期间，所办讲座中的一件趣事："对于韦力的人，通过那么多年我和他的交往，发现他是个非常实诚的人。书展的时候他和毛尖有一个对话，毛尖的嘴当然很厉害，当场问韦力先生，你心目中谁最漂亮？一般问这个问题的女士都像白雪公主的后妈，希望你说她最漂亮。结果韦力先生很坦白，他说他想了半天，但是回答不出到底哪个人最漂亮。这就说明他是个非常实诚的人，这样的人写书做学问也会非常实诚。"

陆灏所说确实有那么回事，我当时犹豫的是不知怎么说更为得体，其实我本想说眼前的毛尖有着知性美，但不确定这样

陆灏先生讲话

说是否得体，而我当时又在想，最美的女人应该是王母娘娘，因为玉皇大帝掌管一切，他娶的老婆定然是宇宙洪荒第一美女，但马上又想到希腊神话中的金苹果，总之，我的脑子里经过一番诸神之战，终于没能说出个所以然。陆灏用这件事来夸我实诚，让我听来却别有滋味，说不定他的"实诚"二字是反其意而用之。

接下来陆灏谈到了我的《失书记》，因为该书正式出版前是先在《上海书评》连载，所以他对我的写法颇为了解。对于现在的"觅系列"，他认为寻访部分写得太过详细："作为一个编辑，有时候我会想，这个东西作为文章来说真不是好文章，太啰嗦。但是又很好看。"那究竟把寻访经历写长了好呢？还是写短了好？陆灏又说到他的纠结："我就说一个很矛盾的地方。《旧五代史》经过欧阳修编撰以后变成了《新五代史》，现在史学界觉得《旧五代史》尽管很复杂，但是保存史料更多更原始。我们到底取它的比较乱、但是保存的东西多，还是取另外一个文字非常好、很惊艳，但是损失了很多东西的版本。我在读韦力书的时候，就有一个矛盾的地方，一方面觉得这个东西很好看，好比买书，打自己耳光，走的时候放个屁都想写出来，不厌其烦。但是作为编辑来看，这样的文章不知如何剪裁，这是矛盾的地方。"

而后陆灏又谈到他有一次陪黄裳先生到河南访杜甫墓的经历，他说黄裳到了那里后，不但要细看，还要拿出笔来抄录碑文，这些做法让陆灏觉得很喜欢。某次陆灏跟黄裳的女儿聊天时，对方告诉他说，父亲带她们出去玩，到了目的地就是看几座坟，有几次带她们到杭州玩，也没去过几个地方，因为黄裳到了那里就是寻找古人的墓地。而对于这样的寻访，罗岗先生补充说，建议我用 GPS 定位，同时也包括地形勘探，从而将历史遗迹更为立体地表现出来。

刘毅强先生的讲话也是先谈与我多年的交往。他原本在上海图书公司任副总，那些年我到上海参加古籍拍卖时，总会到上图公司和博古斋去翻书，时常碰到刘先生，后来他调到了上海辞书出版社任副总编辑，从他那里我了解到，辞书社有很大的古籍书库，而那里的古籍主要是中华书局迁到北京时留下的。他的所言令我大感兴趣，后来正是在刘先生的安排下，我得以走入辞书社的古籍书库一饱眼福。再后来，我写《觅文记》时，上海文艺社请的外审专家又恰好是刘毅强，而刘先生对于我书中之误多有是正，这让我一直感念。

刘毅强说韦力乃是当代的徐霞客，闻听这句话，我立即向他作揖，说这样的褒奖绝不敢当。对于我的写作，刘毅强称："韦力通过这些年的持续研究跟写作出版，其实是体现了一种文化担当。我相信他内心是有一点野心的，或者说是有使命感。现在很流行说'不忘初心，牢记使命'，其实韦力的这几种系列写作就是最好的体现。他不是遵从上级的号召，他完全是遵从自己内心的一种动力、一种召唤。"对于"觅系列"，刘毅强说他最喜欢看寻访的那部分，这些记载不止有趣，还能反映我当时的状况："所以我专门去看他怎么写出他的喜怒哀乐，有的时候是尴尬，有的时候表现出一些狡狯，我看到这些时感觉特别有趣，他也有碰壁的时候，看到他碰壁的时候我内心有点得意，原来韦力也有难办的时候，碰壁的时候。"

　　而后刘毅强又谈到了他在审核《觅文记》书稿时所产生的疑问："一个人的学识这么广吗？是不是有些东西从百度上弄来的？我举一个小例子：《觅文记》中有一篇文章引用了某人的一部专著，然而这段引文从上下文来看，似乎有所缺漏。网上百度扒来的有所缺漏是不稀奇的，作为编辑来讲做一些技术处理也蛮容易，但是技术处理后会有内容的缺失，这是最后的办法，不是办法的办法。我跟韦力先生联系了，告诉他书稿里面有一个遗漏，能不能想想办法。韦力告诉我说，《觅文记》已经交稿了，他开始写其他的书稿，所以跟《觅文记》有关的参考书已经打捆很难找出来，最后的解决方法是，他立刻在网上找到了一本同样的书，而后寄给我。收到这本书后，经核对原文，问题果然解决了。由此说明，韦力为了写这个系列，买了很多的参考书，参考了大量不容易找到的资料。"

　　周立民先生在讲话时，首先称"觅系列"他看过两部，分别是《觅词记》和《觅经记》，但他并不知道"觅系列"会有这么大的写作计划，所以他赞同刘毅强所说的"韦力有野心"这句话。周先生谦称，他研究杜甫很多年，但并未留意杜甫的墓在哪里，当然也就没有去看过，他认为韦力寻访的意义在于："可能有的遗迹在他寻访离开之后一个月就消失掉了。文化的脉络，如果没有人记录下来就断掉。从这个意义上来讲，我非常看重这样的寻访，这种寻访扩展了原来的学术视野，打破了原有的学术研究方式，这对社会学研究者是很正常的事情，但是对于文学研究者来说是稀见。"

他又联想到了研究巴金的问题。"为什么巴金三十年代的作品那么流行？有各种原因。通过几个细节人们发现，巴金的作品里运用了当时最时尚的元素，比如说海珠桥，1933年2月通车，5月份就出现在巴金作品里。他在上海，1932年建的房子，他1933年就住进去了。1938年去了澳门赌场，去的中央饭店，这是当时澳门赌场最中心。包括他写东西的地理方位、书房、生活空间的大小等等，这对我们研究当时的日常生活和精神结构非常重要。"周先生接着感慨说，现在有些年谱甚至不记载作家住在哪里，以及他搬过几次家、什么时候搬家等等这些日常生活状况，其实这些细节跟作品之间有着很强的关联度，而这也正是他看重"觅系列"中记载细节的原因所在。所以他认为："从作家文学的角度讲，我确实对后半部分特别看重，倒不是说把这一部分摘出来单独出书，但我真是希望前半部分删掉2/3，后半部分增加2/3，有些经历拍出来就是惊险，电视剧一样的，比如其中有两个带路的人，最后还能整出一箱炸药来，所有的细节都无法想象的。"

　　周立民所谈到的一箱炸药事，乃是指《觅经记》中寻访子夏墓一文，当时两位带路者费了很大气力爬了很高的山，才让我看到寻访目标，返回途中意外捡到一箱炸药，并且还把炸药带下了山，其实这件事想想也有些后怕，而这也说明了我有意气用事的一面。周立民认为，正是这样的细节记载，才使本书有价值，因为他觉得："一个好作家所写的东西，应当有不能被其他作家替代的部分。比如这个书中，他把我们一辈子没有去过的现场的信息放进去，从这点意义上讲，他的图片更是不可取代的。因为韦力极有可能是唯一一个把这些图像那么完整留下来的人。这些图片是非常重要的部分。"而对于专业写作和通俗写作的问题，周立民又说到："我们写作过程中不分通俗和学术，写作方式可以结合，没有学术和非学术。作家要打破文体界限，叙述方式上更灵活一点。"

接下来是刘晶晶老师讲话，其实"觅系列"书稿放在上海文艺社出版，正是刘晶晶帮助联络，后来我在上海地区的寻访，有两次是在陈徵社长的安排下，由刘晶晶和上海文艺社的其他老师陪同，寻访到多个遗迹点，因此刘晶晶也看到过我寻访时的状态，她在讲话中说到："我也陪他一起寻访过。韦力老师给我印象最深刻的是，我们看到一些很残破的院落，他碰到那些人跟他们交谈的时候，都是以一种郑重其事的、对他们很恭敬的态度。我很少碰到人在日常生活中会这样，发自内心地尊重历史遗迹和文化。就像有的老师说是有现场感，他对于历史和所有这些残垣破壁，写出了历史的温度和人情味，是不能替代的。"

对于整个"觅系列"，刘晶晶还说了这样一段话："梁启超先生以及后来的一些大家，都是主张做专而精、窄而深的研究，这样看来，对于学术界来说，窄而深、专而精可能是一个捷径。但是从宏观来看，没有不博的精，而韦力就体现了一个'博'字。'觅系列'已经出版了六部，大家觉得这套书系已经很庞大了，其实这里可以透露一下，这还只是冰山一角，因为韦力老师的文化版图非常大，它会慢慢呈现出来。韦力老师是一个非常有恒心和耐力的人，所以读者们可以不用心急，慢慢等待后面的书陆续出版。"

而后是毛小曼女史的讲话，她首先以官方身份代表市委宣传部对我表示感谢，因为"肯把这样一套好的作品放在上海出版"。而后她又说："等到'觅系列'完成的时候，韦先生这套书一定会成为这一段上海出版史上的巨著，比如说到新中国成立80周年，回头做出版总结的时候，这书也要被特别提到。真正能留下来的东西，无论时间过去多久，都有它迷人的光彩。"

　　毛小曼认为今天座谈会的质量特别高，为此她感谢作家书店营造了这样好的氛围，而这种氛围与作品呈现出来的厚度与高度特别契合。因为毛小曼所坐的座位仅与我隔着一位专家，所以她注意到了我手部的姿势："陆灝老师说韦力是很实诚的人，从我这个角度观察，他其实有一点点小紧张，我一直注视他的手势，一个人被大家评论的时候，特有的状态。我从内心觉得，韦老师不应该是这种状态，他是见过那么多世面的，在我们看不见的江湖里厮杀过的人，怎么会在我们嬉笑怒骂的场合里表现出紧张呢？所以在这一点上，我看到韦先生的厚重。就是不一定用很张扬的气魄表达我曾经历的江湖，我的见识，有时候可能你的腼腆和沉稳，反而是赤子之心的表现。"而后毛小曼命令我按原姿势举起手来给大家看，我很听话地按照她的要求，乖乖地举起了双手，现场的专家们都笑了起来。而我也佩服毛小曼能够从细节观察一个人的心理活动。

　　接下来讲话的是司马朝军先生，他也首先讲到跟我相识多年的状况，并且说他所从事的专业与我有相似之处，因为他研究文学史、经学史等，他说我的书在他的书房内已基本齐备，而对于《觅经记》一书，他读后备感亲切，因为该书与他的工作颇为契合，他目前正在做清代经学学案，同时正在撰写《中国经学通史》，为此他们每年都要举办一次研讨会，今年的会议在本月下旬举办，上半年就已经邀请了韦力，并且韦力已经答应参加，但后来跟其他的事情撞期了，今后还会邀请韦力去参加此会。对于"觅系列"，司马朝军说很多人喜欢文中的后半部分，但他却认为前半部分更具思想性，也更有观点，而对于韦力的所思所想，他还准备找学生来做专题研究。

各位专家谈完之后，李伟长让我说说自己撰写"觅系列"的总体想法。其实，为了此次研讨会，我在一个月前就写了一篇发言稿，拉拉杂杂，把我的总体构思以及遇到的问题全部写了进去，长达万字。但今天因为各位专家畅所欲言，对我既有鼓励，也有批评，到此时会议的时间已经超过了三个小时，而我不好意思再耽误大家的时间，于是没有拿出那篇讲稿宣读。

这天恰逢教师节，在座的各位几乎都是老师，于是我站起身给各位老师鞠了一躬，感谢各位能在百忙中抽出时间来参加此会，因为之前我已了解到这些老师们会参加不少的活动，而此前邀请的另外几位老师，就是因为教师节不能前来与会，当日与会者也有几位在参加完本研讨会后，还要赶去参加另外的活动，这正是我感谢大家的原因所在。

接下来，我简单地介绍了"觅系列"的写作目的，而后讲到现在的写作速度以及该系列最终完成的时间。通过听各位专家的所讲，我产生了许多新想法，而各位专家虽然各有各的看法，但均能真诚地指正我书中的问题所在，这让我得以在今后的写作中有所改进。而后，阚宁辉先生作了总结性发言，他代表读者向今天过教师节的各位鞠躬致敬，而后赞誉各位专家所讲既有分量也有质量，他代表上海世纪集团向韦力及各位专家表示谢意。接下来又对我说了一些鼓励的话，而后结束了这场有意义的研讨会。

专研活字　国际视野
"汉字活字的古今东西"国际学术工作坊

时间：2019年9月17日

地点：宁波天一阁博物馆

　　该会由法国远东学院、复旦大学古籍研究所和天一阁博物馆共同举办，蒙陈正宏教授之邀，我有幸前往聆听。此前的几天，我刚在江南地区寻访几处遗迹，而后于16号下午到达宁波。宁波高铁站与其他城市最大的不同就是乘车十分容易，在北京南站排队打车正常情况下需要一小时左右，上海也与之相仿佛，而宁波高铁站的停车场面积足够大，等客的出租车排成了望不到头的长龙，我从走到停车场到打上车大概用了不到十秒钟，走在我前面的仅有一位老妇，虽然她走得很慢很慢，但也无人插队，因为走向出租车者仅我二人。

　　我请出租车司机把我送到宁波饭店，出租司机犹豫了一下，我以为他误会我要去宁波的饭店，于是看了一下邀请函，告诉他就是马园路251号的那家饭店。他不再吭声，驱车驶出地库，而后在一个红绿灯前掉头，再往前行驶了半分钟，告诉我说到了。宁波饭店与高铁站的距离大约在五百米左右，没想到距离居然如此之近，我立即向出租司机道歉，告诉他自己真的不知道酒店就在高铁站边上。因为我不知道他在地库里排队多长时间，很倒霉地拉上了我，而起步价仅11元，于是我掏出30元钱递给他，以此来表达自己的歉疚。

在酒店大堂办了会议登记，而后入住房间。不久天一阁博物馆馆长庄立臻女史前来。去年我再次来天一阁探访时，为了能够登上古代前贤引以为傲的天一阁藏书楼，事先特意向庄馆长申请，蒙其应允，她派典藏部主任饶国庆带我前去一探宝窟，使我首次看清了天一阁藏书楼的格局，遗憾的是里面光线太暗，回来才发现我的几张照片均拍得模糊不清，不过这也让我有了第二次提请入阁的理由。这天再见庄馆长，我立即以半开玩笑的方式提出了这个不情之请，她竟然爽快地答应了我。

当晚天一阁宴请来宾时，我意外见到了法国远东学院教授米盖拉女士，按照主办方的安排，我恰好与米盖拉同桌。十几年未曾见面，她依然容颜未改，只是头上多了一块紧紧包裹的丝巾。我问她是否还记得韦力，她愣了一下，马上欢笑起来，准确地说出了已经与我13年未曾见面，并且详细讲出了她带着20余位法国专家去芷兰斋看书的情形，其记忆之佳令我大为赞叹。

第二天一早，天一阁安排两辆大巴车接众人前往开会地点，所有来宾先在天一阁门前合影，而后分两个会场开会。我所在的会场专门讨论古今活字本的问题，上午的会议由陈正宏教授主持，他首先向与会者介绍了本会议室内的嘉宾。第一位是法国巴黎国家印刷局高级技师嘉内丽女士，陈教授称她是"全世界范围内非常罕见的西方金属活字专家"。介绍的第二位是本次会议的主办方

天一阁匾额

代表之一法国远东学院的米盖拉教授，她是"著名的汉学家，专门研究东西方的印刷史"。第三位则为巴黎第七大学的西蒙教授，对于他的学术专长，陈正宏介绍说是"研究欧洲近代活字的专家"。介绍的第四位则是来自韩国韩古尔博物馆的李载贞研究员，陈教授说她原本在韩国国立中央博物馆工作，而今"临时被指派到韩古尔博物馆做领导"。第五位是来自日本庆应义塾大学斯道文库的文库长佐佐木孝浩教授，陈正宏同时简介了斯道文库的藏书特色。第六位是来自日本庆应义塾大学斯道文库的住吉朋彦教授，陈教授说他"主要是研究东亚的汉字，中国书、日本书、朝鲜书都懂"。第七位则是韩琦老师，陈教授说他是"非常著名的印刷史专家，同时也是科学史专家，他的另外一个身份大家也熟悉，是《中国印刷史》作者张秀民先生的外甥"。介绍的第八位是北京故宫博物院故宫学研究所所长章宏伟教授，陈教授称其研究领域广泛，从印刷史到文化史都有相应的探究，同时章所长还是故宫学研究专家。

陈正宏介绍的第九位来宾是国图的版本学家赵前先生，陈教授称到国图看善本，把第一道关的人就是赵前，凡是到国图查阅善本的学者专家，无人不识赵前先生。第十位是来自天津图书馆的李国庆研究馆员，陈教授介绍李国庆时称"大家熟悉的工具书就是他编的"。第十一位是来自上海博物馆的助理馆员金菊园先生，陈教授说此次请金先生前来，乃是因为他的日语好，特意请来做翻译。而介绍的第十二位就是我，陈教授介绍到我时，竟然说了一句："现在已经是网红了。"这句话不知是褒是贬，至少我听了半天没回过味来，但现场来宾听到这句介绍语时都笑了起来，现场的法文、英文、韩文翻译分别将这句话翻译给相应的来宾，我看那些人都看我一眼，真不知道他们是啥心思，也不清楚这些翻译们如何来翻译"网红"这个词。

陈正宏介绍的第十三位来宾乃是艾俊川先生，陈说艾是"国内知名的活字本研究专家"，同时陈教授也称他早闻艾俊川大名，但今天却是第一次见，又补充说："国内真正看得懂活字本的专家其实不多，他研究得非常深入。"陈教授介绍的第十四位嘉宾是复旦大学古籍整理研究所所长陈广宏教授。陈正宏说，陈广宏是他的领导，他感谢领导在百忙之中能够出席会议，对于陈广宏的学术专长，陈正宏介绍称他是"明代文学的研究专家"。而陈正宏按照座位顺序介绍到他本人时，却说不用介绍了，又接着介绍了复旦大学古籍整理研究所的苏杰教授，陈正宏说："他跟我的专业一样，是古典文献学，现在做的是所里非常新的方向，比较文献学，尤其是东西方的比较文献学。"

而后陈正宏介绍了在座的几位留学生，其中有越南胡志明大学毕业的潘青皇，他在台湾获得了硕士学位，现在陈正宏这里读博士。第二位是来自韩国的金东妍，现在也在复旦大学读博士，其博士论文是研究中国的明刻本。第三位是来自复旦大学的日本留学生吉冈佑马，现在研究中国的类书。第四位则是来自中国香港的李亚诺同学。

而后陈正宏请米盖拉教授致辞。米盖拉首先感谢了本次会议的承办方天一阁博物馆，感谢了复旦大学古籍研究所，她介绍说，15年前她在北京的国图也参加过类似的国际研讨会，自此之后跟中国的机构合作渐渐多了起来，其中跟复旦大学合作了一个项目，她请陈正宏教授参与这个项目达一个月之久。

接下来陈正宏又请陈广宏教授代表古籍所发言。陈广宏认为与天一阁的合作非常愉快，并且与远东学院的学术合作又有所增广，他觉得陈正宏教授能够将不同文明区域的专家汇聚在一起，共同研讨活字本领域的问题，是十分有价值和意义的。

而后是庄立臻馆长讲话，她首先代表天一阁向参加此会的各位学术专家及媒体朋友表示诚挚的欢迎，她认为本次论坛的题目很有意思，因为活字印刷是中国的四大发明之一，而通过中外对比式的研究，能够碰撞出更多的火花。庄馆长又介绍了天一阁藏书楼已经走过了453年的风雨历程，这种奇迹般的坚守让世人感叹。庄馆长说，一年前她就跟陈正宏教授商讨合作办此研讨会之事，为了这个会他们付出了很多的努力，今天终于得以召开。

陈正宏则介绍了他为什么要首选天一阁开会的原因，同时解释了本次会议为什么名为"工作坊"。陈教授说，工作坊跟国际学术会议有较大的区别，因为有些国际会议近似于表演性质，读完论文就散会，他觉得没这个必要，现代科技手段完全可以将文章发过来，看看即可，而工作坊则不同，工作坊不仅讨论问题比较集中，并且是重在讨论。陈教授甚至直接称，工作坊这种形式的会议并不欢迎旁听者，因为工作坊只是相关专家学者自己开一个会，而这种会的开法是畅所欲言。

开场白之后，陈正宏首先请艾俊川做报告。艾先生的题目是《从活字印迹看古代金属活字的三种制作方法》，他认为现代人研究古代活字大多是根据古书上的只言片语来作解读，但这种解读有不确之处，而古代的一些金属活字本流传至今，他通过观察金属活字本版面的印迹，将活字的制作方法分为三种："我认为主要有三种制作方法。一个是同模铸造，特点是同一个版面上的同一个字都是一个模子出来的，代表作就是中国的福田书海的铜活字。第二种是雕刻，就是一个字一个字雕刻，明清的时候用青铜黄铜，按道理是刻不动的，应该是用软一点的金属，它的特征是每个字都不一样，存在笔画损伤严重的，代表作是《唐五十家诗集》的活字本。第三种是整体铸造，一次把所有的字铸造出来，代表有《古今图书集成》。"

对于传统的金属活字，业界主要是指铜活字，但中国的铜活字是铸造出来还是镌刻出来，一向有着争议，而今艾俊川总结出三种不同的制作方式，让我听来耳目一新。近些年来艾俊川一直在探讨活字本的制造方式，但这回我却是第一次听闻他讲到这样的三分法，不知道这是否是他首次公布自己的这个研究成果。

艾俊川用一些图片展示他的立论依据，他首先注意到一些古代活字在字迹交叉点有错位的问题，认为出现这种现象，乃是因为刻金属和刻木字不同，刻木字的刀刃非常薄，遇到字迹交叉点的时候就一刀过去了，所以会把字迹刻断，但刻金属的凿子刃比较粗，当刻到字迹的交叉点时，就会绕过去接着刻，这样的话，就出现上下笔画对不上的问题，这就说明了有些金属活字乃是用镌刻的办法制作而成。同时他还注意到，有些金属印本出现了微小的圆点，他认为这是铸造活字时留的气孔，正说明了这种活字乃是铸造而成。同时他也注意到《古今图书集成》的活字很可能是铸造的，世界上最早的金属活字本《直指》有可能是铸字本。

　　艾俊川所说的《直指》，全称为《白云和尚抄录佛祖直指心体要节》，制作时间为公元1377年，也就是明洪武十年，如果以时间论，该书的出现时间比著名的古腾堡《圣经》还要早78年，正是因为如此，该书被称为存世最早的活字本。针对艾俊川的发言，李载贞首先予以了回应，她说接下会来讲到《直指》的内容，看来她对该书的制作方法有自己的看法，同时她说韩国有一个铸造坊，是用蜡烛铸造法，我想这可能是翻译的问题，李载贞应当说的是失蜡法。

　　工作坊最有趣也最有价值之处，就是每位讲演人说完自己的观点后，现场与会者可以当场提问并发表自己的意见。赵前首先注意到艾俊川展示的《直指》书影有些字有交叉的笔画，而我在看到这段时，也跟赵前讨论了这个问题。我也认为有笔画交叉就很难说是活字本。然而李载贞对此有解释，她说自己虽然没有看到《直指》的实物，但从韩国现有的木活字和金属活字字钉来看，这些字钉有些是不规则的。陈正宏教授也予以了补充，他说我们平常见到的活字本字钉都是比较标准的六面体，但朝鲜有拐弯的，所以出现交叉是有可能的。

我没有见过这样不规则的活字字钉。从理论上讲，这种字钉可以制作，但是在使用上我却难以理解，因为制作活字的目的乃是为了重复性使用，如果这些字钉的边缘不规则，那么排在一起，必然造成字与字的间距不等，这样的活字本排出来自然会参差不齐，可是我所见到的朝鲜活字本却没有出现这种情况，朝鲜如何解决排版的整齐问题呢？看来还需要到韩国多看原物。然而我在现场还是提出了自己的疑问，因为我注意到现场展示的书影页面太过干净了，就我的所见，除了高丽内府活字本外，其他的朝鲜民间活字本大多会出现页面深浅不一的情况，但这张书影却没有。

对于我的提问，对东亚活字本颇为熟悉的陈正宏教授代为解释，他明确地说这是照片的问题，因为他见过实物，实物的状况与图片不同，同时他认为该活字本的情况，有可能是木活字和金属活字混用。他说这个问题今后还值得再探讨。

接下来是米盖拉的发言，她发言的题目为《欧洲汉字发明与法国国家印刷局收藏的十八世纪汉字木活字》，她展示出了不少的书影，从上面可以看出在一些西文书中夹杂着一些中国字，但那些字看上去怪怪的，像一幅图画。这样中西文交杂的书籍在中国市场上未曾出现过，我以往所见，也基本是在一些研究著作中。为什么会出现这种情况，米盖拉并未作进一步的解释，也许是为了节约会议时间，她没有展开自己的话题吧。

而后是韩琦的讲话，他首先感谢主办方对他的邀请，接着谈到了舅父张秀民跟宁波的关系。1924年张秀民在宁波四明中学读书，而后到厦门大学求学，从此开始了印刷史的研究，韩琦说到他正是受舅父的影响，对印刷史的研究作了一些拾遗补阙，这当然是他的谦辞。他又讲到1992年之后有机会前往日本、欧美访学，因受舅父的影响，他注意到中国跟欧洲活字交流的问题，当时舅父提醒他要关注19世纪的英文期刊，而他这天演讲的主题就是19世纪印刷活字以及在中国跟欧洲流传的情况。他简述了欧洲传教士对中国活字的制作历程，之后讲到了在澳门建立的华英校书房，提到该书房制作的拼合字本流传十分稀少。韩琦提到他在芝兰斋见到过澳门拼合字本，而芝兰斋所藏该书的书影用在了增订本的《中国印刷史》上。

韩琦又提到1845年澳门的华英书房搬迁到宁波之事，这就是著名的华花圣经书房，自此之后，宁波成了当时著名的印刷中心。再后来因为传教策略的改变，很多传教士去了上海，而华花圣经书房在宁波经营了15年，制作出大量的印刷物，成为中国活字印刷史上浓墨重彩的一笔。

陈正宏总结韩琦教授的发言时，称其所言刚好跟米盖拉做了一个配合。陈教授也谈到了苏精对此的研究，他说苏精到西方查阅了很多档案，发现了许多重要的信息，然而苏精的研究方式却与在座者有些不同，因为苏精的研究"主要是从史料的角度复原史实，而我们主要是从实物"。陈教授又向在座的天一阁馆长庄立臻说："总觉得把天一阁和宁波想得太小了，你们眼里只有宁波是不对的，一定要有世界。华花的印刷局就是当时小型的出版社，它完全可以代表东西方交流，这就具有世界性的意义了。"

听完韩琦的发言，我想起了之前看到的一些相关的实物印本，关于宁波的这家出版机构，有些文献记载称为"华花"，有的称为"花华"，不知道哪种称呼更正确。韩琦说，他所见者大多是将中华的"华"字放在前面，因为扉页上印得很清楚，虽然国内这些本子很少，然而他在牛津、剑桥等欧洲的一些图书馆中看到很多，所以他认为"华花"更为正确。而陈正宏也说自己所见均为"华花"，以至于让我怀疑自己的记忆是否有误。

接下来的发言人为天一阁的李开升先生，他说自己今日所讲有四方面内容："第一个是活字本的概览，第二个是介绍一下《古今图书集成》，第三个就是排印工题名的问题，最后一个是《唐眉山诗集》到底怎么回事。"李开升说，本次发言的题目是陈正宏老师给他出的，因为天一阁虽然收藏的活字本有限，但却有一万多枚木活字藏在库房内。他首先介绍说："天一阁的活字本大概有1100部，其中日本活字本5部，大部分是中国的活字本。从内容上分，大部分是家谱，我之前统计的时候还没有这么多，最近两年又征集了一批，达到了900部的样子，其他的文献有200多部。从时代分，明代有11部，乾隆以前有50余部。"

李开升重点讲到了天一阁藏的铜活字本《古今图书集成》，他注意到了印本上的排印工题名问题，还注意到该本有一些校改字迹。而后他谈到了雍正三年汪亮采南陔草堂木活字本的《唐眉山诗集》，李开升注意到该书版框的交接处空隙明显，而这是活字本的主要特征之一，但是该书的字体刻得太过漂亮，每个字之间又有气脉相连，他一直拿不准究竟是不是活字本，故而带来了原书请大家做探讨。

陈正宏夸赞天一阁是个神奇的地方，很多地方找不到的本子在天一阁都有存，而后他请众人对李开升的发言提问。首先提问者是住吉朋彦先生，他问李开升天一阁从什么时候收藏了这部《古今图书集成》。李先生称该书来源十分清晰，当年乾隆皇帝下令编纂《四库全书》向全国征集底本，而提供底本超过500本的藏书家，都获颁一部《古今图书集成》，天一阁也在此列，从1773年开始，直到今天，这部书都藏在天一阁。

赵前先生提出，按照清华大学学者的研究，《古今图书集成》应当是在现在的清华大学院内刷印的，而刷印时间应该在雍正之前，但是天一阁的这部赐书却有校字，如果这部书是底稿的话，上面的批校之语应当在雍正之前；如果赏赐者为校稿，那么这部书当年印了64部，这会不会是64部之一呢？

对此章宏伟先生也提出了问题："这件事我也觉得很好奇，刚才开升说这是一个工作本，虽然《古今图书集成》最后完成的时间是雍正四年，但是这部书最后离开宫里到天一阁来，应该是乾隆三十九年，这个时间已经隔了40来年，《古今图书集成》出宫的时候，可能给的就是一个毛装本，就是用纸捻简单的锁一下。一般宫里的赐书不会是成书，你自己可以根据自己的需求装订。从刚才你的介绍看，我们感觉这应当是做这部《古今图书集成》时候的工作本，怎么能把工作本拿出去呢？这是值得往下继续做的题目。"而后，章所长又说他非常赞同陈正宏教授提出的天一阁定位问题，因为当时宁波是非常重要的港口，而刚才韩琦教授讲到了华花圣经书房，此书房设立在宁波已经是19世纪中期时的事情了，章宏伟认为要追溯宁波的中外印刷交流史，应该比这个时期早得多，比如说，中国的书籍在江户时代就往日本输送，主要的出港地之一就是宁波，说明宁波在印刷史上有着特殊的地位。

对于众人的提问，李开升的回答是："赐的书是不是装订好的，天一阁这部就是直接的证据，不可能装好了再拆开。尽管是宫里的书，皇帝也没有那么多钱，也要节约，北京要100两，热河50两，书都是毛装的，什么时候用什么时候装。可是为什么把工作本赐给了天一阁呢？这些校记从外表上看看不出来，我是把它们从4000多册中一册一册翻出来的，大部分是没有这些痕迹的，仅1%有这么一条，还看不清楚，都在边边角角的位置。赐的时候宫里不会检查这些东西，按道理这些校记每册应该都有的。我有实物的证据表明，在这个书根的地方剪掉了一块，明显少了一指宽，这明显是把名字裁掉了，这些是没处理干净的漏网之鱼。"

韩琦问李开升，天一阁所藏的这部《古今图书集成》跟其他地所藏是否有不一样的地方？李开升称，他将天一阁所藏跟浙图所藏对比过，修改之处有的相同有的不相同。我则谈到，《古今图书集成》在市面上流传有散本，基本都装帧完好，并且大多是黄绫包角，说明这些书在出宫前就已经装订好了，然而我在热河和沈阳也看到大量的殿版书仍然是毛装，但那些毛装书有时会将四五卷合订为一册，从李开升展示的图片看，天一阁所藏的这部书基本是两卷一册，这与装订好的情况相同，从这个角度而言，似乎不像工作本。

上午会议结束后，天一阁拿出了一些馆内所藏的活字本请与会者欣赏，其中那部《古今图书集成》的确是毛装，书内有少量的校字。赏赐本为什么会出现这种情况，众人拿着书探讨一番，

指出特征

莫衷一是，只赞叹于李开升的细心，因为少有人会把这部大书一页页地翻看一遍。他谈到的《唐眉山诗集》也是众人讨论的重点，我注意到筒子页背面刷印痕迹颇为平整，由此而断定这应当是木刻版，只是不知什么原因用了活动的边框。这种刷印方式让我联想到了武英殿聚珍版丛书，该套丛书实际是以木刻版的形式刷印的版框，而后以木活字排印进行套印，就技术而言，这部丛书乃是同色套印，其印刷方式恰好与眼前所见的这部书相反，因为眼前这本书的文字是木版，而边框为活版。为什么会这样做呢？我也说不出所以然，但这样的印本却也见过几部。艾俊川细看之后，认定该书其实就是木活字本，之后他讲出了自己的理由。李开升闻言后大为高兴，因为天一阁的藏书中又多了一种稀见的活字本。

　　下午的会议由米盖拉主持，她首先请住吉朋彦教授讲话。住吉先生重点介绍了一种日本活字的《老子道德经》，而后将这部书与传到日本的唐钞本进行比较，又谈到了该书的两种元刻本，之后谈到了朝鲜王朝时代活字印本和日本印本的关系问题。

住吉朋彦讲完之后，米盖拉说先不要提问，接着请佐佐木孝浩教授讲话。佐佐木教授首先介绍了斯道文库的情况，该文库包括住吉朋彦在内，一共有六位研究员，而后介绍了日本活字使用的文字："第一种当然是汉字，第二种是平假名和片假名，都是汉字简化来的文字。日本的活字本都是平假名和片假名夹杂汉字的形式。现在的这部书也是汉字和平假名混合的，这个书的特点是旁边有假名标注的读音，是汉字的读音，旁边的小名跟汉字是连起来的。平假名和片假名是一眼就能分出来的，我专门研究的平假名的汉字其实分辨起来有点困难，我想大家看了之后就有所明白了，到底为什么容易混淆。因为这个书是没有板框和界行的，平假名的书很多是以没有界行为特点。当然这种现象也不是突然产生的，最开始平假名和汉字混合的活字印本板框还是保留的，也包括汉字和平假名、汉字和片假名混合在一起的活字印本，日本人还是不太喜欢有板框的，最终出现的是没有板框的混合活字印本。另外这个跟平假名书写的特点有关系，平假名不弄这个看起来就比较美观。平假名是用汉字的速写，就是像行书一样，19世纪产生的，没有界行的干净版面看起来是比较漂亮的。为了表现这种连写的状态，特定做的是几个假名连在一块的活字。当然，也不算是活字了，平假名的连续活字从两个假名到五个假名的都有，第一行两个假名的很多，第二行是三个假名。就像刚才大家怀疑的，这个是活字本吗？还是有活字本的痕迹，黑字的地方就是活字版印到的地方。"

日本活字本

　　佐佐木又谈到了有些日本的活字本为什么没有版框和界行，他觉得："有可能是因为同时代传教士进来了以后，出来了西洋耶稣会的书，这些书是假名译本，也没有版框和界行，可能是受这个影响。"

　　接着李载贞的所讲乃是关于高丽、朝鲜的活字印刷及现存活字，她首先讲到上午提到的《直指》一书，所用活字是用字模一个一个做出来的。以我的理解，她的所言乃是指《直指》所用活字为铸造活字。接下来她介绍了韩国国立中央博物馆所藏的朝鲜活字实物，她说那里收藏了大概82万枚活字，其中金属活字50多万枚，木活字30万枚。这些活字大约制作于17世纪到19世纪之间，其中还包含了一些韩字的金属活字。而后她以图片的形式展示出了甲寅字体活字，她介绍说，这套字体乃是仿照中国明代内府刻本。

　　因为甲寅活字本我那里藏有几套，故看到她展示的图片很是眼熟。李载贞称甲寅活字总计制作过六次，原来还有这么多的版本区分，这也是以往我未曾留意之事。她说，现在留下来的活字乃是1776年第六次铸造的，而后以图片的形式展示了活字的外观。我注意到这些图片上的活字背面都是凹陷进去的，有些像瓦片的形状，这跟中国的活字字钉差异较大。毕昇制作的泥活字究竟是什么形状，多年来业界争论不已。因为沈括在《梦溪笔谈》中仅说毕昇做的泥活字"薄如钱唇"，如何理解这四个字，业界产生了分歧。有人认为这么薄的泥活字一用即碎，故将其解释为所刻阳文的高度，但因无实物流传，这些猜测都得不到证实。韩国能够保存下来这么多活字字钉，能够将实物一览无余地展示在人们面前，这真让人叹羡。

而后李载贞又介绍了整理字和实录字，最后又谈到了从中国买的燕贸木活字。我对"燕贸"二字不熟悉，于是向旁边的章宏伟教授请教，他说这是近期印刷界谈论的话题之一，乃是指朝鲜从中国购买的木活字。而后李载贞又用图片的形式对比出燕贸字与朝鲜朝代木活字的不同，她说韩国国立中央博物馆分析了这些木活字所用的木材，发现燕贸字都是用枣木制作的，同时燕贸字里面还会避乾隆皇帝之讳。

接下来是提问环节。李开升首先问道，从中国购买木活字的可能性有多大？李载贞说，武英殿的活字跟燕贸字的字体是不一样的，而对于燕贸字的问题，历史上有多次记录，但是燕贸字的木活字没有实物流传下来。章宏伟则向佐佐木提问，平假名不是方正字，即便几个字母合起来刻成一个活字，那么怎么保证印面上字迹的齐整？他同时问佐佐木，如何认定这是活字本。佐佐木说："平假名的活字印本从一开始就比较整洁，后来也出现了有点不整洁的印本。因为最开始制作平假名活字印本的都是非常有钱的人，为了做出非常高级的书，他们请了手艺非常高超的人来做，制作特别精良，非常的漂亮。至于为什么平假名不是方块字，却在印面上看排列得非常整齐，虽然实物没有留存，但我们推测为了行的整齐，中间可能夹杂了插片，让活字看起来非常整齐。"

提问环节结束后，陈正宏宣布有15分钟的茶歇，在这个时段内请大家欣赏佐佐木带来的一些日本珍贵印本，同时嘉内丽也带来了一些制作活字字模的样品，这些都摆在一个台子上，供大家观看。但是由于他们带来的样品数量太多，台子上根本摆不下，佐佐木于是把他带来的书摆在自己的会议桌上。我走到他的桌前细看其带来的样书，但无论如何看不出来那些平假名是活字所印，于是向其讨教，他给我指出一些细节，但翻译将他的话讲出之后，我还是不得要领，因为我觉得这些平假名笔画勾连在一起，每一块木活字会长短不一，但所见印本却上下十分齐整，在排版时如何做到这一点的呢？佐佐木说，早期做平假名木活字的人都是日本的富豪，他们刻意要制作出这样的效果，为此他们在制作这样的活字时，有意将一些字的末笔拉长，这样的话，就能使得行格整齐。

章宏伟听到后，说他一直怀疑从经济角度而言，木活字根本不可能达到便宜的目的，那么古人为什么还要制作木活字，而听闻佐佐木的所言后，有了一些理解。我则继续向佐佐木先生请教这些平假名木活字印本的市场价值，他只是告诉我很贵，我问他与五山版相比如何？他说有的贵过，有的不如。虽然他的所言并不明确，但也使我大约知道了早期平假名木活字印本确实不便宜。

然后我也围过去参观嘉内丽带来的字模，这些字模有中文也有拉丁文，其中大的如核桃，小的如米粒，嘉内丽说，最小的那个字模仅0.5毫米宽，而后她拿起来给大家看。我也拿到了其中几枚，其细小程度只能用放大镜来看，这么小的字模还是第一次见到，真想留下作样品，但我不清楚这是送给大家，还是只让大家看看，于是拿到后不好意思留下，又放了回去。嘉内丽还发给在座者每人几张长条形的卡片，这些卡片乃是用她们制作的中文金属活字印刷而成，每个字下面有英文注释，这些字形的确与当今通行汉字有一定差异。

茶歇之后，米盖拉宣布研讨会继续进行，她首先请嘉内丽介绍法国巴黎国家印刷局的情况。嘉内丽用图片展示了该局的一些现况，介绍说："这里就是我们的工厂，在法国的上法兰西大区已经四年，工厂里可以进行传统的排版印刷，有14名员工，以他们

法国人制作的金属活字印样

各自的技术组成了完整的活字印刷生产线，字体设计者、刻字工、排字工、印工、石印工、线雕工以及校字工。国家印刷局附设一座藏书35000册的图书馆，其中有5000册论述印刷技术；另有超过70万件专项遗存，其中50万件被划归文化遗产，包含钢铸字冲、中文木活字、木刻招贴、用于插图的铜线雕、烫金用的烫印器、字模等活字印刷相关的最珍贵文物。专项遗存整个保存在字冲室的特藏库里，该库面积约为150平方米，在这里藏有677个木盒，超过230万件藏品。"

该局所存藏品数量之大令人咋舌，而后嘉内丽讲到了这些活字的来源，同时讲到这些早期的金属活字她们已不再使用，而是以重新翻刻的形式，做出一模一样的新活字。她详细讲解了翻制活字的手法及步骤，其讲解之详细，让大家体会到她们做事之谨严。

接下来则是西蒙的讲演。他的所讲主要是关于用不同字体印制的《主祷文》，他展示了150篇主祷文，每一篇都是用不同的文字印刷而成，包括74种欧洲文字，10种非洲文字，20种美洲文字，和46种亚洲文字。而后他解释了教皇为拿破仑一世加冕时，曾经在1804年12月4日亲临皇家印书局的原因，通过他的讲解，我大约明白了当时为什么要用这么多的文字来印刷《主祷文》，也体会到当教皇真的很不容易。《主祷文》中的中文版当然最令我感兴趣，而西蒙说："中文版的《主祷文》被认为是在欧洲用中文活字印刷的第一篇这样的文献。"

西蒙同时还提到："他们用摄政王黄杨木字，18世纪初在傅尔蒙主持下刻制的40号字。生于1757年、卒于1819年的一位东方学家哈盖尔，在欧洲游学多年，出版了两种中文著作。因为他已经出版了一些作品，法国内政部于1802年聘用了他，让他利用印刷局的活字资源在法国出版他的字典，印制了中文版《主祷文》。他在居留巴黎期间出版的三本著作中包括用印刷局的摄政王黄杨木活字印刷的《帝国徽章部所藏的中国纹章描述》，他在这部著作里提及，在对中华帝国的研究中，巴黎具有得天独厚的丰富资源，例如他所用到的帝国徽章部及图书馆的藏品。他在《前言》的最后提到，开始着手编纂字典的计划用到了印刷局的资源，经他整理过的86217个木活字，分别收在236个抽屉当中。"

对于西蒙的所讲，章宏伟首先提问，他问《主祷文》是否有满文版，西蒙立即用图片展示满文版的这一页。赵前则向嘉内丽提问，现在保留最小的是0.5毫米的字冲，这么小的工具现在是否还使用？嘉内丽说，现在已经不用了。而后她拿出一个略大的字冲说，这是个复制品，现在仍在使用。而佐佐木孝浩则同时向嘉内丽和西蒙提问，因为他们都提到了法国使用黄杨木这种材质来制作木活字，他问经常会用这种材质来制作活字吗？米盖拉代为回答说，其实用的是杨树木，而不是黄杨木，有些活字并没有作逐个检查，也可能是梨木。而米盖位对此又解释了一番，但我最终也未能听明白，究竟有没有黄杨材质的木活字。

而后李国庆以图片的形式展示了天津市图书馆收购的一部《三通》，他说经过仔细研究，这部活字本乃是锡活字。李载贞向他提问："如何能看出哪个是铜活字，哪个是锡活字？"李国庆回答说，他们认定这部书是锡活字，乃是因为张秀民先生所著的《中国印刷史》中著录有此书，而张秀民引用的是国外翻译的史料，其中提及广东佛山有位唐姓印工制作了一套锡活字，而有个外国人看到了原物。

提问完毕后，陈正宏对一天的讨论进行了总结，他首先讲述了办工作坊的目的，其次他觉得今天的讨论很有成效，并使用了"鸡同鸭讲"这句俗语，这句原本带有贬义的俗语经过陈教授的解释，用来形容东西方文化交流倒也有趣。同时陈教授也提到，这次会议在宁波举办非常有意义，一是因为章宏伟教授讲到的，宁波在印刷史上有着特殊地位，二来他觉得天一阁是给人以灵感的地方，在这里开会，能够碰撞出很多新想法，所以他跟庄馆长约定，今后有机会再来天一阁办一次工作坊，他感受到这样的讨论确实很有价值和意义。

中华书局点校本《二十四史》国庆七十周年纪念珍藏版捐赠仪式

时间：2019年9月19日

地点：北京国家图书馆国家典籍博物馆

蒙中华书局总经理徐俊先生之邀，我前往国图典籍馆参加这个仪式。近一段杂事繁多，此前国图举办的典籍大展开幕仪式也未赶上参加，本想借此会先去参观这个重要的展览，然而刚到停车场就看到了国图为此次活动安排的相关人员，在他们热情的带领下，我只好跟随工作人员前往捐赠会场。路过展览大厅时我瞥了一眼展厅的门口，国图为这个展览重新设计了外立面，雄伟壮观的气息扑面而来，而我过其门却不能入，错过了里面的那些稀见琳琅，这个遗憾只能以后再找机会补上。

为了这个捐赠仪式，国家图书馆相关部门对会场做了精心的布置，那一整套纪念珍藏版的《二十四史》被摆成了"70"的造型，以此来预祝新中国成立七十周年，也恰好符合纪念珍藏版的主题。

捐赠仪式由国家图书馆副馆长、国家古籍保护中心副主任张志清先生主持，参加此捐赠仪式者大约有两百多人。张馆长首先向与会者介绍了出席本次仪式的各位领导及嘉宾，其中有：中共中央宣传部出版局局长郭义强先生，国家图书馆馆长、国家古籍保护中心主任、国家典籍博物馆馆长饶权先生，中国出版集团有限公司党组成员、副总经理陈永刚先生，中华书局总经理徐俊先生，中华书局副总编辑张继海先生。张馆长又介绍了参加此会的中华书局和国家图书馆有关部门的主任，以及相关的媒体，接着邀请徐俊先生讲话。

摆成了"70"的造型

徐俊先生首先感谢各位嘉宾能够来参加这个仪式，接着简述了纪念珍藏版《二十四史》的意义所在："1949年10月我们伟大的新中国成立，十年后，1959年的9月点校本《史记》作为《二十四史》点校事业的首部成果隆重推出，为国庆十周年献礼。一个甲子之后，2019年新中国七十周年生日即将到来，为此我们特别出版了点校本《二十四史》国庆七十周年纪念珍藏版，采用更舒适的开本设计、更清晰的文字印刷工艺、更精良的纸张特别制作，装帧设计加入了寓意吉祥的'五星出东方利中国'设计元素，为表示对先贤的敬意，在藏书票上钤盖《二十四史》点校总其成者顾颉刚先生、责任编辑第一人宋云彬先生、编辑出版工作主持者赵守俨先生三位先贤生前所用印章，并改用顾颉刚先生的手书作为书名题签。"

徐总讲到了国家图书馆成立于1909年，到如今2019年恰是建馆110周年，为此中华书局特意挑选出此套纪念珍藏版《二十四史》中的第110号和第1909号，来祝贺国家图书馆的馆庆。而后徐总讲到了国家图书馆的重大意义："既是国家总书库、国家书目中心，也是国家古籍保护中心、国家级的典籍博物馆，对于新中国的文化出版事业有着非比寻常的意义。全国各地古籍存世累计二十余万种，五千余万册，而据我们了解，国家图书馆收藏了全国古籍品种的60%、版本的80%，拥有存世最多的历代各种《二十四史》版本。从这个角度来说，纪念珍藏版《二十四史》藏入国图，是'到来'，更是'归来'。"接着徐总又简述了《二十四史》点校本的整理起源、国家领导人对此的部署以及中华书局组织全国两百余位专家学者通力合作，历时20年完成这个宏大的古籍整理出版工程的过程。

而后是饶权馆长讲话，他首先代表国家图书馆对各位嘉宾表示诚挚的欢迎，对该书的出版表示祝贺，同时对中华书局的慷慨捐赠表示衷心的感谢，他评价这部点校本是"被公认为当前最好的整理本，成为海内外学术界最权威、最通行的版本，是代表新中国古籍整理出版事业最高成就的标志性成果"。

饶馆长讲到9月9日是国家图书馆建馆110周年的日子，而中华书局捐赠的这两部珍藏版有着特殊的纪念意义。接下来饶馆长讲述了该馆珍藏善本的来源，尤其夸赞了一些大藏书家对国图的捐赠："在国家图书馆110年的发展历程中，除继承宋代以来历代皇家藏书和近现代法定缴存本外，社会各界的慷慨捐赠是我馆丰富馆藏文献的重要渠道之一。在国图历史上，梁启超、傅增湘、郑振铎等众多学者大家都曾将所藏珍品捐赠国图。近年来，随着社会各界对图书馆事业的重视和支持，每年都有许多机构和个人将所藏文献捐赠国图，这些文献在国家图书馆都得到了妥善保存和广泛利用，其价值得到最大程度的彰显。"

饶馆长又介绍了现在国图馆的文献总量已接近4000万册件，年接待读者超过500万人次，这些数据足以彰显国图在社会上的影响力。饶馆又提到国图在建馆110周年之际，习近平总书记给该馆八位老专家回信，充分肯定了国图建馆110年来发挥的积极作用。总书记的回信令全体员工乃至全国图书界倍感欢欣鼓舞，故而国图将与中华书局这样优秀的出版机构携手，为推动文化事业繁荣作出更大贡献。

而后张志清馆长命我讲话，我首先对这个活动表示了祝贺，接下来讲到了这部大书的价值所在。就中国传统而言，以正经正史为典籍中的重器，而"十三经"与"廿四史"相并称，在历史上，前人以"十七史"为标榜，到乾隆四十九年完成了《旧五代史》的刊刻，最终形成了二十四史，自此之后，"二十四史"成为中国正史的专用名词，而中华文明体系正是因为有"二十四史"的存在，成为世界文明体系中唯一未曾断档者。民国年间商务印书馆曾经出版过百衲本《二十四史》，但那次出版是从版本角度着眼，而此次中华书局的点校本《二十四史》则是从实用角度着眼，两部书有着同等的重要价值。同时我还谈及民国年间柯劭忞的《新元史》，当时经过大总统徐世昌的下令，《新元史》成了正史中的第二十五史，因此希望中华书局今后在增补点校本《二十四史》时，能够将《新元史》纳入。

接下来是陈永刚先生讲话，他夸赞点校本《二十四史》是中华书局"累累硕果中最为显眼的那一颗"，同时夸赞说："两千多年前，司马迁在《报任安书》中，希望《史记》这部伟大的历史著作能够'藏之名山，传之其人，通邑大都'。两千多年后，以《史记》领衔的《二十四史》经过中华书局几十年的点校整理，变得可读性更好；经过国图这座'名山'多年以来的入藏、传播，变得可见度更高。"

郭义强局长最后作了总结性发言，他首先代表中共中央宣传部出版局对刚刚度过110岁生日的国家图书馆表示诚挚的祝福，对出版点校本《二十四史》的中华书局表示热烈祝贺。郭局长又称："我个人觉得图书馆应该是我们出版成果应用的重要平台，是实现我们出版服务读者的重要途径，因此我觉得我们和图书馆是出版战线一个战壕里的战友，我向多年以来图书馆特别是国家图书馆对出版工作的支持表示衷心的感谢。"郭局长又谈到中华书局乃是中国出版集团中的著名机构和品牌，他期望书局能够出版更多的优秀图书。

郭局长讲话完毕后，张馆长宣布进入揭幕环节，刚才讲话之人一并又回到台上，共同揭开蒙在这部珍藏版上面的红布，以便让与会者共同欣赏珍藏版的风采。

捐赠仪式完毕后，是徐俊总经理作专题讲座，所讲内容就是点校本《二十四史》的出版历程。他用大量的图片和数据向听众展示了《二十四史》编纂过程中的许多细节，由于时间关系，他的讲座重点放在了《二十四史》的第一部正史——《史记》的整理过程。徐总首先讲到何为"正史"，并引用了吕思勉的话："正史之名昉见《隋志》；宋时定著十有七，明刊监本，合《宋》《辽》《金》《元》为二十一；清定《明史》，增旧《唐书》《五代史》为二十四。"

关于中国正史的版本，徐总从唐代的"十三史"讲起，而后谈到《南史》《北史》等四部史的增入，形成"十七史"，嗣后又讲到明代的南监本和北监本，以及汲古阁本，最终形成"二十四史"之称的清武英殿本，至此之后还有"五局合刻本"和20世纪30年代商务印书馆张元济主持汇集补配的百衲本，而最终形成了中华书局版的《二十四史》。徐总称："点校本《二十四史》出版问世之后，几乎取代了各种旧版本的《二十四史》，成为海内外最权威、最通行的版本，享有'国史'标准本的美誉。"

关于点校本《二十四史》出版的缘起，徐总引用了1956年11月25日郑振铎先生发表在《人民日报》的文章《谈印书》：

> 凡需要量比较大，而且应该加以重新整理，甚至必须加以新注、新解的古书，像"十三经""二十四史"之类，则我们得集中些专家们组织专门的编辑委员会，分别进行整理工作，俾能于几年或十几年之内，有面貌全新、校勘精良的中华人民共和国版的《十三经》《二十四史》出版。

1957年《政协会刊》上刊发了《整理古书的提议》，1958年7月，毛泽东主席面嘱吴晗，因为标点《资治通鉴》已完成，所以要求继续标点"前四史"。范文澜在给刘大年的信中谈到了此事："刚才吴晗同志来谈，说最近见到主席，主席指示应标点'前四史'，每史附杨守敬的地图，以一年为期，争取明年'十一'出版。"

当时范文澜任中科院历史所第三所所长，该所就是今天的中国社科院近代史所，同时他还是中国史学会副会长。吴晗、范文澜接到毛主席的指示后，在第三所召开了"标点前四史及改绘杨守敬地图工作会议"，参加此会议的人员有研究所的尹达、侯外庐，还有中华书局总经理总编辑金灿然、地图出版社总编辑张思俊，他们共同商定了点校《二十四史》及《清史稿》的相应工作，定出由中华书局来制订规划，而改绘杨守敬的《历代舆地沿革图》则交给了复旦大学谭其骧先生，后来就形成了《中国历史地图集》。

1958年10月6日，吴晗先生以其本人和范文澜两人的名义向毛主席汇报了会议的情况："关于标点前四史工作，已遵示得同各方面有关同志讨论并布置，决定于明年十月前出书，作为国庆十周年献礼，其余二十一史及杨守敬历史地图改绘工作，也作了安排（标点本为便于阅读，拟出一种平装薄本）。现将会议纪录送上，妥否，指示。"

此后不久，毛主席回信说："范、吴同志，来信收到，计划很好，望照此实行。"此后在中华书局的组织下，《二十四史》的点校工作正式实施。然而，《二十四史》总计有3296卷，4617万字，这个工作的实际完成时间长达20年之久，这是事前未曾料到的结果。而按照第一次会议商讨的结果，前四史的标点要在1959年10月之前完成，以此向新中国十周年献礼，而事实上，前四史的整理出版直到1965年才全部完成。

徐总重点讲述了第一部正史《史记》的点校情况，他说该史是由顾颉刚、贺次君、宋云彬和聂崇岐四人接力完成。顾颉刚在1954年8月奉调入京，主持了《资治通鉴》的标点工作，那时的他已经考虑到《史记》整理问题，他在1958年8月10日给姚绍华、

细看图片

孟默闻的信中写道："第一步出标点的金陵本，略加改正，并附索引；第二步出《史记》及三家注校证；第三步出《史记》三家注定本；第四步出《史记》新注。"

其实顾颉刚先生工作十分繁忙，他在1955年1月14日的日记中写道："崇武逼予校勘《通鉴》，企虞逼予缴《辨伪丛刊》稿，尹达逼予作批判胡适文字，燕义权逼予寄《秦汉的方士与儒生》稿，我非三头六臂，如何支付，为此一紧张，又大失眠了。"正因为如此，顾颉刚决定把《史记》的整理工作先交给贺次君来完成，而后最终由其来审定。后来这件事又交给了宋云彬先生，顾颉刚在1958年9月30日的日记中写道：

> 到中华书局，参加《史记》标点讨论会，自二时至六时。与次君、筱珊同出。……标点《史记》，予极用心，自谓可告

无罪。今日归来，接中华书局来函，谓点号应简化，小标题可取消，颇觉诧异。及往开会，乃知毛主席令在两年内将廿四史点讫，如照予所作，则其事太繁，无以完成任务也。此事若在从前，予必想不通。今从集体出发，亦释然矣。

请宋云彬来整理《史记》，亦有缘由在。1957年宋云彬被打成右派，此事对其心理影响较大，故他将全部精力用在了《史记》的集注方面。他在1958年着手《史记选译》工作，同时草拟了《史记集注》的计划，而后他将该计划用刻蜡版印出后，分送各地友人，此事由此而被金灿然得知，后在金先生的安排下，宋云彬被调入京，在中华书局编辑部工作，在当年9月底，宋云彬就完成了标点样张、《标点〈二十四史〉凡例》、《标点〈二十四史〉分段提行说明》的撰写。

中华书局的《史记》标点第二次会议讨论，确定顾颉刚所校原本不动，而后由宋云彬另取一部金陵书局本，就顾校本随录随改，最终由聂崇岐进行覆校。而徐俊先生在讲座时提到，他从网上查得一册聂崇岐自藏标点本《史记》初版本，书前有聂崇岐所书题记一页，题记中谈到了《史记》点校的许多细节，为此徐总很想得到清晰的书影。经过联系，这本书竟然是被北京藏书家陈晓维买得，陈先生闻听徐总需要该书影，立即予以提供，而聂崇岐所写题记全文如下：

此书标校原出自贺次君之手，顾颉刚先生审校后交中华书局，时一九五七年也。去年，因毛主席指示整理前四史，

《史记》其中第一部也。中华书局因即以贺标顾校之本充数，恐仍有不妥处，又委余覆校，时已九月中旬，而拟年内出版，俾作一九五九年元旦献礼。余接受任务后，昕夕从事，至十月二十日校完八十卷。十一月初，中华书局召集小会，讨论改订标点体例，以作其他诸史标点时之准绳。又以此书尚有二十余卷顾先生并未看完，元旦绝难印完，因延期出版。在讨论后，顾校者多应更改之处，于是交宋云彬负责。宋氏以就顾校原本更动，殊所不便，因另取一部，就顾校本随录随改，作完后仍由余覆校。宋氏过录时既有脱误，而所改者亦间有不妥处，致余不得不又从第一卷校起。全部校完在五月初。至十月一日始行出版，作为国庆十周年献礼，较原定计划整晚十个月，但余收到此书已十一月四日矣。

筱珊

一九五九年十一月四日

这真是难得的史料。

宋云彬也为《史记》的整理付出了很大心血，他在日记中写道："日记中断了两个多月，其原因为标点《史记》工作紧张，每夜工作到十点钟左右，精疲力竭，无兴趣写日记了。"经过这样的日夜辛劳，到1959年4月16日，《史记》全书点校完毕，到当年9月国庆前夕，《史记》点校本终于面世，此书也就成了向新中国十周年献礼的唯一一部整理本正史。

除《史记》之外，其他正史的整理也同样在进行之中，经过先后200余位专家的通力合作，用了20年的时间，《二十四史》和所附的《清史稿》终于整理完成。对于该整理本的价值，张岱年先生总结说：

> 乾隆时代武英殿本《二十四史》在当时是标准本，但是武英殿本仍有不足之处，近代商务印书馆搜求各时代的善本，编成《百衲本二十四史》，当时可谓《二十四史》的最佳版本。但是传统的《二十四史》没有标点，没有断句，读起来仍有一定困难。五十年代，由国家领导建议，集中当时全国史家，对《二十四史》进行校订，加上标点，是为标点本《二十四史》，实为《二十四史》的最佳版本。

徐总的讲座详实而生动，原定两个小时的讲座时间，大家津津有味地听了三个半小时，仍然觉得意犹未尽，都感动于正史点校的艰辛。徐总今日所讲，仅是《史记》的整理过程，就已经有了这么多的不容易，其他正史的整理工作想必也有着各种曲折。而中华书局这次出版的国庆七十周年纪念珍藏版中，附有一册《国史春秋》，该书概括性地讲述了每一史的整理人及整理细节，我在现场也得到了这样一本书，回来后细细翻阅，使得我对几十年前买到的绿皮本《二十四史》有了更为清晰的认识。

颁发专奖　业界论坛

第二届宋云彬古籍整理奖颁奖典礼暨古籍整理高层论坛

时间：2019年10月20日

地点：浙江海宁

主办：宋云彬古籍整理出版基金理事会

承办：中华书局　海宁市档案馆

蒙宋云彬古籍整理出版基金副秘书长俞国林先生之邀，我得以参加该会，此会分上下午两场，上午为颁奖典礼，下午为高层论坛。上午的主持人为中华书局党办主任梁彦先生，两年前我在中华书局举办过一场讲座，那场讲座的主持人也是梁先生，今日再次见面分外亲切。梁彦首先请海宁市委副书记、政法委书记王建坤先生致辞。

王书记首先代表海宁市委、市人大、市政府、市政协对各位领导、嘉宾来到海宁表示热烈欢迎，而后讲到了海宁的地理优势，以及当地的文化特色。他提及宋云彬乃是海宁硖石人："2003年，宋云彬日记手稿入选首批浙江省档案文学遗产目录。在此基础上，海宁市加大了对宋云彬史料的征集力度，2015年出版了《宋云彬文集》，内容涵盖日记、史论、杂文、时论、教育论文、书信和专

宋京其先生致辞

题著作，同年宋云彬日记介绍收入浙江省各界综合档案馆馆藏档案精品介绍第一集。"

接下来梁彦请宋云彬哲孙、宋云彬古籍整理基金理事会副理事长宋京其先生讲话，梁彦说本基金会的成功设立要归功于宋云彬先生的家属，同时提到了宋云彬的外孙李平先生，原来是这些家属捐赠出一批字画放在嘉德公司拍卖，最终拍得1300多万元，由此而成立了宋云彬古籍整理出版基金。梁彦对宋云彬家属的高风亮节表示了敬佩。

宋先生首先讲到了海宁的近代名人："海宁人杰地灵，名人辈出，近代有天文学家和数学家李善兰，国学大师王国维，诗人徐志摩，军事理论家蒋百里，学者书法家张宗祥，训诂学家朱起凤，文史学家宋云彬，戏剧家沙可夫，电影艺术家史东山，版本学家赵万里、陈乃乾，机械专家沈鸿，英语教育家许国璋，古书画鉴定家徐邦达等一大批名人，为海宁积淀了深厚的文化底蕴。"

　　而后他谈到祖父宋云彬少年时师从训诂学家朱起凤，打下了坚实的国学基础，后来宋云彬在中学未毕业时就离开海宁，投身民主革命和国家文化建设，而海宁当地在1997年就举办了宋云彬先生诞辰100周年活动，而后的一些年海宁市档案馆整理出版了《宋云彬日记》，2015年，该档案馆又整理出版了《宋云彬文集》。

　　对于第一届宋云彬古籍整理奖所产生的影响，以及第二届该奖15位评委铁面无私的公正评审，宋京其均表示了赞赏，而后他提到中华书局出版的国庆纪念版《二十四史》入藏国家图书馆之事，同时谈到《国史千秋》一书中所刊发的大量珍贵照片，他认为这些活动的举办："若祖父地下有知，也会含笑九泉。"

　　接下来讲话者为中华书局总经理、宋奖常务副理事长徐俊先生，徐总说颁奖典礼能在宋云彬的故乡海宁举办是值得庆贺也是非常有意义的大事，为此他代表未能到会的基金理事会理事长袁行霈先生向与会嘉宾表示诚挚谢意，向获奖的各位先生表示热烈祝贺。

　　徐俊同样讲到了海宁乃是东南人文之邦，谈到了古代的著名文人查继佐、谈迁、查慎行、李善兰，也谈到了近代的王国维、蒋百里、徐志摩、金庸等，之后他提到宋云彬先生时称："宋云彬先生在1958年9月13日，就是我们点校《二十四史》第一次工作会议召开的当天，到了北京加盟中华书局，他最后的22年，完整地奉献给了我们《二十四史》的点校事业。宋云彬先生是我国近现代著名的爱国民主人士、文学史家、编辑家，1949年与一大批爱国民主人士，如郑振铎、叶圣陶、柳亚子、马寅初、陈叔通、曹禺等，参加了所谓的'知北游'，这一批民主人士从香港北上参加了建国，而我们现在刚刚庆祝新中国成立70年。"

徐俊又谈到了宋先生的工作情况及人生简历："宋云彬先生到北京以后，最早在华北教科书委员会，后来在新闻出版总署、人民教育出版社任职，是我们新中国最早的一批出版家。1951年以后宋云彬回到浙江故乡，担任浙江省文联主席，浙江省文史馆馆长，1957年被错划为右派，1958年调到北京中华书局参与《二十四史》点校和编辑出版工作。被誉为点校本《二十四史》责任编辑第一人，为新中国古籍整理出版事业作出了不可磨灭的贡献。"

徐俊还提到他昨晚从北京赶来，因为昨天正在召开点校本《二十四史》中的《梁书》修订本的定稿会："我以前读宋先生的日记，我还清楚地记得宋先生所记的中华书局'文革'前的关于《二十四史》的最后一项记录，就是关于《梁书》的一条记录。"

正是因为宋云彬与中华书局有着如此深厚的渊源关系，所以宋云彬家人委托中华书局将宋先生一生收藏的书画进行了专场公益拍卖，所得善款成立了该基金。对于宋奖的评选范围及第一届的评审情况，徐俊又讲道："基金会在全国范围内每两年评选一次宋云彬古籍整理奖，立意要表彰优秀古籍整理成果和编辑人员。首届宋云彬古籍整理奖于2016年7月中旬正式启动，经过各方面的推荐评选，最终评出了图书奖四名和编辑奖两名。两年前的6月在国家图书馆古籍馆的临琼楼举行了隆重的颁奖典礼。"

对于本届宋奖的评选情况，徐俊介绍说："第二届宋奖评选工作于2018年7月正式启动，这一次参与的图书和编辑，无论是数量还是范围都较第一届有所扩大。2018年的8月到10月，我们一共向233位推荐委员发出了推荐邀请函，民间说法叫'海选'。截至去年11月一共收到推荐回函174份，有来自40多家出版社的218种图书，被推荐参评图书青年奖的有来自19家出版社的60种图书。因为我们宋奖规定最近两年出版的新书是不能参加评奖的，要经过学术界两年的使用才能获得参评资格，而该奖2018年启动，2017、2018年出版的新书是不能参加评奖的，所以我们第二届评选的是截止到2016年的新书。"

徐俊提及第二届宋奖评委会来自全国高校和出版机构的专家和学者总计15位，由著名学者、复旦大学教授葛兆光先生担任主席。经过认真评议以及严格的投票程序，最终评出本届图书奖四种和编辑奖两名。最后他对海宁市人民政府、海宁市档案馆周到盛情地承办此会表示谢意。

徐俊讲话之后，梁彦宣布进入颁奖环节，首先颁发的是"宋云彬古籍整理青年奖·编辑奖"，获得此奖者乃是上海古籍出版社顾莉丹女士。梁彦命我上台宣读颁奖辞，颁奖辞乃是提前制作好的一个精美折页，我按照上面所写文字通念一遍，主要内容乃是谈顾莉丹坚持专业与出版相结合，她参与责编的《商周青铜器铭文暨图像集成》荣获了第三届中国出版政府图书奖提名奖、第二十七届全国优秀古籍图书奖一等奖和第十三届上海图书奖一等奖，后面还提到了她责编的几部获奖之书。

颁奖辞宣读完毕后，我正准备回到台下，梁彦请我留步。他又请上来上海辞书出版社社长秦志华和山东齐鲁书社社长昝亮两位先生，由昝社长给顾莉丹颁发获奖证书、秦社长为顾莉丹颁发奖杯，而后由我给她颁发奖金支票。那张支票制作得有桌面那么大，顾莉丹左右两手拿着证书和奖杯，故无法腾出手来接我递上的大支票，我灵机一动代她拿着那个支票与台上的几位合影。合影完毕后，我将颁奖辞落在了讲台上。

接下来是顾莉丹的致谢辞，她讲到了自己所学的专业以及参加工作后的情况，她感谢社里的前辈老师传授给她很多审稿经验，同时提到新技术和新方法的突破，使得出土文献和传世文献更为世人所重。她感慨自己处在了好时代。

顾莉丹致辞完毕后，她也把奖杯和证书落在了颁奖台上，梁彦请她回去取时，顾莉丹将我所宣读的颁奖辞一并取走，她经过我身边时我向她挥手索要，然她却未曾看到。会议结束后，我再次向她索要时，她的社长高克勤先生笑着说，顾莉丹想留下此物，因为很有纪念意义。我笑着作了顺水人情。

现场梁彦宣布获得"宋云彬古籍整理青年奖·图书奖"的是上海古籍出版社《七十二家集题辞笺注》，而后他请南京师范大学文学院教授王锷先生上台宣读颁奖辞，并请该书作者暨南大学文学院教授王京州先生上台领奖，巴蜀书社社长林建、海宁市政协副主席吴关佳给王京州颁奖，其程序仍然是证书、奖杯及支票，最后王京州致答谢辞。

王京州称其获得此奖颇感荣幸，为此他表达了两层意思，一是传承，二是致敬。他讲述了自己的从学经历，感谢诸位师长对他的循循善诱和耐心指引，同时向以宋先生为代表的老一辈古籍整理人致以深深敬意。

接下来梁彦请南京师范大学文学院教授赵生群上台，为这两位获得青年奖者送上寄语。赵先生是我尊敬的前辈，约两年前我在南京先锋书店办讲座时，曾参加了徐俊先生召集的工作座谈会，在那个会上我得以结识赵先生，由此而了解到他对《史记》整理的一些想法。而今他在寄语中又谈到了《史记》整理之事："我在整理《史记》的时候，就跟徐总他们讲过，如果要把《史记》的长编做完了再开展我们的点校工作的话，恐怕我这一辈子都没有办法开始，因为材料太多太多了。所以我们的工作是非常艰巨而繁重的劳动，既是脑力劳动，也是体力劳动。我觉得需要有一点精神，做任何事情都需要有一个动力，动力有大、有小、有高、也有低。为稻粱谋当然也是一种动力，出于其他的动机，比如说读硕士、博士拿学位，也许也是动力，还有其他别的动力。我想最高层次的动力是应该，我们认识到我们从事的这项工作的重要性和意义。在我看来，中国的传统文化博大精深，它无论是数量、质量，还是对世界文化的影响，都应该说是非常高的，所以我们有足够的理由自豪，而且在当下它仍然具有非常强的活力和生命力。"

赵先生谈到的第二点寄语则是关于古籍整理的责任心，同时也讲到了古籍整理之难："古籍整理工作需要大量的知识储备，经、史、子、集四部文献，它是无所不包的，有时候甚至一部文献，它也是无所不包的，像我们从事《史记》点校，需要各种各样的知识储备，版本、目录、校勘、文字、音韵、训诂、礼乐、律历、天文、地理、方术，简直是一部百科全书。我跟学生讲，我们更多的时候不是等知识储备足够了、完善了，才从事这项工作，更多的时候，更加普遍的情况，是我们遇到了具体的问题，来找相关的材料，来进行研究，进行恶补。常态就是恶补我们最熟悉的领域，最熟悉的典籍。"

赵先生讲到的第三点是一部好书的产生乃是作者和编辑合作的成果，两者不可或缺，因此他认为宋云彬古籍整理奖乃是把作者和编辑联系在了一起，这正是该奖的价值所在。

而后由古工委常务副主任、宋云彬古籍整理出版基金理事宫晓卫先生宣读"宋云彬古籍整理奖·编辑奖"的颁奖辞，获得此奖者乃是人民文学出版社副总编辑周绚隆。宫晓卫原为齐鲁书社社长，其在任期间，我与他有过较多的接触，我任《藏书家》执行主编三年时间就是得到了宫社长的支持。昨天我乘高铁到达桐乡站时，在出站口遇到了他与昝亮社长，原来我们是乘同一趟高铁来到此地，老朋友相见一路上有着聊不完的话题。他在此刻宣读的颁奖辞中，谈到周绚隆先生坚守人民文学出版社古籍出版的优良传统，并考虑时代的要求，带领人文社古典文学编辑部制定了以集部文献为主，侧重元明清三代的出版方向，正是因为这样的坚持，使得该社在古籍出版方面颇有成就，为此而授予周绚隆古籍整理奖编辑奖。

梁彦宣布请广陵书社总编辑曾学文和海宁市人民政府副市长沈勤丽上台共同为周绚隆颁奖。周先生在答谢辞中讲到了该社在古籍出版史上曾起到的重要作用："比如说1954年《水浒》的整理和出版，被视为新中国古籍整理开始的一个标志，同时我们以我们的一个副牌文学古籍刊印社的名义，曾经影印了大批的古籍，而且那个时候我们的视野是全局的。"

周绚隆说他听到自己获此奖的消息后颇感意外，同时也觉得惶恐，所以他在此重点表达三个方面的感谢："首先是感谢宋云彬先生及其家人，也要感谢这一届的评委和推荐人，如果没有宋先生的家人支持学术、扶持古籍事业这份热心，当然就没有这个奖项，如果没有各位评委的支持和鼓励，那我也不会站在这里。另外我要感谢学术界同仁多年来对人民文学出版社的支持。大概在2003年前后，当我提出想以元明清几部文献为中心，进行深度整理这个想法以后，很快得到了学术界一些同仁的支持。要知道当时的背景是人民文学出版社的古籍出版已经停滞多年，已经有人开始怀疑说你们没有能力出版这类图书，在这样一个情况下，当我向一些专家提出约稿请求的时候，他们还是慷慨地答应了我，选择了跟我们的合作。若干年下来，人民文学出版社终于有了这么一个比较有特色的产品线。最后，我觉得我还是应该感谢人民文学出版社古典文学编辑部的全体同仁。"

接下来的奖项则为"宋云彬古籍整理奖·图书奖"，该奖项共有三名，排名不分先后。首先是凤凰出版社出版的《李太白全集校注》，该书的作者为郁贤皓。宣读颁奖辞的是南京大学古典文献研究所所长程章灿先生，程先生称："郁贤皓先生致力于李白文献研究多年。《李太白全集校注》是他在前贤和今人研究的基础上，'竭泽而渔'地搜集资料，以极为认真审慎的态度，通过实证研究的方法，对李白全部诗文重新整理、编集并进行校勘、注释、评笺，从而为学术界提供一种全新李白诗文校注本，堪称二十世纪李白研究的最新总结。"

梁彦称郁先生因为身体原因不能莅临会场，因此请本书的责编李向东先生代为领奖，而后由古工委副主任兼秘书长姜小青和嘉兴市委副秘书长、档案局局长刘松洁一同颁奖。李向东代郁贤皓宣读了获奖感言，其中提及："我把李白研究作为自己的研究课题，始于上世纪七十年代，当时我反思新中国成立后的李白研究都局限于诗歌思想性和艺术性的分析，对李白的生平事迹和交游缺乏认真深入的思考，未能做到知人论世。于是我决定从考证李白生平事迹及其交游入手，以期逐步解决李白研究中长期存在的疑点和难点。从1978年1月起，我在全国各报刊发表了十余篇考证李白生平事迹和交游作品的文章，1982年结集成《李白丛考》一书，由陕西人民出版社出版。出版后得到学术界多位前辈和朋友们的赞扬和鼓励，此后多年，我在对李白的生平事迹、诗文作品、著作版本进行研究考证的基础上，进而对李白的作品展开理论探讨和综合研究。1983年应上海古籍出版社之约，我用三年时间编著了《李白选集》，2008年南京师范大学出版了我的《李白与唐代文史考论》三卷本，这也是我李白研究成果的汇聚与集成。从上世纪七十年代到本世纪一十年代，我先后出版过五种李白选本，众多友人和弟子鼓励我应该出版一种能够表达自己完整见解的李白全集校注，从而把自己的研究成果全部展示出来，于是我集中精力，将李白的全部作品进行校刊、辨伪、注释、考证、评鉴，终于完成了呈现在大家面前的这部《李太白全集校注》，前后算起来花了将近四十年时间。"由此可知，校勘这样一部大书是何等之不容易。

中华书局出版的《敦煌经部文献合集》也获得了"宋云彬古籍整理奖·图书奖"，该书主编为张涌泉等，此奖项由山东大学文学院院长杜泽逊先生宣读颁奖辞，颁奖辞中写道："张涌泉教授主编的《敦煌经部文献合集》对现已公布的所有敦煌经部文献进行

周绚隆、张涌泉、王锷三位先生

全面普查，在分类、汇聚、定名、缀合、汇校等工作的基础上，类聚了所有相关写卷及其校录成果。校订工作严谨认真，不但纠正了写卷本身的传抄之讹以及后人的录校之误，同时校订工作融入了作者自己的许多研究心得，代表了当前敦煌文献整理研究的最高学术水准。"

　　而后由宋云彬外孙、宋奖基金理事李平先生和海宁市人大常委会副主任朱祥华先生为张涌泉颁奖。张先生在获奖感言中谈到获得此奖感觉无上光荣，为此他首先向中华书局表示敬意，而后讲到了他与中华书局商谈此书稿的过程，同时提到："《敦煌经部文献合集》属于我主编的敦煌文献合集的第一编，《敦煌文献合集》准备在系统调查、收集的基础上，把除翻译佛经以外的所有汉文敦煌文献汇为一编，并充分吸收海内外学术界近一百年来的研究成果，对这些经典进行详尽的校录、比勘、考订。全书按照四部分类法整理编排，整理工作包括定名、解题、校勘等，我们的目的是为学术界提供一部校录精确、查阅方便的敦煌文献的排印本，成为敦煌文献整理研究的集大成之作，整部书字数可能要达到五千万左右。"

而后张涌泉提到了该书排版难度非常大，认为这部书"堪称是世界上造字最多的书稿"，因为他们前后造字达八千多个，他认为此书排版之难可以登上吉尼斯纪录了。

获得本届"宋云彬古籍整理奖·图书奖"的另一部书是上海古籍出版社出版的《肇域志》，作者为谭其骧、王文楚、朱惠荣等。梁彦请原新闻出版总署副署长、《中国大百科全书》执行总主编杨牧之先生宣读颁奖辞。杨先生在颁奖辞中讲："《肇域志》是明末清初大思想家顾炎武在广泛收集资料、亲身考察山川风俗的基础上，经'二十余年之苦心'撰写的一部全国地理总志，其内容涉及建置、沿革、山川、名胜、水利、贡赋等，集中表现了顾氏'鉴往所以训今'、'引古筹今，亦吾儒经世之用'之学术思想，价值重大。《肇域志》世无刻本，钞本较多，整理难度极大。整理者在详细比对存世各钞本后，以云南省图书馆所藏字迹工整、保存完好、忠实原貌之钞本为整理底本，非常恰当。整理本校勘精详，采用全式标点，施加专名线，甫一出版，即得到学界广泛肯定。该书在顾炎武研究、历史地理学研究、清代学术研究等领域均发挥了巨大推动作用，因此授予《肇域志》宋云彬古籍整理奖图书奖。"

而后由上海古籍出版社社长高克勤、浙江省地方志办公室主任潘捷军一同上台颁奖。王文楚先生致答谢辞，他首先讲到了原书的价值："《肇域志》是一部明代全国地理总志,征引史料浩瀚,广征博引,数量之多,超过《寰宇通志》和《明一统志》两部明代全国地理总志。所摘录的明代、清初方志及其他专志,迄今有不少失传,由于《肇域志》的转引,赖以保存下来。"

王文楚接着提到此书整理过程,他首先讲到:"1982年3月,国务院古籍整理出版规划会议召开,根据组长李一氓先生指示,决定《肇域志》列为整理出版的重点书之一,成立《肇域志》整理小组,复旦大学著名历史地理学专家谭其骧先生任组长,参加整理点校的有复旦大学历史地理研究所吴杰、云南大学历史系朱惠荣等。决定以上海图书馆藏《肇域志》为底本(简称沪本),以云南省图书馆藏本(简称滇本)、四川省图书馆藏本(简称川本)为参校本,上海、昆明二地分工承担整理点校工作。"然而对于底本的选择后来又有所改变:"复旦发现沪本是清人汪士铎假借顾炎武名义,对原著据己意作了分类改编,随宜定目,又将顾氏手稿的眉批、旁注随意插入正文,失去了顾氏手稿原貌,而云南省图书馆、四川省图书馆藏本基本保持顾氏手稿原貌,但四川藏本漫漶残缺过甚,决定改用云南本为底本。"

王文楚又讲到了该书曲折的校勘过程,几位校勘者有的离世、有的转任其他工作:"我参与《肇域志》整理点校工作,从1982年开始,到2003年结束,共历时20余年,与顾炎武编撰《肇域志》手稿'费二十余年之苦心'不谋而合,又何其相似。我一生中除了参与集体和个人科研之外,先后就做了两件大事,一是前半生随从其骧师编纂《中国历史地图集》,二是后半生从事《肇域志》的整理点校,历经二十余载的艰苦奋斗,终于完成了其骧师交与我的艰巨任务。"一书之成，竟然如此之艰难，而今的王文楚先生已86岁高龄，他依然以能够获得此奖为荣耀。

接下来梁彦请第二届宋云彬古籍整理奖评审会主席葛兆光先生作总结性发言。葛先生首先代表评审会向宋云彬及其家人表示感谢，向全体从事古籍整理行业的从业者致敬，同时称这个颁奖典礼结束后，各个评委都可以松一口气了。而后他讲到了本奖的评选与他奖的不同："我参加过国内国外很多的评审，总感觉到古籍整理奖的评审可能是最难的，为什么呢？其他的学术评奖，它的评审过程有时候是可以大体上靠感觉和经验的，但是古籍整理奖的评审，它就非常的麻烦，因为它不仅要注意整体的内容，而且要注意到细节。大家都知道有一句老话，叫作魔鬼藏在细节中。因为古籍整理必须要考虑的不仅仅是一本书的内容，而且要考虑到它的技术、规范、细节，甚至小到它的格式，所以古籍整理奖的评审，对于每个评委来说，可能都比较困难，怎么样判断哪部古籍整理得好，哪部古籍整理得不是那么好，所以它花的工夫就比较多。"

葛先生称在评审时，还要考虑到被整理的古籍是第一次整理还是第二次整理的问题，当然最重要者是考虑整理的水平如何："整理的水平甚至包括标点，包括规范与否，体例是不是完备，你的说明是不是清晰，你的校记是不是写得简明和规范了，这些一系列的技术要求，所以古籍整理奖比一般其他的学术评奖，可能要更费事。刚才我跟杨牧之先生也说到这个意思，在我参加的所有的评审里面，古籍整理奖是让我觉得最没有把握的，或者说觉得难度最大的。"

而后葛先生提到了他们在评审时所坚持的三原则，同时讲到了本次评选结果的有趣之处："我记得评审会结束的时候，我们开了个玩笑，说我们也是'三个代表'，因为无意中我们这次评出来的结果，第一个代表就是图书奖刚好在经部、史部和集部各有一个。第二个是，被评的古籍刚好代表了出土文献和传世文献两方面，《敦煌经部文献合集》是出土的，而其他的是传世的。第三个代表是这次评出来的结果，代表性还是比较广泛的，既有中华书局、上海古籍出版社，也有人民文学出版社，还有凤凰出版社，还是有一定代表性的。"

下午两点，与会者重新回到会议厅，在此召开古籍整理高层论坛。下午的论坛由中华书局副总编辑张继海先生主持，他首先请程章灿先生讲演，程先生的演讲题目为《石刻文献整理研究的回顾与展望》。程先生从三个角度来阐述他的主题，比如他认为石刻实物既有优势也有劣势，其优势乃是在时空上所呈现的多维信息，劣势则是其所在之地很可能偏远，前往阅读不容易等问题。对于石刻拓本，他认为这乃是金石学的核心，有些珍贵拓本并不容易得到，并且版本之间有较大的差异，现在有了许多数字化的石刻文献，但这种文献也有问题，因为数字化过程中可能有错误，这会误导研究者。程先生又提到了石刻文献研究的三大方向，这样的话题最能给喜欢和研究金石学的人以启迪，可惜因为时间关系，主持人宣布每位发言人仅有二十分钟，因此程先生并未充分讲解自己所带来的课件。

第二位讲演人是王锷先生，他的讲演题目为《礼学文献整理研究的回顾与展望》。王先生乃是礼学研究专家，两年前我在南京

的一场讲座就请了他来当嘉宾。他今天的讲演首先讲到了礼学的概念："礼学有狭义、广义之分,狭义的礼学即《三礼》之学,专指研究儒家经典《周礼》《仪礼》《礼记》,包括《大戴礼记》,兼及综论《三礼》之学。广义的礼学是指研究《三礼》、中国古代礼仪制度兼及各地区礼俗演变之学,包含范围甚广,几乎与今日所言'中国文化'概念相等。我们讲的礼学,是指狭义的礼学,即《三礼》之学。礼学文献是指注释研究《三礼》的文献,即《隋书·经籍志》《四库全书总目》经部礼类收录的文献。"

接下来王先生讲到三个话题:礼学文献整理研究的成绩、缺陷和展望。谈到第二点时,王先生提及影印古籍在文字上的丢失问题,同时他也提到在民国年间的一些影印古籍就有描润问题,这种做法给研究者以误导。

第三位讲演者为国家图书馆出版社古籍编辑室副主任南江涛先生,他讲演的题目是《影印古籍的现状与思考》,他在讲演中举出了多个实例,比如《国学基本典籍丛刊》,对于该书的情况,南江涛讲到："项目由国家古籍保护中心与国家图书馆出版社共同策划，邀请山东大学教授、长江学者杜泽逊先生审定选目。计划用三年多时间，出版古代经典著作100种，底本均是存世的宋元名椠、明清佳刻。所选之书，均为中国传统文化经典之作。目的是让更多的读者看得见、买得起、读得懂这些深藏秘阁大库的善本，推广原典阅读，让它们与普通读者零距离；让读者在阅读和收藏过程中充分得到美的享受；让广大读者直观了解古籍的面貌。截至目前，平装本推出78种459册；其中典藏版出版1种1册。"

第四位讲演人为浙江古籍出版社副总编辑况正兵先生，他的讲演题目为《集腋成裘，以社为主》。况先生重点讲述的是其社所出《浙江文丛》的运作模式，他谈到该设想起始于2010年，得到了集团的支持，而后向政府部门申报，在当时宣传部副部长鲍洪俊先生的支持下，最终得以在浙江省委宣传部立项，达成了每年获得资助500万，每年出书100册的出版规模。之后他还详细讲了该丛书的推进过程，同时提及该丛书既注重学术性也注重市场性，入选书目也保持开放性，其编纂过程培养出了一批能干的编辑。

第五位讲演人为杜泽逊先生，他的题目是《阮刻本〈周易注疏〉讹误举隅》。杜先生讲了七点，都是十分专业的问题。比如其第一点为："临本卷三《剥》卦第二十八页十八行注：'而三独应于阳。'各本同，唯阮本'三'作'二'字。按：此谓《剥》卦六三独与上九为应。'二'字误。楼宇烈《校释》以阮本为底本而径改为'三'。北大出版社李学勤本仍阮本之误作'二'。"他的另外几点也是这种讲述方式，其专业程度之高，令现场的听众鸦雀无声。

我是第六位讲演人，题目为《稿钞校本收藏与底本选择思路——以芷兰斋藏本为例》。此乃俞国林先生的命题作文，我特意到书库挑选出一些有代表性的底本制作了课件，然而因时间关系，很多细节无法展开，我只能概念性地讲到影印、影刻、汇编、附印等这些年来所做的与出版有关之事。

第七位讲演人为高克勤社长，他所讲的题目是《上海古籍出版社的集部文献整理与出版》。高社长首先讲述了上海古籍出版社的来源和历史："上海古籍出版社的历史可以追溯到1956年11月成立的古典文学出版社，该社是在新文艺出版社中国古典文学编辑组的基础上成立的。1958年6月，经上海市出版局批准，在国务院古籍整理出版规划小组统一规划下，古典文学出版社与中华书局上海办事处合并成立中华书局上海编辑所，简称'中华上编'。需要指出的是，中华上编虽然名义上是中华书局的分支机构，但却是一个独立的出版机构，这是由其组成部分和组织架构所决定的。中华上编的员工和领导成员主要来自古典文学出版社，中华上编是受上海市出版局领导的地方出版社，中华书局是受文化部直接领导的出版社。中华上编与中华书局在人事和经济方面各自独立，而在编辑出版业务上接受总公司的指导，两家共用一个社名，但中华上编出版的图书在版权页上则注明'中华书局上海编辑所编辑'。中华上编与总公司在选题上有分工，中华上编的选题以古典文学为主，总公司的选题以历史、哲学为主。中华上编除了选题规划由中华书局统一协调外，行政、业务都归上海市出版局管理。'文革'中，上海市出版局及下属的出版社包括中华上编被撤销，重新成立一个综合性的上海人民出版社。1978年1月，在原中华上编和上海人民出版社古籍编辑室的基础上，上海古籍出版社成立。从此，上海古籍出版社进入了一个蓬勃发展的时期，与中华书局南北辉映，共同为新中国的古籍整理出版工作做出了重要的贡献。"

而后高社长讲到了该社所出的一些大型丛书，比如《古本戏曲丛刊》《续修四库全书》《清代诗文集汇编》等等。同时也讲到上海古籍社为了出版一些普及类读物，也会请大专家来撰写，并且广泛征求各界的意见。

第八位讲演者为中华书局古联公司总经理洪涛先生，他的讲演题目为《古籍整理出版的融合发展》。洪先生的讲演最令听众耳目一新，因为他制作的 PPT 十分新颖，是典型理科男的呈现形式，他用数据说话，讲述古籍数字化的大趋势。洪先生阐述的许多观点，让我联想到了比尔·盖茨的《未来之路》。

讲演完毕之后，由周绚隆先生作总结性发言。他一一点评了八位讲演人所阐述的观念，同时也讲到古籍整理出版的未来趋势。周先生总结完毕后，张继海宣布本论坛圆满结束。

双庆之会　联盟宣言
太原图书馆建馆 65 周年系列活动

时间：2019 年 10 月 23 日

地点：山西太原图书馆

有些事的确是缘分，两个月前我刚参观完太原市图书馆，不久就收到该馆馆长郭欣萍女史之邀，前去参加太图的 65 周年系列庆典活动。郭馆长告诉我，他们举办这一系列活动，更重要的是庆祝中华人民共和国成立 70 周年华诞。两个重要节日合在一起，太图将为此推出十二大展览和百余场活动，同时也命我在此活动中举办一场讲座。

10 月 22 日我再次来到了太原，在报到处见到了久仰的王世伟先生。约二十年前，我常到上海图书馆查阅资料，那时王世伟任该馆的副书记，我与他只打过两个照面，后来他调到了上海社会科学院信息研究所任所长，就再未见过他。本次郭馆长请他来也是举办一场讲座，郭馆长告诉我，另外她还请来了北京大学信息管理系主任王余光教授。

对于王教授，我大约也是见过两面。十几年前，南京大学的徐雁教授来京举办他的新作《中国旧书业百年》首发式，当时住在北大西门对面的蔚秀园内，约我前往那里见面。在蔚秀园门口见到了王余光，我们只是站在门口寒暄了几句，而后王余光骑自行车迅速离去。徐雁告诉我，王余光事情特别多，很少有闲暇坐下来聊天。郭馆长跟我说王余光这天晚上还在上课，午夜12点才能赶到太原，看来王老师仍然全身心地投入在教学活动中。

当天晚上，山西省内的一些图书馆馆长纷纷赶来，我得以见到朔州市图书馆馆长张猛、吕梁市图书馆馆长李宏、大同市图书馆馆长陈来义、晋中市图书馆馆长胡萍、阳泉市图书馆副馆长张亮、长治市图书馆副馆长王珺等等。这么多馆长都来参加此会，可见山西省各个图书馆对于这个活动之重视。

转天一早，我再次来到了太原图书馆正门前，看到读者已经在此排起了长长的队伍，多位保安在维持秩序。王世伟看到这种情形，立即走到了远处，用手机拍下这个壮观的场景，而后请教郭馆长："有个现象我一直没搞明白：现在有不少地方市馆的人气都超过了省馆，这是什么原因呢？"郭馆长从便利性上予以了解答，但王世伟认为任何事情都有两面性，虽然在这里能看到这么多读者来此学习读书，让人大感欣慰，但他同时觉得如果化整为零，比如说太原市内建多个小型的图书馆，那么读者就用不着跑很远的路集中到一个地方来读书。而后他与郭馆长探讨了一些国外的社区服务经验，可见王世伟在任何环境下都能够迅速地进入工作状态。

在郭馆长的带领下，我们先去参观了馆内举办的展览，主题展乃是"同奋进，共成长：太原市图书馆建馆65周年特展"。这个展览从太图馆舍变迁讲起，在二十世纪五十年代，太原刚建馆

主题展之一

时仅七位工作人员，他们认真负责地拓展业务，之后太图一路发展，越来越壮大，经过四次搬迁，有了如今这座体量宏大的馆舍。郭馆长讲到这些细节时，颇有自豪之感，她从2012年来此当馆长，在短短的几年内，对该馆的历史与发展都有着独到的心得，能够讲述出许多历史细节，可见她对太原之爱。

　　而后我们又参观了馆内的一些区域，看到很多读者在读书，我总是有着暖暖的欣慰。参观完毕后，郭馆带领我们来到太原书院外展览区，在这里举办"《风华》：新中国70年太图馆藏文献特展"的开展仪式，由太原市文化和旅游局调研员李元红先生宣布展览开幕。

　　仪式结束后，与会嘉宾共同参观特展。此展览以实物加图片的形式，通过重要时间节点的物证，来呈现七十年来的历史重要时刻，其中不少文献都很珍贵，比如二十世纪五十年代出版的永乐宫壁画图册的图片，拍摄于永乐宫整体搬迁之前。展览有该馆古籍部的江涛先生予以讲解。上次来太图参观时，我就认识了江涛先生，他对古籍颇有研究，对该馆所藏古籍的特色了解得很清楚，由这样的行家来讲解，最能抓住要点。

参观完这个展览后，郭馆长又带领大家步入太原书院，这里正在举办"岁老根弥壮——袁旭临从艺70周年暨捐赠作品展"。郭馆长介绍说，袁旭临是山西当地一流的书法家，著名的画家和诗人，曾任山西省书协副主席、太原市书协主席和太原市文化局副局长等多个职务，他的很多作品在国内获过大奖，此次袁先生捐赠了自己创作的书法和绘画作品44件给太图，为此馆里特意举办了这个展览。进入展室内，可以看到袁旭临的绘画作品既有大写意也有小写意，兼有花卉和山水，基本上是传统笔法，书法则是帖学派路数，从这些都可看出他对传统的坚守。

与会者在一楼大厅又参观了另一个展览"新理念新模式生成中国气派新空间"，这个展览是展示太图馆扩建的设计理念和工作模式。据说，郭馆长今年8月就以此题在中国图书馆年会闭幕式上做过宣讲，广受好评。

随后大家进入会议大厅，共同参加"贯彻习总书记回信精神，提升图书馆服务水平"研讨会，会议由郭欣萍主持。此次会议所谈到的"回信精神"，乃是指在国家图书馆建馆110周年之际，习近平同志给国图八位老专家回信之事，此事在图书馆界引起重大反响，而太图则通过学习回信精神来提高本馆的服务水平。

太原市文旅局姚晓蓉局长向到馆的学者及嘉宾致以热烈欢迎并作精彩致辞。她指出，在举国欢庆新中国70华诞及"不忘初心、牢记使命"主题教育活动开展之际，习近平同志的回信精神，充分体现了以习近平同志为核心的党中央对文化事业、对图书馆事业的高度重视，作为图书馆人、文化工作者我们要坚持正确政治方向，努力为建设社会主义文化强国再立新功。

接下来的发言人是山西省图书馆馆长、省图书馆学会理事长王建军先生，他在致辞中表示，太原市图书馆建馆65年来发展建设取得了令人瞩目的成就。新馆开放两年来，在馆舍空间建造、服务理念提升、阅读推广活动等方面取得了显著的社会效应。改扩建工程的成功实践，使太原市图书馆成为全国图书馆界的一颗璀璨明珠。此次研讨会的召开，将助力与深化山西省公共图书馆服务水平，不断开创图书馆事业新局面，对建设文化强省起到积极的推动作用。

接下来的仪式则是山西省地市级图书馆联盟宣言，由太原市图书馆、朔州市图书馆、吕梁市图书馆、大同市图书馆、晋中市图书馆、长治市图书馆、阳泉市图书馆的各位馆长，共同宣读"山西省地市级图书馆联盟2019年宣言"。昨晚这几位馆长到达之后，在郭馆长的安排下，我得以与他们见面，在聊天中，听到很多业内细节，比如有的馆在经费还未到位的情况下就能创建出新的活动中心，赢得了市民的广泛赞誉。这些馆长超强的活动能力，给我留下了深刻的印象。

此刻他们站在台上，齐声地宣读宣言，这么多馆长共同念诵两百多字的宣言，颇给人以震撼。宣言内容总计三点，其总体精神为："达成共识，在今后的建设和发展中，要在山西省图书馆学会的协调指导下，进一步加强横向联系，取长补短，优势互补，促进业务交流与合作，进一步提升图书馆的建馆水平和服务质量。"

而后是郭馆长的主题讲话，她讲话的题目是《风雨兼程、不负韶华——太原市图书馆建馆65年建设与发展》。郭馆长的讲话从馆舍变迁讲起，讲到了太图初创时期的细节，而后她分六个部分讲述了太图成立65年来的发展史。她的讲话配有大量珍贵的老照片，从这些照片上不但能够看到太图不同时期的馆舍，同时也能看到每个不同时代读者的面貌。读书不仅能改变人生，同时也在改变着社会。

　　仪式举行完毕后，接着举行专题讲座。第一位讲座人是王余光先生，他的讲座题目是《图书馆经典阅览室建设》。王先生以他与深圳图书馆合作为例，阐述了建造经典阅览室的重要意义。他以风趣幽默的语言提及跟深圳图书馆签订了十年协议，到如今已经进行了六年，深图所办的经典阅览室就在深圳图书馆的南书房内。王余光每年要去一次深圳，与深图以及相关的专家共同探讨哪些书可以列为经典，而他们公布出的书单很快被书商嗅出了商机，有些书商将每年书单中列出的经典之书组合装箱，竟然能很快地卖出几千箱。可见推荐经典书目有着何等重要的现实意义。

　　下午的两场讲座，首先是由我来讲藏书家与藏书楼的故事，为此，主办方特意请来了肖珑老师主持。肖老师原在北大图书馆任副馆长，现任山西大学图书馆馆长。在开讲之前，肖珑老师提及常听北大的姚伯岳提到我，我问她何以对姚老师那么熟悉，肖珑笑着说："他是我先生。"闻听此言我很惭愧，我与姚伯岳先生相识近二十年，并多次到北大图书馆听他讲解在古籍版本方面的新发现，姚老师心细如发，能通过许多实物比勘，发现许多前人未曾注意到的细节。也许是我听他的讲解太过专注，竟然这么多年来没听他提及家事一语，以至于我并不了解他的夫人就在该馆任副馆长。于是我郑重地向肖珑老师表达了歉意。

讲座完毕后是提问环节，为了活跃气氛，肖珑馆长首先向我提出两个问题，她所起到的表率果真引起现场听众的积极提问。

接下来是王世伟先生的讲座，他讲座的题目是《对公共图书馆传承文明服务社会三大功能的再认识》。我此前未曾听过王先生的讲座，也很想听他阐述一些图书馆界的新观念新思想，但遗憾的是，我原定回京的航班无故取消，而另行改签的航班则使我来不及聆听这场讲座，只好向王先生表示歉意，而后匆匆赶往机场。

各持己见　共研特纸
中国古籍保护协会古籍鉴定专业委员会开化纸专题研讨会

时间：2019年11月8日

地点：北京国家图书馆综合楼528会议室

此会议由古籍鉴定专业委员会副主任陈红彦女史来主持，她首先说明，按照规定各个专业委员会每年要举行一场学术研讨会，这是此会召开的缘由所在。陈主任又称，本次会议乃是由专业委员会主任李致忠先生提议召开的，接下来她介绍了参加会议的人员：中国古籍保护协会副会长倪晓建先生，中国古籍保护协会副秘书长王红蕾女士，中国古籍保护协会古籍鉴定专业委员会主任委员、国家图书馆研究馆员、国家文物鉴定委员会委员李致忠先生、中国人民大学图书馆馆员、古籍部主任研究员宋平生先生，中国嘉德国际拍卖有限公司古籍部原总经理拓晓堂先生，中国科学院文献情报中心研究馆员罗琳先生，天津图书馆历史文献部主任、研究馆员李国庆先生，古籍鉴定专业委员会秘书长、首都图书馆历史文献中心主任刘乃英女士，山东省图书馆副馆长、山东省古籍保护中心常务副主任、研究馆员李勇慧女士，藏书家韦力先生，辽宁省图书馆历史文献中心主任刘冰先生，北京大学儒藏编纂和研究中心研究员张丽娟女士，北京泰和嘉成拍卖有限公司经理刘禹先生，《中国金融家》杂志社执行主编艾俊川先生，国家图书馆古籍馆研究馆员李际宁先生、程有庆先生、赵前先生，另外还有中国美术学院教授范景中先生，故宫博物院图书馆的研究馆馆员翁连溪先生等。

陈红彦又介绍了今日到场参会的藏书家：金亮先生，刘扬先生，袁立章先生，王富龙先生，刘洪金先生，任国辉先生，李希海先生，张玉坤先生，张艳艳女士，沈岗先生，赵俊杰先生，焦阳先生，童志新先生，鲁冬辰先生，还有刘清先生。

之后陈红彦又讲到："另外参加会议的还有我们特约代表，首都师范大学图书馆卢婷婷，浙江省萧山图书馆的孙勤馆长，还有就是《国家图书馆学刊》的常务副主编陈清慧，研究馆员《文献》编辑部的张燕婴女士，还有我们《藏书报》的同事，感谢各位，大家一并鼓掌欢迎。另外我还要特别向金亮先生致谢，我们这次会议的经费是金亮先生支持的，也感谢翁连溪先生、刘禹先生为我们会议组织做了很多的工作，让我们大家一并以掌声感谢。"

陈红彦首先请倪晓建讲话。倪馆长讲到了开化纸的历史，以及新近恢复的开化纸制作已经被浙江省列为非物质文化遗产保护项目，他同时提及鉴定专业委员会成立于今年1月18日，乃是中国古籍保护协会的第六家分会组织，他特别感谢国家图书馆古籍馆的诸位同仁对此会工作的支持。

接下来李致忠先生作了主旨发言，他感谢大家能够前来参会，以实际行动对此会予以了支持。对于将开化纸设为本次研讨会主题的原因，李先生称："这个问题在学术上本来无关紧要，但在今天市场化的环境下，如果说某部书是开化纸，就可能在价格上产生不小的差异。我们对市场价格没有任何责任，但销售公司知情，我们在座的都有鉴定能力，都有可能被销售公司请去帮助鉴定哪一种书或者是哪一类书，就有可能遇到纸张的问题。我们如果帮人家做鉴定，就有可能会产生一些后果，而这种后果也可能会引起一些纠葛，所以从鉴定委员会的角度来讲，我想我们大家是不是对这个事情索性谈一谈。假如通过这次谈话引起大家的兴趣，会后还能够继续研究下去，那么研究出了成果，写出了文章，我们就可以出一个结论。"

李先生讲开化纸究竟是否产自开化县，这个问题不是本会所谈的重点，但他也认为开化纸被浙江省列为非物质文化遗产是件好事情，因为能够使得当地人脱贫致富。李先生更为强调本次会议的主旨乃是想澄清一个历史，校正一个名称，其起因仍然是人们对这种纸张的命名。李先生称首先提到开化纸的人是曾国藩，在曾之前是否还有人提到开化纸，目前未能找到相应史料。曾国藩之外谈到开化纸的则是莫友芝，接下来还有几位名人也提到过开化纸，比如傅增湘、周叔弢等，但周叔弢只是对开化纸的产地有过推论，并没有给出定论。针对开化纸的名称演变过程，李先生请大家予以讨论。接下来他感谢了金亮先生为本会的举办所给予的赞助。

陈红彦接着请国家图书馆古籍馆实验室的易晓辉先生讲话，她介绍说易先生是学制浆造纸专业的，近两年对开化纸从内部结构上进行了研究，她请易先生将检测结果向大家作一个汇报。易晓辉首先从开化纸的原料角度讲述了一些专家的说法，并提到他在《开化县志》上也未找到相应的记载。他发现《开化县志》上确实提到每年的岁贡问题，虽然岁贡中也有纸，但一年只交4000多张，这么少的数量正说明了开化县未曾大批量进贡给朝廷。同时他也提到经过化验，无论开化纸还是开化榜纸，其原料都是纯青檀皮。

易晓辉又提到翁连溪所著的《清代内府刻书研究》中，讲到了清宫档案中记载的连四纸就是开化纸的问题，他同时提到2015年《文献》上发表的厦门大学王传龙老师所撰《"开化纸"考辨》一文，王传龙也认为开化纸就是连四纸。易先生说他又查阅了翁连溪的《清内府刻书档案史料汇编》："就发现里面连四纸的名称特别多，除了连四纸之外，还有清水连四纸、竹客连四纸、双料连四纸、竹料连四纸、川连四纸等等，大概有一二十种之多，就感觉有点像现在的宣纸，除了泾县宣纸外，还有富阳宣纸、连城宣纸、腾冲宣纸，各地都叫宣纸，但是真正的宣纸只有泾县的宣纸。就有这么一种感觉！而且还有一个名词比较值得琢磨，那就是竹料连四纸，因为正常情况下，我们一般认为连四纸就应该是竹子做的，但是它前面又加了一个限定词，就是竹料。它可能的潜台词就是说，当时的连四纸应该不是用'竹'做的。而且康熙年间《江西通志》里面也提到一句，说上饶县也产连四纸，但是做得不太好。在地方志里面，通常都是夸当地的东西好，但是《江西通志》里说我们这儿也产，但是做得不太好，可能言外之意就是说，连四纸应该有更好的一个产地，那么那更好的产地在哪儿？我们又开始到处找，然后发现在明末的时候就有一种连四纸，大家已经对它评价非常高了，就是叫泾县连四纸。"

易晓辉又提到了开化榜纸的问题，他说刚到古籍馆工作的时候，有些前辈告诉他，《四库全书》用的就是开化榜纸，然而他通过查阅史料，发现《四库全书》用纸是泾县榜纸。同时他也提到了历史记录上的金线榜纸问题。之后易先生又详细讲解了泾县榜纸的原料问题，他提到现代意义上的宣纸从元末明初开始生产，其原料一直有两类，一是用纯青檀皮，这种纸主要用来印书，原因是纯青檀皮做的纸没有那么容易洇。还有一类则是青檀皮加稻草混料，这种纸张比较容易洇，适合于书画的表现。但今人买宣纸主要是书画方面的需求，纯用来印书的纸张用途越来越小，所以纸厂就渐渐不做了。易晓辉认为这就是人们所说的开化纸渐渐消亡的原因。

从以上的观点来看，易晓辉第一次提出人们所说的开化纸原料为纯青檀皮，并且他认为开化纸的产地其实是在泾县，同时他分析了此纸消亡的原因。这种说法颇具启迪性。

接下来陈红彦介绍了易晓辉所在的实验室的归属，她同时提到因为文物局对文物的取样是零容忍的态度，而实验室所建立的古纸库到现在为止还无法成体系，所以只能随机随缘地得到一些古纸样品进行检测，现在他们也在进行无损检测，但由于得到的检测对象太少，所以还无法做出大的数据库，只能期待未来这个数据库越来越丰富。

拓晓堂先生首先说他是一线工作人员，因为编古籍拍卖图录要写拍品提要，写提要首先面临的问题就是要著录纸张，而现在买书人大部分喜欢干净漂亮的书，所以开化纸印本就受到了欢迎。但拓先生也提到康熙朝内府所印之书其实并不喜欢白色的纸。之后他又提到了易晓辉讲到的金线榜纸，拓先生猜测说"金线"有可能是"泾县"的谐音，同时他说《四库全书》所用纸跟真正的开化纸有一定的区别。拓先生又提到了开化纸的使用范围问题，他说人们只要一提到开化纸，就认为是宫廷印书用纸，其实民间也有使用。而对于连四纸名称的来由，拓先生也阐述了自己的观点。

而后陈红彦命我讲讲自己的观点。我首先谈到在藏书界将连四纸和开化纸视为两种纸的问题，从外观看上去，藏界所认为的连四纸是惨白色，而人们所说的开化纸则是玉白色，这样的认定只是直观的感受，但是亦有其道理在，因为两年前复旦大学中华古籍研究院的专家带来仪器，系统地检测了我所藏的开化纸，而后在一次研讨会上余晖先生公布出了他所检测过的开化纸的各种数据，这些数据表明芷兰斋所藏的开化纸本最符合人们感观认定的开化纸。从这个角度来说，市场上以观风望气的方式认定真正的开化纸本的标准，必有其道理在。同时我讲到了清三朝开化纸本所呈现出的温润感，即有羊脂玉的质感，这包括其手感和色泽。

李致忠先生又讲到了同治六年曾国藩到莫友芝家看书时的情况，当时莫友芝拿出一部汲古阁所刻《十七史》，曾国藩认为这种纸就是人们所说的开化纸，而莫友芝将此纸称为"桃花纸"，但今人看到的汲古阁《十七史》初印本应当就是连四纸，所以李先生认为这是曾国藩的误认。

刘扬先生首先说到了是先有开化纸而后有科学的问题，但现在科学跟现实发生了脱离。而后拿出一份统计表，将社会上所说的开化纸分朝进行了统计，其中康熙朝大概有八十多种，雍正朝有二十多种，乾隆朝有七十多种，其他朝数量较少。如此说来，康熙和乾隆两朝用开化纸印书最多，当时民间也有不少人用开化纸印书，相比较而言，民间用此纸印书主要是小部头，而宫里印书则主要是大部头。刘扬认为拓晓堂先生的观点是正确的，因为民间对开化纸有着成熟的认定，不管科学鉴定的结果是怎样的，开化纸是实实在在的存在。

李勇慧馆长首先讲到她在山东图书馆搞古籍已有34年的时间，虽然对库中古籍十分熟悉，却很少留意到这些古书是用什么纸来印刷的。而后她提到了山东馆所藏的《太学新增合璧联珠万卷菁华》一书，她说有人称此书是金线罗纹纸，正是这种纸的稀见性，使她开始重视古书用纸的研究。而后李勇慧讲到了她近几年将国内外公馆所藏的《十七史》进行了考察，确实像李致忠先生所说的那样，汲古阁《十七史》的完成是在顺治年间，此前乃是单行本，但单行本与后来的汇印本有混印的问题，印书的纸也有一定的区别。李勇慧用织毛衣要配毛线来举例，因为一次没有买够，下次再配时就很难配上完全的颜色，纸张也是这样，一批纸跟一批纸之间也有着区别。而后她又举出了《永乐南藏》的问题，她说已经整理过七部《南藏》，每一部的用纸都有区别，相比较而言，《永乐北藏》的用纸更好。同时她也讲到了白棉纸之间也有很大的区别，李勇慧想以此来说明，手工纸张很难有严格意义上的界定。

赵前先生讲到他刚到善本部工作的时候，就听到管库的陈先生向他介绍开化纸，同时他在库里也看了《四库全书》用纸，他发现两者之间有区别，不但色泽有差异，厚度也不同。之后有了

艾俊川先生

古籍拍卖，拍卖会上出现了不少开化纸本之书，赵前认为，把这种纸张称为"开化纸"已经是约定俗成地叫了一百多年，同时拍卖图录上另外注明有连四纸，所以想要把市场的认定扭过来，是短期难以做到的事情。赵前夸赞易晓辉通过检测得出的结果是一种科学，但他同时认为这种检测应该有更大的范围，这样得出的数据才更有说服力。

艾俊川先生谦称他对开化纸没有什么研究，但他认为今天的会开得很好，让他得到了很多启发。艾俊川从定名问题上提出了自己想到的问题："首先我觉得它是个名与物的问题，就是古代的实物和今天的名称对得准不准，我们今天说的这个名字，是不是就是指古代的这个东西，它有古代的名字，这个名字和现在的实物对得是否正确。因为明代清代也有开化纸的概念，那个时候说的开化纸，是不是我们今天看到的这种殿版的开化纸。那么殿版这个纸是不是我们今天说的开化纸，这中间它有一个对接的问题，我觉得这是一个值得首先研究的方向。第二个就是，如果解决了这个问题，还是一个造纸技术史的问题，刚才易先生实际上讲得也是非常清楚了。就是这个纸，它是怎么造的，是什么原料，这是一个值得深入研究的问题。第三个是语言学问题，就是明代就有开化纸这个概念了，清代也有，现在也有，但是这个过程中，名称和实物的对应出现了问题。那是我们没对上，还是这中间"开化纸"这个概念在语言上发生了变迁？古代的开化纸实物，和今天我们的语言"开化纸"是不是一个概念？它中间发生了什么变化？是怎么造成的？这些都是未知的。第四个就是跟图书版本学有关系。刚才拓先生说的，纸张是一个需要著录的项目，它是个版本学问题，所以也是我们现在版本鉴定委员会要讨论的。第五还是个地理学问题，开化纸到底是不是开化县的特产，它跟地理地名相关，这里面还有一些纠葛。一张纸，它牵涉到很多方面的问题，要把它研究清楚了，需要大家一起形成合力，然后下功夫。"

艾俊川讲到前年他参加了开化纸研讨会，当时就有人提出开化纸是连四纸的误解，为此，他写了《"连四纸"笺释》一文，讲到了连四纸概念的变迁。而后他提到可能在崇祯时期的某方志中讲到过，当地有三兄弟分别叫连二、连三、连四，其中连四造的纸特别好，后来就盛行起来。但艾先生也提到从元代开始，四川造的纸就有"凡纸皆有连二连三连四"的说法，如此说来，这种命名方式乃是指纸张的三种规格。艾先生认为："可能唐宋的纸都是一尺见方的，然后'连纸'就是两尺长，再加'一连'就是三尺长，连二连三，再加长就是连四。从明代的史料，还有清代的史料里都可以推算出来，连四纸是四尺长，二尺宽。"

艾俊川认为，连四纸实际上是一个大概念，因为这种纸张既有竹纸，也有白纸、棉纸的，因此用纯青檀皮做的连四纸只是其中的一种。他认为今人对连四纸的概念与古人没有匹配对，今人所说的开化纸应该是连四纸中的一种，但具体是哪一种连四纸，还需要进一步探讨。

刘洪金说他赞同艾俊川的观点，连四纸是一个大概念，开化纸是一个小概念，但是民间所认定的开化纸，尤其是拍卖会上标出的开化纸其实更接近于人们的认定。其实陶湘、周叔弢所理解的开化纸跟今天藏书家所认定的开化纸基本一致，这种纸张洁白细腻，从审美角度来看非常漂亮。刘先生又提到他曾见到的一部乾隆时拓印的《三希堂法帖》上，有清光绪人的一则题跋，这则题跋提到《三希堂法帖》的初印本都是用开化纸印的。刘先生认为这是一个重要线索，因为这可以佐证开化纸的概念。刘先生说他觉得对于开化纸的认定，要采取一种宽窄的态度。同时他举出了武英殿聚珍版用连四纸刷印的问题，也指出那种纸张跟人们通常所说的正宗开化纸是有一定区别的。

赵俊杰先生谈到他搞古籍收藏已经有二十多年的历史，从一入行开始，他就知道开化纸本难得，然而今天的讨论使得他心中固有的概念变得模糊起来。他猜测说开化纸的学名有可能叫连四纸，但世上约定俗成把它称为开化纸应该也没什么问题。赵先生也提到了市场上，尤其是拍场上所说的开化纸本其实也有区别。拓晓堂则认为赵俊杰的观点很好，那就是从理论上暂时不要动摇市场的概念，不要轻易将开化纸称为连四纸，这容易引起概念上的混乱。至于图录著录的准确性问题，拓先生认为真正的买家心里都有一杆秤，他们会按照自己的认定来对待拍品。

李致忠先生则认为市场概念与学术探讨不能混为一谈，因为学者没有责任为市场服务，他认为今天开这个会，最低的成果是记录下鉴定委员会对这件事情的探讨。之后李先生举出了二十世纪六十年代对于《兰亭序》真伪的大讨论，他明确地称自己站在郭沫若的立场上，这场讨论虽然在社会上引起了很大的反响，而人们认为《兰亭序》出自王羲之的观念并没有得到改变。但是历史上对于开化纸的说法，究竟是应当相信名人所言，还是应当相信档案记载，他提到了周叔弢对开化纸的那段描述，周先生说这种纸的产地或是开化县。既然用了"或"字，那就是一种推测，并未给出肯定。而关于傅增湘对于开化纸的那段描写，李先生认为写得非常精彩。李先生又提到了曾纪纲先生发现新材料的重要性，因为曾先生提到了宫内颁布的时宪书用开化榜纸印刷的问题。

李国庆先生讲到了周叔弢先生告诉他的开化纸的一些特性，比如抚不留手的感觉，又提到徐世昌的弟弟徐世章收藏了大量的开化纸本，这些书后来都捐给了天津图书馆。他通过翻阅这些书，再与翁连溪编《清内府刻书档案史料汇编》中所记进行对比，认定开化纸就是内府记载的连四纸。李国庆也强调市场上虽然有约定俗成的称呼方式，但学术认定也可进行相应的探讨，并不会影响市场概念。

上午会议结束后，《藏书报》的刘晓立带我去参观了典籍大展，因为事情繁忙，我没有来得及参加开幕式，后几次来国图开会也未能前去看展，今日中午有一个多小时的时间得以从容观展。这个展览分为四个单元，其中第一单元乃是公共图书馆精品，于此又看到了司马光的《资治通鉴》残稿。今年是司马光诞辰一千周年的重要日子，今日再睹此稿感觉很是特别。展览中我还看到了文津阁《四库全书》，因为上午开会曾经提到这部书，我又仔细观察了它的纸张，这种纸的表面的确没有开化纸所具有的丝光感。

典籍大展的其中一个单元乃是民间藏书展，在这个展厅内我看到了众多友人所送的展品，有一半以上都是第一次得见。在这里也看到了自己所送的展品，这些展品虽然出自寒斋，但摆放在这里却有了一种异样感。人们对开化纸的认定会不会也有这种观感上的偏差呢？虽然这种感觉不能以"橘生淮南则为橘，生于淮北则为枳"来形容，但人的感官确实难以用科学尺度来衡量。

下午继续开会，翁连溪和范景中两位先生来到会场了，因为上午他们去参加另外一个会议。陈红彦首先请翁先生讲话。他提到二十多年前朱家溍先生就在宫里查看修书处档案以及造办处档案，后来朱先生把武英殿修书处档案的材料交给了翁连溪，让他接着往下查。翁先生讲到了当年查档案的不容易，因为有些档案只是整包整包地堆在那里，翻阅之后也只能一笔一笔地抄写。而后他举出了《古文渊鉴》的用纸问题。之后他又提到他所查过的档案中没有发现开化纸的记载。翁先生还提到曾纪纲在档案中发现了"开化纸"的字样，而翁认为："我说档案里非常容易误写字，还有少写字的情况也非常多。所谓的开化纸的档案里头就没有一条是写的开化纸，你这条是不是少写一个字？这两年他又写一篇文章，他认为再往后又说叫开化榜纸，他就把开化纸、开化榜纸混一块，我说这不能相提并论，连四纸就是连四纸，开化榜纸就是开化榜纸，我给他说把乾隆四十八年时宪书调出来，看看时宪书是什么纸，我说你就拿《古文渊鉴》跟时宪书对比就不一样。我们单位跟台湾都有特别多的时宪书，每年的都有，基本没有开化纸，都是那种厚纸叫作开化榜纸。开化榜纸也有好几种，叫金线榜纸、山西榜纸、白榜纸，榜纸就有好多名字，开化榜纸的价钱跟开化纸首先有明显的不同，实际我现在说的开化纸都是档案记载的连四纸，大家都把它约定俗成叫作开化纸。"

之后翁先生拿出一部大开本的时宪书，他说这是用开化榜纸刷印的，从感觉上跟开化纸明显不同。翁先生说如果用灯照着开化纸来透着看，在里面能发现小棉絮。但他同时称内府印书，皇上首选之纸不是开化纸，而是一种黄纸。关于开化县现在造开化纸的问题，翁先生认为没什么不对，因为开化县提出的是要造世界上最好的纸，不管这种纸张在古代有没有名字有没有记载，他们造出的这种纸张就是开化县的纸。

对于民间把连四纸称为开化纸的问题，翁先生觉得也不足怪，他举出了满文《大藏经》的例子，他说正式的文档中没有这样的称呼。

范景中先生首先讲到上午他们开的那个会很平淡，不像这里的会议争论得这么热闹，他认为要给这种纸张一个确定的名字是不容易的事，正如翁老师所说，同样是连四纸，不同的人在不同的时间抄出来的纸就会不同，而同一天抄出来的纸也会有区别。范先生从美术史的角度对此予以了解读，他讲到了云变化万端如何来给它命名的问题，给无形的东西定名确实不容易，范先生又讲到了《尔雅》上的命名，他说自己对于纸张的命名抱有悲观主义的态度。

范先生谈到了日本美浓纸的问题，因为"美浓"是个地名，当地产很多种纸，但中国人认定其中之一种叫作美浓纸。他又讲到高罗佩研究中国古画鉴定，直接用古纸切成小方块做成纸样。之后他又讲到了傅增湘提到太史连纸"色如金粟"的形容词，但这种纸张跟开化纸比起来孰优孰劣呢，显然前人有不同的看法。而后范先生讲了以前的旧书店重视白纸而轻视黄纸的问题，他举出了民国时期的一些售书目录，这些目录上既列明了开化纸的价钱也列明了连四纸的价钱。他又讲到民国年间商务印书馆印的一些书使用的就是连四纸，而当时用宣纸印的一些书都比用连四纸的贵。如果现在把开化纸改名为连四纸，那金总藏的那些开化纸都成了连四纸本了。但从民国时期的售书目录同时标注连四纸和开化纸来看，说明在民国时期，旧书业内是把连四纸和开化纸视为两种不同的纸，如果现在把开化纸直接说成连四纸，显然容易引起概念上的混淆。

　　范先生又提到几年前他去参观扬州雕版博物馆时看到了我捐献的纸样，他认为通过这种办法对古书用纸进行梳理也很不错。于是我接着他的话讲起了我给扬州雕版博物馆捐献纸样的细节，同时提到十余年前我曾影印过一套晚清民国年间旧书店售书目录，因为那个时期旧书店的销售方式除了门市之外，也会定期印制售书目录寄给一些潜在的买家，这种目录大多会标出纸名，有时同一部书会标出多个纸名，开化纸和连四纸会标出不同的售价，这同样也说明了在那个时代人们对这两种纸的认定是不一样的，尽管这种认定可能并不科学，但至少在观感和概念上，人们认定这是两种纸。

　　范先生又提到陶湘重视开化纸的收藏，以至于琉璃厂旧书商给他起了个"陶开化"的雅号。而范先生一直怀疑开化纸跟开化县应该没什么关系，他猜测开化纸既然又名"桃花纸"，有可能这个词是描写纸张外观的。

对于古纸纸名的认定方式，我认为最大的难点不是纸名而是纸名与实物之间的相匹配，因为古代文献中流传下很多的纸名，但那些名称与我们所见的纸张无法一一对应，有些文物可能失传了，但大部分古纸没有失传，然而哪种纸是古人说的哪个名称，到如今成了两张皮。古代旧书商最在意古书不同的用纸，这是因为售价有较大的差异，所以他们在辨认纸张方面最为内行。我曾经请古旧书业的四位老前辈帮我逐一辨识纸张，而后通过他们共同的认定，以此来使纸名和纸张相匹配。当然书商认定的纸名很可能是业界的俗称，并不与文献记载完全一样，但是他们的所言却是旧书业非常重要的口述历史。

同时我也提到了用古书残页来做纸样得不到相关部门支持的问题，而翁连溪谈到日本做过很多纸样，他也买过一些。范景中补充说，关于纸张的研究，西方人的研究其实比日本人还要细致。

罗琳先生在讲话时称，对于纸张名称的探讨的确是门学问，这也是传统文化的一部分，然而现在在图书馆工作却从不会提及纸张问题。罗先生说他在中科院图书馆工作，科学院的工作是做任何事情都要讲定性定量，如果这一点说不清楚，实验就无法做更无法进行论证。那么既然认为开化纸是连四纸，同样连四纸的标准是什么，如果给不出标准，那么无论是民间还是官方，都是站在各自角度来说话，还是无法将问题说清楚。

刘冰先生首先介绍了自己的工作单位，他说辽宁省图书馆藏有很多殿版书，过去因为辽宁是满族的肇兴之地，所以当年武英殿所刻之书都会送三到五部给沈阳故宫，但这些书基本都是毛装本。刘冰翻阅了这些书后，认为传统意义上的开化纸非常少。刘冰说人们所认识的开化纸从外观看上去纸色洁白、晶莹柔韧，但殿版书中所使用的一种白纸跟开化纸的白度比起来差很多，这种纸有一种灰白的感觉。刘冰说他赞同韦力对开化纸观感的描绘，他觉得开化纸给人的感觉像和田羊脂玉，而殿版书用的另一种白纸感觉就像没有抛光的岫岩玉。

童志新先生从使用的角度来看待开化纸与其他纸在纸性上的不同，关于私人使用开化纸的问题，他举出了纳兰性德。而对于纸张的实验，童先生说他曾经拿胶纸来粘一些开化纸，反复粘贴后，来观察这种纸张纤维的长度。他还说曾经拿一些开化纸的边角料用水泡用火烧，以此来探究这种纸张的物理性。通过这些尝试，他对开化纸有了更为深入的认识。

程有庆先生则讲到了潘吉星先生来国图讲纸张课的过程，他认为理论上跟实际操作有较大差别。程先生说他听到大家从不同角度来谈论对开化纸的看法，觉得每个人讲得都不错。程先生说对开化纸进行研究，首先要明确研究对象，然后才能得出具体的结论。

张丽娟老师则将潘吉星先生的检测方法与易晓辉先生的讲述进行比较，她觉得科学性的前提就是取样的广泛性，因为现在对于开化纸的检测积累的数据太少，那么所得数据的涵盖性也太小。

李希海先生从书写的角度来谈论开化纸和其他纸张的区别，同时他谈到了纸张的平整度问题，当今线装书的出版主要是影印，

赵前、程有庆与刘冰三位先生

这种使用方式对纸张的平整度要求不高，但如果以雕版的形式来刷印古书，马上就能看出纸张的平整度所产生的差异。李先生说他今日听到大家的所讲，让他觉得开化纸只是个俗称而已，而人们认为清代印书用纸，白色纸中最好的就是开化纸，到了民国年间，最好的纸张被六吉绵连取代了。

刘清先生也谈到了纸张的平整度问题，他认为这是工艺好坏的标志，但现在有些宣纸用的是化学制剂，乃是一种机制纸浆，打浆过程将纤维打得太碎了。好的纸张必须有长的生产周期，这个周期主要是在晾晒方面。从清嘉庆以后，纸张的质量衰落下来，它反映了国力的衰退，因为人们耗不起这么大的时间成本，那么制作出的纸张质量自然就下降了。

刘禹先生则从实践角度来谈论了康、雍、乾三朝开化纸的质量，他说道光时期虽然也有开化纸印书，然质量已经与前三朝差了许多，出现这种结果的原因，刘禹认为是工艺和财力都有所下降。

众人对开化纸继续进行着相应的探讨，而这种各抒己见的研讨会更加显现了学术探讨的重要性。会议结束后，大家仍然扎堆聚在一起交换着彼此的观念，这样的会议正说明了对于古书的研究已经深入到了材质方面。

多会同办　共祝院庆

复旦大学中华古籍保护研究院五周年纪念系列活动会议

时间：2019年11月12日—25日

地点：上海复旦大学邯郸校区

为了纪念复旦大学中华古籍保护研究院成立五周年，以及复旦大学文物保护创新研究院揭牌，复旦举办了多场活动。11月12日上午9点，首先举办庆祝大会及揭牌仪式，地点在复旦大学光华楼东辅楼202报告厅。参加会议者约300余人，本场会议由复旦大学图书馆党委书记兼常务副馆长侯力强先生主持。

首先是复旦大学党委副书记尹冬梅女士致辞。她首先代表复旦大学对大家的到来表示欢迎，对大家给复旦带来的珍贵的支持、创新的力量和宝贵的经验表示衷心的感谢。接下来，她对复旦大学古籍保护院五年来所做的工作作了简要回顾："五年来，复旦大学中华古籍保护研究院在教育部、文化和旅游部的指导下，在国家图书馆和国家古籍保护中心的大力支持下，在培育高端人才、创建学科体系、建设文化资源信息平台等方面都取得了实质性的进展。恢复了清代名贵手工纸也就是开化纸的工艺流程；建立了古籍保护脱酸机理和脱酸工艺研究站；形成了基于GIS古籍普查

会议现场

的规划；培养了67名古籍保护专业研究生、6名古籍保护的博士，为国家古籍保护事业输送了人才，也缓解了国家古籍保护人才短缺的困难，这是复旦在建设中国特色、世界顶尖高等学府征程中的一个成功的创新的案例。"

尹女士指出，复旦大学图书馆馆藏纸本文献564万册，其中珍贵古籍文献40余万册，中华古籍保护研究院建立在图书馆的基础上，有着得天独厚的优势，成为吸引科研人才的平台，也酝酿了一系列的科研成果。在"上海市文教结合三年行动计划（2019—2021）"支持下，复旦大学在中华古籍保护研究院成立五周年之际，成立文物保护创新研究院，旨在把握"让文物活起来"的机遇发展期，以"人才培养机制创新、科研机制创新、成果转化机制创新"为抓手，在中华古籍保护研究院基础上，与政府、企业、文物与博物馆界以及社会力量合作，探索建立文物服务业、文物衍生产业的产学研结合平台。最后，尹女士感谢了给予古保院建设发展支持的政府、科研机构、高校、企业和个人，希望在复旦文物保护创新研究院成立的基础上，继续努力，为国家纸质文物保护事业培养复合型人才，贡献复旦智慧。

接着是国家文化和旅游部公共服务司巡视员陈彬斌讲话。他在讲话中首先回顾了近几年国家古籍保护在立法、古籍普查、人才培养、队伍建设等方面所做的工作，特别感谢以复旦大学为代表的一批高校在古籍保护人才培养方面所做出的贡献。他强调指出："国家古籍保护工程作为中华优秀文化传承重点项目，古籍工作处在大有可为的黄金时期，面临着前所未有的黄金机遇。中华古籍保护院自2014年成立以来，在复旦大学、国家古籍保护中心以及社会各界的大力指导和支持下，在团队建设、人才培养、科学研究以及科研交流等方面取得了一系列的成就，为中华古籍保护工作做出了积极贡献。也希望中华古籍保护研究院和新成立的文物创新研究院继续开拓进取，发挥复旦大学这个学术重镇的号召力，团结全国高校系统以及海内外古籍保护力量，发挥在理论研究和人才培养方面的优势，加强与各级古籍保护中心和其他古籍保护机构的联系合作，共同把中华古籍保护事业推向前进。"

国家图书馆馆长、国家古籍保护中心主任饶权做了题为《存古开新，继往开来——促进古籍保护工作现代化、科学化发展》的主旨报告。饶权馆长认为古籍是中华民族重要的文化财富和精神家园，蕴含着中华民族丰富而宝贵的历史记忆、思想智慧和知识体系，代表了中华民族一脉相承的精神追求、精神特质与精神脉络，始终并将永远是国家和民族生存发展的精神基石。保护好、传承好这些珍贵典籍,不仅是每一个文化工作者,也是科技工作者应该肩负的历史使命。他的报告共分四部分,首先是讲到了古籍保护的历史传承:

一、我国十分重视对传统文化典籍的保存和整理,向来有着"盛世修典"的文献传承制度和优秀的古籍保护传统。新中国成立以来党和政府高度重视古籍保护工作,多地建立了本省、市的古籍专业出版社,全国古籍出版单位达到上百家,影印出版的古籍品种达到近6万种。国家层面的古籍保护项目是推动古籍保护工作取得突破的重要抓手。21世纪以来,涌现出一批较有影响力的地方典籍整理项目。二、古籍保护的现代发展,建立全国古籍保护工作协调推进机制。逐渐建立古籍分级保护制度,在国家和地方层面分别建立珍贵古籍名录,形成一批古籍保护工作规范,建设了一批标准化古籍库房,千余家古籍收藏单位不同程度地新建或改善了库房,超过2000万册件古籍得到妥善保护。探索出一条古籍保护专业人才创新培养之路。三、古籍保护的科技创新,古籍保护技艺与方法在继承传统技艺的基础上不断更新,将现代科技与传统的保护和修复技艺相结合中,寻求更为科学和可持续的保护、修复、保存方法以及相应的技术与材料。应用现代技术在改善古籍存藏条件、提高古籍修复水平、促进古籍再生性保护、促进古籍文化传播推广、促进古籍资源的整合利用等方面取得了卓有成效的成绩。四、开展面向古籍保护科技创新的学科体系与人才队伍建设,加快建立现代化的古籍保护学科体系，加快培养高层次、复合型古籍保护专业人才。

饶权馆长最后指出，希望复旦大学中华古籍保护研究院广泛吸收多学科人才进入古籍保护专业研习、深造，着力培养复合型人才，为推动建立科学化、制度化、专业化的古籍高端人才培养机制做出新贡献。

报告结束后，在文化部原副部长、国家图书馆原馆长周和平，国家图书馆理事会理事长、国家图书馆原馆长、中华古籍保护研究院荣誉院长韩永进，文化和旅游部公共服务司巡视员陈彬斌和复旦大学杨玉良院士的共同见证下，复旦大学党委副书记尹冬梅和国家图书馆馆长饶权为复旦大学文物保护创新研究院揭牌。同时，新成立的文物保护创新研究院与上海市历史博物馆、上海市

饶权馆长讲话

档案局（馆）共建研究和实践基地也揭牌成立。中华古籍保护研究协会会长刘惠平女士、上海市档案局徐未晚局长、上海市历史博物馆胡江馆长与复旦大学图书馆陈思和馆长参与揭牌。

茶歇之后，杨光辉先生受中华古籍保护研究院院长杨玉良教授委托做了报告，报告的名称是《中华古籍保护研究院成立五周年工作报告（2014—2019）》。报告首先回顾了该院成立历史："复旦大学中华古籍保护研究院是在国家古籍保护中心提议和支持下，由复旦大学图书馆、高分子科学系、化学系、生命科学学院、文物与博物馆学系、中国历史地理研究所、古籍整理研究所、出土文献与古文字研究中心等院系共同组建的跨学科平台，成立于2014年，挂靠图书馆。研究院重点建设：国家古籍保护人才培训基地；国家级古籍修复技艺传习中心——复旦大学传习所；古籍书目数据研究中心；古籍研究中心、古籍保护技术基础科学实验室等学术机构。"

报告指出，研究院成立五年来，在人才培养方面，共招收图书情报专业硕士古籍保护方向学生67名，其中30名学生在读，37名学生完成学业，一半从事古籍保护相关领域工作。研究院获批复旦自设"古籍保护学科二级博士点"，正培养跨学科专业博士生6名，招生博士后3名。科学研究方面，2015年7月开始，中国科学院院士杨玉良带领复旦大学中华古籍保护研究院团队开展开化纸传统制作工艺的调查与科学研究，取得了丰硕的成果。该所开展的开化纸传统制作工艺的科学研究、以开化纸为代表的古籍印刷用纸的科学研究、整本古籍脱酸工艺的关键技术研究、中华传统手工纸的标准化检验方法研究与应用等广受社会关注，与此同时，该院还成立了传统写印材料研究专业委员会。

古籍保护方面，该院成立了中华古籍书目数据研究中心和古籍保护研究中心，建设了中华古籍书目索引数据库、古籍保护与修复科学数据库等，出版了《复旦大学图书馆古籍普查登记目录》《中国古籍珍本丛刊——复旦大学图书馆卷》《复旦大学图书馆馆藏古籍善本图录》等成果。在搜集整理公藏目录的同时，也对民间私藏目录进行调查，每两年定期开展藏书家古籍收藏与保护研讨会。文化宣传方面，师生共建的古籍、家谱、索引社团面向社会公众举办了"金秋曝书节""线装家谱制作""手工抄纸体验""金石传拓体验"等文化推广活动，广受欢迎。

海外交流方面，研究院还与美国加利福尼亚大学伯克利分校、密歇根大学，加拿大英属哥伦比亚大学，德国汉堡大学、埃及艾因霍姆斯大学等海外高校开展合作与交流，推动古籍保护事业发展。杨光辉先生还特别提到了该院在发展过程中得到的来自社会各界的捐赠和支持，并对此表示感谢。最后杨光辉对文物保护创新研究院的筹备工作进行了介绍。文物保护创新研究院得到了上海市教委新一轮"文教结合三年行动计划"项目200万的支持，2019年6月21日，通过了专家论证会，且前期已经举行了一系列活动，组织了一系列培训班，希望能够借着文物保护创新研究院成立，给古籍保护研究院注入新的活力，给社会带来更多复合型人才。

上海图书馆陈超馆长在讲话中分享了作为一位图书馆人对古籍保护趋势和发展的一些思考。他说2007年以来，国家已经形成一个覆盖面非常广泛的古籍保护体系，复旦古保院是在这样一个大背景下，在社会各方面的支持下应运而生的，作为同行他见证了复旦的成长和取得的巨大成绩。他认为，复旦古保院存在的最大意义和价值在于杨院士带领的团队让复旦多学科现代技术主动地融入，为我们国家古籍保护事业的现代化开辟了新的道路。现代科学技术正在改变、已经改变，乃至颠覆古籍保护、古籍整理、古籍研究的诸多方面，他希望研究院和上海图书馆加强合作，共同为推进中华优秀传统文化的创造性和创新性发展作出应有的努力和贡献。

之后是南京大学博物馆史梅馆长讲话。史梅说研究院成立五年以来的重要活动她都没有缺席，见证了杨院士所带领的团队在一千八百多个日日夜夜为古籍人才培养和古籍保护学科建设，所付出的心血和汗水，见证了他们为研制更好更优的古籍修复材料所做的大量调查和实验，也见证了古籍保护研究院培养了一大批优秀的毕业生开始从事古籍、档案和文物修复工作，见证了古籍保护研究院五年来取得丰硕的成果。复旦大学中华古籍保护研究院所取得的成就令同行非常羡慕，他们能多学科融合，以国际视野，为中国古籍保护提供新方法、新思路，特别是有杨玉良这样的顶尖科学家，愿意投入到这项工作中，对古籍保护工作起到了启迪和示范的作用。史梅馆长同时分享了高校关于文物、古籍、档案的融合研究和文化创新，希望有更多交流合作，共同发挥高校优势，服务国家文化建设。

加拿大英属哥伦比亚大学图书馆常务副馆长 Sheldon Armstrong 围绕科学化发展与中加纸质文物保护合作与交流做了精彩的主旨报告。Sheldon Armstrong 表示，不久前加拿大英属哥伦比亚大学图书馆与复旦大学图书馆签署了合作备忘录，旨在探讨纸质文物保护等领域学术合作，联合培养纸质文物保护人才，交流中西方古籍装帧及修复技艺，对于两馆而言都是很好的机遇与挑战。

最后一个环节，由学生代表向五年来支持研究院的捐赠者献花。而后与会者前往蔡冠深人文馆二楼，共同参观古籍保护研究院五周年院庆特藏展。

参观完毕后，与会者集体到食堂午餐，下午参加在复旦大学智库楼106会议室举办的"文物保护创新高峰论坛"。此论坛由复旦大学文物与博物馆学系教授杜晓帆主持，首先是周和平先生作主旨报告，周先生报告的题目是《保护古籍，服务当代》。

周部长在报告中给出了如下数据：2007年1月19日，国务院办公厅印发《关于进一步加强古籍保护工作的意见》（国办发【2007】6号），正式实施"中华古籍保护计划"，该计划是新中国

论坛现场

成立以来，第一次由中央政府全面部署和领导的古籍保护工作，具有划时代的意义。按照《意见》确定的"保护为主，抢救第一，合理利用，加强管理"的工作方针和工作要求，十几年来，我国古籍保护工作取得了重要的进展，主要包括：（一）全面开展古籍普查。为摸清家底，自2007年开始自上而下开展全面古籍普查工作。24个省基本完成汉文普查，共2315家单位完成普查，占预计单位总量78%以上。数据量达260余万条，另14500函，占总量80%以上。累计出版225家单位的《全国古籍普查登记目录》，共计68部111册779220条款目。（二）建立《国家珍贵古籍名录》。五批12274部古籍入选国家名录，20个省区建立《省级珍贵古籍名录》，收录古籍24790部。（三）命名全国古籍重点保护单位。国务院已命名五批180家"全国古籍重点保护单位"，19个省份命名243家"省级古籍重点保护单位"。各单位根据《图书馆古籍书库基本要求》新建或改建古籍库房，带动1000余家古籍收藏单位不同程度上改善库房条件。（四）加强原生性保护。建立12个"国家级古籍修复中心"，修复场所总面积约7250平方米。带动全国各级各类古籍存藏机构建立专业古籍修复室247个，总面积超过1.6万平方米。

余外，周部长还谈到了中华古籍资源库的发布总量，以及古籍保护所存在的问题，同时他也对下一步的古籍保护工作提出了具体的建议。

而后中国文化遗产研究院研究员、中国文物保护基金会副理事长詹长法先生作了名为《纸质遗产保护修复与人才培育的创新机制》的主旨报告。詹先生用大量的图示以及数据介绍了中国文化遗产资源的具体情况：中国登记注册的不可移动文物76万余处，其中有各级文物保护单位7万处。截至今年公布了八批全国重点文物保护单位5058处。拥有世界遗产55处。公布了128座城市为国家级历史文化名城，工业遗产105处，农业遗产91处。他指出，目前的文物保护任务与文物保护队伍严重不平衡。与庞大的文物资源量、艰巨的文物管理任务量、极高的任务关注度相比，文物机构和人员队伍显得"力不从心"，"小马拉大车"现象十分突出，许多文物仍然处于无人管、无暇管、无力管的盲区，文物安全隐患依然突出。根据《文物修复人员现状调查报告》，全国超过70家开设文物修复专业的大专院校、职业院校毕业生对口就业率仅为25%，也是行业用人制度与实际用人需求不匹配的反应。按2014年中国文物统计，业内共有文博机构7737个，按调查比例计算，文物修复人员缺口约为26000个。讲到我国目前纸质遗产保护修复人力资源状况，文物博物馆文物修复行业总共只有3000人，一个重要修复项目往往持续数年，因此修复人员的缺口很大。詹先生又介绍了以近十年中各种类型纸质遗产保护修复培训基本概况，以及纸质遗产的保护修复人才培养途径、教学大纲及内容。

为了进行相应的对比，詹先生以举例的方式介绍了意大利文化遗产资源及专业队伍的具体状况，经过这样的对比，他讲到了对于文化遗产保护的迫切性。

两场主旨报告后，接下来是讨论环节，与会者从不同的角度发表了个人的建议及看法。

11月13日举办的会议为"第二届传统写印材料国际学术研讨

会"，会议地点在复旦大学智库楼106室。

此次会议分上午和下午两个半场，总计有12位专家学者发表了自己的论文。因为保护研究院致力于跨学科进行古籍保护的探讨，故这些专家都是从学术专业角度来探讨保护措施。比如李玉虎讲座的题目是《环保型防灾耐久档案盒与封存箱产业化研究》，该讲座提到了古籍、档案、字画等文物的收藏盒、囊匣、函套，主要是用马粪纸和小麦淀粉糨糊黏结制作而成者，这样的函盒很容易发生虫情和霉情。为此，他们有了如下发明：

> 本项目受明代《梦溪笔谈》等古籍使用"万年红"，在数百年保存过程中未遭虫蛀、完整保存，古代墓葬中使用木炭以及木炭环境中文物保存完好的现象启示，研究设计了"非挥发性无机功能材料填充纸质档案盒、封存箱"，即筛选高效低毒的无机阻燃、防虫、防霉、防酸材料，通过特殊工艺将其渗透于纸板、纸张纤维中，黏附于档案盒两层纸之间，附于档案封存箱瓦楞纸中间，附着于档案盒、封存箱上光剂之中。以无机材料赋予每个档案盒、封存箱防火、防虫、防霉、防酸的功能。

武汉大学信息管理学院的刘家真老师讲座的题目是《中国古代药水去污的科学原理——剖析中国古代的书画清洗》，她首先提到："中国古代的修复技艺是相当出色的，例如绝技'珠联璧合'，把纸放在锅里和天然碱性溶剂混合，加入颜色后熬成粥状，修补虫蛀的书籍后不留任何痕迹。又如绝技'浴火重生'，用白酒烧画，以修复古画的返铅等。这些技艺仅是经验和方法,它回答的是'怎么做',并不告知为什么要这样做。"接下来刘老师讲到了书画除垢的方式:"中国古代书画及纸质藏品上的污垢,除采用机械力(如擦、刷等)清除外,常采用水洗法去污。一般的污垢采用净水(秋后的雨水)浸泡或淋洗,而难以清除的积垢、污渍、霉层采用药水浸泡清洗,即泡洗。用净水浸泡或淋洗,现今仍然有用;而药水泡洗,今天多采用化学药品。"而后她讲解了皂荚素、植物胶、黄酮类化合物在除菌中的作用,又阐述了古代药水清洗方法的科学性。

浙江图书馆汪帆老师的讲座题目为《古籍修复材料常见问题解析——基于传统手工纸生产实地考察》。汪老师讲到从2013年以来,她对浙江、江西、福建、山西、湖南、四川、重庆、西藏、新疆等省市的多家手工纸厂进行了实地考察,详细讲解了在考察中发现的问题,比如她提到:

> 笔者在连城考察当地久负盛名的邓氏造纸家族时,厂方拿出收藏的民国时代抄纸残帘、八十年代的纸帘与现在所使用的三种纸帘作对比。民国的抄纸帘,每厘米内有17根竹丝,编织紧实绵密;八十年代的纸帘,每厘米就减少为13.5根竹丝,而现在使用的2000年制作的纸帘,竹丝稀疏,仅11根竹丝。显而易见,竹帘竹丝疏密必然影响纸张纤维量的承载,也就直接关系到纸面结构的密度。当问及是否可出高价制作编织紧密的好帘子时,该厂技师不无遗憾地告诉我,纸帘制作工匠当下也是处于一个技艺衰退的断层阶段,即使出高价,

也再无人有能力复原制作当年的好帘子了。

此前两年，在浙图前馆长徐晓军先生的带领下，我特意去参观了一家制作纸帘的作坊，在那里也了解到不少细节。而汪帆老师给出的数据，使我对纸帘的问题有了更为深入的了解。她在讲座中还提到了原材料选取对纸张密度的影响，以及纸张在加工后出现的变色问题。她在考察晋南地区三家纸厂时有这样的发现："三家麻纸厂已经非常现代化，如用自动切刀剁麻，用发动力带动旋转碾砣碾麻。为提高效率，节约人员，他们用打浆机代替人工'打海'。"

接下来汪老师解释了何为"打海"："山西地区的传统抄纸池低于地平面，被称为'海'。'海'的两头各有一个坑，在'海'里搅浆被称作'打海'。'打海'时，还要唱'打海歌'，两人对唱，你一来我一往的，总共一百句。一百句唱完了，就是一百下打完了，唱十遍就是打一千下。"

这样生动的讲解使与会的非专业人士对此也有了概念上的了解，而其他专家的讲解则有着更浓的科研性，比如古籍保护研究院闫玥儿讲座的题目为《硅烷偶联剂对纸质文献脱酸效果评价与机理研究》，北京科技大学科技史与文化遗产研究院姚娜、魏书亚讲座的题目是《应用热裂解气相色谱质谱法对纸质类文物的科学分析》等等，这类讲座让藏书之人颇难掌握要点，但是这样的研究方式的确突破了古籍保护原有的格局，使得古籍保护问题更能走上科学化的道路。

侯力强书记讲话

　　11月14日举办的会议是"第二届藏书家古籍收藏与保护国际学术研讨会"，会议地点在复旦大学智库楼106会议室。首先是侯力强书记致辞，他对本会的召开表示祝贺，而后谈到了私人藏书对公共图书馆的贡献：

　　　　私人藏书一直是古籍收藏的重要组成部分，而古籍收藏与保护不仅是包括复旦大学图书馆在内的高校图书馆和公共图书馆等公藏单位的重点之一，也一直是私人藏书家所关注和重视的一个方面，并留下了丰富的历史记忆、文化财富和有趣的书林佳话。当然现有的公藏单位的古籍收藏与保护工作，与私人藏书家的巨大贡献密不可分。目前现存世的大约5000万册古籍，民间收藏占绝大部分。
　　　　我们复旦大学图书馆建馆伊始就得到私人藏书家的支持，

我们去年百年馆庆的时候就对此进行过梳理。1918年我们复旦大学图书馆的前身戊午阅书社成立，这个书社最早的时候就是由每位同学包括老师捐助两块大洋形成的。两块大洋我不知道换算成现在的人民币是多少，现在我们有一面专门的捐助墙，以彰显前人做出的贡献。我们复旦图书馆的馆藏图书中，除少量采购交换所得外，相当大的部分来源于私人藏书家的转让与捐赠，并成为馆藏精品和特色。比如刘承幹嘉业堂、高吹万葭庐、庞氏百柜楼、王氏栩栩盦等旧藏，比如王欣夫、赵景深、陈望道、刘大杰等诸位教授的藏书，构成了今日复旦大学作为全国古籍重点保护单位的藏书主体，为复旦大学的教学科研提供了重要的文献支持，也为成立中华古籍保护研究院奠定了良好的基础。

侯书记讲到研究院的成立离不开方方面面的支持，为此，他代研究院向各位的到来表示感谢。而后由我来致辞，我首先感谢保护研究院能够召开这样一个会议，本院成立时间仅五年，却召开了两场这样的大型会议，这对于高校研究机构来说非常难得，而后我也谈到了私人藏书对公共藏书的贡献。接下来会议进入主体研讨环节，第一场的主持人是林平和傅杰两位先生。

第一位发言人是美国加利福尼亚大学伯克利分校的 Deborah Rudolph 女士，她讲述了她父亲在中国买书的故事，故事讲得颇为引人入胜：

加州大学伯克利分校从十九世纪末开始收藏东亚语言的

资料，目前伯克利东亚图书馆共有100多万册纸质藏书，伯克利收藏的最珍贵的中文善本，包括800多种乾隆六十年之前的刻本和写本，40多种宋元刻本和宋元佛经，还有2700多种拓片。此外我们还有近现代特藏资料，如稀见的海报、中国画，和中国电影史资料等等。其实我在伯克利工作，今天却为什么要跟大家谈加州大学洛杉矶分校的东亚藏书呢？因为该校最早的中文藏书是由我父亲组建的。

二战结束后，加利福尼亚大学洛杉矶分校筹建东亚语言文学系，聘请我父亲来组建这个系并任教。父亲1947年来到洛杉矶分校时，只有一位教中国历史的教授，而我父亲主要教授古文。第二年，父亲得到美国政府颁发的富布莱特奖学金，准备到中国去做研究。

当年，由于交通不便，美国学者若获得到国外的机会，学校图书馆往往会提供一笔经费，请他们帮助图书馆购买图书资料。加利福尼亚大学洛杉矶分校也不例外，图书馆提供给我父亲一万美元的经费，用以购买中文图书。

父亲前往中国的旅程充满了传奇色彩。当时，美国学者去国外往往乘坐轮船，因为船票便宜，又没有行李重量的限制。我父亲临行前正赶上美国西海岸码头工人罢工，所以他只好来到新奥尔良，从那里乘船，但是他准备乘坐的那艘船总是延迟，父亲非常着急。

一个星期天，父亲用街上的公用电话与美国国务院取得联络，寻求帮助。父亲在一个人的帮忙下，竟然搞到了一张从旧金山飞往上海的飞机票。可问题又来了，父亲把一年所需的工作和生活用品都装在一个大箱子里，箱子很重，无法带上飞机。正在他不知所措之时，一位同行旅客说愿意帮他把行李海运到中国。载有箱子的船到中国以后，父亲又碰了钉子，原来那个同行旅客是个军火走私商，到了上海就被抓了。海关虽然知道我父亲跟他没有什么关系，但仍不放行父亲的行李，坚持要把行李退回美国，所以父亲的打字机、笔记以及冬天的衣服等被退回了美国。

父亲是1948年10月到上海的，他曾回忆，当时抗战的痕迹到处可见，营业的古籍书店很少，但他在上海仍买了不少新书。过了一段时间，他去了南京，那里的古籍书店也很少，于是他决定到北平去。北平的情况与上海、南京不同，古籍书店不少，古籍版本也很多，父亲很喜欢在琉璃厂一带访书买书。

在北平辅仁大学，父亲结识了一些圣言会的神父，他们给了我父亲一封介绍信，供他到中国西北地区的时候使用。

父亲去加利福尼亚大学洛杉矶分校任教之前，曾在加拿大安大略省皇家博物馆工作过一段时间，他从那时起对考古产生了兴趣。在北平时，父亲看了一些四川地区的崖墓拓片，觉得非常有意思，便想去四川研究崖墓，于是父亲来到了成都。

父亲很喜欢成都，他说那个城市很安静，虽然古籍书店不多，但是卖的古籍善本都很有意思。他在成都买了一套明版书，还有闵氏套印本。

父亲在四川做研究时，得到了三位学者的帮助。一位名叫冯汉骥，是历史学家；一位是医生杨枝高，他热衷于四川崖墓的研究；还有一位是华西协合大学的教授闻宥，他和我父亲相处得非常好，他们两人打算合写一本关于四川崖墓画像的书。

接下来是问答环节，我首先说自己听闻到这个故事后颇为感动，而后提出了自己的疑问：二十世纪四十年代的时候，北京琉璃厂的旧书价格要比上海贵得多，那么他的父亲为什么要离开南方反而到琉璃厂来买书呢？Deborah Rudolph 说她不知如何回答这个问题，她只是按照父亲的记述来讲述，而她父亲当年是第一次来中国，可能是在上海没有熟人，所以就到北京来买书吧。

接下来是复旦大学图书馆、中华古籍保护研究院吴格教授作主旨发言，他首先讲到本次会议乃是由韦力来策划安排和联络，又讲到他到达上海后却发烧感冒，而今是抱病来参会。

其实本会的召开乃是保护研究院常务副院长杨光辉先生的提议，我只是按照他的指令联络了一些藏书家前来与会。吴格教授主旨发言的题目是《民间藏书与图书馆发展——以复旦馆藏古籍为例》，吴教授首先讲到了复旦大学的起源及历史，而后讲到了复旦大学图书馆藏书的来源：

> 回顾复旦图书馆古籍收藏的那些比较重要的组成部分，我先简单地给大家介绍一下其中庞家的来历。庞家的藏书楼叫百柜楼，这个"柜"字有时候加木字边，但是图章上，他的藏书印上就不加。庞氏兄弟是浙江湖州南浔镇的富商，哥

哥叫庞元济，喜欢收藏书画、碑帖，他写过一部《虚斋名画录》，这是很著名的一部书画著录之书。弟弟叫庞元澄，主要兴趣是在收藏图书，他的书柜是传统的那种翻盖式的，相当于我们现在书橱半截大小的那种。木头的质量很好，百柜现在不存在了，但是我们图书馆的库房里大概还有七八十口那样的柜子。

庞元澄也算是民国初期有名的文人，北洋时期大概做过交通次长，也是辛亥革命同盟会的一个老人，所以他跟他的哥哥好像政治立场不完全相同，1941年过世。抗战之时，庞家的后人分老太爷的遗产，藏书没有打算分，但是这部分财产大概总是不能一房或者一个孩子单独继承，所以庞家希望这些书能够变现。这里面还有一些故事，因为时间关系不细说。从1941年到1945年，庞家都没有找到合适的买主，一直到1946年，许多学校从内地回到了东南，同济大学就在离我们不远的四平路上，校舍、资料都被毁，所以专门向当时的教育部申请，要一定的经费恢复藏书，大概用一笔专款买下了上海的来薰阁书店和百柜楼藏书。这些书在1946年归了同济大学文学院以后，1949年刚刚盖上同济的章，有些甚至还没来得及盖章，同济大学就在当年的9月并入了复旦大学，著名的中文系的郭绍虞先生，就是同济文学院的院长。图书馆还有一位前辈叫潘继安，他是老编目员，去年刚刚去世。他是当年郭绍虞先生的一位助教，四十年代后期大学毕业就做助教，跟着一起从重庆到了复旦，后来又到了图书馆，那是真正的跟百柜楼的藏书共始终的。

接下来吴教授又分别介绍了王同愈栩栩盦旧藏、丁福保诂林精舍旧藏、李氏望云草堂旧藏、高燮吹万楼旧藏、刘承幹嘉业堂旧藏等等十位重要藏家所藏之书是如何全部和部分进入复旦大学图书馆的。他同时提到民间藏书大量地归为公藏乃是时代使然的常态，私人藏书无法像公藏那样有着设备健全的书库，完整的登记及借阅制度，破损书籍的修复也不如公藏方便，至于编目，则私家藏书更缺少完整且有质量的书目。

吴格教授也说他很感动于民间藏书家的坚韧和锲而不舍，因为很多藏书家在战乱时代九死一生地保护藏书，使得重要典籍得以留传后世，历史上有不少这样可歌可泣的故事，所以作为一名为公共图书馆服务的图书馆员，他对民间藏书家保持着充分的敬意。

两场主旨发言结束后，接下来是茶歇，而后进行第二场主题研讨。第二场的主持人是宋平生和王振忠两位先生，按照会议议程本应由我来发言，但因为浙江图书馆特藏部主任陈谊先生有公事需要提前离开，故由他首先来讲述《古籍数字化如何做好》，陈谊在讲演中提到：

> 数字化工作前的古籍保护，主要由三类人群来承担责任：一是收藏者的古籍保护，收藏者要想进行古籍数字化，首先必须精确定位目标书籍，因为在日常数字化推进过程中，常常发现一些目标书籍是不能数字化的，有很多现实问题。对此，我提出"八不宜"准则，即有八类书是不宜立即数字化的，比如：破损未修好者，稿抄批校题跋修改等有粘签者

（这些粘签如果没有进行初步整理和加固，在数字化的过程中很容易造成挪位，几乎无法复原），有多色印刷批校文字附件者，封面老化脆化粉化破碎者，装订线断未重新处理者，装订线太紧展不开者，书脑太窄者，书页老化脆化破裂未加固者。

除了精准定位目标书籍，数字化工作前还要合理地设计工作方案。设计工作方案涉及五个方面的内容，即资金、人员、场地、管理和制度。资金宜适当不宜过多，而且一定要根据多种条件来分配资金。人员宜专岗不宜多头，现在很多工作都是不同人员兼职在做，容易造成责任不明确，也就很难负责到位。场地宜适中，不宜过狭窄，也不宜过分散。管理宜到位不宜过简，很多时候为了推进数字化，尤其是为了短时间内见效，往往既没有监管，也没有验单，做完就做完了，这样一定会产生很多无穷的后果，再回来补将是很麻烦的事情。制度宜规范不宜敷衍，制定的制度必须严格执行，规范监督与检查。

陈谊讲到的第二点乃是承办者的古籍保护，他所说的承办者是指一些进行古籍数字化的公司，他谈到了这些公司在数字化过程中所存在的问题。他讲述的第三点则是修复者的古籍保护，认为修复者首先要对目标书籍进行古籍破损风险评估，以此为基础形成整体的保护方案，同时他强调在数字化过程中，要保持流程上的畅通："古籍交接要做到五个必须，必须清点、必须签名、必须有表单、必须安全交接、必须爱护，不管是个人收藏者还是公共收藏者。"

接下来则是由我讲述《稿本概念琐谈》，主持人要求每位讲演者限时15分钟，然而我制作的这个课件是一个半小时的长度，于是我只讲到了哪些典籍应当纳入稿本的问题。这个课件总计有十六章，我仅讲述到第二章的一半时，就感觉时间到了。

下一位发言者是藏书家刘扬先生，他的主题是《简述逻辑学典籍的收藏和研究古籍保护》，刘先生以他那惯有的舒缓语气讲述了国外逻辑学的研究情况，同时也提到中国学者在这方面研究的欠缺。他认为逻辑学属于哲学，同时又是依赖于伦理学的科学工具：

> 逻辑学是属于哲学，而依赖于伦理学的科学工具。人类的思想、逻辑、数学和实验是科学进步的四大基石。联合国教科文组织在学科分类目录里头，基础科学一共七大类，有数学、逻辑学、天文学和天体物理学、地球科学和空间科学、物理学、化学、生命科学。逻辑学是基础科学之一，是两千多年人类总结和发现古老科学的方法论，于今而言，它的生命力表现在从基础科学到世界前沿科学，包括计算机应用学都离不开逻辑。

在讲述完概念后，刘扬提到了严复翻译的《穆勒名学》和《名学浅说》等相关著作，又提到了徐光启和利玛窦在中国翻译西学著作的历史，而后讲到了国内现有的公藏著录的遗漏问题。

励双杰先生的讲演题目是《活字印刷中还有一种"串珠"之法》。励先生首先强调家谱中主要是活字本，站在这个角度而言，他乃是中国藏活字本古籍最多的人，而后他问我对这种说法有没有意见，我说当然没有。励双杰又讲到了他所藏的一部光绪三十年印本山东莱阳《李氏族谱》，他发现该谱中有如下几句话："至秋开雕，或言枣梨昂贵，后恐难继板，用串珠取其价廉而工省也，然期年之间字镌八千，印出成二百部。"

可见，"串珠"乃是木活字的一种称呼方式，但为什么将其称为"串珠"，这让我想到了前一度看到的一些号称宋代铜活字的字钉，那种字钉上就有穿孔，可能是固定活字的一种方式。而此前，我并不知道这种现象如何称呼，如今听到了励先生的讲解，让我对活字的排版方式又有了新的认识。

上午的会议结束之后集体午餐，而后共同到研究院会议室去参观"藏书家稿本展"。此前的一段时间，杨光辉院长提出希望在这次会议期间同时举办一场藏书家珍品展，原本选定的专题是活

稿钞校本展现场

字本，考虑到本场讲座的特色，故我提议将主题换为稿钞校本，经杨院长同意后，我逐一致电与会者，请他们每人带几部稿钞校本来参展。研究院的乐怡老师一一接收了每人的展品，而后布置出这样一个专题展。

展品数量虽然不足百件，但每部书都有特色。比如马骥先生带来了苏州学者稿本，方俞明先生带来了绍兴籍学者稿本，刘禹先生也带来了他的两件珍藏之物，而我所带展品中，其中有一部小草斋钞本。恰好复旦馆也有相类似的钞本，因此杨光辉院长特意让乐怡老师拿来一部高仿真本，将其与我所带之书摆在一起，以便让观者进行对比。众人在看展的时候，相互探讨，这使得一场展览变成了学术研讨会的延续。

下午继续开会，由吴格教授和我来做主持人，第一位讲演人是毛静先生，他所讲的题目为《清代套印本〈陶渊明集〉知见录》。毛先生首先讲到了金溪浒湾刻书问题，而后谈到关于四色活字印本的《陶渊明集》，之后又讲到了每种版本的优与劣。毛老师讲座完毕后，沈津先生进行了提问。

下一位讲演者乃复旦大学教授王振忠先生，他的讲演题目是《许承尧与王立中——徽州文献收藏史上的重要一页》。关于许承尧，我所了解者则主要是他收藏的敦煌写经，经过王教授的讲解，与会者知道了很多未曾了解到的细节。后来杨光辉院长告诉我，王振忠先生曾到徽州当地深入地做田野调查，搜集到了大量的一手材料，同时王先生也是一位藏书家，他在做研究的过程中搜集了大量的典籍。难怪他的讲演能够如此的深入浅出。

接下来的一位讲演者是河北藏书家赵俊杰先生，他讲述的题目是《中国书局史》。赵先生收藏的主题是明清小说，可能是因为这个原因，他比较关注晚清民国间上海的一些书局，这些书局以石印的方式影印出版了大量典籍，其中有不少的内容都属于小说。沈津先生认为这个研究题目可以深入做下去，因为其中有太多的问题没有人做过详细的考察。

本场的最后一位讲演人乃是上海藏书家宗旨先生，他的讲演题目是《〈述学〉版本源流考》。宗旨先生首先说他的论文内容颇长，但现场限制的时间又太短，故他只能简单地讲述个人的发现，而研究院已经印出了他的论文单册，具体详情可以看纸本论文。宗旨的讲述清晰明了，他将前人之误一一点出，其所讲之精彩，让我着重提出希望他能多一些时间来阐述个人的观点，因为听他讲要比看他的纸本论文感觉更精彩。

能将一部书深入浅出地梳理清楚，这乃是当今专家的治学路数，而宗旨说他仅用了几个月的时间就把问题梳理了出来。如此之专精，真令人叹服。

接下来是集体讨论环节，仍然由吴格老师和我来主持。因为时间有限，故尽量地请没有发过言的嘉宾来讲话。艾俊川先生讲到了他参加此会的收获，陈龙先生则讲到了他对纸号的研究，而后还有多位嘉宾各自阐述了对于参加本会的观感。至此，五周年庆典会圆满结束。

此前的几天，吴格老师还通知我要在15号举办林章松先生的"印谱文献虚拟图书馆发布仪式"，他命我参加此会并作发言。故15号一早，我跟随吴格老师的学生前往另一个会议室，发布仪式的主持人是侯力强书记。

首先是吴格老师作主旨发言，他颇为详尽地讲述了与林章松先生的相识过程，而他说最终是通过沈津先生的介绍，得以结识林先生，后来在交往中因为谈得投机，曾请林先生做过多场活动。经过一段时间的商议，林先生提出将他珍藏的印谱全部进行扫描公布，而他愿意将这些数字资源无偿地提供给复旦大学。经过吴格老师的穿针引线，最终促成了这件事。

　　之后侯书记请与会者分别发言，而我在发言时以开玩笑的方式讲到了吴格老师应该表扬我，因为正是我介绍沈津先生与林先生相识者。沈先生立即接话，他笑着说正是要讲到我的功劳，于是他讲述了是在怎样的环境下我介绍他认识林先生，而后他又是如何前往香港参观松荫轩等等。

　　紧接着，有许多专家从不同角度来讲述开通印谱虚拟图书馆的重要意义，以及林先生的高风亮节。而林先生本人依然以他那谦逊的态度阐述着个人的理念，他的所讲更令大家敬佩他的为人。